韶光慢

大神級超人氣作家
冬天的柳葉——著

卷三

六十七 相見不識

喬墨聽了這話，面色沒有任何改變，只是眸色驟然轉深。

旁人看不出來這細微的變化，喬昭卻捕捉到了。兄長此刻內心肯定也掀起了驚濤駭浪吧？

如何能不震驚呢，以李爺爺的醫術，不可能讓大哥體內還殘留毒素，那麼無論是她還是大哥都能想到，這毒是在李爺爺走後再次下的。

甚至可以說，大哥體內的零香毒，就是在外祖家中的。而這個幾乎算是肯定的推測，讓她甚至不敢往深處想。這一瞬間，兄妹二人仿若心有靈犀，視線在空中交會。喬昭在喬墨眼中看到一絲茫然，但很快，那茫然就被深沉取代了。

可喬昭無法沉默。

眼前的人，是她的兄長，是她在這個世界上最親近的人，縱有千般顧忌，在明知有人暗算兄長的情況下，她也無法再徐徐圖之。

「喬公子，你還是搬出去吧。」

喬墨一怔。儘管眼前的女孩子讓他下意識覺得親近，可這樣的話還是交淺言深了。

但少女黑湛湛的眸子就這麼直勾勾地看著他，讓他無法迴避這個問題。

喬墨道：「沒有適合的落腳之處，只能暫居尚書府。」

喬昭心中一動。什麼叫沒有適合的落腳之處？他們明明在京城有宅子的。

等等，大哥這樣說，是不是有什麼深意？

家裡那場大火，是不是真如她隱隱預感的那樣，沒那麼簡單？

現在提起大火的事顯然不合適，但大哥體內的毒卻不能就這麼算了。

「等一下。」喬昭忽然說出這麼一句，抬腳向喬晚走去。

看著走過來的女登徒子，喬晚目露警惕之色，一張小臉皺成了包子樣。

喬昭半蹲下來，與喬晚目光平視。「喬妹妹真漂亮。」

啊？喬晚顯然沒料到喬昭會這麼說，一張小臉驟然紅了。

這女登徒子，其實也沒有那麼討厭啦。

不過，她才不是愛聽漂亮話的人，才不會因為這樣就原諒亂摸哥哥的人呢。

直到喬昭轉身返回喬墨那裡，小小的女童臉上紅暈還未消退。

寇青嵐心想：黎三姑娘真的是來給表哥治臉的嗎？

喬昭在喬墨面前站定，半仰著頭，聲音很輕：「令妹沒有中毒。」

喬墨神色明顯放鬆，微笑道：「那就好。」儘管毀了半張臉，可眼前男子長身玉立，眉眼清雋寧和，彷彿毀容於他來說只是不值一提的煩惱，絲毫沒有放在心上。

喬昭怔怔望著喬墨，莫名有些委屈。

「黎姑娘……」

喬昭回神，壓下心中委屈，輕聲道：「喬公子對妹妹真好。」

喬墨笑笑。「舍妹是我在世上最親近的人了。」

才不是呢！喬姑娘心裡悄悄反駁。她才是和兄長最親近的人，晚晚只能排第二！

委屈了一下下之後，喬昭在心裡自嘲笑笑，繼續說正事下去：「令妹應該不是和喬公子住在一起吧？」

「對，舅母給舍妹另外安排了院子。」

「即便這樣，舍妹依然會時常與喬公子一起用飯吧？」

「嗯。」喬墨點頭，忽然明白過來。「黎姑娘的意思是，零香毒是下在飯菜中的？」

喬昭掃了寇青嵐一眼，抬腳往遠處又走了數步。

喬墨見狀跟過去。

寇青嵐不由咬了咬唇。就是看個臉，怎麼這麼多話說？表哥和姊姊都沒說過幾句話呢！

喬昭立在青竹旁，聲音壓得很低：「從李神醫替喬公子解毒後算起，倘若每天喬公子都會不知不覺攝入零香毒，那麼從天數與你中毒深淺來推測，就不可能是下在飲水中，那樣毒素積累太快，不會是現在這種脈象與表徵。如此一來，把毒下在飯菜中，是最有可能的選擇。」喬昭說完，抿了抿唇。

喬墨卻聽得有些出神了，不只是因為眼前少女所說的令人心驚的內容，更是因為少女有條不紊分析事情的樣子，讓他總忍不住想到一個人。

喬昭繼續分析著：「但令妹沒有中毒，所以我可以進一步推測，這毒最大的可能，是下在早飯中。」晚晚和大哥不住在一處，哪怕經常會一起用飯，早飯卻不大可能一起用。

喬墨心頭一震。

僅憑發現他中毒，就能推測到如此地步，黎姑娘給他的感覺與大妹越發像了。

「冒昧問一句，黎姑娘今天為何會出現在這裡？」

哪怕眼前的女孩子還很小，可和聰明人說話不用繞圈子了。

喬昭微笑。「是因為寇大姑娘拜託我給喬公子治臉呀。」

在兄長最不堪的時候，梓墨表妹初心不改，這是難得的情意。

只是……喬昭轉而想到喬墨身上的毒，心頭浮上一層陰霾。

大哥的毒究竟誰是幕後黑手，很難說。

有可能是買通尚書府下人的外面勢力，也有可能……

喬昭不願深想，理智卻逼著她面對這個現實。

若是後者，真相可能會更殘酷。

喬墨似乎察覺到了喬昭的揶揄，卻並不在意，淡淡笑道：「可是黎姑娘應該知道，在下臉上的燒傷很嚴重，即便是李神醫也要離京採藥才得治。」言下之意，妳明知自己治不好，為什麼還是來了？受寇梓墨所托來給他治臉的理由，難以站得住腳。

喬昭眨了眨眼。大哥果然還是如此擅長從細微處找漏洞。

「因為我想見喬公子，所以就來了。」

喬墨一怔。大妹也是如此，一旦想做的事，不論世俗眼光如何，都會坦坦蕩蕩去做。

「李爺爺說我和他另一個乾孫女很像，所以我想看一看，那位喬姑娘的兄長是什麼樣子。」

喬墨沉默片刻，心頭驀地湧上感傷。

他曾想過，李神醫新認的乾孫女，或許能和晚晚成為朋友，可見到真人才發現，黎姑娘其實更可能與大妹成為知己。她們是如此相似的人，相似到，讓他總忍不住在她身上尋找大妹的影子。

見喬墨凝眉不語，喬昭認真問：「我可以叫你喬大哥嗎？」

她問出這話，心竟然忍不住怦怦跳。

明明憑著李爺爺的關係，她用黎昭的身分叫兄長一聲大哥再正常不過，可她卻緊張到手心出了汗。喬姑娘默默想，兄長如果拒絕的話，她很可能會當場落淚的。

「當然可以。」喬墨被少女的認真恍了一下神，怔了片刻才回道。

少女立刻露出燦爛的笑容，半仰著頭看著喬墨，語氣熟絡道：「那咱們把給你下毒的人揪出來吧。」說到這裡，語氣一冷，帶著幾分勢在必得：「畢竟只有千日做賊，沒有千日防賊的道理。」

喬墨總覺得進展好像有點快，他們剛剛明明還是陌生人，現在就要一起做這麼重要嚴肅的事了？

可偏偏，他居然不覺得有什麼不自在。

「喬……大哥，你覺得怎麼樣？」喊出「大哥」的瞬間，喬昭心裡又酸又甜。

終於可以光明正大喊「大哥」了。

「這個——」喬墨遲疑一下，無奈笑笑。「並不是這麼簡單的事。」

他與幼妹寄居外祖家，裡裡外外上上下下都是外祖家給安排的，連一個可用的人手都沒有，想要神不知鬼不覺調查下毒之人，哪是這麼容易的事。

「喬大哥是覺得無人可用嗎？」少女彷彿完全猜到了喬墨的想法，神色平靜而認真，不疾不徐道：「那咱們可以一步步來，先確定毒是廚房的人所下，還是取飯的人所下。」

如絕大多數富貴人家一樣，外祖家也是各位主子們的小廝或丫鬟定時去大廚房取飯，外祖父與外祖母是一個份例，舅舅舅母們是一個份例，大哥和表妹表弟們是一樣的份例。份例多者是在基本份例上再添幾樣，但基本的菜色是一樣的。想要確定是在哪個環節下的毒，並不難。

「喬大哥回憶一下，早飯必有的吃食是什麼？」

「粥。大多數時候是碧梗粥、大棗粥或肉粥，偶爾是紅稻粥，饅頭花卷也是必有的。」被少女認真的態度所感，喬墨回答得同樣認真。

「零香毒不適合下在饅頭、花卷這樣的吃食中，那應該就是下在粥裡了。喬大哥，今天我先用銀針幫你把毒素匯出，這三日你可以藉口食欲不佳，不要碰粥。等三日後我再來，如果你體內沒有新的零香毒，那就證明毒是廚房中人所下，如果再次中毒，那麼就說明是送飯小廝所為。」

會選用零香毒徐徐圖之，說明對方很謹慎低調，即便要害死大哥，也想做出因體弱生病而逝的假象。那站在下毒者的位置來看，顯然參與此事的人越少越好，這樣的話，廚房和小廝勾結的可能性是很低的。

大哥這兩天不碰粥，時間尚短，廚房那邊不會知道，那人依然會把毒下在粥裡，那麼大哥就不會再次中毒；而如果是伺候大哥的小廝所下，他見大哥不吃粥，為了完成任務，一定會把零香毒下在別處，比如茶水。

所以，她只要等三日後再來，就可以確定下毒之人是誰了。

喬昭說完，見喬墨凝眉不語，便笑問：「喬大哥，你覺得這樣如何？」

喬墨下意識抬手想去揉一揉少女頭頂，手動了動又忍住了，只神色平靜溫柔地道：「好。」

大哥果然也想到了。

喬姑娘眨眨眼，心想以前兄長揉她腦袋，她還常常會惱火，現在居然很想求他揉一揉。她一定是越活越回去了。

「黎三姑娘，再不走，大姊她們該等急了。」寇青嵐見喬昭與喬墨一副談笑風生的樣子，終於忍不住出聲提醒。

喬昭與喬墨對視一眼，走了回去。

「寇二姑娘，現在恐怕還不能走。」

「什麼？」寇青嵐吃了一驚。

怎麼還有死賴著不走的人啊？

「受人之托忠人之事，寇大姑娘托我替喬公子治臉，我就要負責到底。」

「妳怎麼負責啊？」寇青嵐撇撇嘴。

她最討厭聽一個女孩子說對一個男子負責了，這樣說一般都沒好事。

「喬公子臉上的燒傷太嚴重，直接用藥是沒有效果的，需要先以銀針替他匯出火毒，才能用藥。」寇青嵐聽得一愣一愣的，下意識反駁：「我還沒聽說過，燒傷的人需要用銀針匯出什麼火毒才能用藥的。」

喬昭認真點頭。「嗯，寇二姑娘沒聽說過很正常，因為妳不懂醫術。」

寇青嵐被噎個半死。

她不是這個意思！

黎三姑娘真的不是以此為藉口接近表哥嗎？還有，說她不懂醫術？一個十三歲的小姑娘站在她家地盤上說她不懂？這丫頭簡直大言不慚！

「黎三姑娘莫非醫術精湛？」寇青嵐冷笑著反問。

這麼大的女孩子要能醫術精湛，豈不是見鬼了！

喬昭忽然上前一步，湊在寇青嵐耳畔輕聲道：「寇二姑娘，今晚妳會天癸水至。」

這聽到這句話，寇青嵐一張俏臉陡然漲紅了，下意識慌張去看喬墨，見喬墨沒有任何反應，這才收回目光狠瞪喬昭一眼，惱羞成怒道：「黎三姑娘，妳再亂說，我可要惱了！」

她來月事還不足一年，時間根本不固定，連自己都不知道這次來了，下一次會什麼時候到，黎三說這樣的話，不是荒唐可笑嗎？

「黎三姑娘，我真沒想到妳是這樣信口開河的人，我要去告訴大姊，她錯看妳了！」寇青嵐氣得跺跺腳，叮囑喬晚道：「晚晚，替二表姊盯著她，不要讓她靠近妳大哥，我去去就來。」

眼看著寇青嵐被氣跑了，只剩下喬晚鼓著包子臉擋在兄長面前，一副護犢子的模樣，喬昭忍不住輕笑出聲。

這下好了，她可以直接替大哥解毒了，青嵐表妹真是體貼。

「喬大哥，那咱們開始吧。」

喬晚伸出雙手阻攔。「不許靠近我大哥！二表姊說了，要我看著妳呢。」

喬墨半蹲下來，拍拍喬晚的頭。「晚晚，妳是聽二表姊的，還是聽大哥的？」

喬晚想了想問：「都聽不可以嗎？」

「只能選一個。」

「那當然是聽大哥的。」小姑娘毫不猶疑道。

「那晚晚就乖乖等一下，不要打擾，黎姑娘是替大哥治臉傷的。」

「嗯。」喬晚懷疑看了喬昭一眼。雖然她覺得這個比她大不了幾歲的登徒子根本不能治好大哥的臉傷，但既然是大哥說的話，她還是會聽的。

「喬大哥，你去那邊坐下。」喬昭指指竹林旁的草地。

喬晚有些不敢看女登徒子拿出銀針往兄長身上扎，乾脆去瞧小鹿。

小姑娘正瞧得津津有味，忽聽一個聲音響起：「晚晚，妳怎麼一個人在這裡？」

六十八　取信於人

一個十三、四歲的少年從竹林另一端現身。

少年穿著一件竹青色的長衫，濃眉大眼，唇紅齒白，身後跟著個年紀相仿的小廝。

「天羽表哥？」喬晚皺皺眉頭，一副很不想見到少年的樣子。

竹林盡頭背對少年的喬昭聽到聲音，手上動作一頓，隨後下針更加迅速。

和晚晚說話的人應該就是表弟寇天羽了。

這個表弟與她年齡差距頗大，她以前來京城，每次都是匆匆見上一面，現在想想，似乎連小表弟長什麼樣子都有些模糊。

寇天羽一時沒留意到喬昭二人，抬腳走向喬晚，板著臉道：「晚晚，妳還小，一個人到處亂跑，萬一迷了路就麻煩了，以後可不許這樣，知道了嗎？」

喬晚撇撇嘴道：「我才沒有一個人，我和大哥一起來的呀。」

天羽表哥真是討厭，總是板著臉訓她，比大哥還嚴肅，明明只是個才比她高一點點的人。

「哦，表哥在哪裡？」寇天羽一愣。

跟在一旁的小廝拉拉寇天羽衣襬。「公子，表公子在那兒呢，咦，還有一個姑娘——」

小廝立刻激動起來。居然真的是一個姑娘！

難道話本子裡寫的公子姑娘偷偷約會的場景，就這麼被他幸運地撞見了嗎？

此時喬昭已經收針，對喬墨微微點了點頭。

寇天羽眉頭皺起，沒有像這個年紀的尋常少年那樣好奇走過去，反而站在原地默默等著。

等喬墨走過來，少年看都沒看喬昭一眼，一臉嚴肅道：「表哥，你和姑娘家在這裡幽會是不對的。」

喬墨和喬昭兄妹二人心有靈犀想：這一定是別人家的表弟，說話語氣太欠收拾了！

見喬墨啞口無言，少年還算滿意表兄的態度，補充道：「窈窕淑女君子好逑，我也是能理解的。如果表哥實在想幽會，下一次請不要帶著晚晚，畢竟晚晚還小。」

喬墨抬手，拍了拍寇天羽頭頂。「知道了，表弟教訓得是。」

少年飛快看喬昭一眼，一張臉迅速漲紅了。表哥怎麼能如此，居然當著女子的面摸他的頭！

喬昭同情看兄長一眼，心想：有這麼個表弟天天低頭不見抬頭見，大哥居然能保持好脾氣，也是不容易了。她正這麼想著，沒想到少年又看向她，用審視的目光打量一番，點點頭。「姑娘和我表哥私會，雖然有些不合規矩，但能不以貌取人，人品尚可。」少年一臉深沉地點點頭，抬腳走了。

喬昭與喬墨面面相覷。

「表……哦，我是說喬大哥的表弟，一直這樣嗎？」

這熊孩子怎麼還沒被人打死呢？

喬墨忍笑點頭。「表弟為人嚴肅，黎姑娘習慣就好。」

「背後妄議他人，不是君子所為！」寇天羽不知何時又重新出現在二人面前。

「表弟怎麼去而復返？」

「我是來看小鹿的，剛剛忘記了。」少年說完這話，抬腳向小鹿走去，還不忘喊一聲：「二牛，過來。」完全一副我站在這裡看風景，你們請隨意的樣子。

「表弟——」

寇天羽回頭，一臉認真。「表哥請放心，我會替你保密的。」

腳步聲響起，而後傳來寇青嵐驚訝的聲音：「天羽，你怎麼在這兒？」

「二牛說大姊養的鹿一胎生了兩隻，但我翻過書了，鹿應該是單胎的，為了證明二牛說得不對，我來求證一下。」少年解釋道。

「可確實是生了兩隻小鹿呀。」寇二姑娘的思路瞬間被弟弟帶歪。

「對，因為我忘記了還有孿生子的存在。」少年說完，濃眉揚起。「二姊怎麼會在這兒？」

寇青嵐被問住。她怎麼會在這兒？還不是黎三害的。

剛剛她跑回去，找了個婢女悄悄把大姊叫到一旁說了這邊發生的事，誰知大姊居然說「疑人不用用人不疑」，讓她回來帶黎三姑娘回去就是了。

這麼一來，倒顯得她裡外不是人了，更恐怖的是被小弟抓個正著！

「二表姊剛剛就在呀。」喬晚插了一句。

「嗯？」寇天羽盯著姊姊，臉色陡然沉下來。「原來二姊是紅娘！」

「不、不，天羽，你聽我解釋！」

「解釋什麼？二姊不必糊弄我，我看過話本子的，那大家閨秀和落魄讀書人亂來，最後落得個被拋棄的悲慘下場，說起來，她的丫鬟紅娘才是罪魁禍首！二姊，妳這樣是不對的，知不知道……」

少年瞬間開啟話癆模式，喬姑娘一臉震驚，喃喃道：「大哥，原來剛剛表弟對你已經很客氣了。」

「是這樣——」喬墨猛然住口，目光深沉盯著喬昭。「妳剛剛……叫我什麼？」

喬昭心中一緊，自知失言，面上若無其事道：「當然叫大哥啊，喬大哥不是答應我可以這樣叫的。」嗯，還是叫「大哥」順口又心安。

喬墨唇瓣翕動。黎姑娘的話聽著沒問題，可是「大哥」與「喬大哥」明明是不同的，剛才聽到「大哥」這兩個字的一瞬間，他一貫以來的平靜險些潰不成軍。

對一個尚不算熟悉的女孩子追問，在喬墨看來是件很失禮的事，可他卻這麼做了。「剛才黎姑娘叫天羽表弟嗎？」

喬姑娘決定厚顏無恥到底。「那位小公子不是喬大哥的表弟嗎？」

說得一點沒錯，可為什麼妳也叫表弟？

喬墨鍥而不捨追問，把這話的意思委婉表達出來。喬昭面不改色回道：「這是省略。」

喬墨徹底沒轍了。

寇青嵐突然衝過來，抓起喬昭的手就跑。「不好意思，我要帶黎姑娘去找大姊！」

小弟的碎碎念再過一個時辰都不會完，她傻了才不跑呢。

喬昭被寇青嵐扯著手腕往前跑，只得回眸，對喬墨匆匆比畫了一個「三」字。

喬墨會意點頭，心中莫名有些失落。雖然不大合適，但黎姑娘既然已經和他叫喬大哥了，他似乎也該問問她的名字。

「大哥，我渴了，咱們也回去吧。」喬晚拉拉喬墨衣袖。

喬墨牽起喬晚的手。「表弟，那我帶晚晚回去了。」

「表哥請自便。」

等喬墨帶著喬晚走了，竹林前只剩下少年與小廝，少年慢悠悠道：「二牛，今天的事，記得保密，知道麼？」

寇青嵐拉著喬昭穿過竹林，快跑到亭子時猛然停下來，鬆開喬昭的手，整理了一下鬢髮與衣衫，這才施施然往前走去，還不忘說一句：「黎三姑娘，走吧。」

喬昭瞧著好笑，但兄長中毒的事仍宛若一塊巨石壓在心上，令她笑不出來，只得默默跟上。

「妳們可算回來了，黎三妹妹，咱們來下棋。」蘇洛衣一見到喬昭便眼睛一亮。

朱顏瞪她一眼，用團扇敲敲石桌道：「咱們這盤棋還沒下完呢。」

因二人玩笑慣了，蘇洛衣說話很隨意：「反正勝負已定，快快把位置讓出來。」

朱顏一聽不由惱了，問喬昭：「黎三姑娘，妳看這局棋勝負定了嗎？」

喬昭笑笑。「誰勝誰負還要看怎麼下。」

寇梓墨吩咐丫鬟給喬昭端來冰碗，笑道：「妳們就別鬧了，讓黎三姑娘先吃了冰碗再說。」

幾人下棋、閒聊，很快消磨到近午時分，寇梓墨開口留飯，許驚鴻淡淡婉拒：「我看這天色說不準要落雨，還是早些回去吧，正好我還有別的事兒。」

蘇洛衣與朱顏一聽，亦跟著附和。寇梓墨再三挽留後，送幾人往門口走去。

朱顏與蘇洛衣各自上了馬車，許驚鴻落後一步，回眸看了一眼。

寇青嵐正拉著黎三姑娘說著告別的話。

許驚鴻收回目光，面無表情上了車，心道：今天這一場小聚，寇家姊妹分明是衝著黎三姑娘來的，她們幾人全是陪襯。不管寇家姊妹有何目的，有她們在場耽誤了正事，便成了討人嫌的。她許驚鴻可沒這麼不識趣。

眼看著許驚鴻三人紛紛上了馬車，寇青嵐擺出來的笑臉立刻收了起來，一副和喬昭根本不熟的樣子，退到寇梓墨身邊。

「黎三姑娘，如何了？」寇梓墨知道母親一向盯得緊，在這人來人往的門口根本不敢多提喬墨，只能藉著送喬昭上馬車的機會壓低聲音提問。

喬昭長話短說：「需要先把火毒拔除，用藥才有效果。我已經替他施了一次針，三天後還需要再次施針。」

「還要再次施針？」

「是啊，要一點一點拔除火毒，對身體的傷害才會最小。」

一聽是為了降低對身體的傷害，寇梓墨立刻不再猶豫，低聲道：「那等三日後，我再請黎三姑娘過來。」喬昭輕輕點頭，低頭上了馬車。

寇梓墨立在原地，目送馬車緩緩離去。

寇青嵐走過來，嘀咕道：「大姊，妳真相信黎三姑娘會醫術？就不怕她圖謀不軌啊？」

寇梓墨垂眸，輕嘆了口氣。「她能圖謀什麼呢？」

「圖謀表哥啊！」寇青嵐脫口而出。

寇梓墨羞紅了臉，嗔怒瞪妹妹一眼。「休得亂說！」

「大姊妳別不信，我親眼瞧著呢，她一見到表哥就撲過去抓著表哥的手不放，拉都拉不開。不信妳問晚晚，小孩子總不會撒謊的。」

「黎三姑娘應該是給表哥把脈。」

寇青嵐跺跺腳。「大姊，黎三姑娘莫非會灌迷魂湯不成？怎麼把妳們一個個都給迷了？妳知道嗎，她居然跟我說，今晚我會來月事。這種荒唐話她都能說得出來，可見是個不靠譜的。」

「黎三姑娘還說了這話？」

「是呢。」寇青嵐撇撇嘴。「本來我只是有些懷疑，一聽了她這話，立刻明白她是吹牛了。」

「二妹不要急於下決定，是真是假，等晚上便知道了。」

「大姊，妳就是不到黃河心不死。」

寇梓墨轉身往回走，輕嘆道：「不，我只是覺得，表哥的狀況再壞也不過如此，就算黎三姑娘有什麼圖謀，只要她能讓表哥臉上燒傷改善些許，我也認了。」

「那、那要是她圖謀的是表哥的人呢？」

寇梓墨聞言身子一顫，繼而很快露出淺淡的笑容。「那我也不後悔。」

喬昭回到西府，把晨光叫住。

「姑娘有事找我啊？」

喬昭點點頭，沉吟一下問道：「晨光，你以前一直跟在邵將軍身邊嗎？」

晨光頓時來了精神。

咦，三姑娘居然打聽將軍的情況，這是不是說明三姑娘終於對他們將軍大人上心了？

「是的。」

「那……我想問你些事。」

小車夫一聽，心情格外激動，立刻拍著胸脯道：「三姑娘想問我們將軍大人什麼事儘管問，小的什麼都知道，就算不知道，也會包打聽！」

一貫淡然的喬姑娘表情瞬間扭曲了一下。

她什麼時候要問邵明淵的事了？而且，「包打聽」是什麼玩意兒？

「三姑娘？」察覺喬昭臉色有些不對勁，晨光困惑地眨眨眼。

喬昭沉著臉道：「你誤會了，我是想問問你的事兒。」

晨光吃了一驚。打聽他的事兒？莫非三姑娘沒看上他家將軍大人，而是看上了他？

這樣不好吧，他們是不會有結果的！

喬昭挑挑眉。總覺得她的車夫表情太豐富了，不知道心裡在亂想些什麼。

喬昭乾脆直言：「你擅長審訊嗎？」

「啊？」晨光一愣，見喬昭神色認真，勉強點頭。「還行。」

這雖不是他的專長，但作為將軍大人的親衛，可是什麼都訓練過的。

「那擅長刺殺嗎？」

小車夫聽得一愣一愣的。「還行。」

「那擅長擺脫追捕嗎？」

「還、還行。」小車夫快哭了。

三姑娘，您到底想幹嘛就直說吧，再這樣下去他的小心臟要受不了了！

「哦，我知道了。那沒事了，你下去吧。」

什麼？問了半天，就這樣？小車夫一步三回頭，見喬昭毫無反應，險些真哭了。

這不是浪費感情嗎，白讓他提心吊膽！

等晨光走了，喬昭回屋倚在了美人榻上，回想著今日在寇尚書府的點點滴滴，嘆了口氣。

想來青嵐表妹今晚來了月事後，兩位表妹會認可她的醫術。這樣的話，哪怕青嵐表妹對她今天的言行有所不滿，給大哥施針的事應該就不會有變數了。

六十九　打草不驚蛇

入夜。寇尚書府中，寇青嵐沐浴更衣，一身清爽去了寇梓墨閨房。

「大姊，我就說黎三姑娘是胡說八道吧——」這話才說出口，寇青嵐頓覺小腹一陣抽痛。

見寇青嵐面露痛苦之色，寇梓墨忙問：「二妹，妳怎麼了？」

「我……」寇青嵐下意識按住腹部。肚子怎麼會隱隱墜痛？難道真的來了月事？

寇梓墨顯然也想到了這點，試探問道：「二妹，是不是……」

「不可能！」寇青嵐迫不及待否定。

寇梓墨知道妹妹為了面子死鴨子嘴硬，有意逗她道：「我是說，妳是不是吃壞肚子了？」

「對、對，我可能是吃壞了肚子。大姊，借用一下淨房。」

好一會兒，淨房裡傳來寇青嵐有氣無力的聲音：「大姊，勞煩派個丫鬟去我那取月事帶來……」

寇梓墨好笑地搖搖頭，吩咐丫鬟把她尚未用過的月事帶給寇青嵐送進去。

不多時寇青嵐從淨房出來，一臉彆扭。

寇梓墨笑道：「這有什麼不好意思的，女孩子都這樣。」

寇青嵐咬咬唇，才道：「大姊，妳說黎三姑娘怎麼知道的？就算她瞎矇，也矇不了這麼準啊。」

「是啊。」寇梓墨親手倒了一杯熱水，遞給寇青嵐。「所以她必然不是瞎矇的啊。」

寇青嵐下意識握緊了杯子，因為腹痛，面色蒼白。「難道說，她真能看出來別人什麼時候來月事？就算是太醫署的太醫，恐怕也辦不到吧？」

「太醫署的太醫，也治不了表哥的燒傷。好了，二妹，妳身體不舒坦，快些回去歇著吧。」

勸走了寇青嵐，寇梓墨坐下來，手指有一下沒一下敲打著床沿。

黎三姑娘比她想像的還要厲害，希望表哥臉上燒傷真能夠改善吧。

三日轉瞬即逝。喬昭再次登了寇尚書府的門。

這次見面的地方依然是那片竹林前的空地上。

「黎三姑娘，就拜託妳了。」寇梓墨對喬昭欠欠身，而後拉著寇青嵐去了路口處，以防再有旁人闖進來。

而喬昭目不轉睛看著喬墨。喬墨被她看得太久了，輕咳一聲問：「怎麼樣？」

「哦，什麼？」見面前的少女一副如夢初醒的樣子，喬墨無奈笑道：「在下是問黎姑娘，我體內是否又有了零香毒？」

「這個看不出來的，因為時間太短了，需要測一測。」

那剛剛黎姑娘目不轉睛在看什麼？

「伸出手。」

喬墨老老實實把手伸出來。喬昭從荷包裡摸出一根銀針和一個花生形狀的小玩意，先用銀針刺破喬墨指腹，緊接著把銀花生一撚，居然就打開了，其中一半是空心，另一半則放著凝脂般的膏體。

她從喬墨指腹擠出幾滴血來，落入盛放著凝脂膏體的半個銀花生裡，輕聲解釋：「若是血液中有零香毒，這白玉色的膏體會變成淺紅色。」

話音才落，半個銀花生中的凝脂，便以肉眼可見的速度變成了淺粉色，色澤漸漸加深。

喬昭抬眸，與喬墨對視。喬墨神色沒有多少變化，淡淡道：「家逢不幸，在下又喜靜，來到尚書府後，貼身伺候並負責送飯的小廝只有一個。」

「這個小廝是誰給喬大哥的？」

「尚書府是在下的外祖母當家，不過如今大半事務都交給了大舅母。我們兄妹前來投奔，衣食住行等事都是大舅母安排的。」喬墨很是客觀陳述著，補充道：「不過這說明不了什麼。」

喬昭點點頭。既然外祖母把管家權力漸漸交給大舅母，大舅母安排這些都是理所當然，她派來的小廝，不能說明下毒的事就和她有關。

只要是人，就存在著變數，小廝有可能是聽了大舅母安排行事，也有可能被不知哪方的勢力暗暗收買。

「所以這依然是件難解的事，讓黎姑娘費心了。」

喬昭面上不見半點氣餒之色，反而笑道：「現在至少肯定了小廝有問題，所以從他下手就是了。」

喬墨神色淡淡。「明槍易躲暗箭難防，如今知道小廝有問題，可以防備一二，若是趕走了他，反而打草驚蛇。」

「喬大哥說得是。」喬昭頷首。如今幕後凶手只是讓小廝暗施下毒性小、潛伏期長的零香毒，萬一逼急了，給大哥下砒霜，那就哭都來不及了。

大哥與幼妹寄人籬下，手上沒有可用之人，顯然是顧忌這點，不能輕舉妄動。

可她不把凶手揪出來怎麼能安心？

一想到有人這樣算計兄長，喬昭眼底冰冷一片，平靜道：「現在想要揪出幕後凶手，小廝是最好的突破口。喬大哥擔心趕走了小廝會打草驚蛇，這固然有道理，不過我有一個法子，既能打草，又不會驚蛇。」

少女冷靜從容侃侃而談的樣子讓喬墨心中微動，淡淡笑道：「願聞其詳。」

擔心說太久會引起寇梓墨姊妹懷疑，喬昭一邊替喬墨施針一邊道：「很簡單，喬大哥想法子讓寇大姑娘把咱們下一次見面的地方，安排在府外就是了……」她一口氣說完，卻等不到兄長接話，不由得看他一眼。

莫非是內容太驚悚，嚇著大哥了？

「喬大哥，你覺得這樣如何？」

喬墨壓下心中波瀾，點頭道：「甚好，就依黎姑娘所言。」

喬昭不由鬆了口氣，露出淡淡笑容。

「黎姑娘，可否冒昧請問妳的閨名？」

喬昭心中一動。

以大哥的性子，幾乎不可能主動問一位才第二次見面的姑娘的閨名，這樣顯得太輕浮，可大哥卻忍不住問了。

喬昭暗生歡喜。這是不是說明，大哥覺得她很像自己的妹妹呢？

她打從心底，很渴望與兄長相認，可移魂一事太過匪夷所思，若貿貿然表明身分，換來的很可能是大哥的戒備與疏遠。

她不能冒這個風險。

只要兄長好好活著，她不怕慢慢等，等到水到渠成、兄妹相認的那一天。

那時候，她就不是一個人啦。

喬昭這樣想著，笑容更甜。

喬墨卻一頭霧水。他問女孩子閨名是有些唐突，黎姑娘不願回答也可以理解，可不回答只是傻笑，這到底是什麼意思呢？

「是在下唐突了……」

喬昭忙擺手。「不唐突。我閨名為『昭』，喬大哥可以叫我『昭昭』啊。」

「昭昭？」喬墨面色攸變，喃喃道：「昭昭……」

「嗳。」喬昭笑著應道。

喬墨回過神來，面色複雜地看著笑靨如花的少女，好一會兒才恢復了平靜神色，淡淡道：「還是叫黎姑娘吧，免得引人非議。」

「昭昭」是獨屬於他對大妹的稱呼，眼前的女孩子哪怕與大妹再相似，終究不是已逝的大妹。對面前的少女，他會因為與大妹相像的緣故而不由自主心生憐惜、親近，卻絕不願讓任何人取代了大妹的位置。

喬昭聞言垂了眸，掩去心頭失落。「喬大哥想怎麼叫都可以。」

「咳咳。」輕輕的咳嗽聲響起，緊接著傳來寇梓墨的聲音：「好了嗎？」

喬昭向喬墨欠欠身，抬腳走到寇梓墨身邊。「可以了。」

寇梓墨匆匆對喬墨頷首，忙拉著喬昭走了，等回了屋子才道：「剛才看到我娘院子裡的婆子路過，讓她撞見不大好。」

喬昭點點頭表示理解，起身告辭：「那我就先回府了，等三日後再替喬公子施一次針，就可以用藥了。」

「好，到時候我再安排。」

喬昭才走不久，就有毛氏院子裡的丫鬟來請寇梓墨過去。

「娘，您叫女兒來，不知有何事？」

毛氏抿了一口茶，把茶盞往茶几上一放，嗔道：「沒事就不能叫妳過來了？」

「女兒不是這個意思。」

「梓墨，妳今天邀請了黎家三姑娘上門？」

「是。」

「好端端的，妳怎麼和黎三姑娘熟悉起來了？」

寇梓墨垂眸，解釋道：「前幾天邀請蘇姑娘、許姑娘她們小聚，因蘇姑娘盛讚黎三姑娘的棋藝，我便順勢邀請黎三姑娘過來玩。那日覺得和黎三姑娘很是投契，所以今天又請她上門了。」

「投契？」毛氏立刻擰了眉，面露不悅之色。「那位黎三姑娘的事，娘也聽說了，黎家西府上下行事都太過衝動，這樣的人以後還是少打交道為妙，不然一旦遇到事，他們是光腳的不怕穿鞋的，與之走得近的人豈不是惹一身騷？」

見寇梓墨面色淡淡一言不發，毛氏心知長女頗有主見，一改平日的柔聲細語，語氣嚴厲道：「我兒記住了沒？娘並不是干涉妳交友，妳和蘇姑娘、朱姑娘、許姑娘走得近，娘何嘗阻攔過？可這位黎三姑娘不同，她曾被人販子拐賣過，早就沒了名聲，妳跟她交好，別人會怎麼看妳？更何況他們一家得罪了錦鱗衛首領，焉知哪天就會遭了橫禍，到那時說不定還要牽連妳。」

寇梓墨默默聽著，朱唇緊抿。

「梓墨，娘說的話聽到了沒有？」

「聽到了。」寇梓墨看向毛氏，忍了又忍，問了一句話：「可若是女兒遇到了事呢？」

求人難，難求人，人人逢難求人難。

這是黎三姑娘出的對子，給了微雨指點，又何嘗沒有給她帶來震動呢？

人人只想著別人遇到難處時躲得遠遠的，可自己遇到難處時，誰不想有黎三姑娘那樣的家人在身邊呢？黎三姑娘這樣的人，哪怕不能給表哥治臉，她亦是願意與之親近的。

毛氏臉一沉。「這是說的什麼話？哪有這樣說自己的？妳是尚書府這一輩的嫡長女，注定了順風順水，以後這樣晦氣的話不許再說。至於那位黎三姑娘，哪怕妳埋怨娘，娘也不能再由著妳的性子來，以後不許她再上門。」

「娘……」寇梓墨一臉愕然。

她知道在一些事情上母女看法並不一致，卻沒想到母親如此直接干涉她。

毛氏端起茶盞又啜了一口，掃一眼面色難看的長女，語氣轉柔，問道：「這兩天，妳常往竹林跑？」

寇梓墨心頭一緊。

她早就知道，自從表哥來了府裡居住，母親對她就盯得緊了，特別在意她和表哥見面。母親提到竹林，莫非是聽到了什麼風聲，在警告她？

「梓墨，娘說的話，妳可記住了？以後不要和那個黎三姑娘再來往。」

「知道了。」寇梓墨淡淡道。

眼下的當務之急是給表哥治臉，若是因為和母親硬著來而影響了什麼，那就誤事了。

從毛氏這裡離開，寇梓墨心事重重，把寇青嵐喊來。

「怎麼了，大姊？妳臉色很難看。」寇青嵐拉住姊姊的手，恍然大悟：「大姊，妳是不是也發現了，表哥看黎三姑娘的眼神很不一般？那份認真、那份專注，糅合到一起，那就是深情啊！」寇青嵐越說越激動，挽著寇梓墨手臂道：「大姊，以後我看還是別讓黎三姑娘過來見表哥了。」萬一讓黎三姑娘把表哥叼走了，大姊可就沒處哭去了。

寇梓墨自嘲笑笑。「以後黎三姑娘也不會再上門了。」

「怎麼？」

「娘不許。剛才娘叫我過去，就是說了這個。」

「娘為什麼不許啊？」寇青嵐聽得一愣。

「大概是因為黎三姑娘不是蘇姑娘，也不是朱姑娘、許姑娘……」

寇青嵐活潑聰慧，立刻領悟了姊姊的意思，臉色登時有些難看，咬著唇道：「不是又怎麼樣？我看著黎三姑娘挺好的！」姑娘們相交，求的不過是投脾氣，就算成了公主的狗腿子又如何，難道高貴的公主殿下還能帶著她們上天不成？

寇梓墨忍不住噗哧一笑。「剛剛是誰說的，以後別讓黎三姑娘見表哥了？」

「那是兩回事，我還不是怕大姊到最後傷心麼。」

寇梓墨抬手，撫了撫妹妹髮絲，柔聲道：「青嵐，妳幫姊姊個忙吧，去跟表哥說，三日後安排他與黎三姑娘在外面見面。」

「好，那大姊到時候也出門嗎？」

寇梓墨搖搖頭。「我那天去陪母親說話。」

寇青嵐嘆口氣。「那好吧，大姊放心，我會安排好的。」

她聽說黎三姑娘的長輩們為了替黎三姑娘出氣，都打上錦鱗衛衙門去了，怎麼到了她們這裡，還要跟自己的娘親打馬虎眼呢？

這樣一想，明明是她們該羨慕黎三姑娘才對。

七十 殺手來犯

三日後，喬墨表示要去大福寺添香油錢替亡妹祈福，帶著小廝乘馬車便出了門。

這一天熱得有些出奇，陽光毒辣炙烤著大地，地面是一片耀眼的白，路兩旁的樹木蔫蔫的，瞧著無精打采，拉車的馬呼哧呼哧喘著粗氣。

「勞煩幫我倒一杯水。」馬車裡，喬墨對小廝道。滿頭是汗的小廝遮掩好不情願的神色，磨蹭到車壁一角，端起茶壺搖了搖，扭頭道：「表公子，沒水了。」

「外面可有茶攤？」

小廝探頭往外看了看。「沒有啊，公子，您還是堅持一下吧，剛出城的那地方就有茶攤。」

喬墨閉了眼，不再吭聲。小廝目光在喬墨臉上打了個轉，撇撇嘴。

都這個樣子了，還這麼嬌貴，以為自己還是貴公子呢？

這麼熱的天，非要跑出來添香油錢，這不是窮折騰嘛。

小廝抹了一把汗，掀起車門簾催促車夫：「快點啊，表公子渴了。」

車夫甩了一下馬鞭。「快不了啊，天太熱，再快了馬該受不了了。」

小廝煩躁放下車門簾，小聲嘀咕道：「這可真不是出門的天！」

話音才落，馬車忽然一個急停，小廝整個身子往前甩去，額頭碰到了車壁上。

「怎麼趕車的？」小廝掀起車門簾破口大罵。

車夫往前指了指道：「小哥，那站著個人呢，要不是我手疾眼快停了車，非撞上去不可。」

「撞就撞了唄！」剛剛撞到額頭的小廝氣不打一處來，嘀咕道。

「你是什麼人？為何站在路中間擋路？」小廝揚聲問。

「請問車裡是喬墨喬公子嗎？」

「沒錯，是我們表公子，你找我們表公子有事嗎？」

「沒什麼大事。」攔路的青年把放在背後的手伸出來，露出了手中的刀。

小廝眼都瞪圓了，聲音變了調：「你、你想幹嘛？」

年輕人緩緩把刀舉起來。「殺個人。」豔陽下，白光一閃，長刀帶著寒氣襲來。

小廝大喝一聲：「等等——」

刀在半空一頓。

「等我讓開再說啊！」小廝把後面的話說了出來，立刻抱頭鼠竄。

舉著刀的年輕人有瞬間呆滯。還有這樣的小廝？

他很快回過神來，冷喝一聲：「喬公子，受死吧！」

長刀舉起，寒光閃爍，攜著勁風往車廂砍去。

已經嚇傻了的車夫下意識揚鞭，狠狠抽向駿馬。馬長嘶一聲，揚蹄往前疾奔。

這時刀已經砍到了車壁上，深深陷了進去，馬車忽然動了，年輕人手中的刀頓時脫了手，隨著馬車跑出十數丈才掉落到地上。「給我停下！」年輕人撿起刀拔腿狂奔。

小廝跟著喊：「帶上我啊！」

年輕人忽然停下，轉過身來。「你、你要幹什麼？」小廝往後退幾步，轉身就跑。

年輕人一個飛起把小廝踹倒在地，然後往前追了一段路，見追不到馬車，只得返回去，拎起被踹暈的小廝施施然走了。

精神緊繃到極致的車夫唯恐年輕殺手追上來，頻頻回頭張望，正好把這一幕看到眼裡，不由鬆了口氣。還好他跑得快，還好小廝太蠢，拖住了殺手。

烈日下，車夫拚命甩著鞭子，拉車的馬喘息聲猶如拉破的風箱，終於轟然倒地。

那一瞬間，馬車側倒在路旁，車夫飛了出去，落在了草地上。

「咳咳咳咳。」喬墨的咳嗽聲響起。

被摔暈了的車夫好一會兒才爬起來跑過去，手忙腳亂掀開車門簾。「表公子，您沒事吧？」

喬墨靠著車壁，面色有些蒼白，有氣無力道：「沒事。」

「沒事就好，沒事就好。表公子，馬熱死了，老奴扶你走吧。」

喬墨走出馬車，輕輕拂了拂衣襬，神色從容依舊。「不用，走吧。」

但見車夫瞪大了眼睛望著前方，一臉驚恐。喬墨順著車夫視線看過去，就見一名頭戴冪蘺的灰衣男子持劍立在不遠處，瞬息的視線交會後，一步一步往他們的方向走來。

車夫面色大變。「表公子，不好啊，殺手不止一個！」

他就說怎麼能這麼容易逃脫呢，這下真的要把老命交代在這裡了！

看著一步步靠近的殺手，喬墨心情有些凝重。

黎姑娘跟他說，安排了假冒的殺手在從大福寺回來的路上施行襲擊、把小廝擄走，這個情景剛剛已經發生過了，那麼眼前這個殺手又是怎麼回事？

為什麼對方的氣勢和隱隱散發出來的殺氣，讓他覺得不安呢？

喬墨緩緩後退一步，想到了某個可能：莫非有人順水推舟，藉著他與黎姑娘定下的計策來個將計就計，派出了真正的殺手？

喬墨並不畏死，早在一草一木都熟悉的故家燃起大火，親人們葬身在那場橫禍裡，他就已經沒了畏死之心。

不怕死，但他卻不能死。

這些念頭在喬墨心裡瞬息而過，冷喝道：「分開跑！」

車夫愣了愣，而後伸開雙臂擋在喬墨面前。「表公子您快跑，老奴替您擋一擋！」

話音才落，車夫一聲慘叫，被走過來的殺手抬腳踹到了路邊。

喬墨轉身便跑。殺手一言不發緊隨其後，拔劍出鞘，對著喬墨後心刺去。

「表公子小心啊——」車夫奮力抬起頭，大聲喊道。

喬墨腳下一個踉蹌，栽倒在地，恰好躲過了長劍。

殺手手勢一轉，舉劍對著倒在地上的喬墨刺去。

「小心啊，表公子！」車夫看得膽戰心驚，聲嘶力竭喊道。

劍刺下去，喬墨一個翻滾，劍尖刺入地面，掀起陣陣塵土飛揚，而後又拔起來，繼續往他身上刺去。喬墨被塵土迷了眼睛，看不到劍來的方向，只能感到一股寒意籠罩。

眼看著閃著寒光的劍正對著喬墨心口刺去，車夫已經嚇傻了，大喊一聲：「表公子——」

老車夫閉了眼，等了片刻沒聽到慘叫聲，反而聽到金屬相擊的聲響，忙小心翼翼睜開眼，就見一名眉眼普通的年輕男子，與頭戴冪蘺的灰衣男子正你來我往纏鬥著，刀光劍影，令人膽寒。

老車夫爬起來，暗暗吸了一口氣給自己鼓勁，眼睛一邊盯著鬥得正激烈的二人，一邊躡手躡腳往那個方向挪移，好不容易挪到喬墨身邊，見那二人都顧不上這邊，拖起喬墨就狂跑。

「快開門啊！」寇尚書府門前，車夫一身狼狽，用力拍著門。

獸首銅環的朱門吱呀一聲開了，門人以為眼睛花了，揉了揉眼，大吃一驚。「老王，你這是怎麼了？」

「快別問了，趕緊讓我們進去。」門人一看車夫旁邊的男子，駭了一跳。「表公子，您、您怎麼一身的土啊？快進來，快進來。」

不多時，表公子喬墨回府路上遇襲的事就傳遍了尚書府。

正陪著毛氏說話的寇梓墨，一張臉都嚇白了，騰地站了起來。

毛氏睇女兒一眼，淡淡道：「梓墨，妳先回屋吧，我去看看妳表哥。」

「娘……」寇梓墨上前一步。

「讓妳回屋去。」

「……是。」

眼看著毛氏走了，寇梓墨抬腳直奔寇青嵐那裡。

「二姑娘呢？」

「二姑娘還沒回來。」

寇梓墨不由洩了氣。是了，她一心慌怎麼忘了，青嵐這個時候應該還在五福茶館與黎三姑娘一起呢，恐怕還不知道表哥遇襲的事。

寇梓墨心一橫，去了喬墨住處。

聽風居裡，薛老夫人和長媳毛氏、次媳竇氏都已經趕過去了，一見寇梓墨過來，毛氏眼風一掃，隨後柔聲道：「梓墨過來了。」

頂著母親意味莫名的目光，寇梓墨福了福。「祖母、娘、二嬸，我聽說表哥從大福寺回來的途中遇襲，不知表哥怎麼樣了？」

薛老夫人沉聲道：「幸虧妳表哥無事，只是受了些驚嚇，現在正在屋子裡歇著呢。」

寇梓墨暗暗鬆了口氣。謝天謝地表哥沒有什麼事，不然她會自責痛苦一輩子。

沒有她的安排，表哥怎麼會出府呢？

「祖母，表哥遇襲究竟是怎麼回事兒啊？」

「正要問呢。慶媽媽，帶車夫老王頭過來。」

不多時，慶媽媽領著車夫老王頭進了屋。

老王頭直接跪下來。「見過老夫人、大太太、二太太。」

「慶媽媽，給老王頭搬個小杌子坐。」

慶媽媽搬來小杌子，老王頭拘謹地坐下來。

「老王頭，今天究竟怎麼回事，你且一一道來。」

「哎，回老夫人的話，是這麼回事，咱們從大福寺出來就往回趕，天還挺熱，都心急回府呢，就看到一個人站在路中間……」老王頭說到激動處，忍不住拍了拍大腿。「懷風那小兔崽子忒不是東西，一看殺手奔著馬車去了，撒腿就跑了，幸虧老奴臨危不懼、忠心耿耿，立刻把馬車趕得飛快，殺手追不上馬車，肯定是覺得不划算呀，就把懷風那小兔崽子弄走了，這可真是老天開眼……」眼見主子們臉色不怎麼好，老王頭聲音低了下去。

「既然如此，你和表公子為何如此狼狽？」薛老夫人沉聲問。

老王頭抹了一把眼淚。「沒法不狼狽啊，老奴拚命趕車，誰知前面還有一個殺手等著吶。那殺手頭戴冪䍠，身穿灰衣——」

薛老夫人忍耐挑挑眉。毛氏咳嗽一聲道：「說重點！」

「呃，重點是這個灰衣殺手更冷血、更無情、更可怕，老奴怎麼阻擋都沒有用，那人直奔著表公子就去了。表公子拚命躲避，眼看著那殺手舉劍對著表公子心口刺去，說時遲那時快——」

「這不是說書！」毛氏抽了抽嘴角。薛老夫人抬抬手。「由他說！」

得了老夫人允許，老王頭立刻發揮出說書人的實力，從灰衣殺手冷血無情到路人拔刀相助，再到主僕二人艱難逃回來，聲情並茂說了個明明白白。

「老王頭，你忠心護主，做得很好，去帳房領賞吧。」薛老夫人揮揮手讓老王頭下去，側頭對毛氏道：「毛氏，妳給墨兒安排的小廝，可沒挑好。」有妯娌竇氏在一旁，毛氏臉立刻臊得通紅，柔聲道：「是媳婦沒安排妥當，媳婦回頭定選個好的來伺候。」

「罷了。」薛老夫人搖搖頭，看垂手而立的心腹慶媽媽一眼。「慶媽媽，我記得你的小孫子如今也有十五了吧？」

「上個月剛滿了十五。」

「那就讓他來伺候墨兒吧，怎麼樣？」

慶媽媽忙謝恩道：「那小子能伺候表公子，是他的福氣。」

毛氏尷尬不已，暗暗把帕子都要扯破了。

老夫人果然疼大姑子生的孩子，以前喬昭一來，就把她的兩個女兒比到天邊去了，老太太滿心滿眼都是外孫女，如今對外孫亦是如此，就因為一個小廝，半點不給她面子。

「梓墨，妳回去吧，祖母和妳娘還有二嬸商量點事兒。」

薛老夫人開了口，寇梓墨自是聽話離開了聽風居，卻沒有回房，而是悄悄從後門溜出去，直奔五福茶館。

「大姊，妳不是有事出不了門？」五福茶館的雅室裡，寇青嵐見到姊姊突至，當著喬昭的面不好直說，委婉問道。

「表哥出事了。」

「啊？表哥怎麼了？」

寇梓墨把老車夫的話簡要講了一遍，神色凝重對喬昭道：「黎三姑娘，我表哥受了驚嚇要休養，最近恐怕不能出門了，他的火毒……」

喬昭笑笑。「不礙事，喬公子體內殘留的火毒已經不多，等有機會再見面，給他施一次針就行了。現在他受了驚，還是以休養為主。」

她面上不動聲色寬慰著寇梓墨，心中卻驚疑不定。

怎麼會有兩個殺手？聽寇梓墨所言，那第二個殺手分明是想置大哥於死地！

按著她和大哥商量的計策，接下來大哥會服下她給的藥丸，化被動為主動，造成病重的假象。這樣的話，幕後凶手以為暗害大哥的目的已經達到，就不會再出什麼殺招，也就確保了大哥這段時日的安全。可如今好端端又冒出一個殺手，這又是哪一方派出來的人呢？

思及此處，喬昭不由一陣後怕。要是真被那個殺手得手，她豈不是害了兄長！

辭別了寇氏姊妹，喬昭心事重重地回到家，立刻把晨光喊了過來問起當時情況。

「姑娘您放心，那個小廝已經被我丟給了一個同袍，我那個同袍是最好的審訊高手，而且口風很緊。」

「晨光，我問你，你有沒有叫同袍一起扮成殺手？」

晨光愣了愣，搖頭道：「沒有啊。」

喬昭一顆心陡然沉了下去。

事情超出了掌控，她的心情十分沉重，唯一慶幸的是兄長沒有受傷，算是最大的安慰。

轉日，喬公子風邪入體、病情來勢洶洶的消息就傳了出去。

邵明淵第一時間得知這個消息，備了禮品前往寇尚書府探望。

寇梓墨正坐在屋子裡默默垂淚。

寇青嵐在一旁勸道：「大姊，發生這種事是誰都想不到的，妳何必如此自責？」

「若不是我為了治好表哥臉上燒傷，安排表哥出府，表哥又怎麼會遇到這種事？」

「大姊，話不是這樣說的。表哥是大人了，雖然在咱們府上住著，可並不是坐牢，就算妳不安排他出去，有事時他還是會出去啊。表哥昨天遇到了殺手，既然沒受傷，那就是好事，至少以後再出門就不會毫無防備了。」

「可表哥現在病得厲害，都昏睡不醒了！」

「那是因為表哥身體虛弱，心情鬱結，這場病只是趁機發作出來罷了。」寇青嵐挽住寇梓墨手臂。「大姊，妳就不要把表哥生病的責任攬在自己身上了。」

寇梓墨心想：妹妹什麼時候這般伶牙俐齒了？她好像被繞進去了。

「大姑娘、二姑娘，太太請妳們過去。」

姊妹二人對視一眼，略作收拾，起身去了毛氏那裡。

「娘叫我和姊姊來，有什麼事呀？」寇青嵐笑吟吟問。

毛氏臉一沉。「這麼大丫頭了，就不能穩重點？」

「好、好，我穩重。」寇青嵐繃緊了唇角。

毛氏睇了寇梓墨一眼，眼風從長女微紅的眼角掃過，淡淡道：「妳們隨我去看看妳們表哥吧。」寇梓墨一怔，顯然沒有想到毛氏叫她們來是因為這個。自從表哥來到府上，別人沒有察覺，她與二妹卻再清楚不過，母親對她簡直嚴防死守，唯恐她和表哥多見面。

「還愣著幹什麼，走吧。」毛氏起了身。

寇梓墨跟在毛氏身後往外走，心中生出幾分暖意。

無論如何，表哥是姑母留在這世上唯一的孩子，現在病了，母親終究還是心軟了。

聽風居位於尚書府西北角，很是偏僻。

毛氏領著兩個女兒穿過扶疏花木，款款前行，拐了一個彎後，迎面撞見了兩個人。

其中一人是個四、五十歲的婆子，正是伺候薛老夫人的婆子慶媽媽，另一人修眉星目、俊朗不凡，竟是個二十來歲的年輕男子。

寇梓墨與寇青嵐一臉錯愕。

毛氏已是溫聲笑道：「侯爺也來看喬墨啊？」

邵明淵行了個晚輩禮。「見過舅母。」

「侯爺不必如此多禮。」毛氏忙避開。

眼前的人是聖上親封的冠軍侯，她雖是個拐著彎的長輩，要是真的托大，那才是傻了。

毛氏眼波一轉，掃向兩個女兒，淺笑道：「梓墨、青嵐，還不來見過侯爺。」

姊妹二人對視一眼。

寇梓墨垂眸，心中嘲弄一笑。

原來如此！母親還當她是三歲小兒不成，竟以為她會相信這樣的「巧遇」！

在毛氏溫柔似水的目光注視下，寇梓墨卻覺得臉上是火辣辣的難堪與羞辱，攏在衣袖中的手暗暗握緊，對邵明淵福了福，聲音平淡無波：「見過表姊夫。」

毛氏嘴角笑意一滯。

這個丫頭是怎麼回事兒？她得知冠軍侯上門來探望喬墨，算好了時間帶兩個女兒過來，期望能給冠軍侯留下幾分印象，以便將來促成一樁姻緣，誰知好不容易有了光明正大讓他們認識的機會，梓墨怎麼叫起「表姊夫」來了？

這不是在提醒冠軍侯，他們之間的親戚關係，脫不開冠軍侯的亡妻喬氏嗎？

沒有理會母親瞬間的神色變化，寇青嵐跟著福了福，笑盈盈道：「見過表姊夫。」

毛氏面上不動聲色，心中氣個半死。這兩個死丫頭，一個個真是要氣死她。

梓墨一直對喬墨有念想也就罷了，青嵐這丫頭是不是傻啊，跟著她姊姊犯什麼渾？

邵明淵朝寇梓墨二人微微點頭，然後退至一旁，對毛氏道：「舅母先請。」

毛氏露出溫和的笑。「既然碰上了，侯爺隨我們一起進去吧。」

「不了，舅母不必等我一起，我有些貼己話要與舅兄說，等舅母出來我再進去。」邵明淵說完，邁開大長腿走到一旁的涼亭裡去了。

毛氏瞠目結舌。

說好的溫文儒雅、進度有度呢？什麼叫有貼己話要與喬墨說？有什麼話不能當著她的面說嗎？退一萬步講，就算真有什麼話想單獨說，就不能委婉點提出來啊？

自覺很沒面子的毛氏心裡很是窩火，偏偏她看好的這青年不是什麼普通人家的兒郎，而是位高權重的冠軍侯，只能把火氣壓在心裡，帶著兩個女兒進了聽風居。

七十一 葡萄架下

毛氏踩著這個點過來，原就是為了和邵明淵撞見，藉著探病的機會讓兩個女兒與他多些接觸。此時算盤落了空，本來就一直對長女嚴防死守，如今哪還能任由長女與喬墨增進感情，自是早早就帶著兩個女兒出來了。

返回時，毛氏特意張望了一下，卻沒有發現邵明淵的影子，心中頗為失落。回屋後叫住兩個女兒，數落道：「妳們兩個平時都是伶俐人，怎麼今天見了侯爺，一個個跟木頭似的？」

寇梓墨一言不發，唇角緊繃。

寇青嵐不服氣辯駁道：「娘這話女兒聽不明白，我們哪有跟木頭似的，不是和表妹夫見過禮了嗎？」

「表妹夫、表妹夫，叫得倒挺順口！」

「不叫表妹夫叫什麼呀？」

不想把心思表現得太明顯，毛氏語重心長道：「妳們表妹怎麼沒的，妳們都是清楚的。這事啊，肯定是冠軍侯的心結，妳們這麼叫不是勾起人家的傷心事嗎？」

寇青嵐翻了個白眼。「這麼說，他殺了表妹，我們還要小心翼翼顧慮他了？」

「青嵐！」毛氏氣得瞪眼。

「好了，青嵐，妳先回屋吧，我有話和娘說。」

寇青嵐巴不得不再聽毛氏念叨，忙不迭走了。

等寇青嵐一走，寇梓墨淡淡道：「娘的意思，女兒看明白了，那女兒就早些和您說清楚，這世上男子千千萬，女兒就是嫁給一個賣油郎，也不會嫁給表妹的男人！」

毛氏瞬間變了臉色，氣得嘴唇顫抖。「梓墨，妳就是這樣和母親說話的？」

寇梓墨斂起悲哀之色，語氣柔和下來：「娘，我並不是和您鬧，只是表明心志而已。」

「妳的心志？妳就是一心想著妳表哥，是不是？」毛氏聲音微揚。

寇梓墨自嘲笑笑。「娘多慮了，這和表哥無關。女兒就是無法接受與姊妹嫁給同一個男人。」

「可妳表姊已經死了！」

「但冠軍侯依然是我的表姊夫。」

看懂了長女眼中的堅定，毛氏忽然有些意味索然，擺擺手道：「妳先回屋吧。」

寇梓墨盈盈一福。「女兒告退。」

眼看著長女走到門口，毛氏開了口：「梓墨。」

寇梓墨停下來。「無論妳怎麼想，有一點妳記著，妳和妳表哥，是絕不可能的！」

「女兒知道。」寇梓墨撂下這句話，匆匆出去了。

這頭的邵明淵進了聽風居，就聞到一股淡淡的藥香味，不由加快了腳步。

喬墨正躺在床榻上，雙目微閉昏睡著。

邵明淵見狀停下來，打量了一會兒，悄悄退到外間去。

「大夫怎麼說？」

「已經請了兩個大夫，都說是因為受了驚嚇導致風邪入體，表公子先前被火燒傷本來就傷了元氣，身體一直很虛弱，所以一下子病來如山倒。」慶媽媽道。

邵明淵臉色有些難看，離開聽風居後，前往主院與薛老夫人道別：「外祖母，倘若舅兄病情有什麼變化，請及時通知我，或者有什麼需要的，都可以交給我來辦。」

聽了這話，薛老夫人很是寬慰，點點頭道：「侯爺不必太擔心，若真的有事，老身會差遣人去跟你說的。」

邵明淵這才離開尚書府，卻沒有回靖安侯府，而是直接去了春風樓。

這個時候，春風樓酒客稀少，邵明淵去了池燦等人常待的雅間，要了一壺酒，自斟自飲。

窗外日頭高照，陽光透過窗櫺灑進來，在酒桌上投下一個個跳躍的光圈，有的落在男子修長的手指上，讓那本就白皙的手指顯得有些透明。

這樣炎熱的天氣，邵明淵卻感覺不到一絲熱意。

他在窗前酒桌前坐了良久，終於下定了決心，吩咐人道：「去黎府聯繫晨光，讓他請黎三姑娘來春風樓。」

「邵將軍要見我？」

冰綠忙點點頭。「晨光托婢子跟您說的，現在邵將軍還在春風樓等著呢。」

小丫鬟眼巴巴望著喬昭。「姑娘，您去嗎？」

喬昭頗有些無語。為什麼覺得她要是說不去，眼前的小丫鬟就要哭出來的樣子？

「去。」第二個殺手仿若一塊石頭壓在喬昭心上，與其待在府中胡思亂想，不如與邵明淵聊聊，說不定會有什麼意外的收穫。

「噯，那婢子去收拾一下。」冰綠一陣風跑進裡間，不多時抱著一套芙蓉色裙衫出來，興沖沖道：「姑娘，您今天出門就穿這一套吧，這個顏色好看！」

她撂下裙衫，又把妝奩打開，翻找了半天拿出一支赤金銜南珠金釵，舉起來問：「姑娘，這支金釵怎麼樣？」沒等喬昭發話，她又把金釵放下，拿起一支碧玉雕花簪道：「還是這個顏色更襯姑娘，戴這支好了。」

喬昭已是忍無可忍，伸手捏捏冰綠的臉道：「別浪費時間了，就這樣出去就行了。」

「呃，對、對，不能讓邵將軍等急了。」冰綠連連點頭，笑瞇瞇道：「還是姑娘想得周到。」

喬昭：「……」

黎府離春風樓不遠，喬昭跟何氏打過招呼，帶著冰綠出了門。

「三姑娘，將軍在裡面。」晨光直接從後門把喬昭主僕帶進去，領到一個房門前停了下來。

門忽然開了，邵明淵站在門內，對喬昭客氣笑笑。「黎姑娘，後院葡萄藤下有石桌石凳，我請妳在那裡喝茶，妳看可好？」

「行。」喬昭很痛快答應下來。

在哪裡說事她都無所謂，不過看來邵明淵還是挺注重男女之防的。

這個發現，讓喬昭莫名看眼前的男子順眼了些。

「請跟我來。」

如邵明淵所言，後院果然有一架枝葉繁茂的葡萄藤，一串串葡萄掩映在青翠欲滴的綠葉中，青澀的樣子讓人一看便忍不住口中冒出酸水來。

邵明淵請喬昭坐下，親手斟了茶推到她面前，笑道：「再過半個多月，這裡的葡萄就可以吃了，味道比外面賣的要好很多。」

喬昭見邵明淵沒有直入正題，也不急著問，眼波在他白淨如玉的面龐上一掃而過，笑道：「邵將軍不是才回來，就知道這裡的葡萄好了？」

邵明淵端起茶杯，語氣很是隨意：「年少時曾和拾曦他們偷摘過這裡的葡萄吃。」

好一會兒，喬昭才道：「沒想到邵將軍以前也這般頑皮。」

邵明淵一笑。

「邵將軍今天找我，有什麼事？」

抬眸看了一眼不遠處站著的晨光，邵明淵道：「黎姑娘托晨光辦的事，晨光對我講了。」

喬昭點點頭，沒有表露出詫異的樣子。

晨光是邵明淵的親衛，這樣的事不告訴邵明淵反而不正常。她本來也沒想著瞞著邵明淵。

「不知道黎姑娘為何會如此盡心為我舅兄謀劃？」

「舅兄？」喬昭反問。

「黎姑娘不知道嗎？喬公子是我妻子的兄長。」

喬昭抿唇。她當然知道，她就是不知道這人叫「舅兄」還叫得挺順口的。

「所以冒昧問一句，黎姑娘為何對我舅兄如此用心？」

葡萄架下，石桌對面的男子白衣黑髮，點漆般的眼眸猶如一汪深潭，令人猜不透此刻的情緒。

明明在江遠朝面前，喬昭很是輕易就說出那句「我喜歡他」，來解釋對喬墨不同於其他人的關注，可此時，這句話卻說不出口了。大概是這人與兄長有這樣的聯繫，萬一哪天把這話傳到大哥耳中就太尷尬了，喬昭默默想。

「因為李爺爺讓我以後與喬大哥互相扶持啊。」

「喬大哥？」

「對呀，李爺爺說，我和喬大哥是他在世上最親近的兩個晚輩，他不在京城的日子，希望我們能互相扶持。我是受人之托忠人之事。」

受人之托忠人之事？

李神醫托他照顧黎姑娘，又托黎姑娘關照舅兄？咳咳，總有種只有他一個人是後娘養的感覺。邵明淵頗不是滋味地想。

他目光從喬昭面上掃過，笑道：「還沒恭喜黎姑娘，容顏恢復如初。」

「呃，謝謝。」喬姑娘道了謝，想了想問道：「邵將軍這才發現我的臉恢復了？」

邵明淵沉默，如果承認會怎麼樣？

喬昭抽了抽嘴角，懶得與他計較，隨手摘了顆葡萄放在手中把玩。「邵將軍應該聽說了吧，昨天先後有兩個殺手襲擊喬大哥，第一個殺手是晨光扮的，第二個殺手讓我很意外，從昨天到現在一直在琢磨這件事，也不知是什麼人要置喬大哥於死地……」

她話說到一半，忽然發現邵明淵表情有些異樣，不由住了口看著他。「邵將軍？」

邵明淵回神。

「邵將軍莫非有什麼心事？」

「並沒有，就是有件事要告訴黎姑娘。」

「洗耳恭聽。」葡萄架下，素衣少女把玩著青澀的葡萄珠，大大方方與年輕的將軍對視，語氣悠然。

邵明淵卻莫名有幾分壓力，猶豫了一下才開口道：「第二個殺手——也是我派的。」

喬昭手上一個用力，葡萄頓時被撚破了，濺出晶瑩的汁水。

「邵將軍是說，那個冷血無情，追得喬大哥狼狽逃竄、受驚過度的灰衣殺手，也是你派的？」

喬昭一字一頓問。

「嗯。」邵明淵老實點頭，眼風忍不住瞄了下場淒慘的葡萄一眼。

「邵將軍為何如此做？」喬昭拿出雪白的帕子，緩緩擦拭著手指。

「這樣顯得更真實一些。黎姑娘不是想讓幕後凶手以為有別的勢力想對我舅兄不利嗎？出現兩個殺手會把水攪得更渾，令人更難窺透真相，而且第二個殺手的出現是誰都不知道的事，他們的反應會更真實，這樣就不會有破綻了……」邵明淵侃侃而談，從戰略布局到人心算計，赫然把這次事件當成了一項軍事行動。

喬昭揉了揉帕子，強忍著把帕子扔到某人臉上的衝動，淡淡問道：「說完了？」

邵明淵咳嗽一聲，拿起茶杯啜了一口。

「邵將軍想得很周全，但為何不提前知會我一聲？」

她又不會出現在現場，還需要什麼真實反應嗎？

「不動則已，一動自然要確保萬無一失——」

「這不是打仗！」喬昭黑著臉反駁。

知不知道她擔心得一夜沒睡好啊？睡不好的人還能這麼好脾氣跟他喝茶，已經很不容易了。

「呃，抱歉，是我錯了。」

啥？這麼容易就認錯，這人還講不講一點原則了？喬昭眨眨眼。

見相對而坐的少女臉色緩和，邵明淵暗暗鬆了一口氣。

和女孩子打交道太麻煩了，果然遇到分歧時，道歉比講道理要管用。

「那冒出來攔住灰衣殺手的人呢？也是邵將軍安排的？」人家都道了歉，喬姑娘沒了揪著不放的理由，轉而問起這個問題。

「這個不是。本來我安排了人，不過還沒等出場，那人就出現了。」邵明淵看了喬昭一眼。

「那人是錦鱗衛。」

「錦鱗衛救了喬大哥？」喬昭一怔。

世事多變，很多事情果然是計畫沒有變化快。這下好了，確實不必擔心給大哥下毒的幕後凶手，但理明白其中頭緒，她都要亂了好嗎！

「舅兄是喬先生的孫子，又因為一場大火寄居尚書府，在京城本就備受矚目，倘若出了事定會引起風波，想來是錦鱗衛不願看到這種情況發生，才會出手相救。」

池燦曾和他說過，當今天子越來越厭惡麻煩事，而作為天子眼與手的錦鱗衛，當然會照著主人心意行事。「黎姑娘，若是從小廝口中問出給我舅兄下毒的是何人，妳打算怎麼做？」

喬昭神色淡淡開口道：「當然是要對方付出代價了。」

邵明淵沉默片刻，直視著喬昭的眼睛問道：「如果幕後之人是尚書府的人呢？」

那些人是舅兄的親人，而黎姑娘其實只是個外人，這樣插手的話，很可能裡外不討好。

「不管是什麼人，害了人，就該得到懲罰！」喬昭一字一頓道。什麼是親人？相親相愛、榮辱與共才是親人，要是背後捅刀子的，那算什麼親人？傷害哥哥的人，她一定要讓那人得到懲罰！「邵將軍打算怎麼做呢？」喬昭反問。

在旁人看來，邵明淵與大哥的關係，可比她與大哥的關係要親近多了。

「自是要先問過舅兄的意思再說。」

「邵將軍說得也對。」

七十二　表明心跡

葡萄架下，二人你一言我一語，氣氛漸漸和諧。

晨光遙遙看了一眼，喜上眉梢。

「你笑什麼？」冰綠問。

「沒笑什麼。」晨光忙斂起笑容，一本正經道。

要是被這小丫鬟瞧出來他有意撮合將軍大人與三姑娘，給他搞破壞怎麼辦？不能讓她發現！

「有毛病啊！」冰綠翻了個白眼，忽然又樂了。「我怎麼瞧著邵將軍和我家姑娘很相配呢，晨光你覺得呢？哎呀，要是他們能在一起就太好了，邵將軍連草帽都會編，以後一定不會讓我們姑娘吃苦的。」晨光愣了愣。等等，將軍大人什麼時候編草帽了？他怎麼不知道啊？

更重要的是——晨光目光落在冰綠身上，頓覺小丫鬟漂亮了不少。

剛剛是他太小心眼了，鬧半天這原來是戰友啊！

晨光正在傻笑，眼風無意間掃了前邊一眼，頓時一驚。

那不是池公子嗎，他怎麼來了？

晨光趕忙把冰綠一推。「妳快去和將軍他們說一聲，趕緊躲躲，我去攔住池公子！」

冰綠被晨光的緊張搞得昏了頭，居然真的跑去通知邵明淵與喬昭。

晨光快步迎上去擋住池燦去路，低眉斂目道：「池公子，將軍剛剛從後門出去了。」

「這麼不巧？」池燦搖搖扇子，忽然伸手用扇子抬起晨光下巴。「等等，你怎麼瞧著挺眼熟？」

「呵呵呵，屬下是將軍的親衛，池公子當然會覺得眼熟。」

池燦瞇了瞇眼，恍然大悟：「不對，你是黎三那個車夫！」

什麼？這都能被認出來？唉，這就是長相太突出的缺點了吧。晨光默默想。

「你怎麼會在這兒？」

「我——」

池燦收起摺扇，一拍掌心。「這麼說，黎三也在這裡？嗯？你剛剛說你們將軍走了，那黎三一個人留在這裡幹什麼？不對，你小子矇我呢，你們將軍肯定還在這裡。」

「不是，池公子，您誤會了……」

池燦一把推開他，冷冷道：「我本來沒誤會，但現在真的誤會了。爺倒是要瞧瞧，他們兩個在幹什麼見不得人的事！」池燦推開晨光大步流星地往前走去，晨光欲哭無淚。

池公子這麼敏銳幹什麼？他出現在這裡，就不能是有事情來找將軍稟告嗎？

葡萄架下，看著慌慌張張跑過來的冰綠，邵明淵與喬昭同樣一臉錯愕。

「發生了什麼事？」喬昭問。

冰綠跑得上氣不接下氣。「姑、姑娘，快躲起來……」

「嗯？」喬昭一臉莫名其妙。

「來不及了！」冰綠拉起喬昭，左右四顧，慌忙地拉著她一起躲到了葡萄架後面。

邵明淵站起來，下意識追了兩步，看到氣勢洶洶過來的人，又收回了腳步。

「還好！」冰綠撫著胸口，鬆了一口氣。

「到底怎麼回事兒？」喬昭壓低聲音問。

「那個池、池公子，他過來了！」冰綠大大喘了一口氣道。

喬昭蹙眉不解。「池公子過來了，我為什麼要躲起來？」

「啊？」冰綠愣了愣。對呀，池公子來了又怎麼樣，她家姑娘和邵將軍約會，光明正大！

眼見小丫鬟張大了嘴說不出話來，喬昭搖搖頭，抬腳欲要出去，忽聽熟悉的聲音傳來：「庭泉，今天好興致啊。」

喬姑娘默默收回腳。本來沒什麼的，可這個時候再出去，就有些尷尬了。

「一個人喝茶呢？」池燦一屁股坐下來，修長手指把玩著面前淺淺不足半杯的碧色茶盞，挑眉道：「不對呀，有兩個茶杯呢。」

他忽然身子前傾，嘴角彎起露出奪目的笑容。「莫非庭泉早知道我會來，提前就準備好了？」

邵明淵還處於呆滯狀態。

誰能來告訴他是怎麼回事兒，他和黎姑娘聊著正事，好友怎麼一副捉姦的架勢就過來了？

嗯，瞧著有點嚇人。

他默默坐下。

「怎麼不說話啊？難道是見到我，喜出望外了？」池燦斜睨邵明淵一眼，端起茶盞抿了一口。

邵明淵目光直直落在池燦捏著的碧色茶杯上。池燦順著邵明淵詫異的眼神垂眸一看，一張白玉般的臉迅速紅了，猛烈咳嗽起來。「咳咳咳，這個——」

他怎麼一不小心，把那丫頭喝過水的杯子給用了，這豈不是、豈不是……

池燦越想越臉紅，羞惱之餘，心中莫名又有些說不清道不明的喜悅，也因此，臉就更紅了。

「這個是我剛才用的茶杯。」邵明淵道。

「啥？」池燦一愣。他一定是聽錯了！

「你坐在那……」池公子無法接受和一個男人共用一個茶杯的事實，掙扎道。

邵將軍同樣心情複雜，可為了不讓好友以為是用的黎姑娘的茶杯，只得解釋道：「我之前坐在你現在的位置，剛才還沒來得及坐下，你就先給占了。」

池燦扶額。他一點都不想聽！

邵將軍完全沒有聽見好友的心聲，淡淡道：「所以你就不要想多了。」

用他的茶杯，總比不小心用了黎姑娘的茶杯好。

池燦黑著臉站起來，衝著葡萄架冷哼一聲：「黎昭，妳想躲到什麼時候？難道要我請妳出來嗎？」

葡萄藤輕輕搖曳幾下，喬昭面色平靜地走了出來。

池燦一看，頓時氣不打一處來。她居然還平靜自如？

「有什麼見不得人的事，見了我還要躲起來？」

「拾曦，有話好好說。」

池燦冷笑。「心疼了？」

邵明淵眸中滿是惱怒，飛快瞥喬昭一眼，伸手搭在池燦肩頭，歉然道：「黎姑娘，抱歉，我帶他去清醒一下。」

「邵明淵，你給我鬆手！」

直到二人不見了身影，某人的怒喝聲還隔著葡萄架傳過來。

喬昭冷著臉掃冰綠一眼。「走吧。」

「姑娘，就這麼走啦？」

「不然呢？等他們一決勝負？」

見姑娘臉色不好看，冰綠吐吐舌頭不敢說話了，亦步亦趨跟在喬昭身後往外走。

總覺得三姑娘才和將軍大人說了幾句話，就這麼走了未免太可惜，晨光不怕死來一句：「姑娘，池公子要和我們將軍一決勝負，肯定很快出結果的，要不您再等等？」

「或者你留下，我換個車夫？」

「咱這就走！」晨光滿眼淚。不帶這麼威脅人的啊！

邵明淵把池燦拎到牆角，鬆開手嘆了口氣。「拾曦，當著黎姑娘的面，能不能別亂說？」

池燦雙手環抱胸前，冷笑。「我哪句話亂說了？你敢說你對黎姑娘沒有另眼相待？」

「我對黎姑娘的另眼相待，只因李神醫的囑託，絕無其他。」

見邵明淵神色堅決，不似作偽，池燦愣了愣，一時沒有吭聲。

邵明淵眸光深深，看著他問：「那你呢？」

好友性子太彆扭，再這樣胡鬧下去，會弄得大家都難看，還不如藉著這個機會說明白好。

「我怎麼了？」

邵明淵嘆氣。「你為了見黎姑娘，都能做出男扮女裝的事來，難道只是因為好玩？」

池燦被邵明淵問住，臉上神情變化不定，仔細想了想道：「也不是，就是不平吧。」

「不平？」

「對啊，我可是把那丫頭救出虎口的人，她居然不感激涕零、結草啣環、以身相許什麼的，還時不時給我臉色看！」池燦越說越不高興。「爺自從那年之後，什麼時候救過女孩子？好不容易出手一次居然得到這種待遇，怎麼想心裡都不痛快！」

「這麼說，你不是因為喜歡黎姑娘？」

池燦彷彿被踩到尾巴一樣跳起來。「開玩笑，我怎麼會喜歡女孩子？」

等等，這話好像有哪裡不對勁兒。

發現邵明淵瞬間往遠處挪了挪，池燦臉一黑。「躲屁啊，你想到哪裡去了？」

邵明淵默默挪了回來。

「反正你別誤會就是了，那丫頭才多大啊，我又不是眼瞎！」

邵明淵打量著池燦，見他一副義正嚴辭的樣子，點了點頭。「好吧，看來是我想多了。」

「你就愛胡思亂想，走吧，之前那丫頭答應給我做叉燒鹿脯吃，擇日不如撞日，正好酒樓能提供現成的東西，咱們今天就嚐嚐她的手藝。」

二人並肩往回走，而葡萄架前空蕩蕩的連個人影都沒有。

「人呢？」池燦左右四顧。

邵明淵朝後門處的親衛招招手。親衛忙跑過來問：「將軍有何吩咐？」

「剛剛在這裡喝茶的姑娘呢？」

「那位姑娘帶著丫鬟和晨光一起走了。」

「好了，你下去吧。」邵明淵揮揮手，轉而對池燦道：「已經走了。」

「我知道了，不必你再重複一遍！」池燦黑著臉，咬牙切齒道。

「呃，那叉燒鹿脯——」

「你還提？」

邵明淵心想，這是典型的惱羞成怒吧？

「我走了！」池燦一張臉臭得不行，大為惱火。居然就這麼走了，那丫頭的良心一定是被狗吃了吧？

眼見好友黑著臉走了，邵明淵返回葡萄架下坐下來，拿起池燦用過的茶杯看了看，好一會兒才放回去，起身離開了春風樓。

還沒到晚上，喬昭就等到了晨光的傳信。

西府地方小，只有一個亭子在黎輝書房不遠處，喬昭就在那裡見了晨光。

「有消息了？」

夕陽繾綣，給晨光俊秀的臉更添了幾分光彩，他笑容燦爛道：「我那個同袍是審訊高手，有他出手，就是敵國細作都手到擒來，更別說只是個軟腳蝦小廝了。」

「這麼說，那小廝已經交代了幕後之人？」

「交代了，就是尚書府的大太太，喬公子的大舅母。嘖嘖，真是最毒婦人心啊，喬公子已經這麼慘了，投奔外祖家，當舅母的居然如此容不下他，還要給他下毒——」觸及喬昭蒼白的面色，晨光陡然住口，遲疑一下，小心翼翼問：「三姑娘，您怎麼啦？」

「我沒事。」喬昭笑笑。

晨光心直口快道：「還說沒事，您這笑比哭還難看呢。啊，您別哭啊……真的哭啦？」發現喬昭眼角紅了，晨光一下子手足無措起來，掏出手帕想遞過去，又反應過來這樣不合適，急得直打轉。

亭子外地勢開闊，不必擔心會有人把二人談話聽了去，離亭子十數丈開外卻有一個花架，能遮蔽人視線。此時站在花架後的黎皎，目光牢牢黏在喬昭與晨光二人身上，眼神閃爍。

看黎三與那個車夫的表情，可不像普通主僕問話的樣子。

黎皎目光在晨光俊逸的面龐上停留片刻，心中驀然生出一個猜測：難道黎三與車夫……

這個突如其來的念頭讓黎皎心頭一跳。

如果黎三與車夫真的有了私情，那可真要身敗名裂了！

腦海中閃過被長輩們當場撞破的場面，黎皎深深吸了一口氣，有種連日來的鬱悶傾吐一空的感覺。她最後看了亭子一眼，抬腳直奔黎輝書房。

黎輝才從國子監回來不久，正在書房裡讀書，就聽到了敲門聲。

「誰？」

「三弟，是我。」

黎輝走過去打開門。「大姊怎麼這時候過來了？」

黎皎目光掃過黎輝手中書卷，笑道：「從國子監回來怎麼不歇歇，還讀書呢？」

黎輝笑道：「多努力一些總是好的，先生說我明年可以下場試一試了。」

胞弟如此努力，黎皎自是高興，笑盈盈道：「三弟如此勤勉，明年一定能考取生員。」

弟弟明年才剛十六歲，要是考取了生員，那可是光耀門楣的事，她這個一母同胞的長姊臉上也有光。黎輝羞澀笑笑。「考取生員沒那麼容易，先生說童子試對有些學生來說比鄉試、會試還要困難。不過大姊放心，我會盡力的，只有儘快通過科舉步入仕途，以後才能護著妳們。」

「我們？」黎皎一時沒有反應過來。

「對呀，妳和三妹。祖母說三妹被拐賣過，將來親事上會很艱難，說不定就要老在家中了，我當哥哥的要是爭氣些，她就不會太委屈……」

黎皎面上不動聲色，心中已是氣得不行。三弟是中了什麼邪，竟把黎三和她相提並論！

祖母、祖母，口口聲聲不離「祖母說」，也不知道祖母給三弟灌了什麼迷魂湯！

「大姊？」

黎皎瞬間回神。「不管怎麼說，讀書也要講究勞逸均勻，你要是太累了，別人不心疼，大姊瞧著可是心疼的。走啦，咱們去外面溜達溜達吧，這時太陽快落下去，沒那麼熱了。」

「好。」黎輝放下書卷，姊弟二人出了門。

亭子裡，喬昭已經調整好心情，面上恢復了波瀾不驚的樣子，問晨光：「那個小廝可交代了緣由？」大舅母毛氏為何要對大哥下這種毒手？難道是因為梓墨表妹？大舅母知道梓墨表妹對大哥芳心暗許，為了防患於未然，於是下毒除掉大哥？

可這有些說不通。大哥毀了容，就算梓墨表妹想嫁給大哥，那也只能是她的一廂情願，無論是外祖家還是大哥自己，都不會考慮這件事。

大舅母因為梓墨表妹對大哥心生不喜很正常，何至於做出這種傷天害理的事呢？

喬昭隱隱覺得有一個點想不通。

「三姑娘，這件事，小的要跟將軍稟告一聲。」

喬昭睇他一眼。「好像我說不讓你稟告，你就會聽話似的。」

「呵呵呵。」晨光尷尬地撓了撓頭，笑得露出一口白牙。

「行了，你去吧。」

晨光站著不動。

「嗯？」

「三姑娘有沒有話托小的轉告給將軍啊？」

「沒有。」喬昭立刻否認。他們又不熟，她有什麼可說的？

「那小的走了。」晨光一張臉垮下來。

三姑娘真的真的沒有話帶給將軍嗎？他一點也不介意當傳聲筒的。

七十三　幕後之人

花架旁，黎皎與黎輝並肩而立，看著年輕英俊的車夫一步三回頭地離開了亭子。

「那個人，好像是三妹的車夫吧。」黎皎語氣猶豫道。

「是的。」黎輝抬腳想往亭子走去，被黎皎一把拉住。

「三弟，你過去幹嘛？」

「和三妹打聲招呼啊。」

黎皎欲言又止。

「怎麼了，大姊？」

「你現在過去，三妹會不會尷尬啊？」

「為什麼會尷尬？」黎輝一頭霧水。

黎皎抿抿唇，猶猶豫豫道：「你不覺得……三妹沒把那個車夫當車夫看嗎？」

黎輝不以為然：「那車夫是三妹的乾爺爺送給她的，三妹另眼相待不是很正常麼？」

他說完，向亭子走去，走出幾步回頭。「大姊，妳不去啊？」

黎皎被這呆頭鵝弟弟氣個半死，偏偏面上還不能流露出來，只得勉強笑笑。「去。」

喬昭聽到動靜轉過頭來。

黎輝嘴角含笑地走進亭子。「三妹——」他語氣一頓，目光落在喬昭微紅的眼角上，不由帶了詫異問道：「妳哭啦？難道有人欺負妳？」

「沒有，剛讓沙子迷了眼睛。」

黎皎暗暗冷笑。

什麼讓沙子迷了眼睛，明明就是哭了。莫非是覺得和那個車夫沒有可能，難過得哭了？

「大姊，三哥，我眼睛進了沙子不大舒服，要回去洗一洗，先走了。」

「我送妳吧。」

「不用，有冰綠呢，三哥陪大姊吧。」

望著喬昭離去的纖細背影，黎皎咬了咬唇。

如今黎三在府中越來越吃得開，看來沒有確鑿事實擺在眼前，別人是不會相信的了。

她就不信黎三能一直不露出馬腳。

喬昭回屋後，晚飯都沒動幾筷子，草草洗漱後直接就躺下了。

天還不算晚，燭火已經燃了起來，喬昭在床上輾轉反側。

「姑娘是怎麼啦？」門外，冰綠一臉擔憂，低聲問阿珠。

阿珠搖搖頭。「好像是見過晨光後就這樣了，一定是晨光那笨蛋說了什麼話，氣著姑娘了。

不行，我找他算帳去！」冰綠氣呼呼往外走，被阿珠一把拉住。「姑娘不會與晨光計較的。再說，天都黑了，妳怎麼去找晨光？」

冰綠一下子蔫了。

裡屋的喬昭卻猛然坐了起來，揚聲道：「阿珠，給我倒杯水來。」

阿珠快步走進去服侍。「姑娘，水。」

喬昭伸手接過水杯，一口一口喝著，眸子比天上的繁星還要亮，讓阿珠瞧了莫名有些發慌，可少女平靜的眼波又讓她心頭安定下來。

喬昭把杯子遞給阿珠。「妳下去歇著吧，我沒事。」

想不通毛氏有什麼充足的動機害大哥，那就不想了，她只要讓毛氏得到懲罰就夠了。

慶幸的是，她早早把藥丸給了大哥，讓大哥以受驚嚇為幌子發病，毛氏一時半會兒應該不會再對大哥下毒手。

不知道邵明淵知道了這件事，會怎麼做呢？

喬昭性情堅韌，一旦下了決心，反而平靜下來，不多時便沉沉睡去。

而邵明淵聽了晨光的稟告，薄唇緊抿，帶了十數親衛前往寇尚書府。

黃昏時分，許多人家已是炊煙裊裊，街上行人稀少。

青石路面被馬蹄敲擊，發出躂躂聲響，最前方的男子白袍墨髮，身姿挺拔，身後跟著十多名黑衣男子，騎著清一色的烏毛駿馬，最後面則是一輛馬車。這些男兒明明面無表情，不見半分厲色，可那整齊有力的馬蹄聲，還有幾乎一致的騎馬姿勢，卻讓路人感到一股無形的巨大壓力。那馬蹄聲彷彿不是踩在青石路面上，而是一下下踩在行人心頭，令人無端膽寒。

行人忙忙避開來，低著頭大氣都不敢出，等這隊騎手遠去了，又出於好奇的天性，伸長脖子眺望。有些人驚訝地發現那隊騎手在刑部尚書府門前停下。

邵明淵側頭點點頭。一名親衛翻身下馬，來到朱漆大門前拍了拍。

「誰呀，都這個時候了……」門人把大門打開一條縫，探出半個頭，不滿的嘀咕聲在看到清一色的高頭大馬時戛然而止，聲音都變了調：「什麼人？」

「冠軍侯前來拜訪你家大人。」親衛朗聲道。

門人哪見過這般架勢，一時忘了冠軍侯是自家大人的外孫女婿，拔腿就往裡跑，氣喘吁吁稟告道：「不得了了，冠軍侯來了，帶了好多人，還騎著馬！」

刑部尚書寇行則此時剛下衙不久，因心情不大痛快，叫了長子寇伯海一同飲酒。父子二人正在對飲，忽然聽門人這麼一說，寇伯海猛然站起來，拔腿就往外走。

「站住！」寇尚書放下酒杯，喊了一句。

「父親，您沒聽見麼，冠軍侯來了！他這個時候突然造訪，肯定有什麼大事！」

「伯海，冠軍侯是什麼人？」

「冠軍侯？那是皇上親封的常勝將軍啊，在軍中風頭無二的人物——」

寇尚書慢慢站起來，沉聲道：「你忘了，冠軍侯還是我的外孫女婿，該叫你一聲舅舅的。」

寇伯海張了張嘴，尷尬笑道：「一時情急，還真給忘了。」

他說完，瞪了傳話的人一眼，斥道：「話也說不清楚，慌裡慌張做什麼？」

寇尚書掃他一眼，淡淡道：「行了，別和一個下人計較了，你去迎一下。」

「父親，冠軍侯在咱們面前是晚輩，去迎什麼——」

「糊塗！」寇尚書瞪長子一眼。「剛剛我是提醒你不要忘了這層親戚關係，現在是要你知道，就算冠軍侯是你我的晚輩，最重要的身分還是聖上親封的冠軍侯。他這個時候前來，是公是私尚不清楚，你一個五品小官，豈能在他面前托大？」

「父親教訓的是。」寇伯海平復了一下心情，擺出隨意而不失鄭重的態度，迎了出去。

朱紅的門打開，寇伯海朗聲笑道：「侯爺來了，快快請進。」

邵明淵把韁繩交給一旁的親衛，大步走了過去。身後十幾名黑衣親衛齊刷刷跟在後面，動作整齊劃一。

寇伯海目光不由在那些親衛身上打了個來回。

「見過舅父。」邵明淵對著寇伯海行了揖禮，一雙黑湛湛的眼平靜無波，從他臉上掃過。

眼前的年輕人禮儀上明明無可挑剔，寇伯海卻莫名覺得那掃過他的目光，帶著透骨涼意。

那一聲「舅父」帶來的長輩優越感，頓時煙消雲散。

「侯爺多禮了，快裡面請。」寇伯海領著邵明淵往內走，十多名親衛緊隨其後，引得尚書府的下人頻頻側目。

文臣不同於武將，哪怕位極人臣，何曾有過這等架勢。等主人走過後，有的下人悄悄議論起來。「那位冠軍侯不是白天才來過嗎，嘖嘖，當時瞧著斯文有禮，跟清貴公子哥兒似的，怎麼忽然就讓人覺得殺氣騰騰的呢？」

「可不是嘛，我原先還琢磨著，冠軍侯能令韃子聞風喪膽，是不是誇大其詞啊，現在見了，才知道是自己看走眼了。」

「你們說冠軍侯這個時候過來幹什麼?不知道的還以為來抄家呢！」

「呸呸，狗嘴裡吐不出象牙來。」

有管事的狠狠咳嗽一聲，下人們這才一哄而散。

邵明淵跟著寇伯海往內走，就見寇尚書站在門口石階上等著。

一見邵明淵走近，寇尚書下了石階相迎。

邵明淵忙見禮：「見過外祖父。」

「侯爺快起身。」寇尚書親自把邵明淵扶起。

他身材發福，臉形圓圓的，笑起來令人如沐春風。「侯爺這時候過來，是有什麼急事麼？」

「確實有一樁急事。」

「來，進屋說。」

廳內桌上的酒菜已經撤了下去，三人才進屋，就有僕從奉上香茗。

寇尚書示意邵明淵喝茶。邵明淵沒有推辭，端起茶盞抿上一口，把茶盞放下道：「這個時候前來叨擾外祖父，是明淵的不對，不過事情是挺急的。」

「侯爺到底是什麼事如此著急？」雖然貴為六部尚書之一，天子也是經常見的，可邵明淵身分特殊，這個時候過來，還是難免讓人心裡打鼓。

「明淵想接舅兄去我的侯府長住。」

寇尚書一愣，不由看向長子寇伯海。

寇伯海同樣一臉不可思議。「侯爺這個時候趕過來，就是因為這個？」

「正是。」

一聽是私事，且和自己的外孫有關，寇尚書心下一鬆，擺出了長輩的姿態。「原來侯爺是為了這個。侯爺對墨兒的關心我知道了，不過墨兒現在昏睡不醒，挪動多有不便。」

邵明淵淡淡一笑。「這個請外祖父放心，明淵已帶了專門布置過的馬車來。」

寇尚書搖搖頭。「何必多此一舉呢？墨兒去了侯府，還要麻煩靖安侯夫人給他重新安置地方。」

「外祖父誤會了，明淵說的是冠軍侯府。我的住處已經修葺好了，本來就給舅兄準備了一個院子。」

「冠軍侯府?」寇尚書愣了愣才反應過來,瞥了已經留起鬍鬚的長子一眼,心情格外酸澀。果然是人比人得死,貨比貨得扔。眼前的年輕人剛及弱冠就已經封侯拜將,成了京城上下不容小覷的人物,可他的大兒子年紀都快能當人家爹了,還是靠了他的蔭庇才得以混了個五品官。

思及此處,寇尚書又是一番感慨。提到這個,他不得不佩服親家喬拙的眼光。

外孫女年紀尚幼時,喬拙就結下這門親事,為此長女回娘家時還和他們抱怨過。

如今看來,他那個親家眼光是極好的,就是可惜了外孫女命薄,攤上了必死的局面。

「原來冠軍侯府已經修葺好了,回頭叫你表弟他們去給你暖屋。」

「多謝外祖父,歡迎表弟他們隨時過去玩。」

寇尚書笑道:「不過喬墨還是不必搬了,這裡是他的外祖家,又已經住了這麼些日子,搬來搬去反而不習慣。且冠軍侯府離尚書府不算遠,明淵要是想見他,隨時過來就行。」

邵明淵站了起來,向寇尚書一揖。「外祖父,明淵想要舅兄搬過去住,其實是出於私心,還請外祖父成全。」

「呃,這話怎麼講?」

「今天白日明淵聽說舅兄病倒,前來探望過。」

寇尚書點點頭。這事他已經聽夫人提起過,夫人當時還感慨,這個外孫女婿倒是個有心的,就是可憐他們的外孫女沒有福氣。

「明淵探望過舅兄回去後,小憩之時忽然入夢,夢到了妻子責怪我對舅兄沒有盡心照顧,害她擔憂牽掛,難以瞑目。明淵醒來,思及此夢,再也坐不住,這才冒昧前來接舅兄去我那裡。明淵自知道此舉有些唐突,給外祖父添了麻煩,還請外祖父看在明淵日日承受喪妻之痛,成全明淵這份心意。」萬萬想不到邵明淵執意要接走喬墨竟然是這個理由,寇尚書嘴唇翕動。

想要斥其是無稽之談吧，可這小子說夢到的是自己外孫女，他聽著還怪受用的。再者說，這小子話都說到了這份上，就算是子虛烏有的事兒，他也不好這麼駁他的臉面。

「既然如此，那就依你吧。」寇尚書嘆口氣，轉頭對已經聽傻了的寇伯海道：「去和你媳婦說一聲，趕緊給墨兒收拾一下，該帶的都帶好，叫些人陪著墨兒一同隨侯爺去侯府。」

見目的達到，邵明淵笑意溫和。「只要把舅兄的隨身之物收拾好就行，明淵帶了不少人來，就無須麻煩府中人了。」

寇伯海心中冷哼一聲。這個小子，把他嚇了好大一跳，還以為出什麼事了呢，鬧半天只是接喬墨去侯府住，沒見過走個親戚這麼大架勢的。十幾個親衛，一看就都是刀尖上舔血的殺神，嚇誰呢？

寇伯海回房把這事對毛氏講了，毛氏一聽就愣了。「老爺說什麼？冠軍侯要接喬墨走？」

「對，父親讓妳安排人趕緊給喬墨收拾一下。」寇伯海說完，發現毛氏表情怔怔地毫無反應，不由皺眉道：「怎麼跟丟了魂兒似的？沒聽我說什麼嗎？」

「啊，聽到了。」毛氏猛然反應過來，猶豫了一下問道：「好端端的，冠軍侯為什麼要接喬墨走？老爺，不是我說，這裡怎麼說都是喬墨的外祖家，冠軍侯這個時候跑來接人，都等不到明天早上，這傳出去多難聽。」

「難聽什麼？」

「老爺想想啊，世人都愛往壞處想，定然會嚼舌咱們尚書府刻薄家遭大難、寄人籬下的外孫唄。」所以千萬不要答應啊！

七十四 亡妻入夢

「那沒辦法，父親已經答應了，實在不行，就把冠軍侯來接喬墨的理由傳出去唄。這樣既是一段佳話，又不會讓尚書府名聲受損。」

「什麼理由啊？」

「他說夢到了昭昭。」

「這也行？」毛氏瞪大了眼睛，嘴唇抖著好一會兒，說不出話來。

「父親答應的事，不行也行，快些去安排吧。」寇伯海催促道。

等小姑娘喬晚知道要被殺了姊姊的壞人接走時，整個人都懵了，但她還牢牢記得喬家女的身分，眼下哥哥又病了，可不能撒嬌耍賴，讓外祖家的人看輕了去。

於是小姑娘一直死死忍著，直到上了馬車，才哇的一聲哭出來。

騎在馬上的邵明淵勒住了韁繩。

「將軍，小姑娘哭著呢。」親衛提醒道。

天色已經暗下來，臨街的商舖都熄了燈，這麼一行人在路上走著，再加上車廂裡隱隱傳來的女童哭聲，讓偶爾路過的行人嚇得拔腿飛奔。

邵明淵調轉馬頭來到馬車旁，翻身下馬，彎腰進了車廂。

車廂裡點著燈，有個四十來歲打扮俐落的婆子正守著喬墨伺候著，對女童的哭鬧束手無策，一見邵明淵進來，不好意思道：「侯爺，老奴哄不好……」

「照顧好喬公子。」

邵明淵看向哭得眼睛紅紅的喬晚，溫聲問：「為什麼哭？」

「我和大哥才不要去你家。」

「喜歡住在外祖家？」

聽邵明淵這麼問，喬晚皺了皺眉。其實她也不喜歡住在外祖家，她喜歡住在嘉豐的杏子林，還喜歡住在京城的喬府，只有在這兩個地方才自由自在，是自己的家。

可是外祖家好歹有表姊們，這個壞人家有什麼？

「你能不能送我們回去？」

「妳叫我什麼？」面對才七、八歲的女童，邵明淵笑著問。

喬晚嘟嘟嘴。這人真是討厭啦，難道想聽她叫他姊夫嗎？

呸，想得美！

「我說，你能不能送我們回去？」

被問話的人閉目靠著車壁養神，對小姑娘的問題沒有半點回應。

燭光下，他臉色蒼白，眉黑如墨，黑與白的鮮明對比，讓他整個人都是清冷的。

「你不要裝睡——」喬晚伸手去拽邵明淵，指尖碰到對方冰涼的手，猛然縮回去，心中驀地生出幾分恐懼，脫口而出道：「姊夫？」

邵明淵睜開眼，漆黑的眸子露出笑意。「嗯？」

已經喊出了口，對一個小姑娘來說，再喊就沒什麼困難了，她咬著唇氣呼呼道：「姊夫，你幹嘛嚇人啊？剛剛我問你，能不能把我們送回去？」

「不能。」某人回答得乾脆俐落。

喬晚氣得瞪大了眼。「你、你不是讓我喊你姊夫就答應的嗎?」

「呃,沒有,妳喊我姊夫,我只是知道妳要和我說話而已。」

「你、你……騙子!」喬晚氣得抿著唇不說話了。

對哄孩子邵明淵沒什麼經驗,見她不哭了,便彎腰出去了。

喬晚:哪有這種人啊,果然是大壞蛋!

馬車漸漸消失在夜色裡,當晨曦重新拉開了一天的序幕,冠軍侯因亡妻托夢而把舅兄接走的消息瞬間傳遍了大街小巷。

一件事能不能成為人們樂此不疲傳頌的八卦,那是有講究的。

冠軍侯的身分,亡妻的托夢,舅兄的遭遇,每一個因素都能瞬間觸動人們的八卦神經,當這三者結合,自然是給人們茶餘飯後平添了最好的談資。

喬昭一夜睡足,正吃著花卷,從大廚房逛了一圈回來的阿珠,就把這則八卦講給她聽。

「咳咳咳——」乍然聽到這個消息,喬昭不小心咬到了下唇,當即就把唇瓣咬出血來。

她連連咳嗽著,向準備給她拍背的阿珠擺擺手,緩了緩問:「現在外邊的人真這麼說?冠軍侯夢到……他死去的媳婦兒給他托夢了?」

「真的,如今大街上賣菜的都在說冠軍侯對亡妻情深義重呢。」

去他的情深義重,去他的亡妻托夢,那混蛋真是說瞎話不眨眼了,她還活著呢,哪來的亡妻托夢?

喬昭閉了閉眼，平復一下心情，吩咐冰綠道：「去把晨光給我叫來。」

西跨院晨光自是不便過來，喬昭依然是在亭子裡見了他。

「姑娘今天不出門嗎？」

「出。」

晨光呆了呆。他就是隨口問問啊，這麼大太陽，他不想出門！

「去春風樓。」

「好的，小的這就去備馬！」某車夫瞬間活了過來。

天熱算什麼？他後來可是從池公子的小廝桃生那裡聽說了，人家池公子為了見三姑娘，都等中暑了！瞧瞧人家這是什麼精神，他再不替將軍大人加把勁兒，可就真沒戲了。

「等等，我還有話問你。」喬昭完全不理解這車夫跟打了雞血似的是為什麼，沉著臉道。

「姑娘請說。」晨光返回來。

「昨天邵將軍去了寇尚書府，把喬公子接走了？」

「啊？」

「我怎麼沒有聽你說起？」

晨光一臉冤枉。「姑娘，將軍沒跟小的說啊。您想想，將軍是什麼身分，小的是什麼身分，將軍大人有什麼打算，怎麼會和小的商量呢，您說是不？」

喬姑娘臉更黑了。她的意思是，邵明淵要把大哥接走，居然一點沒跟她透露！昨天見面還認錯態度良好，現在她是明白了，合著認錯歸認錯，該一意孤行的繼續一意孤行！

「你去備車吧。」喬昭站起來，帶著冰綠往外走去。

已站花架旁好一陣子的黎皎現出身形，扶著薔薇花枝想了想，回屋匆匆換上男裝，帶著扮成小廝的丫鬟一道出了門。她們塞給蹲在牆角曬太陽的閒漢一塊碎銀子，叮囑道：「悄悄跟著停在那邊牆角的那輛青帷馬車，看馬車去了哪裡速速回來告訴我們，剩下這塊銀子就是你的了。」

明晃晃的碎銀子擺在眼前，對閒漢來說無異於天上掉餡餅，忙不迭答應了，等那輛小巧的青帷馬車一動，就悄悄跟了上去。

晨光哼著小曲趕著車，心情頗為愉悅，不經意間一個回頭，遙遙瞥見一個墜在馬車後面的人影。那人雖離馬車不近，可出於在北地隨將軍多年征戰養成的敏銳，晨光不由挑了挑眉。

呦，居然有人跟蹤！

晨光瞬間挺直了脊背。天啦，在無聊了這麼久之後，居然有人來犯了！

小車夫馬鞭一甩，小曲唱得更大聲了。

「晨光是怎麼啦，沒有一個音在調子上，還越唱越大聲。姑娘，他一定是對大熱天出門心存不滿，打擊報復呢！」

「他沒有，他是真的高興。」喬昭閉目養神，絲毫不被車外傳進來的魔音困擾。

「他是高興了，完全不考慮別人的心情！」冰綠挑開簾子，探頭斥道：「晨光，亂嚎什麼呢，吵得姑娘沒法休息。」

晨光捣住了嘴。「對不住啊，一時心情太好沒管住嘴，不唱了。」

「這還差不多。」冰綠剛要放下簾子，手忽然一頓，嘀咕道：「不對啊，這方向好像不是去春風樓的……」聽她這麼一說，喬昭驀地睜開眼往外看去，看清路邊景物神色微變，低聲道：

「冰綠，坐回來。」

冰綠行事雖有些魯莽，對喬昭的話卻言聽計從，聽她這麼吩咐，立刻老老實實坐回去。

「晨光，怎麼回事？」

晨光頭也沒回，笑嘻嘻道：「沒啥，有不開眼的跟著咱們呢。三姑娘放心，小的定把那不長眼的帶到溝裡去！」

喬昭聞言放下了車門簾。冰綠頗有些興奮問道：「姑娘，有人跟蹤咱們？」

「行了，坐好，別打草驚蛇。」

既然晨光這麼說，那定然是沒問題的，邵明淵的親衛還不至於連這點本事都沒有。

喬昭坐在馬車內安安穩穩，感覺車子一時左轉一時右轉，走走繞繞停停，用了比平時多出許久的時間，才終於停在了春風樓後院。

被晨光繞暈了的閒漢在一處掛著紅燈籠的高樓前停下，仰著頭盯著紅綢圍繞的門匾半天，然而一個字都不認得，自言自語道：「那輛馬車就是拐到這兒就不見了，應該是進了這裡沒錯，這裡瞧著怎麼這麼眼熟呢……」

「去、去、去，這裡也是你能站的地方？」守門的人凶神惡煞地呵斥閒漢。

閒漢這才恍然大悟。臥槽，這不是大名鼎鼎的碧春樓嘛，平時他都是晚上盯著這人來人往的大門口默默嚥口水，換了大白天，居然一時沒有反應過來。

「怎麼還不走？」守門的人已經黑著臉舉起了棍子。

「走、走。」閒漢滿臉堆笑從碧春樓門前走開，走到守門人視線看不到的角落，往地上啐了一口唾沫。「呸，有什麼了不起的，等爺爺把剩下的銀子收了，也能來玩一趟！」

閒漢急忙回了與黎皎主僕約好的地方。

見閒漢終於回來了，黎皎向扮成小廝模樣的丫鬟春芳使了個眼色。

春芳迎上去問：「怎麼樣，沒跟丟嗎？」

「您這話說的，那麼大一輛馬車，我怎麼會跟丟呢？」

春芳扭頭對黎皎點點頭。黎皎心中一喜，使了個眼色。

春芳板著臉道：「那行，你帶路吧，把我們領到那輛馬車去的地方，這銀子就是你的了。」

「沒問題，二位……跟我來。」閒漢閃爍的目光在二人臉上掃了一下，心中有些好笑。

這兩個小娘子真有意思，以為穿一身男裝別人就瞧不出男女了，這是戲折子看多了吧。

要說起來那地方可不是兩個小娘子該靠近的地方，不過他可沒坑人，她們要他跟蹤的那輛馬車就是進了那裡，這銀子他賺得可是心安理得。

閒漢把黎皎主僕帶到碧春樓前。「喏，那輛馬車就是進了這裡面去了，嘿嘿，這剩下的銀子……」春芳把碎銀子往閒漢懷裡一丟，一臉嫌棄地道：「給你。今天的事不許對第三個人提，不然有你好看！」

「保證不提，保證不提。」閒漢揣好銀子，拔腿就跑了。

「姑娘，這是哪兒啊？」

黎皎抬頭看著門匾上的「碧春樓」三個金字，搖了搖頭。「我只知道離咱們府不遠處有一家春風樓，這碧春樓倒是從沒聽說過。」

「春風樓、碧春樓，姑娘，我知道了，這裡定然是一家酒樓。」

黎皎有些不確定。

看名字應該是一家酒樓，但這地方有些奇怪啊，哪有酒樓白天大門緊閉不做生意的。

黎三怎麼會去了這裡？

等等，是不是黎三要做什麼見不得人的事，所以才來了這有些古怪的酒樓？

「姑娘，要不我去門口問問？」

「不行，這裡關著門，冒然打聽說不定會打草驚蛇讓黎三得到消息。咱們去後門。」

一想到在府中亭子裡看到的情景，黎皎便有些迫不及待，帶著春芳繞到後門，見守門的是個婆子，直接塞過去一塊碎銀子。「我有個朋友來了這裡，我們有點急事找她，請行個方便。」

守門的婆子可不是一般人，那是年輕時在風月場上混過的，見兩個白白淨淨的郎君站在面前，目光往二人耳朵上一掃，心中頓時有數了。

這一定是男人昨天來了樓裡一夜未歸，家中的娘子找來了。

這不是來踢場子嘛，還了得！

「趕緊走，趕緊走，這裡沒有妳們要找的人！」

「大娘行個方便吧。」不欲拉拉扯扯引人注意，黎皎立刻塞過去一塊頗有份量的銀子。

守門婆子頓時猶豫了。「真的不行，妳們要是鬧出事來，我要擔責任的——」

「大娘放心，我們絕對不會惹事的。」黎皎心一橫，又塞過去一塊銀子。

隨著這塊銀子塞過去，守門婆子搖擺的小天平立刻傾斜了。「那行，妳們進去後找到人，想打想鬧，出了這個門再說，可千萬別在裡面鬧起來。」

「大娘放心，一定不會的，我們都明白。」

看來是找男人找出經驗的，哎，要說這當正頭娘子的也不容易，明明如花似玉，時間久了，哪裡有樓裡的姑娘們招人稀罕。

婆子開了角門，黎皎帶著丫鬟立刻溜了進去。

裡面亭臺樓閣、花草樹木，比之尋常宅院中的多出幾分荼蘼，空氣中飄著絲絲縷縷的脂粉香。作為翰林修撰的女兒，刑部侍郎的侄女，黎皎十六年來的人生從來沒和青樓妓館有過交集，可她畢竟也不傻，隨著心中的古怪感越來越強烈，火光電石間，猛然明白了這是哪裡。

「姑娘，怎麼不走啦？」

七十五　結下孽緣

黎皎面色青白交加，猛然轉身。「快走！」

想明白了這是什麼地方，她片刻不敢多待，心慌意亂往外便走，腦子裡一片空白。

「姑娘小心！」眼看著主子撞到一個人身上，春芳情急之下脫口而出。

酒氣混合著古怪的香氣撲面而來，黎皎頓覺跌入一個滾燙的懷裡。

「走路怎麼不長眼？」那人猛然抓住黎皎手腕，聽到春芳的話，再看清黎皎模樣，眼睛不由一亮。「喲，這是樓裡推出來的新花樣嗎？」

說話的年輕男子唇紅齒白，生得一副好模樣，可惜眼神太過輕飄，讓人瞧了就想搖頭。

「你放手！」黎皎又急又怕，冷汗瞬間濕透了後背，慌忙伸手去揮年輕男子伸過來的手。

但她這點力氣顯然不夠看，年輕男子握著她手腕的手稍一用力，她不由痛呼出聲。

年輕男子趁機抬起另一隻手，抽出了黎皎挽住頭髮的髮簪，隨手擲到地上。

青絲如瀑瞬間披散下來，女兒嬌態盡顯無疑。

「呦，果然是個美人！」年輕男子眼睛一亮，拉著黎皎就往抄手遊廊裡扯。

「放開我家姑娘！」春芳撲上來。

年輕男子一腳把春芳踹翻在地，冷冷道：「別礙著爺的事，不然要妳的命！」

他說完，使足了力氣把黎皎往屋子裡拉，黎皎死死抱著廊柱，對春芳喊道：「快去喊人！」

春芳是黎皎的貼身丫鬟，長這麼大都沒幹過粗活的，何嘗被人這麼粗暴對待過，身上挨了這一腳後，腦子都懵了，聽到黎皎的喊聲，立刻扯著嗓子喊道：「快來人啊——」

本來看不到人影的庭院各處立刻有了動靜。

黎皎險些昏死過去。這個蠢貨，她是讓她趁機跑回家去求救，哪是讓她在這裡喊，這裡是青樓，喊來的人能幫她們才怪呢！

「還傻愣著幹什麼，從後門跑啊！」黎皎後面的話被年輕男子搗在了喉嚨裡。

春芳愣了愣，這才反應過來，撒腿就跑。

聽到動靜出來張望的人，看到年輕男子把一個長髮披散看不清模樣的人往屋裡拖，不由樂了：「賈公子，大白天的玩什麼呢？」

年輕男子笑道：「碰到個好玩的，快一邊去，別礙著爺的好事兒！」

黎皎嗚嗚掙脫不開，只覺一股大力傳來，被推進了一間屋子裡，隨後就是令人絕望的關門聲。「不掙扎了？」身後傳來男子輕浮的笑聲。

黎皎狼狽轉身，看著男子一步步逼近，不由往後退著，一臉驚恐。

怎麼辦？誰能救救她？這一刻，黎皎感到無比的絕望。

本來一切都好好的，她怎麼會落到這樣的境地？不能慌，不能慌，黎三被人販子拐了去都能平平安安回到家裡，她也一定有辦法的！

「你不要過來，我不是這樓裡的人！」

「不是碧春樓的姑娘？這麼說，妳是來串門的了？」年輕男子笑嘻嘻問道，輕浮的語氣讓黎皎手腳發軟。她死死克制著心中恐懼，飛快解釋道：「我是好人家的女孩，本來和朋友約好了在酒樓見面的，不小心走錯了地方——」

「噗，小娘子，妳這話糊弄誰呢，走錯地方能走到這裡來？」

「我真是走錯了地方，不然怎麼會來這種地方？公子，這樓裡什麼樣的姑娘沒有，您何必為難我呢？您放了我，咱們誰都沒事，要是不放，公子也會有麻煩的。」

年輕男子顯然來了興趣，眉梢一挑問道：「我能有什麼麻煩，說來聽聽？」

「實話和公子說了吧，我伯父、我父親、我叔叔都是做官的，我要真是在這裡出了事，他們一定不會善罷甘休。」

年輕男子噗哧一聲樂了。「小娘子，妳伯父、父親、叔叔都當的什麼官啊？這京城別的不多，就當官的最多，屋簷掉下來一塊瓦片，都能砸到兩個五品官。」

黎皎一聽，不由一陣心慌。這人竟然是個色令智昏的，居然一點不怕什麼後患。

她愣神的工夫，年輕男子已經撲了過來，連拉帶拖把人往美人榻上推，口中還笑嘻嘻道：「說啊，妳家那些長輩到底是什麼官，說出來，也讓本公子害怕害怕！」

年輕男子如此說，黎皎反而不知道說什麼好了。她陷在這種地方，怎麼能報出身分來！

「呵呵，爺還真不怕這個。爺十三歲的時候就逛青樓了，什麼大風大浪沒見過？」

黎皎聽了這話，心中一動。

許是人到了這種絕境第六感就格外敏銳，她脫口而出道：「你是長春伯的幼子？」

年輕男子怔了怔，挑眉道：「小娘子居然知道我？」

黎皎險些把下唇咬出血來。

她怎麼不知道，她那個該死的前未婚夫，不就是十三歲開始逛青樓嗎！

黎皎看著唇紅齒白的年輕男子，眼睛驀地一酸。

這就是母親生前給她定下來的夫君，長得人模狗樣，實際上連畜生都不如。

她的命怎麼就這麼苦呢，擺脫了這人渣後，婚事本來就比別的姑娘要艱難，誰想在這種地方居然撞見了這個畜生。她要是被這個畜生毀了清白，那就真的生不如死了。

「小娘子幹嘛這樣看著我？莫非是早就仰慕我，才弄出這種巧遇來？」

「賈公子說笑了，我之所以知道您，實際上是因為您與我家有些淵源……」黎皎強迫自己鎮定下來，勉強擠出一絲微笑。這個時候千萬不能慌，只要多多拖延時間，說不定春芳就能搬來救兵。

「哦，說來聽聽，咱們有什麼淵源？」

黎皎眼神一閃。什麼淵源？實話實說肯定是不行的，這人一旦把她誤入青樓的事說出去，她的名聲就徹底毀了。更何況他們之前有著婚約，被這人渣知道了，說不定更能激起他的色心。

「不瞞賈公子，我是黎府的姑娘，所以聽說過您。」

「黎府？」年輕男子琢磨了一下，回過味來。「是府上大姑娘和我訂過親的那個黎府？呵呵，這還真是巧了，妹妹行幾啊？我以前可是聽說，將來的小姨子不少呢。」

他說著，伸手捏住了黎皎的下巴。

黎皎心頭一慌，脫口道：「行三！」

「行三？」年輕男子琢磨了一下，笑了。「這麼說，是三妹妹了。」

男子輕浮的神情，還有喊「三妹妹」時輕飄飄的語氣，讓黎皎瞬間雞皮疙瘩都冒了出來，心裡直犯噁心。就差那麼一點點，她就要嫁給這樣一個男人了！

「對，我是黎府的三姑娘。」話已經說出口，黎皎語氣堅定起來。

黎三被拐過，已經沒了名聲，而且看黎三那個樣子根本不在乎名聲多糟糕，可是她不一樣。她自幼喪母，又被退了親，今天的事要是傳出去，那就沒有活路了。

「賈公子，您現在已經知道了我的身分，就放了我吧。我不是樓裡的姑娘，也不是小門小戶的女孩，您何必惹這個麻煩呢，您說是不是？」黎皎這些日子過得不順心，清減了不少，原來的鵝蛋臉瘦出尖尖的下巴頦，睜著水潤的眼睛這樣哀求，瞧著就楚楚動人。

想到眼前少女險些成為自己的小姨子，年輕男子小腹中那團慾火不但沒有消散，反而竄得更高。他伸手捏住了黎皎下巴，笑嘻嘻道：「誰告訴妳，我知道了妳的身分就放了妳的？誰告訴妳，我怕麻煩的？我的三妹妹！」

「啊，你放開我！」年輕男子撲過來，黎皎忍不住尖叫出聲。

年輕男子摟著黎皎把她推到了美人榻上，整個身子壓了下去。「妳叫吧，這裡是什麼地方，妳就算喊破了喉嚨，也不會有人來救妳的。呵呵，說不定啊，還有人願意和咱們一起樂一樂呢——」黎皎聽得肝膽俱裂，當那雙令人噁心的大手突然在她胸前抓了一下時，僅剩的理智頓時土崩瓦解，她隨手抄起美人榻上的瓷枕，朝著年輕男子後腦杓打去。

隨著哐噹一聲響，年輕男子軟軟倒了下去。

黎皎一臉驚恐望著空空如也的手，滿地的碎瓷飛濺都忘了躲開。

年輕男子躺在地上一動不動，有鮮血緩緩流出來。

她死死摀著嘴，一步一步往門口挪，等挪到了門口，手觸及木門時，才清醒了些。

她打死人了？

她把長春伯府的幼子給打死了？

她該怎麼辦？

不行，這樣跑出去會被立刻發現的。

不能慌，不能慌！

黎皎一遍一遍說服自己冷靜下來，忍著巨大恐懼走回年輕男子身邊，彎腰把他束髮的綸巾取下來，顫抖著雙手把披散的長髮綁好，這才重新走回門口，推門出去。

此時還是上午，正是所有的青樓妓館最冷清的時候，先前他們在園子裡鬧出的動靜雖然引來一些人探頭觀看，這個時候那些人又睡起了回籠覺。

走在寂靜無人的園子中，黎皎心驚膽戰，拖著發軟的腿腳強撐著往前走，忽然腳下踩到什麼東西，光芒一閃。黎皎低頭，發現踩到的正是那人渣之前從她髮髻間抽走的簪子。

黎皎忙把簪子撿起來，握在手裡。幸好把這簪子撿了回來，不然落在這裡，說不定會有麻煩。

黎皎加快了腳步，好不容易走到角門那裡，一顆提著的心更加緊張。

剛剛春芳從這裡跑出去，不知道怎麼和守門的婆子說的，萬一守門婆子察覺不對勁，不放她出去，那就糟了。緊了緊手中發簪，黎皎強迫自己冷靜下來。

這個時候，更要沉得住氣才能逃出生天，只要出了這個門就好了。

黎皎做出坦然的模樣走到角門處，對守門婆子笑笑。「大娘，麻煩您開下門。」

守門婆子一邊開門一邊問道：「剛剛妳的丫鬟——呃，妳的小廝怎麼先走了？我問她，她就說有急事，臉色那個難看啊。」

黎皎笑笑。「我們一直沒找到人，我讓她趕緊去別的地方看看。」

「我說呢，不過我們這碧春樓可是京城最好的了，看妳這模樣也是有錢人家，要找的人要是不在這裡啊，說不準就沒來這些地方呢。」

這些正頭娘子也是可憐人啊，瞧瞧為了找自家男人，都女扮男裝混進青樓來了，容易嘛。

守門婆子心中唏噓，不由多看了黎皎一眼，忽然在她衣襬上看到一抹刺眼的紅。

守門婆子眼神一縮，伸手擋住了已經打開的門。「喲，這是什麼？」

黎皎順著守門婆子視線看過去，心裡一咯噔。

被發現了？

有些人到了絕境會徹底喪失反抗意識，有些人卻會做出平時不敢想的事來。

黎皎顯然屬於後者。

千鈞一髮之際，她毫不猶豫舉起手中簪子，對著守門婆子的手臂狠狠刺了下去。

守門婆子啊的一聲慘叫。趁著守門婆子鬆手的時機，黎皎推開她跑了出去。

守門婆子摀著流血的胳膊大聲喊道：「不得了啦，殺人啦——」

守門婆子的慘叫聲瞬間驚動了青樓打手。

「怎麼回事兒？」

「有個人女扮男裝混進來，說是找她相公，結果剛才她想出去時，我發現她身上有血！她一定是把她相公殺了，天啊——」守門婆子一想自己犯下的巨大錯誤，再加上手臂上往外直冒的鮮血刺激，白眼一翻，昏了過去。

領頭的打手根本顧不上管守門婆子，揮揮手道：「快到處找找，看有沒有人出事！」

他們碧春樓可是京城頂尖的青樓，來這裡玩樂的客人非富即貴，要真有人在這裡出了事兒，那麻煩就大了。

至於跑掉的凶手——既然是來找她相公的，等他們找到受害的人，凶手是誰自然就知道了。

園子裡亂成一團，一群人搜來搜去，找到了長春伯幼子所在的房間。

門推開，刺鼻的血腥味撲面而來。

一看到躺在地上的人，不少人驚呼出聲：「天，這不是長春伯府的小公子！」

對於從十三歲起就是他們這裡常客的長春伯幼子，他們太認識了啊！

「快快快，看看賈公子還有沒有氣！」

七十六　原來如此

碧春樓裡人仰馬翻，春風樓裡院中的合歡樹花開如荼，亭亭華蓋遮蔽了豔陽，給樹下交談的人帶來清涼與靜謐。

「黎姑娘找在下有事麼？」

喬昭一聽，莫名有些不快。

她來找他當然是有事，可這人說話怎麼這麼讓人討厭呢？

她沒事就不能來了？這裡是酒樓，她來喝酒不行嗎？

「我聽說，邵將軍昨天把喬大哥接到自己府上了？」

喬昭一口一個「喬大哥」，是有原因的。

以她現在的身分，在邵明淵面前和兄長叫「喬公子」無疑更合適些，但這樣就無形中拉遠了與兄長的距離。她在邵明淵面前常常叫「喬大哥」，久而久之，就會讓他下意識覺得她與兄長很親近，這樣以後兄長再有什麼事，或者她想見兄長，就顯得理所當然了。

「嗯，是這樣。」

「對喬大哥的大舅母，邵將軍打算怎麼辦？」

對於敢傷害兄長的人，不管是誰，她是不打算就這麼放過的。

不過眼前這人能力太大，還沒等她行動就先一步把兄長從尚書府接了出來，這樣雖然確保了兄長以後的安全，可萬一他對毛氏有什麼打算自己卻不知道，那就太被動了。

「這個想等舅兄身體好些了，問問他的打算。」

寇尚書府與喬墨是打斷骨頭連著筋的關係，究竟怎麼對付毛氏，對邵明淵來說，自然是以喬墨的意見為主。若是舅兄看在外祖家的親人面子上不想把事情鬧大，他能做的就是保證舅兄以後的安全，並尊重舅兄的意見。

「我聽晨光說，審問小廝的人是邵將軍手下的審訊高手，不知有沒有從小廝口中挖出來，喬大哥的大舅母是否受人指使呢？」

「我問過了，那個小廝已經把能交代的都交代了，至於是否受人指使，小廝應該不知情。」

喬昭抿了抿唇，抬眸與邵明淵對視，鄭重問他：「那麼喬大哥以後住在邵將軍府上，邵將軍能夠保證他的安全吧？」邵明淵深深看喬昭一眼，總覺得眼前少女對舅兄的關注，已經遠遠超出了她之前給出的理由，然而少女坦蕩清澈的目光，又讓他不會想到其他地方去。

「責無旁貸。」邵明淵這樣回答她。

聽了這個答案，喬昭嫣然一笑。既然如此，她就放手一搏，先收拾了毛氏再說。

至於兄長會不會因為考慮到外祖家其他親人而放棄追究毛氏，咳咳，那就不關她的事了。

「還沒恭賀邵將軍搬入新居。」

邵明淵表情很淡，似乎對這件事沒有半點情緒波動。「只是收拾了出來，尚未正式搬。」

沒有正式搬，但他已經開始在冠軍侯府常住了。到了夜裡，偌大的冠軍侯府明明冷冷清清，沒有什麼人氣，他卻覺得比住在那個生活了多年的靖安侯府還要安心。

「我想去看看喬大哥，不知道邵將軍方便嗎？」

邵明淵笑笑。「當然方便，以後黎姑娘想見我舅兄，隨時都可以過來。」

「多謝邵將軍。」

「黎姑娘要現在過去嗎？」

「好。」喬昭點頭，似乎想到了什麼，貌似隨意地問道：「邵將軍，外面都在說，你之所以把喬大哥接出來，是夢到了……」總覺得在邵明淵面前說「你妻子」有些怪怪的。

邵明淵卻坦然接話：「夢到了我妻子。」

「呃，你真的夢到她給你托夢嗎？」

邵明淵詫異看喬昭一眼。黎姑娘給他的感覺並不像熱衷於這些閒言的人。

更何況，就算再閒言，也沒有幾個人敢直接問他的。

這一刻，邵明淵沒覺得生氣，更多的是困惑。

難道女孩子都是這樣複雜嗎，他自以為看透了一個女孩的脾氣，其實這女孩子還有許多面是未知的。嗯，這和他那些並肩作戰的同袍們一點都不一樣。年輕的將軍心中感慨著。

眼前的少女還睜大著一雙清亮的眸子望著他，長長的睫毛忽閃著，與她平時淡然恬靜的樣子很是不同。

邵明淵笑道：「自然是真的。」

「這種事聽來有些匪夷所思。」喬昭喃喃道。

「親人托夢，並不少見。」

「親人？」喬姑娘抓住了重點。

邵明淵臉有些熱，卻絲毫沒讓眼前的少女看出來。「妻子自然也算是親人。」

他和喬氏只見過那一面，他們雖是夫妻，卻還來不及生情就已陰陽相隔。他對她，更多的是愧疚，「愛妻」兩個字掛在嘴邊未免虛偽矯情。

喬姑娘臉有些黑。誰是他的親人啊？簡直莫名其妙！

「先夫人請你照顧喬大哥嗎？」

邵明淵呆了呆。怎麼還往下問？黎姑娘今天有些怪。

雖然如此，他還是答了：「是，亡妻對我說，她不放心兄長住在外祖家，希望我能把兄長接到身邊來照顧，這樣她才能安心……」對面少女意味深長的眼神讓邵明淵語氣一頓，問道：「黎姑娘怎麼了？」

「沒什麼，請邵將軍帶我去看看喬大哥吧。聽說他一直昏睡不醒，我有些不放心。」

看這傢伙一本正經編瞎話的樣子，真沒想到啊，他是這樣的邵明淵！

「嗯。」

二人起身往後門走，一直等在門口的晨光迎上來。

邵明淵向他頷首。「送黎姑娘去冠軍侯府。」

「好勒——」晨光猛然停下來，聲音揚起：「去哪兒？」

「冠軍侯府。」邵明淵蹙眉。

這渾小子怎麼當了一段時間車夫，越來越不機靈了？

「哦呵呵，小的這就去備車！」晨光跳了起來。

天啦，虧他還一直替將軍操心，嫌棄將軍動作慢，原來是白擔心了。

哼，女扮男裝混到三姑娘家裡算什麼本事，能讓三姑娘主動上自個兒家裡才是能耐！

他家將軍大人太有能耐了。

晨光一路哼著小曲趕著車，車廂裡的冰綠臉色發黑。「姑娘，您別攔著我，我去把晨光的嘴縫起來！」

從春風樓去冠軍侯府的路平坦寬闊，喬昭安安穩穩在車裡坐著，想到以後見兄長不需再費盡心機，心情不由輕鬆了許多。

❦

而此刻，黎皎一顆心卻緊繃到極致。

她誤入了青樓，還殺了長春伯府的公子，現在最重要的就是趕在春芳回府前先一步趕回去，阻止春芳向家裡人求救。

這樣的話，無論是外面的人還是家裡的人，都不會知道究竟發生了什麼事。

這一刻，黎皎忽然不後悔殺人了。死了多好，死了就誰也不知道今天的事了。

她和春芳女扮男裝混進碧春樓，根本沒人知道她們的身分！

黎皎腦海中瘋狂轉著這些念頭，離開了碧春樓的範圍後，僱了一輛馬車，給足了銀錢拚命往黎府趕，等到了西府附近的茶樓從馬車上匆匆跳下來，躲到了隱蔽處等著。

以她的推測，春芳在那種驚慌失措的情況下是想不到僱車的，只會死命往家裡跑，這樣的話跑不了多久就會沒有力氣，十有八九會落在她後頭。

而西府還是往常安安靜靜的樣子，讓黎皎更加堅信這一點。

果然不出所料，大概等了一刻多鐘，春芳才氣喘吁吁跑過來。

她腳步踉蹌，神情惶急，看起來很是狼狽。黎皎伸出手，一把把她拽到了角落裡。

「嗚嗚嗚——」嘴被人突然摀住，春芳拚命掙扎。

「是我！」黎皎鬆開手

春芳愣了愣，抓著黎皎眼淚直流。「姑娘！姑娘您沒事？」

「現在不是哭的時候，等進府再說！」

「嗯。」春芳抹了一把淚，扶著黎皎往前走。

黎皎卻沒有動，指著另一個方向道：「從那邊巷子的角門進去。」

春芳有些吃驚。姑娘所指的那條巷子，平時都是夜香郎走的地方，實在是汙穢不堪。

「傻愣著幹什麼，不能讓人發現咱們這個樣子回去！」黎皎催促道。

她們早上出來時，走的是另外一個角門，當時是趁著守門的人打盹兒悄悄溜出去的。現在要是還從那邊走，可不一定有這樣的好運氣。

而這個專門倒夜香的角門就不一樣了，平日裡並無人看守，只是鎖著門。

主僕二人鑽進狹窄的巷子，因是盛夏，熏天的臭氣直往人鼻孔裡鑽，引人作嘔。

因為鮮少有人走，巷子裡是泥土路，路上斷斷續續灑著黃白之物，春芳一不小心踩上，立刻就吐了出來。或許是因為殺了人，強烈的刺激之下，這樣的情景對黎皎來說反而麻木了，她冷著臉低斥道：「吐什麼，再耽誤時間連命都沒了，這個算什麼？」

「是……」春芳白著臉應道。

二人摀著鼻子艱難前行，總算到了角門處。

「姑娘，咱們怎麼進去啊？」

「那裡！」黎皎一指角門不遠處，說完走到那邊，用腳撥開繁茂的草，露出一個狗洞來。

春芳當即傻了眼。姑娘怎麼知道這裡有狗洞的？

黎皎當然明白春芳的疑惑，卻顧不得給她解釋，撩起衣襬蒙住臉，從狗洞爬了進去。

春芳一看姑娘都這樣了，哪裡還敢猶豫，有樣學樣跟著爬進去，手掌觸到黏黏膩膩之物，胃裡直犯噁心，卻已經什麼都吐不出來了。

這個角落本就鮮有人來，主僕二人從狗洞鑽進府中，一路躲躲避避，總算回到了屋子裡。

「快、快，我要沐浴！」順利回到自己的地方，就意味著終於從那場惡夢裡脫身了，黎皎心中一鬆，頓覺身上的惡臭難以忍受，扶著牆乾嘔起來。

黎皎足足洗了三桶水才換上了乾淨衣物，把她與春芳出門時的全套衣物，吩咐另一個大丫鬟秋露當著她的面全都燒了，這才把二人叫到裡屋，叮囑道：「秋露，今天我和春芳沒有離開院子半步，妳可記住了？」

「婢子記住了。」

對兩個從小一起長大的丫鬟，黎皎還是放心的，再次警告道：「記得就好，若是說漏了嘴，就別怪我不顧妳們從小陪我長大的情分！」

「婢子一定記得！」

「那行，妳先下去吧，春芳留下。」

等秋露一走，黎皎一雙眼落在春芳面上，不發一言。

「姑、姑娘——」春芳不明所以，只覺得姑娘此時的眼神格外駭人，不由膝蓋一軟跪了下來。

「妳起來，坐這。」黎皎指指小杌子。

春芳戰戰兢兢坐下。

黎皎面色冰冷。「我知道妳想問什麼，不過妳什麼都別問。春芳，我要妳徹底忘了今天咱們去了哪裡，如若不然，無論是我還是妳，都會不得好死！」

春芳渾身一震，低頭道：「婢子明白，婢子明白。」

「明白就好。」黎皎輕舒了口氣。「妳也不要這麼戰戰兢兢，讓人瞧出端倪來。運氣好的話，應該會風平浪靜，什麼事都沒有。萬一運氣不好，有人來咱們府上鬧事，妳只要記住一點，咱們從來沒出過這個門口就行了！」

「嗯。」春芳拚命點頭，又有些擔憂地問道：「有人鬧事？難道那個登徒子還要追到咱們府上來不成？」姑娘究竟是怎麼脫身的啊，她完全想不通。

黎皎忽而深深看了春芳一眼，抿唇道：「我殺了他！」

撲通一聲，春芳直接從小杌子上跌了下來。

「殺、殺、殺……」春芳連話都說不俐落了。

黎皎卻有種破釜沉舟的無畏。「所以妳該明白，千萬不能說漏了嘴吧？」

春芳和秋露不同，是和她一同經歷了那場惡夢的，不狠狠敲打，萬一露出馬腳來，她就真的萬劫不復了。

等春芳終於緩和了情緒退出去，屋子裡只剩下黎皎一人，她一下子軟倒在床榻上，盯著紗帳頂垂下的鏤空鎏銀香囊，聞著令人熟悉安心的香氣，後怕這才一點一點從心頭湧出來，把她淹沒。大熱的天氣，黎皎拽過薄被蓋住身子，渾身發冷。

七十七　鬧上門來

此時長春伯府上，屋子裡女眷的哭聲連綿不絕，丫鬟們手中捧著軟巾、熱水等物絡繹不絕從門口進進出出。

「別哭了！」長春伯冷喝一聲。屋子裡哭聲一停，隨後是更大的哭聲。

「我兒已經這樣了，還不能哭嗎？嚶嚶嚶，要是疏兒有個三長兩短，我也不活了——」

「等大夫出來，聽聽大夫怎麼說。老夫人那邊，暫時先瞞著！」

不多時，裡屋傳來驚喜的喊聲：「四公子醒了！」

長春伯等人忙蜂擁而入。

「太醫，犬子怎麼樣了？」長春伯問。

長春伯夫人卻直接衝到床邊，抓住了賈疏的手。「疏兒，疏兒你怎麼樣了？」

才清醒的賈疏被母親搖得頭暈目眩，勉強道：「杏子胡同黎府，三、三姑……」

話未說完，白眼一翻又昏了過去。

「疏兒？疏兒——」一見賈疏暈了，長春伯夫人魂都嚇沒了，抱著他猛搖晃。

太醫忙制止道：「不能搖晃，不能搖晃，令公子本來就傷了腦袋，再搖晃人就完了！」

長春伯夫人哭聲一停，狠狠瞪了太醫一眼。

這死太醫，怎麼說話呢？

太醫也一臉無辜。他就是情急之下實話實說，再者說了，長春伯府的這個紈絝子在青樓裡受傷也不是一、兩回了，要他說啊，這純粹是報應……咳咳，醫者仁心，醫者仁心。

「太醫，犬子到底如何了？」

太醫搖搖頭道：「不樂觀。」

「怎麼會不樂觀？太醫，剛剛我兒不是還清醒過來了嗎？」

「那只是暫時清醒，令公子腦袋中很可能有瘀血，究竟能不能消散，恐怕要看天意了。」

「要是不能消散會怎麼樣？」長春伯問。

太醫皺眉道：「不能消散的話，輕者人清醒後可能會癡傻，重者……」

長春伯夫人一聽，痛哭流涕。

長春伯親自送太醫出去，返回來後厲聲道：「慈母多敗兒！我早就說過，不能這樣縱著疏兒，可妳就是不聽，如今怎麼樣，終於大禍臨頭了。」

「伯爺，都這個時候了，您還說這些作甚，趕緊去太醫署求最好的御醫過來給疏兒看看呀。」

「最好的御醫？最好的御醫是說請就能請得動的？」

太醫署裡尋常的太醫，不當值時會被各府請去看診，但少數幾位技術精湛的御醫，那是專門服侍天家的，勳貴大臣家想請這樣的御醫，需要天家人恩典，或是有極大的臉面。

長春伯府在京城說高不高說低不低，一時半會兒，他還真請不來這樣的御醫。

「妳別哭了，照顧好疏兒，我這就托人去求一求太后。」

「嗯、嗯，伯爺快去。」

長春伯看了昏迷不醒的兒子一眼，眼中閃過狠厲。「剛剛疏兒說什麼？我怎麼聽他提到黎府——」長春伯夫人這才反應過來。「對，疏兒剛才是說杏子胡同黎府。」

她琢磨了一下，不確定地道：「疏兒好像是說，黎府三姑……」

「夫人聽清楚了？」

「沒錯，疏兒是這麼說的。」長春伯夫人臉色一變。「伯爺，這是不是害疏兒的凶手？可是黎府三姑是什麼意思啊？」

「疏兒的話沒說完，應該是黎府三姑娘！」長春伯一字一頓道。

「黎府三姑娘？」長春伯夫人一臉費解。「這和黎府三姑娘有什麼關係？疏兒不是在碧春樓受的傷？」

長春伯冷笑打斷她的話。「這就沒錯了，我已經盤問過送疏兒來的人，他們說，是有人女扮男裝混入了碧春樓，然後打傷了疏兒！」

「這麼說來，咱們疏兒是被黎府的三姑娘害的？」長春伯夫人回過味來，不由大怒。「這就是了，伯爺可能不知道，那個黎家三姑娘可有名了，春天的時候被人販子拐到了南邊去，居然不缺胳膊不少腿的回來了，而且不像有些沒了名聲的小姑娘那樣躲起來，反而出了好幾次風頭。說她會女扮男裝去碧春樓，還真不奇怪！」

長春伯冷笑道：「我如何會沒聽說，黎家鬧到錦鱗衛衙門去的事，可是人盡皆知了。」

「伯爺，疏兒讓那個小賤人害得生死不知，咱們可不能就這麼算了！」

「當然不會就這麼算了！夫人稍安勿躁，我先去托關係請最擅長此科的御醫來給疏兒瞧瞧，然後咱們帶些人去黎府，要他們給個交代！」

長春伯匆匆去托了關係商請御醫。好不容易御醫來了後看診一番，依然給出了先前太醫差不多的結論，開了方子後便飄然離去。

大受打擊的長春伯夫婦哪裡還受得住，立刻帶著人馬，氣勢洶洶直奔黎家西府而去。

站在西府門前，長春伯手一揮，冷冷道：「給我砸門！」

一個五大三粗的護院上前，砰砰砰地把大門砸得震天響。

這樣的動靜立刻引來了路人及四鄰五舍的注意。

「怎麼回事啊，有人來黎家鬧事？」

「你們忘了，前不久黎家不是才去錦鱗衛衙門鬧過嗎，這肯定是對方來報復的。」

「等等，那個砸門的我好像認識。有一次我隨主人前往長春伯府，和那人喝過酒……」

「長春伯府？就是那個小兒子天天流連青樓的長春伯府？對了，長春伯府先前與黎家還定了親呢！後來不是已經退了麼，今天又是怎麼回事兒？」

「誰知道呢，反正肯定是一場好戲，看下去就知道了。」

「誰呀，敲這麼大聲——」門人老趙頭一開門，立刻被長春伯府的護院推了一個趔趄。

長春伯領著人大步往裡走。

「哎呦，你們怎麼私闖民宅啊！」老趙頭忙上前攔。

「滾開，要是你們黎家不嫌丟醜，我完全不介意在大庭廣眾之下，把你們府上姑娘做的醜事抖落出來！」長春伯厲聲道。

人老成精，老趙頭一聽，也顧不得攔人了，拔腿就往裡跑去報信。

今天恰好是官員休沐之日，黎光文正在青松堂裡聽鄧老夫人聊近來府上開支，一聽老趙頭的稟告，頓時驚了。

「什麼，長春伯府的人來鬧事？還說咱們府上姑娘做了醜事？」鄧老夫人騰地站了起來。

「娘，您不要著急，兒子出去看看。」

「老大，不要和他們在外面理論，先把人請進來再說。」鄧老夫人交代完，不祥的預感陡生，乾脆抬腳往外走。「罷了，一起出去吧。」

兒子脾氣太差，萬一在外頭和人家打起來就壞了。

鄧老夫人才走出去，就見一群人氣勢洶洶迎面而來，領頭的正是長春伯夫婦。

見到長春伯夫婦，鄧老夫人心情頗為複雜。

就在幾個月前，長春伯府退了與大孫女定下十幾年的親事，當時這夫婦二人都沒上門來，本以為與這家人再也不會打交道，沒想到今天卻上門來了。

「不知伯爺與夫人前來，有何貴幹？」

一見白髮蒼蒼的鄧老夫人迎出來，長春伯冷笑一聲：「我們替兒子討公道來了！」

「伯爺這是何意？」

長春伯夫人已是衝了過來，厲聲道：「我兒被你那卑劣下賤的孫女害得生死不知，快叫那小賤人滾出來！」

卑劣下賤的孫女？鄧老夫人一聽，臉立刻沉下來，衣袖一拂。「二位有什麼話，進屋再說吧。我們黎家不是不知禮數的人家，沒有客人上門連杯茶水也不上的道理。」

這就是暗指長春伯夫婦不懂作客的禮數了。

長春伯夫人剛想大罵，就見鄧老夫人已經轉身往內走去，只給她留下一道脊背挺直的背影，竟全然不像年近花甲的老人。

長春伯拍拍長春伯夫人的手臂。「進去再說。」事實擺在這裡跑不了，若是黎家不承認，再把事情鬧大了也不遲，反正他兒子有事，黎家也不能好！

長春伯夫婦進了待客廳，鄧老夫人淡淡道：「二位請坐吧，有話慢慢說，一口一個卑劣下賤，老身可聽不明白。」

「不必再裝了，快把你們府上的三姑娘交出來，替我兒償命！」伯夫人怒道。

「妳說什麼？」鄧老夫人眼神一緊。

黎光文更是詫異揚眉。

「少裝糊塗，黎三那小賤人女扮男裝跑去碧春樓，把我兒打得昏迷不醒，御醫已經說了，我兒能不能醒來還是個未知數！你們現在把那小賤人交出來也就罷了，如若不然，就算鬧到衙門裡去，我們也是不怕的。」

「伯夫人說我們家三丫頭去了碧春樓？」鄧老夫人猛然一拍桌几。「簡直是荒唐，我的孫女是什麼品性，老身最清楚，她會去碧春樓那種醃臢地方？再者說，伯夫人也說令公子被人打得昏迷不醒，那又如何得知是什麼人打的？我們黎家雖無權無勢，也不是任人隨便把汙水往身上潑的！」

長春伯夫人氣得渾身顫抖。「我就知道你們要替那小賤人遮掩。我如何得知？那是因為老天開眼，我兒有過短暫的清醒，然後說出了害他的凶手就是你們府上的三姑娘！如若不然，你們家是有金山還是銀海，莫非我們伯府還要來訛銀子不成？」

鄧老夫人面色微變。看長春伯夫人這樣子，倒不像是在扯謊。

長春伯冷冷開口道：「犬子說出是貴府三姑娘時，太醫也在場。老夫人如若不信，我們可以請替犬子看診的太醫來作證。」

「那就請太醫前來吧，二位所指罪名太過驚人，在事情沒有徹底弄清楚之前，老身不會答應任何事。」鄧老夫人語氣鏗鏘有力。

長春伯夫婦對視一眼。黎家可不是一般人家，都能跟錦鱗衛槓上，可見是個一根筋的，這樣的人家想靠威嚇肯定不成，必須拿證據說話。

「那好，請老夫人和黎大人等著吧。」長春伯說完，招來管事想吩咐他去請人，忽然又停下來，看向鄧老夫人。「不如老夫人派人去請吧，就是太醫署的張太醫。免得我們派人去請，你們懷疑我們夫婦私下收買了太醫，到時候再抵死不認。」

鄧老夫人一聽這話，心中又是一沉，不妙的預感更甚。

可她還是無法相信三孫女會做出這種荒唐至極的事來，對黎光文道：「老大，你親自去請，就說我有些不舒坦。」

「好。」黎光文應了，親自去請張太醫。

廳內陡然安靜下來，鄧老夫人端起茶杯慢慢喝茶，掩飾著內心的不安。

腳步聲傳來，人未到聲先至：「老夫人，兒媳聽說有人來鬧事？」

簾子一動，何氏走進來，手中拿著把剪刀。長春伯夫婦視線不由落在那把明晃晃的剪刀上。

何氏瞥了他們一眼，笑道：「正剪花枝呢，順手帶來了。」說完還朝長春伯夫婦晃了晃。

長春伯夫婦臉色頓時一白。

若不是場合不對，鄧老夫人險些笑出聲來。

剪什麼花枝啊，別人不知道，她還不清楚嘛，她這個兒媳婦就不是裝風雅的人。

「這位就是黎三姑娘的母親吧？」長春伯夫人開口。

「正是，不知這位太太是哪家府上的？」

長春伯夫人冷笑一聲：「我們今天來不是敘舊的。老夫人，先請你們府上三姑娘出來吧，我倒是要看看生了副什麼模樣！」

何氏翻了個白眼。「這話可真有意思，這位太太與我們府上是有親還是有舊啊，張口就要見我們府上姑娘，這放到哪裡都說不過去吧？」

「我想見的可不是什麼姑娘，而是害我兒的凶手！」

「那就更不能讓你們見了，我閨女不是凶手！」何氏快言快語，說話又直白，險些把長春伯夫人氣個半死。

鄧老夫人卻冷眼旁觀，一言不發。在事情沒弄清楚之前，她是不可能讓他們見她孫女的。

廳內氣氛格外沉悶，時間像是陷入了沉睡，緩慢流逝，對在座的每一個人來說都是煎熬。

終於外面傳來動靜，黎光文帶著張太醫走了進來。

鄧老夫人下意識起身。

張太醫環視一眼，一看廳內這架勢，便意識到不妙。可真是晦氣，他這是無辜捲入這些人家的糾紛了。

果不其然，簡單的寒暄過後，長春伯便開門見山問道：「張太醫，您替犬子看診後，犬子曾有片刻的清醒，是不是有這麼回事兒？」

「是。」張太醫點頭。

這兩家人，一家是伯府，一家是翰林修撰的府上，說起來都不是頂尖的人家，他乾脆據實相告，還省下不少麻煩。

「太醫應該記得，犬子清醒後說了什麼吧？」

長春伯此話一出，廳內所有人目光都落在張太醫面上。張太醫彷彿能感覺到那些視線的熱度，視線觸及鄧老夫人的白髮，暗暗嘆息一聲，沉吟道：「令公子當時好像是說杏子胡同黎府三姑……」

鄧老夫人猛然跌坐回椅子上。

何氏一怔，隨後大怒，拎著剪刀就衝上去了。「你這老頭子，怎麼能信口開河呢？」

長春伯夫人也顧不得害怕了，擋在張太醫身前道：「幹什麼、幹什麼，想殺人滅口啊？」

「什麼證人，明明就是滿口胡言的糟老頭子！」

張太醫來了火氣，拂袖冷哼道：「下官在太醫署多年，還不至於信口開河誣賴人。伯府的小公子確確實實說了那幾句，一字不差！至於伯府小公子為何提到貴府，那就不關下官的事了，告辭！」

「張太醫請留步。」鄧老夫人緩了口氣，把張太醫攔住。「今天長春伯府所指的事委實不是小事，還請張太醫留下做個見證，好還老身孫女一個清白！」

長春伯夫人大怒。「老夫人，到這個時候，你們還要抵賴嗎？要是這樣，那咱們只有衙門口見了！」一個姑娘家，一旦作為被告的身分見官，無論最後能不能撕扯清白，這名聲都會徹底毀了，鄧老夫人自是不能任由這樣的事情發生。

「伯夫人稍安勿躁，還是我們兩家好好坐下來，把事情弄清楚再說，這其中一定有什麼誤會——」

「誤會？連太醫都聽得清清楚楚，還能有什麼誤會？老夫人可敢叫府上三姑娘出來對質？要真的是誤會，我們向她道歉！」

到了這個時候，鄧老夫人知道再攔著不讓三孫女出來是不行了。有太醫為證，就算不讓三孫女出來見人，也堵不住人們的議論。

「何氏，妳去把三丫頭喊來。」

何氏臉色很是難看。

「何氏？」鄧老夫人心陡然一沉。

「老夫人……」向來快言快語的何氏猶豫了一下，才道：「昭昭一早出門了，現在還沒回來呢。」這話一出，鄧老夫人面色微變，長春伯夫人冷笑道：「當然不會回來，那小賤人一定是因為怕事發，不敢回來呢。」

「住口。」男子低沉的聲音響起。

長春伯夫人一見是黎光文開口，愣了一下才道：「怎麼？只許你女兒行凶，還不許受害者的家人討公道了？」

黎光文面色平靜。「首先，我的次女不會是凶手；其次，我要是有個兒子，被一位姑娘打個半死，還是在青樓妓館那種地方，羞愧尚且來不及，怎麼還能掛在嘴邊一遍又一遍強調呢？」

「你——」

「別你你我我的，我們又不熟！身正不怕影子歪，不是想找我的次女問個清楚嗎？那等著就是了，吵吵鬧鬧有什麼用？」黎光文直接把長春伯夫人噎了回去，對何氏道：「去把昭昭找回來。」

何氏一臉崇拜看著黎光文。她家相公真是棒極了，他們的女兒怎麼可能做這種事呢！

「去啊！」

何氏這才回神，忙扭身出去了。

等到了外面，何氏才拍拍頭。

糟了，早上昭昭出門時只說了出去逛逛，她也沒細問，眼下這可往哪裡找去啊。

事關女兒，何氏難得機靈起來，尋思片刻抬腳走到月亮門處，朝站在那裡探聽情況的阿珠招招手，吩咐道：「阿珠，妳應該知道妳們姑娘去哪了吧？速速把她叫回來，就說家裡出事了。」

「是。」

盯著阿珠的背影，何氏猛然想到什麼，快走幾步追上去。「阿珠！」

阿珠停下來。何氏咬了咬唇道：「萬一，我是說萬一，今天的事要是和昭昭有關，妳告訴她，好好躲起來，千萬別回來！」

以老夫人和夫君的脾氣，事情要真是昭昭做的，十有八九會讓昭昭承擔責任的。

她不一樣，她只要她閨女好好的，昭昭就是犯再大的錯，那也是她女兒，誰想把昭昭交出去，除非踩著她屍體過去。

阿珠點頭。「太太放心，婢子知道了。」

阿珠急匆匆趕到春風樓，卻撲了個空。見她一臉急切，留在春風樓的親衛忙道：「別急，黎姑娘去了我們將軍府上，我帶妳去找。」

咳咳，晨光可是跟他們打過招呼，凡是黎姑娘有關的人和事，必須放到就比將軍大人矮一點點的高度來重視。思想覺悟頗高的小親衛，立刻領著阿珠往冠軍侯府去了。

春風樓二樓臨街的雅室，坐在窗邊的楊厚承漫無目的看向窗外，忽然睜大了眼，喊道：「拾曦、子哲，你們快看，那不是子哲當初買給黎姑娘的丫鬟嘛。」

池燦與朱彥一同望去。

「我這回沒認錯吧？奇怪了，黎姑娘的丫鬟怎麼跟著個大男人走了？」

「那應該是庭泉的親衛。」朱彥道。

哐噹一聲輕響，池燦把酒杯放下來。朱彥與楊厚承聞聲望去。

「事出反常即為妖，跟上去瞧瞧。」

看著池燦離去的背影，楊厚承不解地摸摸下巴，嘀咕道：「是不是有點小題大作了？」

「走吧。」朱彥面色平靜道。

不是小題大作，只不過是當一個人總想走進另一個人的生活時，便會有了千百種理由。

三人跟在阿珠後面，沒走多久，帶著阿珠往前走的親衛就停下來。

「原來是三位公子。」親衛鬆了口氣。

楊厚承撓撓頭。這麼容易就被發現了，邵明淵那傢伙是把這些親衛們當獵狗訓練吧？就說當年應該跟著他去北地混的！

他忽然又有掛在邵明淵大腿上的衝動了。

冷靜，冷靜，剛剛喝的有點多。

朱彥則尷尬笑笑。

池燦面不改色，笑吟吟問道：「你們這是去哪兒？」

「呃，這位姑娘要去找黎姑娘，卑職領她去。」

「她找她的主子，為什麼是你領著去？」池燦一聽這話便有些不快。

什麼時候那丫頭的丫鬟與邵明淵的人混這麼熟了？他就說，桃生那蠢貨是個吃閒飯的！

自從男扮女裝又被晨光狠狠收拾後，留下嚴重心理陰影的桃生打了個噴嚏，嘀咕道：「誰又惦記我了？」

聽了池燦的話，親衛笑道：「因為黎姑娘和我們將軍一同回了侯府。」

「回了哪裡？」池燦笑容收起。

邵明淵居然帶著那丫頭去見父母？

「冠軍侯府。」

「哦。」池燦暗暗鬆了口氣，隨後猛然一震。

不對啊，這孤男寡女的，還不如去見父母呢！

邵明淵啊邵明淵，真沒想到，總是裝得一本正經的好友，居然是這樣的人！

「走，去庭泉府上瞧瞧，咱們可還沒吃過喬遷酒呢。」說到最後，池燦嘴角只剩下冷笑。

把一切看在眼裡的阿珠默默嘆口氣，催促親衛趕到冠軍侯府後，湊在喬昭耳邊低聲道：「姑娘，家裡出事了，和您有關。」

喬昭點點頭，示意知道了，面色平靜對邵明淵提出告辭。

回去的路上，阿珠忙把府中發生的事情一五一十稟告給喬昭。

冰綠一聽，便忍不住啐道：「我呸，長春伯府的狗屁公子去青樓廝混，然後被人打殘了，關咱們姑娘什麼事？怎麼什麼汙水都往姑娘身上潑？」

喬昭搖搖頭，示意冰綠不必再說，沉吟片刻，掀起車門簾問晨光：「晨光，早上出來時，你說有閒漢跟蹤？」

這世上的事，或許會有很多巧合，但她相信，更多的是掩蓋在巧合之下的某種必然聯繫。

一大清早出門莫名有閒漢尾隨就已經讓人生疑，結果就鬧出了這種莫名其妙的事。

晨光握著馬鞭回頭道：「對，小兔崽子也不想想爺是幹什麼的，居然還敢跟蹤——」

冰綠瞪他一眼。「你在誰面前稱爺呢？」

晨光咧咧嘴。一時說順口了，他在軍營手底下也是不少人的，稱個爺算什麼，不像現在，只能在拉車的這匹大馬面前稱爺了。

哎呦，將軍大人啊，您快加把勁把媳婦娶回去吧。

「後來你把那人甩下了？」不理丫鬟與車夫的鬥嘴，喬昭再問。

晨光一聽立刻來了精神。「啊，甩下了，小的把那混帳帶到溝裡去了。」

「嗯？」

陽光下，晨光笑得一口白牙。「把他甩在碧春樓門口了，那混帳要是想進去，估計會被碧春樓的龜公們打出來的。」

「姑娘……」一聽到「碧春樓」三個字，阿珠面色凝重，看向喬昭。

「碧春樓。」喬昭喃喃念著。

是了，事情果然就聯繫上了。

雖然目前還不清楚長春伯府的幼子為何會牽扯到她，但與早上跟蹤她的閒漢，必然脫不開關係。對喬姑娘來說，細節暫且不知道不要緊，抓住關鍵就夠了。

她面不改色，冷靜問晨光：「那個閒漢，你還能認出來嗎？」

晨光一怔，隨後點頭。「能啊。」

記住人的形貌特徵是他們最起碼要具備的能力。

「最初發現那個閒漢時是在哪裡？」

「好像是在西府不遠處的茶館附近。」

「那等把我們送回府，你去找找那個閒漢。」喬昭想了想，交代道：「去附近的酒肆瞧一瞧。」

「好的。」晨光答得痛快。三姑娘遇到這種麻煩，就算不說他也要把那閒漢揪出來。

二人一說一應都很簡單，冰綠卻忍不住了，拉拉喬昭衣袖問道：「姑娘，為什麼要去附近酒肆找啊？」

喬昭笑笑。「那閒漢定然是得了人的銀錢才跟蹤咱們，你試想一個游手好閒、食不果腹的閒漢，若是得到一筆意外之財，會幹什麼？」

「大吃大喝一頓！」冰綠眼睛一亮，以崇拜的眼神望著自家姑娘。

她家姑娘簡直是集美貌與智慧於一身。

喬昭點點頭，明明將要面對的是個爛攤子，面上卻看不出絲毫焦慮。「晨光機智敏銳，早早就發現有人跟蹤，說明茶館附近就是這閒漢平時活動範圍，那他要吃飯，定然會選在周圍熟悉的地方。」

晨光樂呵呵，姑娘誇他機智敏銳，他就知道三姑娘的眼光好。

喬昭頓了一下，又道：「倘若在酒肆發現不了，那麼等天黑，你再去附近低等青樓妓館尋一尋。」

晨光險些從馬車上掉下去。「啥？」

「青樓妓館。」喬姑娘面無表情。「你沒去過？」

晨光：「……」他當然沒去過！三姑娘說得這麼雲淡風輕、理所當然，真的好嗎？

「是了，你才從北地回來，並不熟，那……」

晨光忙打斷喬昭的話：「三姑娘放心，小的一定把那個閒漢給您找出來！」

在這方面喬昭還是挺信得過晨光的，當下便不再多說，馬車很快便趕回了西府。

七十八　替罪羔羊

「昭昭，妳回來了！」何氏一直在外面等著，一見喬昭走過來，忙上去拉住她的手，小聲問道：「長春伯府的幼子在碧春樓被人打傷了，這事跟妳沒關吧？」

喬昭搖搖頭。

何氏大大鬆了一口氣。「無關就好，要是有關，妳現在趕緊走還來得及，娘給妳頂著！」

「娘……」喬昭輕輕握了握何氏的手。

這種無論對與錯，都會有人把妳護在身後的感覺，是她從未體驗過的，竟覺得還不錯。

「三姑娘來了。」候在門口的丫鬟喊了一聲，掀起門簾。

長春伯夫人一見喬昭進來，一個箭步衝過來。

何氏一揚手中剪刀。「別動！妳要是動，我可就跟著動了啊。」

此時還不到晌午，明媚陽光投進室內，剪刀的反光亮晃晃得令人膽戰心驚。

長春伯夫人急急停住腳，恨聲道：「怎麼，妳還要包庇妳女兒？」

何氏翻了個白眼。「怎麼說話呢，我問過我閨女了，她根本和妳家的事無關，怎麼叫包庇了？」

「她說無關就無關？」

何氏嗤笑一聲。「當然啊，我不信我女兒，難道還信妳那花天酒地、眠花宿柳的兒子啊？妳兒子的話，妳不也信了嘛！」

「妳！」長春伯夫人被噎得直翻白眼。

長春伯比長春伯夫人沉得住氣，肅容對鄧老夫人道：「老夫人，有太醫為證，可見我們不是來歪纏的。今天的事，還望你們給個交代，如若不然，咱們就衙門裡見了。」

「伯爺請稍安勿躁。」鄧老夫人看向喬昭。「三丫頭，妳今天去了哪裡？」

「我去了春風樓見一個朋友，從沒見過長春伯府的小公子，更和今天的事沒有一點關係。」

聽喬昭這麼說，鄧老夫人一直懸著的心頓時一鬆。

「伯爺和伯夫人都聽到了，我這個孫女從來不扯謊的。她去的是春風樓，不是碧春樓。」

長春伯目光如鷹隼，直直盯著喬昭，冷笑一聲：「若是三姑娘沒有去碧春樓，犬子清醒時為何會提到『杏子胡同黎府三姑』幾個字？既然貴府打算包庇到底，那我們就告辭了！」

長春伯轉身便走，鄧老夫人等人不由大急。

今天這事還真是把黎府逼到了絕境。

長春伯府咬著三丫頭不放，又有太醫作證，一旦鬧上衙門，這事立刻會傳得沸沸揚揚，就算最後查清不是三丫頭打傷的人，可對方清醒時偏偏提到了三丫頭，就足夠三丫頭脫一層皮了。

衙門是萬萬不能去的。

「伯爺請留步——」鄧老夫人急出了一身汗。

長春伯絲毫不理會，逕直往門口走去。

「人是我打傷的。」一個聲音響起。

眉目清秀的少年攔在長春伯面前，一字一頓重複道：「人是我打傷的！」

鄧老夫人大驚。「輝兒！」

黎光文同樣一臉驚訝。「輝兒，你……」

黎輝朝長輩們深深一揖。「祖母、父親、太太，是輝兒不孝惹的麻煩，與三妹沒有半點關係。」

「怎麼可能是你，我兒子昏迷前說的是杏子胡同黎府三姑……」

黎輝面無表情打斷長春伯夫人的話。「你們可能聽錯了，他說的應該是杏子胡同黎府三公子。」

「三公子？」長春伯夫婦面面相覷，而後一同看向張太醫。

這樣一波三折的變化，讓張太醫一臉懵。

「黎府三公——」長春伯夫人喃喃念著這幾個字，驚疑不定。

這樣念著，還真說不準疏兒臨昏迷前說的是「三公」還是「三姑」了。

長春伯卻沒有動搖，冷笑道：「我已經問過碧春樓的人，他們說是有人女扮男裝混進去的碧春樓。」

黎輝淡淡道：「伯爺為何不想一想，好端端的哪家姑娘會女扮男裝混進青樓？這姑娘是吃飽了撐的作死嗎？」

長春伯被問得一窒。

黎輝目光從鄧老夫人等人面上掃過，最後看了喬昭一眼，再道：「說是女扮男裝，又是怎麼看出來的？無非是覺得清秀而已。伯爺別忘了，這世上清秀的可不一定就是女孩子。」

長春伯仔細打量一眼黎輝，不由遲疑了。

這個年紀的少年，若是生得秀氣，本就有些雌雄莫辯，眼前的少年正是如此。

先前因為幼子的傷勢一片忙亂，把碧春樓的人扣住問了簡單情況就帶著人過來了，具體的還沒有問清楚，難道真是認錯了？

長春伯看了鄧老夫人一眼。白髮蒼蒼的老太太面色如土，有種死寂的暮氣。

長春伯心中一動。不管是三公子還是三姑娘，反正跑不了黎家的人。

黎家西府就這麼一位公子，應該不可能腦子抽風替人頂罪。退一萬步講，就算這位黎三公子真的替黎三姑娘頂罪，損失唯一的孫子可比損失一個孫女要大得多，他們只賺不虧。

「既然是這樣，黎三公子就隨我們去衙門請官老爺們定奪吧。你可以不顧法紀把我兒打得生死不知，我們卻不能不顧法紀濫用私刑！」

「好。」黎輝手腳輕顫，面上卻沒有多餘的表情。

眼見孫兒抬腳往外走，鄧老夫人大喊一聲：「等等！」

黎輝腳步一頓，卻沒有轉身。

「這其中一定有什麼誤會，我孫子不可能去碧春樓那種地方！」

黎輝轉過身來，掀起衣襬朝鄧老夫人跪下來，磕頭道：「孫兒不孝，是為了替大姊出氣，才去碧春樓給賈疏一個教訓的！」

「什麼？」鄧老夫人踉蹌後退幾步，被黎光文扶住。

黎光文一臉嚴肅問黎輝：「此話當真？」

「兒子沒必要撒謊。昨天兒子與同窗在茶樓喝茶，無意中發現賈疏就在隔壁房間，結果聽到他嘲笑大姊。我實在忍不下這口氣，所以今天才混進碧春樓，給他一個教訓！」

這樣充分的理由，讓鄧老夫人面如死灰，一下子跌坐到椅子上。

黎光文黑著臉，揚手打了黎輝一個耳光。「混帳！」

他怎麼會有這麼蠢的兒子？要收拾人為什麼混進青樓？守在外頭等姓賈的王八蛋從青樓出來後套上麻袋打悶棍不行嗎？只要看不到臉，亂棍打死了都沒事兒！

「是兒子混帳。」黎輝站起來，看向一直沉默的喬昭，牽起嘴角輕輕一笑。「三妹，對不起，以後我不能照顧妳啦，妳替我多多照顧祖母他們吧。」

他說完，轉身大步往外走。

黎光文怔了怔，抬腳追去。「等等——」

「黎大人還有什麼話說？」長春伯嘲弄問道。

「子不教，父之過。犬子犯了錯，那是我的責任，我隨你們走。」

眼看父子二人都跟著人家往外走，鄧老夫人像是瞬間老了好幾歲，嘴唇抖著說不出話來。

喬昭見狀，立刻從荷包裡摸出一枚藥丸塞入鄧老夫人口中，揚聲喊道：「水！」

大丫鬟青筠立刻倒了水餵鄧老夫人服下。見鄧老夫人臉色緩和，喬昭才稍微放了心，對已經傻了的何氏道：「娘，您照顧著祖母，我出去攔住父親和三哥。」

二太太劉氏不知何時已過來，推一把何氏道：「大嫂，妳快和三姑娘一起出去，老夫人有我照顧就夠了。」雖然她相信三姑娘一有麻煩，必然就有人倒楣了，這次倒楣的十有八九是長春伯府的人，但大嫂的戰鬥力也不容小覷啊，多一個助威的也是好的。

何氏如夢初醒。「昭昭，妳也不許出去啊，我去就夠了！」說完舉著剪刀就衝出去了。

喬昭呆了呆，忙追了出去。

黎光文父子已經隨著長春伯等人走出黎府大門。

「給我站住！」何氏飛奔出來，明晃晃的剪刀讓長春伯帶來的人瞬間讓出一條路。

「怎麼，何太太打算大庭廣眾之下行凶傷人嗎？」長春伯涼涼問道。

西府外看熱鬧的人立刻伸長了脖子。什麼情況啊，怎麼都動上剪刀了？

「什麼行凶傷人，你們今天敢帶走我相公和兒子，除非從我屍體上踏過去！」

黎光文心頭一震，深深看了何氏一眼。

黎輝抿了唇，垂下眼簾。

「何太太，妳這不是胡攪蠻纏嘛，你們三公子在碧春樓把我兒子打得昏迷不醒，還不許我們討公道了？」

圍觀群眾一聽，立刻來了精神。

碧春樓？打人？看不出來啊，黎府三公子也是會因為青樓女子與人爭風吃醋的主兒？

「我三哥沒有去過碧春樓，打傷伯夫人以青樓為家的兒子的人，也不是我三哥。」喬昭走到何氏身邊，朗聲道。

都這個時候了，居然還在埋汰她兒子？長春伯夫人一聽就氣炸了肺，揚聲道：「三姑娘，要不是妳三哥，那就是妳了！碧春樓的人本來說的就是有人女扮男裝混進去的，我還一直懷疑是妳三哥替妳頂罪呢！」

什麼？黎府的三姑娘女扮男裝混進了青樓？

圍觀群眾簡直振奮了。這樣的八卦簡直百年難遇啊。

這時一道冷冷的聲音響起：「誰說的，黎三姑娘上午一直和我在一起。」

七十九　無聲的信任

圍觀群眾齊刷刷往兩邊一退，讓出一條八卦大道來。

俊美無雙的年輕男子手握摺扇，嘴角掛著淺笑走過來。

池大公子這張臉實在太出眾，在京城還是很有辨識度的，當下就被人認了出來。

「咦，這不是長公主府的池公子嘛。」

「是呀，是呀，黎三姑娘怎麼會和他在一起？」

有人立刻激動了，大腿一拍。「難道有私情？」

比較理智的有些猶豫。「可是黎三姑娘好像還沒池公子好看的樣子。」

「去、去，黎三姑娘年紀小，還沒長開呢，再過幾年或許勉強能及得上……」

喬姑娘心想：真是謝謝了，她不聾！

看著一步一步向她走來，與兄長齊名的年輕男子，喬昭心情頗複雜。

雖然好意她心領了，但這人真不是來添亂的嗎？喬昭滿心無力，看著池燦走到她面前。

越過池燦，向他走來的方向望去，人群後站著邵明淵三人。

邵明淵個子高挑，雖站在人群後，卻有種鶴立雞群的挺拔。逆著光，他面上的表情讓人看不大分明。

喬昭收回了視線。

「你是長春伯？」池燦站在長春伯面前，舉手投足間自成風流。「伯爺認識我吧？」

長春伯笑笑。「怎麼會不認識池公子，那年太后辦重陽宴，我和內子都去了，還記得池公子坐在太后她老人家身邊吃螃蟹。」

池燦一聽，有些不大高興了。別提吃螃蟹，那次他拉了兩天！

「認識就好。」池燦用摺扇一指。「伯爺聽好了，今天上午黎三姑娘一直和我在春風樓談事情，根本不會出現在什麼亂七八糟的地方。所以呢，也請伯爺管教好家裡人，別胡亂說話！」

「這——」長春伯知道這位主兒是個無法無天的，別說普通勳貴，就連兩位王爺都要讓上三分，當下不知道怎麼應付了。長春伯夫人為母則強，卻顧不了這麼多，冷笑道：「既然黎三姑娘與池公子一直在一起，那剛剛黎三姑娘就是替兄長辯解了。」

與池公子在一起？呵呵，一個姑娘家，大庭廣眾之下被人說出來與一個未婚男子在一起，難道就是什麼好聽的話嗎？以後黎三姑娘別想嫁人了！

嫁給池公子？別開玩笑了，以長容長公主的性子，能點頭答應小賤人這樣名聲的媳婦進門？

喬昭逕直走到黎輝面前。「三哥，我知道今天的事與你無關，你不要和他們走。」

「三妹，妳快回家吧，人真的是我打傷的——」

「你沒有。」喬昭斷然打斷黎輝的話，絲毫不在意無數視線投到她身上。「今天上午我確實在春風樓，有人為證。你完全不必為了我的名聲而把罪名往自己身上攬，因為這沒有意義。」

黎輝面色微變，喃喃道：「三妹……」

喬昭轉過身，直視著長春伯，擲地有聲道：「伯爺既然說碧春樓的人看到有人女扮男裝混進去，何不當著街坊鄰居們的面把人叫來。那人一見我三哥的面，自然便知道是不是他了。」

「對呀，叫碧春樓的人過來唄。」圍觀群眾都是看熱鬧不嫌事大的，一聽喬昭這麼說，立刻嚷嚷道。

長春伯冷笑一聲：「那位見過行凶者的婆子因為突發心悸，已經死了！」

什麼，死了？圍觀群眾立刻精神起來。關鍵證人死了啊，事情越來越有意思了。

黎光文面色一變。目擊者死了？這種巧合還真讓人頭疼！

雖然冒出來個莫名其妙的小子給他閨女作證，閨女算是洗脫了嫌疑，可正是因為這樣，目擊者才格外重要，不然就憑著長春伯府的小畜生昏迷前的話還有太醫的證詞，他兒子的嫌棄可就洗不脫了。

長春伯顯然也是篤定了這一點，冷冷道：「所以咱們還是去公堂走一遭吧，讓官老爺們來斷案就是了。官老爺們明察秋毫，自然會主持公道。」

還要鬧上衙門？

圍觀群眾一聽，興奮之餘不由懊惱，這都到晌午吃飯的點了，早知道應該帶上乾糧的。

人群後，楊厚承有些著急地嘀咕道：「黎姑娘的情況有些不妙啊，拾曦雖然跑出去說黎姑娘和他在一起，算是把黎姑娘摘出去了，可她兄長好像有麻煩了。庭泉、子哲，咱們怎麼幫幫她啊？要不，我出去說黎公子上午和我在一起呢？」

朱彥無奈搖頭。「你就別再添亂了，剛才一個不留神讓拾曦跑出去，已經夠麻煩了。」

「那怎麼辦啊，就眼睜睜看著黎姑娘被刁難？」

朱彥看向一直沉默的邵明淵。「庭泉，你怎麼打算？」

邵明淵越過人群看過去。

陽光下，素衣少女單薄如一片雪花，彷彿風一吹就會化了，可她面上神情從容依舊，看不出半點驚慌。「再等等看，我想黎姑娘應該有辦法。」

這個女孩子，並不是依附樹木而生的藤蘿，她本身就是一株白楊，一棵青松，驕傲從骨子裡透出來。有的時候，她需要的可能不是不合時宜的幫助，而是無聲的信任。

「可是，要是黎姑娘沒辦法呢？我真想不出她有什麼辦法了。」楊厚承撓撓頭道。

邵明淵輕笑。「真的沒有辦法，不是還有我？」

他看向面對著池燦時明顯軟了三分的長春伯，語氣很輕卻帶著不容置喙的堅定：「我在，他們便誰也帶不走。」

喬昭上前一步，與長春伯相對而立。一高一矮，一魁梧一纖弱，可氣勢上卻不輸半分。

她半仰著素淨的面龐，與長春伯對視。「伯爺總是說要對簿公堂，難道現在不是有更重要的事要做嗎？」

「什麼事？」少女平靜篤定的眼神讓長春伯難以忽視她的話，下意識反問。

喬昭笑笑。「比如，讓令公子醒過來。」

「妳說什麼？」長春伯臉皮一顫。長春伯夫人一聽她提到昏迷不醒的兒子，啐道：「醒過來？連最好的御醫都說我兒很難醒過來了，妳說這話不是混帳嘛！」

這時一陣騷動傳來，有家丁模樣的人邊跑邊喊：「伯爺、夫人，小公子醒了！」

圍觀人群瞬間鴉雀無聲，齊刷刷看向長春伯夫人，而後又看向喬昭。

長春伯府的紈絝子醒了？

剛剛長春伯夫人還說人醒不了了呢。

長春伯夫人眼中湧上狂喜。「伯爺，疏兒醒了，疏兒醒了！」

長春伯同樣激動不已，冷靜了一下猛然看向喬昭，語氣遲疑道：「剛剛黎三姑娘說我兒會醒過來……」這是巧合？可這世上哪有這麼巧合的事？

嘶——莫非黎三姑娘能未卜先知？

不、不、不，這未免太荒唐了。

這個時候，無數圍觀群眾也是這麼想的。他們大多是百姓或各府的下人，原就對一些難以解釋的事容易往鬼神上扯，這個時候就忍不住嘀咕了。

「你們說，黎三姑娘是不是會點什麼啊？」

「比如——」

「跳大神？」

「滾！」

圍觀群眾的竊竊私語傳入喬昭耳中，她只剩下好笑與無奈。

她剛剛那話，真不是這個意思。

誰知道長春伯府的公子早不醒晚不醒，正好就是那個時候來報信說醒過來了。

「只是巧合。」喬昭淡淡道。

見她如此平靜淡然，長春伯反而越發驚疑了，不由深深看了她一眼。

長春伯夫人一拉長春伯。「伯爺，疏兒醒了，咱們先趕緊回去看看吧。」

「好。」兒子醒了，無論什麼帳都要往後放一放，先回去看兒子是正經。

「二位不如先回去看看令公子，既然人醒了，自然能認出行凶者，我們黎府隨時等著二位前來對質。」黎光文擋在兒女面前道。

先前是他糊塗了。素來的規矩，女兒歸母親教養，兒子歸父親管教。

輝兒七、八歲就從後院搬出來由他親自教養了，他教出來的兒子，怎麼會混進青樓傷人？

他竟然還沒有昭昭看得明白，險些冤枉了兒子。黎光文心中一陣慚愧，擋在兒女身前的身姿更顯挺拔。

長春伯冷冷掃黎輝一眼。「跑得了和尚跑不了廟。夫人，咱們走！」

長春伯府一大群人呼啦啦瞬間走了個乾淨，看熱鬧的群眾依然捨不得散去。

黎光文替喬昭擋去大半視線。「快回去！」

等黎府的人也走光了，圍觀眾人見沒了熱鬧可看，這才依依不捨散了。

池燦站在原地，臉色不大好看。楊厚承走過來，拍拍他的肩膀。「怎麼啦？做了好事還不高興？」池燦扇子一指西府關上的大門，氣不過道：「居然就這麼走了？」

預想中的感謝呢？難道不該把他請到府上去喝一杯茶嗎？

他居然被那丫頭還有她父親一起給無視了！

「行了，黎姑娘沒事就好，這麼大的太陽，咱們去喝茶吧。」楊厚承攬住池燦的肩。

「去去去，誰跟你喝茶！」心情不爽的池公子掃一眼不遠處站著的邵明淵與朱彥，賭氣轉身走了。走出十數丈後回頭，居然發現那三個人也轉身走了，不由氣個半死。

他說說而已，他們就當真了？

「你們三個給我站住！」池公子黑著臉追了上去。

黎光文夫婦帶著兒女回到府中，鄧老夫人一見人都回來了，先是鬆了口氣，而後聽何氏講明情況，沉著臉道：「輝兒，既然不是你做的，你攬下此事做什麼？」

黎輝低頭，臉色很是難看，輕聲道：「三妹不能去衙門。」

鄧老夫人長嘆一聲：「是，三丫頭是不能去衙門，但你也不該隨便把這種事往自己身上攬。

只要事情與你們無關，總會水落石出的，自己先認了罪，這不是胡來嘛！」

黎輝抿了唇，一聲不吭。

「好了，老夫人您就別說輝兒了，他也是為了昭昭好。」何氏忍不住替黎輝說話。凡是對她女兒好的，她也願意對他好。黎輝不由看了何氏一眼，很快又垂下眼簾。

「昭昭——」鄧老夫人喊了喬昭一聲，迎上少女沉靜的眸子，不由嘆了口氣。「罷了，祖母也不問妳與那位池公子在酒樓見面是因為什麼，只要妳能好好的，就行了。」

急切的腳步聲傳來，黎皎匆匆進來，臉色格外難看。

她進來後，一眼就看到黎輝，忙走到他面前，拉住他的手道：「三弟，我聽說出事了？你不要緊吧？」

長春伯府找上門來，她早就聽說了，原本是打算一直當做不知道的，可沒想到三弟居然犯傻維護黎三。「不要緊吧？」

黎輝一直垂著眸，輕輕掙開黎皎的手。

黎皎一臉關切，跺腳道：「三弟，你以後可不能這麼糊塗了，你要是出了事，咱們一家人該怎麼辦啊？」

黎輝沒有吭聲。

鄧老夫人開了口：「好了，輝兒也是為了保護妹妹，不管怎麼樣，至少有當兄長的樣子。」

孫子的魯莽她雖然不贊同，但為了家人挺身而出的擔當，她是讚賞的。

「長春伯府這件事，恐怕還沒有完。不過咱們身正不怕影子斜，那個混帳玩意醒過來是好事，就算再來鬧騰也不怕的。」鄧老夫人深深看了幾個孫輩一眼。「你們可要沉住了氣，現在先吃飯吧。」

黎皎低著頭，跟著黎輝等人一起應了聲是。

八十　針到病除

長春伯夫婦一路狂奔回長春伯府，就聽到了兒子的呼痛聲。

「疼、疼——」

長春伯夫人一聽就哭了，衝進去把賈疏抱住。「我的兒，很疼吧？」

一股大力把她推開，賈疏一臉驚恐揮舞著手臂，語無倫次道：「黎府三姑……三姑娘……」

「疏兒，你怎麼了？」長春伯夫人駭了一跳。

長春伯面沉似水。「快請太醫！」

太醫看完，搖頭嘆息：「府上公子頭中瘀血可能對神智有礙。」

「什麼意思？」長春伯夫人看向長春伯。

長春伯面色慘白。

什麼意思？意思是說他兒子傻了！

長春伯夫人瞬間明白過來，身子搖搖欲墜。

太醫安慰道：「至少醒過來了，慢慢調養，或許還有恢復的可能。」

「還有幾分希望？」長春伯夫人迫不及待問。

太醫心想：怎麼還把安慰當真了？他拱拱手，趕緊告辭走了。

「三姑娘，三姑娘……」賈疏嘴裡喃喃個不停。

長春伯重重一拍桌子。「走，帶著疏兒去黎府，這次定要他們給個交代！」

長春伯府的人很快捲土重來，又把黎家大門拍得震天響。

「開門，開門，我家小公子被你家三姑娘打傻了，趕緊把人交出來！」

圍觀群眾忽然從四面八方湧出來，這次都有了經驗，人手一把小杌子，有的還揣上瓜子仁果等零嘴兒。

留著口水的賈疏不停喃喃：「三姑娘，三姑娘……」

「呦，那浪蕩子真傻了。」

「怎麼回事兒啊，先前不是有人給黎三姑娘作證嘛，現在這傻子果然一直在叫三姑娘。」

「看著吧，反正這事越來越有意思了，都能跟另一條大八卦相提並論了。」

「什麼八卦？」

「這都不知道？當然是冠軍侯亡妻入夢啊！」

「啊，這事我也聽說了，可真是稀奇……」

圍觀群眾很快又把話題轉到了另一個地方，嗑著瓜子坐等黎府的人出來。

西府緊閉的大門猛然開了，敲門的人一時收勢不住，一個趔趄栽了進去。

黎光文冷著臉站在門口。「有什麼話不妨進來再說。又不是三姑六婆撒潑打架，站在大街上嚷嚷算什麼？」

長春伯夫人絲毫不顧及形象，往地上啐了一口。「我呸，我兒子都被你生的小賤人害傻了，我還怕嚷嚷？我們可不敢進去，免得再有這個府那個府的公子站出來，說和你閨女在一起呢！」

黎光文氣得面色鐵青。何氏衝出來，揚手打了長春伯夫人一巴掌。「賤人罵誰呢？嘴裡不乾不淨的，看我不打爛妳這張嘴！」

「妳打我？妳敢打我？」長春伯夫人氣得渾身顫抖。

「打的就是妳！」何氏毫不畏懼。

「住口！」東府的姜老夫人這時由兒媳伍氏扶著從人群中擠出來，來到何氏面前指著鼻子罵：「妳養出這樣的女兒，還嫌不夠丟人嗎？居然在門口跟人家打上了。你們老夫人呢？她真是越來越糊塗了，由著你們敗壞家風也不管。她不管，我來管，黎家家風不能毀在你們手裡！」

站在一旁的何氏，見姜老夫人對著長春伯夫人喋喋不休，撇撇嘴道：「鄉君，您有話跟我說就好了。」

「噗哧！」很多人忍不住笑出聲來，趕緊低下頭去。

東府這位老鄉君眼神越來越差了啊。

「哎呦，連人都認不清，真能管好這個大熱鬧嗎？」

「就是呀，這東西兩府，看著都不大靠譜啊。」

姜老夫人眼神不行，耳朵卻挺管用，聽到圍觀群眾這些議論，險些氣個半死。

她衣袖一甩，抬腳往裡走。「行了，我進去和你們老夫人說！」

今天要不把三丫頭送到家廟去，她不會甘休的。

「鄉君有什麼話要找我說？」鄧老夫人挺著腰板走了出來。

「進去說，站在這裡不嫌丟人嗎？」

鄧老夫人往外看了一眼。圍觀群眾裡三層外三層，已經有賣冰糖葫蘆的來回兜售生意了。

「不用進去了，既然這麼多街坊鄰居感興趣，那就在這裡說個明白好了。」

事情已經鬧大了，還不如光明正大鬧個清楚，不然私下解決了也堵不住悠悠之口，三丫頭的名聲就徹底毀了。

不是早就毀了嗎？鄧老夫人輕咳一聲，忽略了心底的小聲音。

「鄉君既然要主持公道，那麼打算如何處置府上三姑娘？」長春伯問道。

「事情我已經都聽說了，還請伯爺給老身一個面子，咱們私下處理。老身會打發人把她送到家廟裡去抄經念佛，替貴府小公子祈福。」

長春伯雖仍不解恨，卻也知道對一個姑娘家這已經是僅次於浸豬籠的懲罰了，當下氣順了些，淡淡道：「整個黎家，就屬鄉君一個明白人。」

鄧老夫人冷笑一聲：「我不同意！」

「鄧氏，這個時候妳還包庇那丫頭？」

「事情還沒有弄清楚之前，誰也別想動我孫女。退一萬步講，就算我孫女有錯，我自會懲罰她，也輪不到別人把她送到家廟裡。」

「鄧氏，妳這話是對我說的？」姜老夫人幾乎氣炸了肺。

從什麼時候起，像東府影子一樣的西府，這麼不把她放在眼裡了？

鄧氏笑笑。「要不然，鄉君把我也送到家廟裡去好了。」

「妳！」姜老夫人氣得陣陣眩暈。現在才知道，人一旦破罐子破摔了，真是天下無敵！

這時一陣騷亂傳來，賈疏一頭鑽進人群裡，邊躲邊喊：「別打我、別打我——」

長春伯夫人一看不由驚慌失措，一邊去追兒子一邊哭：「疏兒你別怕、別怕，娘在這呢！」

賈疏撲進長春伯夫人懷裡，大哭道：「娘，黎三姑娘打我——」

如三歲幼童一樣的言行，卻在人群裡激起了軒然大波。

「傻子肯定不會說謊啊，看來真是黎三姑娘打的人。」

「長公主府的池公子不是說上午黎三姑娘和他在一起嗎？」

「呵呵，替她開脫唄，誰知道他們是什麼關係……」

西府不遠處的茶館裡。池燦臉色鐵青地站起來，卻被邵明淵伸手拉住。

「庭泉，你放手，再不過去，黎三要被那些人生吞活剝了。」

「坐下。」邵明淵神色淡淡。

「邵明淵，你放手！」

邵明淵靜靜看池燦一眼。「你過去，事情只會越來越糟。」

「那你說怎麼辦？我的邵將軍！」池燦以手撐著桌子，冷冷問邵明淵。

「首先我們要明確一點，一定有個人女扮男裝，在碧春樓打傷了長春伯府的小公子。那麼，把這個人找出來就是了。」

「怎麼找？現在長春伯府的小畜生傻了，一口咬定了黎三，茫茫人海等你找出那人來，黃花菜都涼了。」

「不會。那人假冒了黎姑娘，那麼一定是與黎姑娘有嫌隙的。鎖定幾個目標後，再有的放矢，或許今天下午就能出結果了。」

「那現在呢？就這麼看著？」

邵明淵無奈揉揉眉頭。「或者你出去，再給圍觀的百姓們添一把火？」

池燦徹底熄了火，懊惱地一捶桌子。

楊厚承忽然道：「快看，好像有情況！」

幾人一同看過去，就見喬昭從容走到長春伯夫人面前，停下來。

眾目睽睽之下，喬昭朗聲問長春伯夫婦：「如果令公子恢復神智，澄清他在碧春樓遇到的不是我，二位打算如何？」這話一出，好像一道驚雷落進人群裡，激起千尺浪，就連茶館裡的邵明淵等人，都忍不住站了起來。

「走，這裡還是離得遠了，黎姑娘說什麼還要聽這些看熱鬧的傳一道才知道。咱們就看看，不出去給黎姑娘添亂。」楊厚承扯了個理由，忙擠進了人群裡。

池燦第二個跟了過去，只剩下邵明淵與朱彥相對而坐。

「不過去看看？」朱彥問。

邵明淵輕笑。「不了，做了該做的就行，黎姑娘畢竟是姑娘家，咱們摻和多了不大好。」

「我也是這樣想的。」朱彥舉起茶杯。「這個茶樓的花茶味道還不錯。」

「嗯。」邵明淵摩挲著茶杯，思緒卻飄得有些遠。

李神醫大概是坑了他吧……還是說，所有女孩子都會有這麼多麻煩事？

也不知李神醫何時能回京。

❧

豔陽下，長春伯夫人一臉的汗，眼睛裡燃著一團火。「恢復神智？小賤人，到現在妳還在胡說八道，往我們心口上插刀子，安的什麼心啊！」

長春伯夫人張牙舞爪衝過去想抽喬昭的臉，喬昭一句話就讓她身體定格。「我說令公子會醒時，伯夫人也認為我在胡說八道。」

「妳、妳、妳什麼意思？」

喬昭笑笑。「就是表面的意思，我說令公子可以恢復神智。」

長春伯夫婦不由看看流著口水的兒子。

騙人，沒恢復！

長春伯面色凝重看著喬昭。「三姑娘此話當真？」

圍觀群眾可就沒這麼嚴肅了，一個個好奇不已。

「傻子還能恢復神智？黎三姑娘在開玩笑吧？」

「長春伯府上午來鬧時，黎三姑娘說他家公子可以醒過來，結果話音才落，就有人來報信說人醒了。」

喬昭無力扶額。上午那只是巧合！

她看向長春伯，語氣平靜：「自然當真。我還是那句話，要是令公子恢復了神智，澄清他認錯了人，貴府打算如何？」

長春伯夫人冷笑。「那也和妳有脫不開的關係，不然我兒怎麼不說別人，就一直念著妳呢？」

「二位該不會以為，我說令公子可以恢復神智，他就直接恢復神智了吧？」

「那妳什麼意思？」長春伯夫人忍不住問。

喬昭失笑。「當然是由我來讓他恢復神智。」

長春伯心中一動，當機立斷道：「只要能讓犬子恢復神智，並且是他認錯了人，我們會給三姑娘和黎府當眾道歉。」

喬昭搖搖頭。

「三姑娘搖頭是何意？」

「當眾道歉還不夠。」喬昭面色平靜環視一圈看熱鬧的人，淡淡道：「三人成虎，積毀銷骨，一個人的名聲立起來難，要毀掉卻太容易了。尤其是姑娘家，被名聲害死的不知凡幾。」

嗯，這其中當然不包括她，名聲什麼的，當不了飯吃，她又不用嫁人。

「那三姑娘想怎麼樣？」

「貴府派人敲鑼打鼓，繞京城一圈向我道歉。一定要說得明明白白，是有看我不順眼的人，故意把我牽扯進去。」

「敲鑼打鼓向妳道歉？」長春伯夫人不可思議看著喬昭。

這姑娘腦子沒毛病吧？就算證明不是她幹的，這種事鬧大了，對一個姑娘家有什麼好處？

「好，只要黎三姑娘能讓犬子恢復神智，並且證明碧春樓的事與妳無關，我們長春伯府願意按妳說的做。」長春伯當機立斷道。

「請稍等。」喬昭說完這話，轉身返回府中。

「黎姑娘要做什麼啊？怎麼才能讓傻子恢復神智？」楊厚承摸著下巴搖頭。

池燦一言不發，盯著西府大門。

不多時，一個眉清目秀的少年從西府大門走出，來到長春伯夫婦面前。「請二位命人按好了令公子。」

「妳是——三姑娘？」

一身男裝的喬昭笑笑。「是我。免得令公子醒來後，推說我穿著女裝一時沒認出來，豈不是讓我跳進黃河也洗不清了？」

長春伯收回視線，吩咐家丁道：「把公子按好。」

傻人勁大，足足四、五個家丁才把賈疏按住。喬昭繞到賈疏身後，從荷包裡摸出幾根銀針。銀針在陽光下閃著光，長春伯夫人面色大變。「妳想幹什麼？」

「當然是讓令公子恢復神智。」

「不許妳亂來！」長春伯夫人伸手去推喬昭。

喬昭淡淡掃了長春伯一眼。「或者就讓令公子傻著？」

「把夫人攔住。」

「伯爺，她要拿針扎疏兒！」

「這叫針灸。」喬姑娘面無表情糾正。

長春伯夫人氣得直翻白眼。「我當然知道針灸，可是妳又是什麼東西，還會針灸不成？」

喬昭一言不發，一根長長的銀針刺入了賈疏頭頂。

長春伯夫人白眼一翻，昏了過去。

無數人的目光追隨著喬昭手上動作，豔陽下明明一切都明明白白，可又似乎看不清她做了什麼，就很快停下了手。「我開始拔針，請保持安靜。」喬昭看了長春伯一眼。

長春伯下意識點頭。

混在人群裡的楊厚承憂心忡忡。「沒聽說過黎姑娘懂醫術啊。」

「你沒聽說過的多著呢。」池燦目不轉睛盯著成為所有人焦點的少女。

一根根銀針被拔下來。

長春伯忍不住湊近了看，就見黑色的血珠從留下的針眼中緩緩沁出來。

「疏兒……」長春伯一顆心高高提起。

賈疏頭上只剩下最後一根銀針。喬昭繞到他面前，抬手把最後一根銀針拔下來。

這一刻，彷彿所有人都失去了言語，屏住呼吸盯著場中的人，安靜得只聽到風吹過的聲音，便連茶館裡端坐的邵明淵與朱彥都忍不住走了出來。

鄧老夫人面上尚且沉得住氣，手心卻滿是汗水。

她知道，這一刻的平靜只是暫時的，接下來是暴風驟雨還是轉危為安，已經不是任何人能控制的了，除了——她的三孫女。

八十一　解除誤會

就在萬人矚目之下，目光呆滯的賈疏忽然打了個顫，眼神緩緩恢復了清明。

「我是誰？」

賈疏目光有了焦距，下意識道：「我怎麼知道你是誰？」

「黎府三姑娘呢？」

賈疏神情一震，腦海中迅速閃過最後的印象，怒道：「那小賤人居然敢打我，快來人——」

「你認識黎府三姑娘？」

「敢打傷小爺，她化成灰我都認得！」

「可你不認得我。」

「你誰呀？」賈疏全部注意力都放在喬昭身上，忽然眼睛一亮。「喲，也是個小娘子？」

喬昭目光平靜。「我再問一遍，你真的沒見過我？不認識我？」

賈疏不耐煩了，伸手就去推喬昭。「妳算哪根蔥啊，我憑什麼認識妳？」

一個小杌子越過人群，向賈疏砸來。

「公子小心！」一個家丁忙把賈疏推開。

小杌子落在地上，摔得四分五裂。

人群裡傳來叫喊聲：「哪個王八蛋把我的小杌子給扔出去了？」

悄悄把池燦拽到另一邊去的楊厚承擦了把冷汗。「拾曦，別一言不合就扔小杌子啊！」

「誰讓他嘴賤！」池燦冷笑。

「那咱不能換一個扔嘛，比如荷包之類的，給點教訓就得了，要真把人砸出個好歹來，那更麻煩了。」楊厚承說完笑了，用胳膊肘搗了一下池燦。「嘿嘿，拾曦你嚇唬他的吧，我看小杌子離他挺遠的。」

池公子臉黑如鍋底，咬牙切齒道：「扔偏了！」他不想和野蠻人說話！

被人扔了小杌子，賈疏這才覺得場合似乎不對。

他艱難轉著頭左右一掃。

無數雙眼睛齊刷刷看著他。賈疏下意識反應是趕緊低下頭，而後鬆了口氣。

還好，還好，穿著衣服呢。他在青樓玩得最瘋的時候，就做過這樣的惡夢，一覺醒來，發現被人扒光了扔到大街上，還是白天！

「疏兒，你真的好啦？」長春伯夫人不知何時醒來，一把抱住了賈疏。

賈疏愣愣地道：「娘，這到底是怎麼回事啊？我、我怎麼在這裡？」

「疏兒，你不記得了？你在碧春樓不是被人打傷了嘛，爹娘帶你來討公道了。」

「哦。」賈疏揉揉太陽穴，瞇著眼看清西府門匾上的字，不由大怒。「娘，打傷兒子的就是黎家三姑娘那個小賤人！」

「小賤人在說誰呢？」冰綠插著腰朝賈疏瞪眼。

喬昭安撫拍了拍冰綠，問賈疏：「我打傷了你？」

賈疏煩了，想到先前砸過來的小杌子，嘴巴乾淨了點：「妳有病吧？我不是說了，我不認識妳！」

「不是我打傷的你？」

「借給妳個膽子！打傷我的是黎家三姑娘，妳讓開，別擋著我找她算帳！」

「可是，我就是黎家三姑娘啊。」喬姑娘淡定道。

「什麼？」賈疏目瞪口呆。

喬昭大大方方向圍觀群眾們喊：「各位街坊鄰居，賈公子好像沒有聽清楚。」

許是被喬昭輕鬆的語氣感染，圍觀群眾哄堂大笑，笑過後齊聲道：「她就是黎家三姑娘！」

擠在人群裡的楊厚承直咂舌。「乖乖啊，黎姑娘真是了不得啊，她真是個女孩子嗎？」

一般姑娘家遇到這種事，不是會羞愧欲絕，早躲起來哭鼻子嗎，怎麼黎姑娘一出馬，事情走向就變成這樣了？剛剛他都差點忍不住跟著喊了，莫名有些激情澎湃怎麼辦？

池燦目光一直不離喬昭，輕笑道：「她就是這樣的女孩子啊。」

他撿來的白菜，果然是與眾不同的。說到底，主要是他眼光好。

賈疏徹底傻了眼，伸手指著喬昭。「妳、妳真的是黎三姑娘？」

「對。」

「妳、妳騙人！」

喬昭彎唇一笑，再問圍觀群眾：「街坊鄰居們，麻煩大家告訴他，我是黎三姑娘嗎？」

嬌俏少女一襲男裝，那樣的賞心悅目，舉手投足灑脫風流，讓人無端便跟著心頭一熱，齊聲喊道：「是！」

人群後，邵明淵靜靜看著喬昭。

她身上的男裝似乎有些大了，寬袍大袖，卻讓她穿出了別樣的瀟灑來。

這個女孩子，是從心底自信又堅定，不會被世俗的眼光所困擾。

「好了，現在你知道了，我就是黎三姑娘。但你不認識我，對不對？」
「對。」賈疏點點頭，不自覺跟著喬姑娘的思路走。
「所以打傷你的人不是我，對不對？」
「呃，對……」賈疏猶豫了一下，想想是這麼回事兒。
「所以，打傷你的人不是黎三姑娘，而是另有其人。」喬昭總結道。
「可是，那小賤人說是黎三姑娘。」
喬昭一笑。「她說是天上的仙女，你也信啊？賈公子不知道世上有一件事，叫『撒謊』嗎？」
賈疏猛然想明白了。「妳是說有人冒充妳？」
「對呀。」喬昭轉過頭，笑吟吟看著長春伯夫婦。「現在二位知道我是被無辜牽連的吧？」
長春伯沉默。
「那就請伯爺履行承諾吧，道歉時一定要聲明，是有人瞧我不順眼，所以有意栽贓的。」
「黎三姑娘，敲鑼打鼓什麼的就算了吧……」長春伯夫人有些不情願。
這未免太荒唐了。黎家不嫌丟人，她還嫌丟人呢。再者說了，那殺千刀的凶手誰都不攀扯，就攀扯到黎三姑娘，還是說明黎三姑娘自身有問題。
當然這話因為兒子剛被治好，長春伯夫人生生忍了下去。
喬昭臉色微沉。「伯夫人這是要反悔？」
眾目睽睽之下，無數視線落在她臉上，長春伯夫人只覺臉上火熱，嘴唇張了又張，哪裡說得出反悔的話來。她不由暗罵喬昭這個小蹄子，早把這些算計好了吧，故意鬧到大庭廣眾之下，逼著他們不得不就範。
全然忘了自己帶著兒子就在黎府門外鬧起來的事了。

喬昭輕輕嘆口氣。「其實人呢，從正常變成傻子還是挺難的，當然從傻子變正常就更難了。伯爺，你說是不是？」長春伯心頭一震。「黎三姑娘放心，我們說的話當然算數，我這就吩咐管事準備鑼鼓，繞京一圈向妳道歉。」

「還是伯爺明理。不過我父母長輩因為今天的事都受了驚嚇——」

長春伯暗暗罵了一句，轉身向鄧老夫人等人深深一揖。「對不住了，是我們沒弄清楚，冤枉了貴府的三姑娘。好在三姑娘一手針灸之術出神入化，讓犬子恢復了神智，才沒有釀成大錯。」

鄧老夫人只覺盤旋在胸口的一股濁氣終於出來了，板著臉道：「誤會解開了就好。」

喬昭洗脫了嫌疑，長春伯府不甘心兒子平白被打，又尋不著凶手，果斷派人去報官，而後就按著喬昭要求的，敲鑼打鼓繞著京城道歉。

東府的姜老夫人聞言氣得渾身發抖，不停道：「胡鬧，胡鬧！這種事遮掩尚且來不及，怎麼能嚷得人盡皆知呢，難道你們要讓所有人茶餘飯後都議論三丫頭嗎？」

鄧老夫人老神在在道：「今天圍觀者這麼多，就算不這樣做，照樣會傳得人盡皆知，而且傳成多難聽就更難料了，我看這樣挺好。」

反正她也沒想過三丫頭還能嫁出去，與其忍氣吞聲，不如痛痛快快的。

「鄧氏，妳一把年紀怎麼越活越糊塗了，這樣縱著小輩們敗壞家風！我會把這件事告訴老家族長的。」鄧氏冷笑：「鄉君這話說得有意思。事實已經證明與三丫頭無關，人家長春伯府都敲鑼打鼓道歉了，怎麼到了您這裡還不依不饒的？難道就因為三丫頭是女子，所以哪怕不是她的錯，只要有人攀扯她，她就該死嗎？」

鄧老夫人說完，瞥了姜老夫人的兒媳伍氏一眼，淡淡道：「我的孫女，只要沒犯錯，我就護著她，絕不會為了名聲讓她遭罪！」伍氏臉色一白，扶著姜老夫人的手不由一鬆。

姜老夫人顯然也聽懂了鄧老夫人的暗諷，心知再爭執下去反而丟臉，冷冷道：「不可理喻，簡直不可理喻！」甩下這話，轉身走了。

隨著圍觀群眾的傳播還有長春伯府敲鑼打鼓道歉的熱鬧，今天的事很快傳遍了京城上下。

二太太劉氏關起門來教育兩個女兒：「看見了沒，妳們兩個可要多和三姑娘學著點，這樣一旦遇到事，不至於只知道哭。」

六姑娘黎嬋撇著嘴道：「學什麼呀？我覺得又是敲鑼又是打鼓的，成為人們口中議論的主角，好丟人呢！四姊，妳說對不對？」

四姑娘黎嫣沒有附和，認真想了想道：「如果我們遇到同樣的事，我覺得不會比三姊應對得更好。」劉氏欣慰點點頭。「嫣兒還算想得明白。不過三姑娘厲害的，可不只是把長春伯府的公子治好了，就是大家都覺得丟人的敲鑼打鼓道歉，也是有門道的。」

見兩個女兒眼巴巴等著她解惑，劉氏笑笑。「妳們想啊，長春伯府道歉會說什麼？」

「說冤枉了三姊？」

「對，三姑娘不是特意要他們說明是有人看三姑娘不順眼，故意栽贓。這樣一來，長春伯府報官抓到凶手也就罷了，要是抓不到，以後誰還敢不管不顧的表現出對三姑娘的敵意啊？」

兩個女兒聽得一愣一愣的。原來她們覺得不好的事，三姊早已有了別的用意。

見兩個女兒聽進去了，劉氏抿嘴一笑。「看著吧，之前擺明了與三姑娘過不去的一些人，這時該跳腳了。」

❧

正如劉氏所講，江詩冉一聽到這消息，立刻就惱了，跑去找江遠朝訴苦：「十三哥，你說那個黎三，是不是和我八字相剋啊，怎麼一沾上她就沒好事？」

「她怎麼了？」因是休沐日，江遠朝穿了一身家常竹青色長袍，比之平時多了幾分清雅。

「今天的事，你沒聽說嗎？」

「沒有。」江遠朝牽動嘴角，閃過自嘲的笑。

那個因為一個荷包而徹底與他鬧僵的女孩子，那個總讓他忍不住想起過往的女孩子，他尊重她的意願，不再對她有格外的關注。

錦鱗衛並沒有閒到整天盯著一個小姑娘的，說起來，以前是他私心作祟。

江詩冉忙把聽來的事講給江遠朝聽，說完忿忿道：「十三哥，你說她這不是坑人嘛，說什麼是有瞧她不順眼的人誣陷她，這是不是成心讓人都往我身上想啊？誰都知道我先前和她鬧了那樣的不痛快！」

「呃，沒事的。不論別人怎麼想，也只能想想。」江遠朝笑道。

江詩冉跺跺腳。「十三哥，話不是這麼說的，就算我知道那些人不能拿我怎麼樣，可平白背這種黑鍋，我還是覺得憋屈啊！」

「那冉冉打算怎麼辦？」江遠朝好脾氣問。

「十三哥幫我查查，把那個行凶者找出來！」江詩冉越想越惱火，咬唇道：「我可不枉擔了這個虛名！」見江遠朝沒應聲，江詩冉拉拉他的衣袖。「十三哥，行不行嗎？」

江遠朝心中嘆口氣，點頭道：「好，我派人去查一查。」

江詩冉露出明媚的笑，挽著江遠朝手臂道：「我就知道，十三哥最好了。」

江遠朝輕輕掙脫她的手，勸道：「快回去吧，義父近來身體不大好，妳要多陪陪他。」

一聽江遠朝提到這個，江詩冉收起了笑容。「嗯，我回去了。」

等江詩冉走了，江遠朝坐在書桌邊沉默良久，才吩咐人去查長春伯府的小公子在碧春樓被打傷一事。

池燦才走進家門，守在門口的桃生就迎上來，低聲道：「公子，今天的事長公主殿下聽說了，還派冬瑜姑姑來傳信，讓您一回府，立刻去她那裡。」

「知道了。」池燦面無表情點頭，抬腳去了長容長公主處。

夏日酷熱，長容長公主大半時間歇在臨水的雅閣裡。

雅閣四周掛著碧色紗幔，角落裡擺著冰盆，風從紗幔縫隙裡鑽進來，帶著水氣與涼意，很是舒服。池燦進來時，父親曾經的外室、如今形容憔悴的婦人正跪在長容長公主身邊，剝了葡萄餵給她吃。池燦忍不住皺眉，喊一聲「母親」。

長容長公主懶懶瞥池燦一眼，用赤裸的玉足踢了踢婦人。「下去吧。」

婦人頭也不敢抬，忙退了下去。

「母親找我？」

長容長公主美眸在兒子俊美無儔的臉上轉了一圈，笑道：「我聽說，你今天英雄救美了？」

池燦忍耐閉了閉眼，語氣平靜道：「只是幫了一個小丫頭。」

「為什麼幫她？」

「她曾幫過我的忙。母親之前看到的那副鴨戲圖，就是她畫的。」

「不對。」長容長公主搖搖頭，吐出幾個字：「因為你喜歡她！」

八十二 酒後真言

因為你喜歡她！

池燦腦海中不斷迴蕩著長容長公主這句話，渾身一震。

他怎麼會喜歡一個十三、四歲的小姑娘？

不會，絕不會！

長容長公主深深看了兒子一眼，拈起一顆葡萄珠吃下，擦拭了一下嘴角，不緊不慢道：「說起來，你也到了成親的年紀了。」

池燦猛然回神，看著喜怒難辨的母親，暗暗吸了口氣，若無其事道：「母親說笑了，兒子目前沒有成親的想法，也沒有……喜歡什麼人。」

長容長公主輕笑一聲。「知子莫若母，你不必狡辯。」

狡辯？池燦一顆心涼了涼。

哪有一個母親這樣說兒子狡辯？

他忽然有些心灰意冷，淡淡道：「隨便母親認為吧。」

「呵。」長容長公主笑了笑，撫摸著塗著鮮紅丹蔻的手指，慢悠悠道：「燦兒，你記著，那個女孩子，我看不上。所以，無論你承認對她的喜歡也好，不承認也罷，我不同意她進門。」

池燦一言不發，扭頭就走。

「站住！」

池燦腳步一頓。

「你長大了，所以心上人比你親娘重要了？」

池燦緩緩轉過身來，無奈又痛苦，暗暗吸了口氣道：「母親，您想太多了。」他說完，抬腳便走。碧色清透的紗幔隨著他的離去輕輕搖曳著，女官冬瑜小心翼翼道：「殿下……」

「出去！」長容長公主伸手打翻了水晶盤，去了皮後晶瑩剔透的葡萄珠四處滾落。

女官冬瑜暗暗嘆了口氣，默默走了出去。

池燦站在水邊出神。

冬瑜走過去，輕聲道：「公子。」

面對冬瑜，池燦神情微緩。「冬瑜姑姑。」

「您別怪殿下。殿下嘴上這麼說，但心裡不是這麼想的。」

池燦目光落在湖面上，淡淡道：「我知道。」

沉默片刻，他問：「但母親說不喜歡黎三姑娘，是真心的，對不對？」

良久後，冬瑜輕嘆一聲：「公子知道的，長公主殿下最討厭的就是出身低微的女子。」

池燦心中一陣煩躁，抬腳把一塊鵝卵石踢入湖中。咚的一聲，湖水一圈圈往外蕩去。

他轉身便走。

「公子去哪兒？」

「去喝酒！」

池燦出了長公主府，翻身上馬，直奔春風樓。

「你們將軍不在這裡？」

「不在，將軍回府了。」

池燦一聽很是稀奇。「回府？」

親衛忙解釋道：「回冠軍侯府，現在我們將軍的舅兄住在那裡，正病著，將軍放心不下，所以就回去了。」

「該死！」池燦狠狠踢了一下牆壁。

找個人喝酒都找不著了，他今天怎麼這麼倒楣！

「池公子，要不卑職去跟將軍說一聲？」

「不用了，去把朱公子和楊公子給我請過來。」

「好。」

等朱彥與楊厚承趕到時，池燦已經爛醉如泥。

他的酒品還算好，雖然雙頰通紅神智不清，卻沒有吵吵鬧鬧，就這麼安安靜靜趴在桌子上，半睜著眼在數數：「一棵、兩棵、三棵……」

朱彥與楊厚承面面相覷。拾曦還是很少喝醉的，今天是怎麼了？

「拾曦，數什麼呢？」

池燦半抬著頭，目光迷離，老老實實告訴小夥伴：「噓，別打擾我，我數白菜呢。」

「數白菜幹嘛呀？」楊厚承笑呵呵問。

「我要數清楚，看哪一棵白菜是我的。」

楊厚承笑了。「白菜又不值錢，你想要，都是你的。」

池燦眯著眼看著楊厚承，落寞笑笑。「你說錯了，我數了好久，沒有一棵是我的。」楊厚承張張嘴，扭頭看朱彥。

朱彥上前拍拍池燦，安慰道：「沒事，沒有白菜，還有蘿蔔呢。」

池燦漂亮的眸子勉力睜開，裡面是一片令人沉醉的波光瀲灩，聲音很輕：「可是，我只喜歡白菜啊。」

楊厚承一屁股坐下來，給自己倒了一杯酒仰頭喝了，受不了好友這幅鬼樣子，拍著胸脯保證道：「沒事，你喜歡什麼樣的白菜，我給你買！不就是白菜嘛，我的私房錢可以把京城一天賣的白菜都買下來了。」

「你？」池燦搖搖頭，酒氣噴了楊厚承一臉。「買不到的。」

楊厚承抹了一把臉，無奈對朱彥道：「不記得拾曦喝醉了酒這幅德行啊。」

朱彥輕笑。「比你強。」

「什麼意思啊？」

朱彥輕咳一聲。「咳咳，掛在庭泉大腿上哭，要跟著他進洞房……」

楊厚承立刻跪了。「別揭短啊！」

二人正說著，就聽嘩啦一聲響，酒壺被池燦碰到了地上。

「拾曦！」二人駭了一跳。

池燦閉著眼，喃喃道：「我只喜歡自己撿來的白菜，別的白菜，都不是我親手撿的！」

楊厚承一臉嚴肅望著朱彥。「子哲，我忽然覺得，白菜可能不是我理解的那個意思！」

朱彥只剩下苦笑。「你知道就好。」

楊厚承猛然一拍額頭，失聲道：「難道是黎姑娘？」

朱彥沒吭聲。「真的是黎姑娘？」楊厚承騰地站起來，來回踱步，最後一屁股坐下來，表情沉重道：「這不好吧——」

朱彥點頭。是呀，二人的出身、年齡都相差甚遠，拾曦的心意，恐怕是鏡花水月。

「拾曦好像沒有黎姑娘聰明啊。」楊厚承摸著下巴道。

朱彥心想：為什麼幾個好友裡，只剩他一個正常的？

「送拾曦回去吧。」朱彥起身去扶池燦，喝酒的心思早沒了。

「回去？我不回去。」池燦推開朱彥，踉蹌往外走。「我要去找黎三。」

二人死死把他拉住。

「別啊，你這樣醉醺醺找上門去會被亂棍打出來的！」楊厚承道。

池燦嘿嘿一笑。「噓，我有辦法，我上次去就一點事都沒有。」

神馬？拾曦去過黎姑娘家？這是什麼時候的事，他們怎麼不知道？

朱彥與楊厚承對視一眼。

「什麼辦法啊？」楊厚承好奇問。

「我以庶妹的身分混進去的。」俊美無雙的池公子得意道。

「嗯？」朱彥與楊厚承一臉錯愕。

楊厚承撓撓頭。「雖然我今天沒喝酒，但可能醉了，拾曦的庶妹……是女孩子吧？」

池燦挑眉笑道：「是呀，難道我的女裝不比她好看？」

立在門口的桃生無力扶額。蒼天啊，公子清醒後會殺人吧？

詭異的一陣安靜過後，朱彥默默站了起來，轉身往外走，走到桃生身旁停了一下，清清喉嚨道：「我今天沒來。」

「呃。」桃生傻傻點頭。

楊厚承如夢初醒，大步流星追上來，拍了桃生肩膀一下。「對，我也沒來！」

他力氣大，桃生被拍了一個趔趄，暈頭轉向站起來，已經看不到那兩個人的影子了。

「都跑了，只有我不能跑。」桃生苦著臉，伺候數白菜的主子去了。

黎府經過這一場鬧，頗有些喧嘩過後的疲憊，府中上下都很安靜。

喬昭終於等到了晨光的消息。

「三姑娘，跟蹤咱們的閒漢找到了，現在被咱們將軍控制了起來。」

喬昭心想：什麼叫「咱們將軍」？

「那閒漢交代了什麼？」

「閒漢交代說在府外茶館附近，有一對女扮男裝的主僕給了他錢，讓他跟蹤咱們。他跟蹤到碧春樓，然後把那對主僕領到了碧春樓。」

喬昭心中一沉，驟然閃過一個人。

莫非是黎皎？如果真的是她，這可有些麻煩了。

她讓長春伯府的人敲鑼打鼓道歉，並且特意聲明她是被看她不順眼的人陷害，實際上是一箭三雕。一是要長春伯府澄清她的清白，二是震懾以後總想找她麻煩的人，而最重要的一點，卻是想通過錦鱗衛的手，揪出真正的行凶者。

長春伯府敲鑼打鼓走上一圈，所有人都知道，真正的凶手是與她有過節的人，而這樣的人，人們第一個想到的就是江詩冉。倘若此事是江詩冉做的，算是給她添點堵；倘若不是，以江詩冉的性子，必然會讓錦鱗衛的人插手調查，不會白受冤枉。

這樣的話，那個拉她當替死鬼的人就不會逍遙法外了。

可是……喬昭深深嘆了口氣。

可是她真的沒有想到，黎大姑娘會幹出這種傷敵一千自損八百的事來！

這下好了，錦鱗衛一旦查到黎皎頭上，黎府依然要一個頭兩個大。

喬昭無力扶額。不是她謀劃太多，實在是敵軍太蠢……

她正鬱悶的時候，晨光左右看看，忽然靠近一步，小聲道：「三姑娘，咱們將軍已經查出來誰是行凶者了。」

喬昭回神，抽了抽嘴角。「好好說話，什麼咱們將軍，將軍就將軍。」

「呃。」晨光不解地撓撓頭。

三姑娘對稱呼這麼糾結做什麼？

「那閒漢認識行凶者？」

「不是，那閒漢不認識。說起來還是三姑娘和我們將軍心有靈犀。您讓我去找那個閒漢，我們將軍也派出了斥候查探。然後，斥候就查到了一些線索，能指明行凶者的身分。」

心有靈犀不是這麼用的！喬姑娘已經無力說什麼，點點頭，示意晨光繼續說。

晨光放低了聲音：「三姑娘，斥候查到了行凶者逃跑的路線。那個行凶者，最終從小巷子裡鑽狗洞進了西府，那條路上還留有行凶者的嘔吐物……所以，行凶者就是西府的人！」

見喬昭面不改色，晨光一臉佩服。「三姑娘，您是不是早知道了？」

「不……我也是才知道。」喬昭深深嘆了口氣。

「三姑娘，行凶者已經能確定就是西府的人，有閒漢指認，定然能找出那個人。所以我們將軍讓我轉告您，接下來該怎麼做，就看您自己的想法了。」

「我知道了。」喬昭垂眸，想了想問道：「你們將軍為何會……」

後面的話又嚥了下去。

邵明淵還真是負責啊，有了李爺爺的囑託，是打算事無鉅細照顧她了嗎？只可惜她還沒習慣別人事事都替她解決了，要是早知道邵明淵會不聲不響地幫忙，就不會拐著彎逼錦鱗衛出手了。

「為何會什麼？」晨光不解問。

「沒什麼。」喬昭搖搖頭。

晨光咧嘴笑了。「三姑娘別不好意思，我們將軍照顧您是應該的嘛。」

喬昭抿了抿唇。到底哪裡應該了？

他這個樣子，要是隨便換個小姑娘，早就對他動心了吧？

可真會拈花惹草！

晨光困惑眨眨眼。為什麼他家將軍大人做了這麼多好事，三姑娘不像是感動的樣子呢？

呃，好像還有點生氣！

「晨光，麻煩你替我向邵將軍表達謝意，然後我還有件事請他幫忙。」

「三姑娘儘管說，您的事，我們將軍肯定會幫忙的。」

喬昭臉色微沉。

一頭霧水的晨光心想，為什麼三姑娘又不高興了？

「勞煩你轉告他，錦鱗衛的人很可能也會追查行凶者，麻煩他幫我把尾巴掃清了，不要讓錦鱗衛的人查到黎家頭上來。」黎皎的事，還是關上門來解決吧。

「好的，我這就去告訴將軍。」

「等一等。」喬昭喊住晨光，從荷包裡摸出個小瓷瓶遞過去。「這個算是我對邵將軍的一點謝意，等下回，我會好好感謝他。」

「不用謝，不用謝，我們將軍幫您不圖回報的。」晨光竭力給將軍大人刷好感。

喬姑娘臉色更沉。「但我不願意平白受人幫助。這是驅寒丸，每天服一粒，可以讓你們將軍好過點。」

晨光眼睛一亮。「驅寒丸？三姑娘，這個真能減輕我們將軍的痛苦？」

喬昭沉默了一下，問道：「邵將軍很痛苦？」

晨光點頭道：「是啊，雖然將軍不說，但我們這些親衛都知道，每當趕上變天的時候，第二天起來，將軍的衣裳都是濕透的，疼得啊……」

說到這裡，晨光說不下去了，一個大男人竟然紅了眼圈。

「北地待久了，又經常在冰天雪地裡作戰，染上寒毒的將士十之八九。你們辛苦啦。」

晨光耳朵微紅。「都是應該的。」而後嘆氣：「我們將軍原本沒有這麼嚴重，是後來又去採千年寒冰保夫人屍身不壞，才變成這樣的。大夫說，將軍好不了啦，偏偏回了京城，將軍還不請御醫看。」

「別擔心，李神醫回京後，會給邵將軍看的。」喬昭的心情有些複雜。

邵明淵是不是傻？人都死了，保遺體不腐有什麼用？

反正她才不管他呢。

八十三　我看到了

晨光得了喬昭囑託，忙去給邵明淵稟報。

「錦鱗衛的人會追查？」邵明淵敲了敲桌面，露出恍然的神色。「黎姑娘讓長春伯府敲鑼打鼓道歉，就是為了引錦鱗衛出手吧？」

晨光聽得愣愣地道：「長春伯府道歉，怎麼會引錦鱗衛出手？」

「借力。」

晨光還是沒聽懂，邵明淵卻笑起來。

黎姑娘還真是聰明啊，不過有趣的是，這一次似乎太聰明了，反而給自己惹了麻煩。

「你回去跟黎姑娘說，讓她放心，尾巴我會打掃乾淨的，不會讓錦鱗衛的人查到什麼。後面的事她想怎麼處理，也不會有外力干擾。」

「是。」晨光從懷裡摸出個小瓷瓶遞過去。「黎姑娘給您的。」

「嗯？」邵明淵接過瓷瓶。他的手指修長，因為寒毒，竟比瓷瓶的白還要多了幾分通透感。

晨光見了，心中就忍不住難過，硬扯出個笑臉道：「三姑娘說，這是驅寒丸，您每天吃一顆，就不會那麼難受了。」

驅寒丸？邵明淵把玩著手中瓷瓶，輕笑道：「替我謝謝她。」

晨光嘿嘿樂了。「三姑娘還說啦，以後會報答您的。」

報答我？邵明淵愣了愣。

女孩子說報答，是什麼意思？

想起來了，池燦以前說過，女孩子喜歡用「以身相許」來報答。

邵明淵嚇得手中瓷瓶掉下來，落在檀木桌面上，發出清脆的響聲。

晨光趕忙把瓷瓶撈起來。「將軍，怎麼了？」

邵明淵尷尬接過瓷瓶。「沒什麼，快回去吧。對了，告訴黎姑娘，我不需要她的報答。」

「呃，屬下這就回。」晨光一頭霧水走了。

邵明淵起身站在窗前，望著窗外的一片蔥綠，笑著搖了搖頭。

是他想多了，黎姑娘遇事聰慧又冷靜，不能按尋常女孩子的想法來看待。

夏日的夜來得晚，外面天還亮著，四處已是炊煙裊裊，到了晚飯的時候。

鄧老夫人為了去去晦氣、壓壓驚，特意吩咐大廚房往各處送的飯菜比之往日豐盛不少。

黎輝面對著精緻的菜餚卻沒有動筷子的欲望，直到菜放冷了，把筷子輕輕放回了桌子上，吩咐小廝青吉道：「青吉，把飯菜撤了吧。」

青吉勸道：「公子，小的把飯菜熱一下，您好歹吃兩口吧，哪能一點東西不吃呢。」

黎輝笑笑。「天熱，吃不下，你收拾吧，我出去透透氣。」

察覺主子情緒不大對，青吉不放心地跟上去。

黎輝停下來。「不必跟著我，我想一個人走走。」

推門而出，傍晚的風依然帶著暑氣，可黎輝卻覺得心是冷的。他漫無目的逛了許久，直到天色徹底黑下來，終於下定了決心，抬腳往雅和苑的東跨院而去。

「姑娘，三公子來了。」

黎皎用過晚飯，正吃著冰鎮過的葡萄，一聽侍女稟告，立刻道：「請三公子進來。」

片刻後珠簾輕響，黎輝走進來。

「三弟怎麼這時候過來了？」黎皎笑著迎上來，見黎輝面色淡淡的，壓下心中詫異，打發屋內伺候的人出去。

室內只剩下姊弟倆，黎皎把葡萄遞過去。「這次採買的葡萄很甜，三弟嚐嚐。」

「我不想吃。」黎輝淡淡道。黎皎把葡萄放下，深深看黎輝一眼。「三弟，你怎麼了？」

黎輝看著黎皎的眼睛，喉嚨發澀，沉默片刻開口道：「白天的事……」

長姊的眼睛很好看，外祖母他們說，長姊很像早逝的母親。

長姊一直和他記憶中的樣子沒有任何變化，可是從什麼時候起，其實已經變了呢？

聽黎輝提到白天的事，黎皎臉一沉，數落道：「三弟，我正要說你。你怎麼能那麼魯莽，把那種事攬在自己身上呢？」

「魯莽？」黎輝閉了閉眼，問黎皎：「若是我不把那種事攬到自己身上，三妹又沒有金針救人的能耐，結果會怎麼樣？」

「那你也不能為了三妹，毀了自己的前程啊！你要是被牽扯進那種事情裡，還怎麼參加科舉？若是不能科舉，這一輩子豈不毀了？」

黎輝嘴角閃過嘲弄的笑意。「可若我不站出來，又沒有後面那些變化，三妹的一輩子也會被毀了吧？」

「三弟！」黎皎一臉不可置信道：「難道在你心裡，三妹就這麼重要？重要到可以讓你犧牲了前程？那我呢？我是你一母同胞的姊姊，你又替我想過嗎？你若從此跌落到塵埃裡，我怎麼辦呢？我會有多心痛——」

「我看到了。」

「你說什麼？」黎皎一直沒有反應過來。

黎輝只覺心中堵了一塊破布，讓他痛苦得幾乎無法呼吸。

「大姊，我說，我看到了。」

如果不是看到了，他又怎麼會魯莽挺身而出？

他相信三妹不會做那種事，真相一定會大白。

可真相大白的後果，卻是他的胞姊才是凶手！

不追究真相，三妹會被冤枉；追究真相，胞姊會有滅頂之災。誰能告訴他，不站出來，他該怎麼辦？

黎皎臉上的血色一點一點褪去，嘴唇蒼白如雪。「你、你看到了什麼？」

黎輝凝視著黎皎的眼，聲音輕得好像一陣風：「我看到妳和春芳穿著男子衣裳，從小巷子那個角門的方向走了過來。」黎輝上前一步。「大姊，那個女扮男裝在碧春樓打傷賈疏的人，其實是妳吧？」

「不是，不是——」黎皎下意識反駁：「三弟，你聽我說！」

黎輝臉色蒼白如紙，神情卻有種讓人驚慌的平靜。「妳說，我在聽。」

這樣子的黎輝，反而讓黎皎後面要否認的話說不出來了。

她怔了一下，用雙手摀臉，才痛哭流涕道：「是我。可是我能怎麼辦呢，我誤入了碧春樓，遇到了那個畜生。那個畜生直接把我拉進了屋子裡……」

黎皎瑟瑟發抖，撲進黎輝懷裡。「輝兒，當時我好害怕，真的好害怕啊！」

黎皎的樣子讓黎輝心疼又無奈，可這一次的心疼，卻再也掩不住心底的寒冷。

「我實在沒辦法了，知道他是長春伯府的畜生後，只能表明身分來阻止他。」

「可妳說的是三妹的名字。」

「我沒辦法，我真的沒辦法。」黎皎緊緊抱著黎輝。「誰知道那個畜生會怎麼樣，我要是說了自己名字，萬一他更獸性大發怎麼辦？畢竟我和他曾經定親十幾年。」

黎輝雙手下垂，任由黎皎抱著，面色慘澹問道：「大姊，妳報出三妹的名字，難道那個畜生就放過妳了嗎？」他不傻，大姊表明身分，是在絕境中抓住一棵浮木，賭那萬分之一的機率，那個畜生會良心發現。可其實，大姊心中知道這樣徒勞無功，所以她用了三妹的名字，一旦有什麼後果，自是三妹承擔。

黎皎被黎輝問得說不出話來，只剩下嗚嗚哭泣。

黎輝輕輕推開她。「大姊對三妹，真的毫無愧疚之心嗎？」

「我有！三弟，你把我看成什麼人了？事後我也很難受，很自責。一想到當時的情景，就後悔莫及。」

黎皎被問得一窒。

「既然這樣，大姊為何又不滿我站出來呢？」

黎輝嘴角帶著嘲弄的笑意。「難道咱們都是金貴人，只有三妹就該名聲掃地、一文不值嗎？」

黎皎白著臉後退幾步。「三弟，你是在怪我？是，在我心裡，你當然更金貴。你是咱們家唯一的男丁，整個西府都要靠著你光宗耀祖的。你毀了前程，不只是你一個人的事，所有的長輩都會心痛的。如果我知道你會站出來，那我情願自己站出來。」

「我知道，大姊一直替我著想。」黎輝閉了閉眼，嘴角的笑意讓黎皎心中忐忑。他睜開眼，黑而亮的眸子直視著黎皎。「現在三妹已經把外面的事解決了，不需要大姊再站出來。那麼，大姊去向三妹道歉吧。」

「道歉？」黎皎猛然睜大了眼睛，不可置信看著黎輝。

她的弟弟是不是傻了？這件事既然已經壓了下來，為什麼不能就這麼過去？讓她去道歉，那豈不是祖母他們都會知道了？

她絕不能去道歉，要是那樣，以後在西府還怎麼立足？

「大姊的意思是，不想向三妹道歉？」黎輝的失望之情溢於言表。

黎輝的表情讓黎皎心中一驚。「不，我不是這個意思。三弟，你想想，三妹本來不知道是我做的，如果讓她知道了，豈不是更傷害姊妹之情？」她上前一步，握住黎輝的手。「三弟，算姊姊求求你了，就給我留點體面吧，以後我保證不這樣做了。我若真去道歉，三妹定然會恨我一輩子的，你也不想看到我們姊妹反目成仇吧？」

黎輝抽出手，輕聲問黎皎：「大姊是說，事情就這樣過去了？」

黎皎淚流滿面，肩膀不停顫抖。「三弟一定要逼死我嗎？」

「大姊，妳好好想想，我也好好想想。我先走了。」

「三弟，三弟——」黎皎伸手去攔黎輝，黎輝卻頭也不回走了出去。

黎皎跌坐回美人榻上，狠狠捶了一下瓷枕。

冰涼的瓷枕上畫著美人撲蝶圖，那鮮豔的花好像變成了賈疏後腦杓的血。

黎皎打了個哆嗦，猛然把瓷枕推到地上。

重物落地的巨響聲傳來，秋露慌忙進來問道：「姑娘，怎麼了？」

「把這些趕緊給我收拾了！記著，以後不許再讓我看見瓷枕！」黎皎聲嘶力竭喊道，喊完撲倒在床上痛哭起來。她和三弟本來親密無間，現在怎麼會成了這個樣子？

黎三……要是沒有黎三，她不會攤上這樣的事情，那他們姊弟就不會鬧成這個樣子。都是黎三害的！黎三為什麼不去死，不去死！

❧

而黎皎所有的不甘和痛苦，黎輝都不再去想，他茫然在雅和苑裡遊蕩，像是一個孤魂野鬼。淚水順著少年的眼角淌下，他卻無知無覺。

「輝兒？你怎麼在這裡？」陌生又似乎熟悉的聲音響起。

黎輝茫然看去，喃喃道：「太太？」

何氏走過來問他：「用過飯了嗎？」

「用過了。」

「咦，怎麼哭了？」

黎輝抬手擦了一下眼角，才發現臉頰濕漉漉的，尷尬得紅了耳朵，胡亂謅了個理由道：「剛才摔了一跤，有點疼。」

「摔破了？」

「沒有。」

「那趕緊回去吧，天黑了，看不好路，我讓丫鬟打燈籠送你。」

「不了，我去看看三妹就回，太太不用管我。」

「呃，那行，你去吧。昭昭平白惹了一身騷，肯定難受呢，見你去看她，說不定會好些。」

何氏一聽黎輝要去看寶貝女兒，語氣更柔和了。她就是獨生女，從小盼著有個兄弟姊妹作伴，只可惜沒有這個福氣。現在黎輝願意對女兒好，她打心眼裡是高興的。

黎輝向何氏行了個禮告辭，去了西跨院。

西跨院裡的書房是亮著的，能映照出少女纖細的身影。

黎輝駐足，看得出神。

三妹還不到十四歲呢。可就是這樣的三妹，今天卻力挽狂瀾，把這樣驚天動地的事化於無形。

而他，甚至還在糾結是不是替大姊坦白。

窗上又映照出一道身影，立在纖細身影身旁，似是在勸說什麼。

坐姿優雅的少女抬了頭，手中卻一直未放下書卷。

另一道身影退了下去。

窗前的少女依然在低頭看書。

黎輝終於邁出了腳。

「姑娘，三公子來了。」

「請三公子進來。」

黎輝被阿珠直接領進書房，果然就見喬昭坐在書案旁，手中正拿著一本書卷。

「這麼晚了，三妹還在看書？」

喬昭把書卷放下，露出淡淡的笑容。「三哥來了。」

不是疑問，而是早就篤定了黎輝會來。

黎輝一愣。「三妹知道我會來？」

阿珠奉了茶，退出去。

喬昭才道：「我猜三哥定然有話和我說。」

知道行凶者是黎皎後，她便明白了，黎輝一定發現了真相！

一邊是姊妹，一邊是妹妹；一邊是親情，一邊是良心。黎輝除了站出來認罪，別無選擇。

所以她在等。

如果能等來黎皎的道歉，那麼她可以看在黎輝的面子上，給黎皎最後一次機會。

只可惜，黎皎連最後的機會也沒抓住。

一個幾乎把親姊妹置於死地、經過胞弟勸說仍不會道歉的人，難道指望對方會迷途知返嗎？不會，對方只會變本加厲把錯誤歸罪於別人而已！

面對著喬昭坦然澄澈的眼睛，黎輝卻沉默了。事到臨頭，才知道許多話開不了口。可很多話，哪怕再無地自容，也是要說出來的。

「三妹，我……我是替大姊來和妳道歉的。打傷長春伯幼子賈疏的人，其實……是大姊……」斷斷續續把話說完，黎輝抬眸去看喬昭，卻發現少女依然面色平靜。

「三妹？」

喬昭笑笑。「我知道。」

「妳知道？」黎輝一臉詫異。

「是呀，我知道，不過也是才知道的。」

黎輝額頭出了汗，臉上更熱。

原來三妹知道。

站在西跨院中，有那麼一瞬間，他是想退縮的。

大姊說得沒錯，一旦讓三妹知道了，她們的姊妹情分很可能就全沒了。而他只要保持沉默，當做什麼都沒發生過，大姊以後不再犯糊塗，那麼大家還是原來的樣子。

可是，怎麼能當成沒發生過呢？他的良心，讓他邁不過去這個坎兒。

而此刻，黎輝慶幸來坦白了。不然在三妹心裡，他們是何等卑劣。

「大姊怎麼沒來呢？」喬昭波瀾不驚問。

黎輝被問住了。撒謊，他做不出來；如實說，說不出口。

「三哥，有些事別人是不能替的，我覺得道歉算是其中一種。」

「三妹，大姊是一時糊塗了。」

「一時糊塗？」喬昭笑了。「今年的花朝節上，大姊一時糊塗弄丟了我，又一時糊塗嚷得人盡皆知，現在還是因為一時糊塗讓我當替罪羊嗎？」

「三妹……」

喬昭語氣依然是平淡的，彷彿說著與己無關的事。「三哥知不知道，我被拐後是什麼樣子？你們好像都沒問過我細節，是怕我回憶起往事難過嗎？」

黎輝身子一顫。喬昭的目光投向糊著碧紗的窗櫺，上面投著她與黎輝的影子。

「三哥知道，我不是好脾氣的，落入人販子手裡怎麼會甘心。我一次次逃跑，又被捉回去，每次被捉回去，三哥知道人販子會怎麼教訓我嗎？」

黎輝緊緊抿了唇，手心濕漉漉全是汗水。

少女清冷的聲音彷彿是從天邊而來：「南方的二月，路兩旁的柳樹已經抽出枝條。他會隨手折了柳枝往我背上打。他說，柳條細，抽在人身上又疼又不會落疤。我不認命，繼續跑，他就餓著我，讓我沒力氣逃。三哥一定不知道餓肚子的感覺吧？胃裡好像燃著一把火，燒得我每一寸肌膚都在痛——」

「三妹，妳別說了，別說了！」黎輝面色煞白，一把抱住了喬昭，冷汗從他額頭滾落，落在喬昭濃密的髮絲間。

喬昭耳根微熱，推開了黎輝。雖然他們如今是實打實的親兄妹，可畢竟沒有從小一起長大的情分，比起兄長喬墨，還是不同的。

話已經開了頭，喬昭沒有停下來：「後來我就不敢逃了，因為再逃可能真的就要死掉啦。」是啊，小姑娘黎昭，就是這樣死掉啦。小姑娘黎昭再嬌蠻，再任性，終究沒做過什麼十惡不赦的事。可她就這麼死了，那些痛恨她的人也就罷了，可是深深愛著她的，比如何氏，永遠不會知道她摯愛的女兒早已不知魂歸何處。

「三哥也不喜歡以前的我吧？任性又嬌蠻。可是所有的懂事，都是因為知道疼了，所以才長大了。」

「三妹，我以後會保護妳的，我保證。」黎輝不敢看妹妹那雙清澈明亮的眼睛。

他總覺得以前的妹妹死去了，重獲新生，卻不再需要他們的彌補。

「大姊的事，我會告訴祖母。」喬昭平靜道。

黎輝怔了怔。

他一開始的打算裡，是想要大姊向三妹道歉，私下說開了，以後姊妹二人能好好相處。

他相信大姊向三妹道歉後，三妹不會鬧到長輩那裡去的，也算給大姊留了臉面。

可是此刻，聽完三妹這一番話，反對的話卻說不出口了。

「多謝三哥來看我。夜深了，三哥早點回去歇著吧。」

喬昭沒有問黎輝會不會怪她。該說的已經說了，如果黎輝想不通，任她舌燦蓮花也是沒用。

「三妹也別看書了，傷眼睛。」

黎輝從西跨院走出去，直到回到自己屋子裡，還是渾渾噩噩的。

「公子，您可算回來了，小的擔心死了。」

「給我準備熱水，我要沐浴。」

「噯。」小廝青吉應了，顛顛跑進去拿出一個白玉盒子遞給黎輝。

「這是什麼？」

「是太太讓人送過來的雲霜膏，說是公子摔著了，塗抹傷口用的。公子，您摔哪了？讓小的看看！」黎輝握著雲霜膏，心中滋味莫名。

翌日，府上男人們該上衙的上衙，該上學的上學，女眷們則例行往青松堂給鄧老夫人請安。

黎皎一夜未睡好，拿煮熟的雞蛋敷了眼，又塗上厚厚的脂粉，才遮住了濃重的黑眼圈，早早來到了青松堂。

「皎兒今天來得早。」

「天熱了，躺不住，還不如早早來陪祖母。」黎皎笑容甜美，哄起老太太來得心應手。

她現在有些拿不準三弟心思了，三弟讓她好好想想，難道一定要她向黎三道歉不成？

好在三弟一早去了國子監，再緩這一個白天，氣頭說不定就過了。到時候她再好生說說，這件事應該就能過去了。讓她向黎三道歉，是絕對不行的。黎三是什麼人，知道真相後定然會鬧得人盡皆知。

來請安的人陸續齊了。

鄧老夫人掃視一圈，問何氏：「昭昭呢？」昨天昭昭用銀針把傻子治好，太過驚人，只是當時不便細問，她可一直好奇著呢，就等著孫女好好歇一晚上再盤問。

何氏一臉茫然。「兒媳也不知道啊，是不是睡過頭了？」

二太太劉氏低頭偷樂。這個棒槌大嫂啊，她真是服了，怎麼就生出三姑娘那樣的伶俐人呢？

「三姑娘來了。」站在門口的大丫鬟青筠喊。

喬昭走進來，向長輩們請過安，看了黎皎一眼。黎皎莫名生出不祥預感。

「三丫頭臉色不大好，昨天沒睡好？」鄧老夫人問。

「孫女是沒睡好。祖母，我知道了誰是打傷長春伯幼子的真凶！」

此話一出，滿室皆靜。

二太太劉氏不由屏住了呼吸。她就說，連長春伯府那個二傻子都成了京城的大笑話，三姑娘怎麼會讓真正的行凶者好過呢！

黎皎咬著唇，手指節隱隱發白。難道三弟真的告訴了黎三？

「是誰？」鄧老夫人放下茶盞，坐直了身子。

喬昭目光落在黎皎面上，不疾不徐道：「就是大姊啊。」

「什麼？」鄧老夫人直接打翻了茶盞，茶水灑了一身。

二太太劉氏嘴巴大張，忘了闔攏。何氏更是騰地站了起來，問道：「誰？」

「是大姊，真正進入碧春樓打傷長春伯府幼子的人是大姊。」

眾人都看向黎皎。

「不是我，不是我——」黎皎面色青白交加，看著喬昭眼淚直流。「三妹，妳怎麼能胡說呢？」

就算黎三聽三弟說了，也沒有任何證據。

這件事她是絕不會承認的，大不了就以死逼三弟站在她這一邊好了。只要過了這一關，她相信與三弟的姊弟之情早晚會修復，可要是讓祖母知道了她做的事，才是徹底完了。

喬昭看向黎皎的目光帶了無奈。

都這個時候了，居然還能矢口否認，這樣的臉皮，她也是甘拜下風了。

懶得多費口舌，喬昭淡淡道：「那個閒漢，我已經叫晨光找到了，大姊可敢與他對質？」

黎皎腦子嗡了一聲。閒漢？黎三怎麼能找到那個閒漢？

不能慌，說不定黎三是詐她的。

「還有妳回府的路線，夜香郎走的巷子……」

接連抛出來的消息徹底摧垮了黎皎硬槓到底的決心。她步步後退，最後跌坐在地上，掩面痛哭。「三妹，我知道我錯了，本來想好了今天私下找妳道歉的。妳……妳一定要逼死我才行嗎？」

「原來真的是妳！」何氏氣得跳腳。「妳差點害死昭昭，妳還有臉哭，看我不撕爛妳這張嘴！」

「何氏，妳先安靜點。」鄧老夫人目光緊盯著黎皎。「皎兒，究竟是怎麼回事兒？」

黎皎抽泣著道：「昨天早上我看三妹出門，有些不放心就跟了上去，結果誤入了碧春樓，然後就遇到了賈疏。」

「妳跟著妳三妹做什麼？」

「我、我擔心她年紀小，被人哄騙……」

鄧老夫人皺了眉。「妳三妹出門有丫鬟和晨光跟著，能受什麼哄騙？」

沒有確鑿的證據，黎皎自是不敢把晨光扯進來，眼珠一轉道：「我無意中見過三妹和陌生男子在一起喝茶，所以怕她被人哄了……」既然長容長公主府的公子會在眾目睽睽之下站出來給黎三作證，可見他們見了不是一次兩次了，她這麼說，不會有破綻。

「那妳也不該冒冒失失進了青樓，更不該拉妳三妹當替罪羊。皎兒，妳太讓祖母失望了！」

「老夫人，您可一定要好好處置她，她這是黑了心肝啊，連親妹妹都往死裡害。」何氏氣得不行，恨不得衝上去狠狠抽黎皎兩個耳光解氣，目光觸及到女兒平靜的神情，才生生忍住了。

黎皎跪著撲到鄧老夫人腿上。「祖母，您罰我吧，是我一時鬼迷心竅，是我該死，我應該早點跟三妹道歉的，而不是等到今天……」

她哭得淒慘，淚水沖刷掉厚厚的脂粉，露出濃重的黑眼圈，瞧著很是可憐。

鄧老夫人一雙手不停抖著，不禁抬手想摸摸黎皎的頭，伸到一半卻又落了下去。

這孩子，被她慣壞了，怎麼就變成這樣了呢？

鄧老夫人努力回憶著。

雖然她內心對自幼喪母的嫡長孫女偏疼些，可明面上卻沒有太大差別，至少沒有說皎兒欺負了哪個，讓哪個忍氣吞聲的。

當然，一直以來長孫女表現得最大方懂事，也沒有欺負哪個。

鄧老夫人看著哭得淒慘的孫女，心痛不已。

她不在乎小女孩任性一點，頑皮一點，這些都無傷大雅，品性才是最重要的。

可偏偏，她的長孫女，把最重要的東西丟掉了。

長孫女丟掉的東西，不是哭一哭就能過去的，不然以後還會有更大的禍患等著。

「皎兒，妳也莫哭了，起來吧。」鄧老夫人疲憊道。

跪坐在地上的黎皎心中一喜。她就知道，祖母還是疼她的，只要姿態放低了認錯，便會原諒她。

「皎兒，妳以後就不要出門了。」

「祖母？」黎皎大驚失色。

祖母是什麼意思？難道要把她關起來嗎？

二太太劉氏感慨搖搖頭。東府的二姑娘因為得罪了三姑娘，等於是退出了京城貴女的圈子，如今大姑娘得罪了三姑娘，也退出了京城貴女的圈子。

嘖嘖，她真是料事如神，慧眼如炬啊！

「皎兒，難道妳想有一天撞見長春伯府的幼子，被他認出來嗎？他現在可不傻了！」

黎皎渾身一震。

「正好妳也不小了，以後就在屋子裡待著繡些嫁妝。祖母會和妳父親商量著，儘快在京外給妳找一戶好人家。」

「京外？」黎皎只覺一個青天霹靂落在頭上，不由抱著鄧老夫人大哭。「祖母，孫女捨不得您，不想離開您——」

父親不過一個翰林修撰，能在京外給她找什麼好人家？

要真像祖母說的這樣，那她一輩子就徹底毀了！

鄧老夫人伸手把黎皎拉起來。「這也是沒辦法的事，碧春樓的那件事以後就成了懸案，長春伯府不會甘心的。妳留在京城，一旦被他們發現，後果更不堪設想。好了，大家都散了吧，今天的事全都爛在肚子裡，不然，我就再也不認他是黎家的人！」

黎皎心如死灰，回屋後一頭栽在床上，一整天沒有起來。

喬昭回到屋子裡卻舒了口氣，捧著一杯花茶慢悠悠喝著。

黎嬌閉門不出要嫁到京外去了，黎皎也閉門不出要嫁到京外去了，黎家暫時應該算是清淨了吧，不會再給她引來什麼無妄之災。

嗯，這樣的話，她總算能找毒害大哥的毛氏算帳了！

八十四 喬三氣哭

京城最近最熱鬧的八卦有兩個，一個是冠軍侯亡妻入夢，白袍將軍夜接舅兄回府；另一個是紈綺子青樓險喪命，黎三姑娘銀針證清白。

第二個八卦原本早把第一個八卦的風頭蓋過，可沒想到，一條新的傳聞，驟然把第一個八卦重新拉回了人們的視線——冠軍侯之所以把舅兄接到自己府上住，是因為亡妻托夢說尚書府內有一隻白毛老虎把兄長吃掉了！

世人對於托夢都是深信不疑的，更愛琢磨夢裡的寓意反映到現實中的意思。

這則八卦傳得沸沸揚揚，那些不瞭解上層情況的普通百姓頂多看個熱鬧也就罷了，許多勳貴官員家的女眷則開始熱烈討論起來。

「我跟妳們說啊，這夢裡夢到的東西呢，都是暗指人的。這吃掉喬公子的白毛老虎，肯定是指某個要害喬公子的人，所以冠軍侯的夫人才不放心兄長，前來托夢吶。」

「不能吧，喬公子是住在自己外祖家的，怎麼會有人害他？」

「這可就不好說了，高門大戶什麼事沒有，就是住在自己家，被害的也不是沒有。傳聞裡不是說了嘛，那隻白毛老虎就在尚書府呢，這證明害喬公子的人就在尚書府中。」

「怪不得冠軍侯連夜把喬公子接走呢。你們說，這白毛老虎是指誰啊？」

一個個閒得無聊的婦人認真琢磨著。人們想到某家人，自然是先從主子們考慮。

一個圓臉婦人恍然大悟道：「我知道了！」

眾人投來的目光讓她傾訴欲望更加強烈。「是寇尚書府上那位大太太毛氏啊！白毛老虎，妳們想想？」

「對哦。」眾人恍然。

「對了，毛氏正是屬虎的！」跟著這個思路走，另一個婦人道。眾人議論紛紛之際，又一個婦人倒抽口冷氣。「不知道妳們知道不，毛氏的外祖家，就是姓白！」

「這就錯不了了，白毛老虎定然是指毛氏無疑了。可她害喬公子幹什麼啊？」

「那誰知道呢？也許是嫌喬公子累贅，不想一直養著？畢竟當舅母的，還是隔了一層。」

這則流言傳入邵明淵耳裡後，坐在葡萄架下喝茶的他愣了好一會兒，吩咐親衛道：「聯繫晨光，請黎姑娘來春風樓一見。」

喬昭接到晨光傳信，來到了春風樓。

「邵將軍找我有何事？」

「那則流言在下聽說了。」

「哦。」喬昭一臉平靜，心中卻在疑惑邵明淵特意叫她來，就是交流一下八卦的？他不像是這種人啊。

邵明淵看著喬昭問道：「流言是黎姑娘傳出去的嗎？」

喬昭一怔，隨即臉黑了。「邵將軍說話，都是這麼直接嗎？」

他們又不熟，這人就不覺得交淺言深，怎麼能一點面子不給女孩子留，直接問人家是不是造謠者呢？呃，雖然是她造的謠沒錯。

邵明淵同樣呆了呆。

黎姑娘為什麼生氣了？他和屬下們討論軍情，都是這樣的啊，直接不才更有效率嗎？

「那，黎姑娘知道流言是誰傳出去的嗎？」年輕的將軍琢磨了一下，決定從善如流，換個委婉點的問法。

喬姑娘臉色更黑。這人怎麼明知故問呢！

邵明淵心想：他還是不說話好了！

「是我。」喬昭決定不和這人計較了。

見邵明淵沉默，她問道：「怎麼了？」

「在下覺得，這件事還是尊重我舅兄的意思為好。畢竟，這是我舅兄的私事，或許還涉及到一些隱情……」邵明淵說不下去了，因為他忽然發現，眼前的小姑娘居然要掉淚了。

或許也不算哭，那雙好看的眸子裡忽地蘊含了水光，委屈得像是奔跑在林間乍然見到生人的小鹿。

邵明淵有些懵。

對黎姑娘，他一直是欣賞的，雖然對方年紀尚小，但他從沒把她當小姑娘看待。她於他，更像是能平等相交的朋友。

現在才知道，原來再怎麼樣黎姑娘也是女孩子，和他那些同袍是不一樣的。

但是他到底說什麼了，就惹黎姑娘要哭了？

「邵將軍是覺得我多管閒事了？」喬昭抿著唇問。她知道不該委屈的，她現在不是喬昭了。不是大哥的妹妹，也不是眼前人的妻子。

在所有人眼裡，她就是個多管閒事亂操心，一點也不安分守己的女孩子。

可是她在所有人面前都不覺得委屈，在邵明淵面前就是忍不住。

他都把她一箭射死了，還敢說她多管閒事？這個不要臉的混蛋！

喬姑娘這麼一想，原本死死忍住的淚水，更如斷了線的珠子落下。

邵明淵登時手足無措。

他真的沒有說什麼啊，黎姑娘明明不是這樣無理取鬧的人，到底哪裡出了問題？

「黎姑娘，對不起，妳、妳還是別哭了……」

不遠處站著的晨光和冰綠時不時往這邊掃一眼，邵明淵很有拔腿就跑的衝動。

「我不能多管閒事，連哭也不能嗎？」少女含淚問。

「能、當然能的……但是其實真的沒什麼好哭的……」年輕的將軍乾巴巴地勸道。

喬昭更生氣了。她已經很克制了，換成別的女孩子早哭死了好嘛！

他居然還說——沒什麼好哭的！去他的沒什麼好哭的，這混蛋知道什麼呀！

喬姑娘猛然站起來，抬腳踢了邵明淵小腿一下，轉身便走。

「冰綠、晨光，我們回府！」

冰綠和晨光跑過來。「姑娘，您怎麼哭啦？」冰綠嚇了一跳，扭頭問邵明淵：「邵將軍，您是不是欺負我們姑娘了？」邵明淵默默低頭，看著自己被踹過的小腿。

女孩子力氣小，踢的那一下對他來說就如蜻蜓點水一般，輕得幾乎感覺不到。

可是，那一下又彷彿踢到了他心上，讓他至今難以回神。

他居然被一個女孩子踢了，那個女孩子偏偏受了很大委屈的樣子。可這到底是為什麼啊？

「冰綠，別說了，咱們走。」喬姑娘拂袖而去。

冰綠見狀瞪了邵明淵一眼，趕忙追了上去。

晨光連連搖頭，恨鐵不成鋼道：「將軍，女孩子不能欺負啊，要哄的。」

「我沒做什麼。」面對下屬，年輕的將軍面上還算冷靜。

他沒哄過女孩子，再說，他沒打算再娶妻，哄妻子以外的女孩子，也不合適吧？

「不可能沒做什麼。三姑娘是屬下見過的最堅強的姑娘，將軍您一定是做了很嚴重的事，才把她氣哭的。」難道將軍非禮三姑娘了？嘿嘿嘿，將軍大人好棒！

邵明淵認真想了想，道：「我好像就說了她多管閒事……晨光，你怎麼了？」

「沒、沒什麼。」有這樣的將軍大人，屬下還堅強地活著，是多麼不容易啊！

晨光一臉生無可戀地走了。

回去的路上，冰綠忿忿道：「姑娘，您別哭了，以後咱們再也不來這破春風樓了。」

喬昭看她一眼，道：「還是要來的。」

冰綠心想：姑娘，咱的志氣呢？

冷靜下來，喬昭又有些懊惱。她怎麼踢了邵明淵呢？這樣未免太幼稚了。

罷了，罷了，隨他怎麼想，反正她要做的事，還是會接著做的。

在邵明淵看來，大哥的事與她無關，但對她來說，目前沒有比大哥的事更重要的了。傷害兄長的人，她一定要對方得到懲罰。

寇尚書府自然也聽到了風聲。毛氏聽說後，心虛又生氣，飯都吃不下去，直接就病倒了。

「毛氏，妳又不是小門小戶出來的，怎麼還理會那些謠言呢？」薛老夫人勸道。

「老夫人，您聽聽外面傳得多難聽，說什麼喬墨是讓兒媳害的，以後兒媳還怎麼和人來往？」

「清者自清，濁者自濁，這種毫無根據的謠言就是無根的浮萍，用不了多久新的流言冒出來就一陣風般散了。」

毛氏一聽，更加不好了。就是因為真是她動的手，才怕事情越演越烈啊。

「很不舒服嗎？」

毛氏虛弱笑笑。「還好，讓老夫人擔心了。」

「怕我擔心，妳就早點養好身體。我上了年紀，精力不比從前，這偌大的尚書府，還要靠妳打理呢。這些亂七八糟的傳言，不必放在心上。」

「兒媳知道了。」

「那妳養著吧。」薛老夫人扶著丫鬟的手出去了。

毛氏死死抓著薄被，心中翻騰不已。

無風不起浪，她給喬墨下毒的事，究竟怎麼讓人瞧出端倪的？

當時得到零香毒時，明明說了，零香毒無色無味，發作時就像是普通傷寒，根本不會被人察覺的。還是說，這世上真有神明，真的是短命的喬昭給冠軍侯托夢了？

毛氏猛然坐起來，雙手合十，口中喃喃念著什麼。阿彌陀佛，倘若真是如此，那死鬼也不要找她麻煩啊，她為了女兒的終身幸福著想有什麼錯？

梓墨從小對喬墨情根深種，喬墨要是遠在南方嘉豐也就罷了，可偏偏還住到了尚書府裡。

難道要她眼睜睜看著女兒越陷越深，耽誤了終身大事嗎？

再者說了，她也沒打算要喬墨的性命，那零香毒不是讓人身體虛弱的嘛，中毒後只是時常會生病罷了，又死不了。喬墨時常生病，冠軍侯才會經常過來探望，這樣她的女兒才有機會……

是的，喬墨毀了容，又要守孝，就算梓墨鬼迷心竅，他們也沒有可能在一起，讓冠軍侯經常出沒尚書府才是她最終的目的。

可令人嘔血的是，喬墨才一病倒，冠軍侯居然就把人接走了！

如今目的沒達成，還傳出那樣的流言！

好在除了她的心腹，無人知道是她動的手，就像老夫人說的，流言傳上幾天也就散了，只要她沉得住氣，別人又能如何？不過最近這麼不順利，是該抽空去大福寺拜拜了。

黎家西府雅和苑的西跨院裡，喬昭坐在石榴樹旁的石桌旁，正打理著一張虎皮。

「姑娘，您把這張虎皮拿出來幹嘛呀？」

喬昭頭也沒抬，淡淡道：「有用。冰綠，妳去把晨光叫過來。」

「叫到咱們院子裡？」冰綠有些意外。

以前姑娘和晨光見面，都是在靠外院的那個亭子裡呢。

阿珠同樣吃了一驚，不由看向喬昭。讓晨光一個大男人過來，真的好嗎？會不會影響姑娘名聲？

喬昭抬眸，看向冰綠。「快去。」

而後似是對阿珠解釋道：「沒事，祖母他們挺喜歡晨光，不會影響他的。」

阿珠目瞪口呆。不是啊，姑娘，該擔心的難道不是您的名聲嗎？

自從碧春樓事件後完全放飛自我的喬姑娘神態怡然，拿一隻小刷子不緊不慢打理著虎皮。

原本棕黃相間的虎皮漸漸成了白色。

不久後腳步聲響起，冰綠稟告道：「姑娘，晨光來了。」

晨光長這麼大，還是第一次進姑娘家的院子，拘束得都不會走路了。

看著同手同腳走進來的晨光，文靜如阿珠也忍不住笑出聲來。

冰綠發現後更是笑出了眼淚。「晨光，你走路怎麼順拐了啊？」

晨光臉大紅，都不好意思看喬昭了，低著頭問：「三姑娘，叫我來有什麼事啊？」

喬昭掃一眼冰綠和阿珠，淡淡道：「妳們兩個去守著院門，看好了不要讓人靠近。」

「是。」

等阿珠二人退走，喬昭一時沒有吭聲，繼續拿小刷子梳理著虎皮。

晨光目光落在虎皮上，忍不住問道：「三姑娘，這虎皮是那次下雨，在獵戶那裡得來的吧？」

喬昭停下手中活計，點頭。「對。」不只是這張虎皮，眼前的車夫也是那次下雨得來的。

晨光笑笑。「原來三姑娘這麼喜歡虎皮啊，不過您怎麼把虎皮染成白色了？」

「我需要一張白色的虎皮。」白色虎皮市面上少見，且這個當口她不能派人出去採買，以免留下破綻，所以還是自己動手比較妥當。

「三姑娘早說啊，北地白虎很多，我們將軍那裡有十幾張白虎皮呢。」

喬昭低頭看著染了半截的虎皮，再看看一臉炫耀的小車夫，很有種把小車夫的頭髮也染白的衝動。果然是邵明淵的屬下，連討人厭都是一樣的。

晨光猶不自知，替自家將軍大人賣好道：「我回冠軍侯府給您拿一張吧。我們將軍知道是您需要，肯定隨便您拿的。」

「不用了。」那人已經在責怪她多管閒事，又腦子轉得快，猜到她要白虎皮的用途，誰知道會不會阻攔呢？「今晚是月圓夜，晨光，我想拜託你一件事。」

「三姑娘請講。」

「我想請你去夜探寇尚書府，披上這件染白的虎皮，嚇嚇人。」

「啥？」晨光一臉呆滯。他一定是聽錯了。

為什麼自從給三姑娘當了車夫，他的人生就走上了一條詭異的道路呢？

寇尚書府是喬昭的外祖家，儘管她去得少，但因為記性好，對整個尚書府的布局是記得清清楚楚的。喬昭把早畫好的布局圖遞給晨光。

晨光暈乎乎接過來，打開布局圖一看，不由吃了一驚。

三姑娘居然把地圖畫得如此逼真，甚至連山石樹木都纖毫畢現，這份本事要是用到戰場上——不行，他一定要幫將軍大人把三姑娘娶回家！

喬昭可不知道晨光的思緒又跑偏了，素指輕點著布局圖：「這裡有一棵桂花樹，你可以從這兒進去，然後往這邊走……」

講完，喬昭抬眸看向晨光。「有問題嗎？」

「沒有。」晨光搖搖頭，忍不住問道：「要嚇誰啊？」

喬昭笑笑。「不一定嚇誰，盡量讓更多的人看到就夠了，記得在這個院子附近隱匿行蹤，然後就可以回來了。」

她所指的是毛氏的院子，只要讓晨光在這個院子附近消失，給人造成進入毛氏院子的假象，那些人自會往那則謠言上想。「晨光，要是做不到，就不必勉強，我再想別的辦法。」

晨光拍拍胸脯。「三姑娘儘管放心，這對我來說小菜一碟。」

連韃子的大營他都跟著將軍混進去過，何況區區一個文官府邸。

「那好，一切有勞了。」

是夜，寇尚書府燈火闌珊。

灶上的王婆子依舊熱得睡不著。這樣的大熱天，主子們安寢的屋子裡擺著冰塊，大丫鬟們還能跟著沾點福氣，她們這樣的下人卻連個冰渣都見不著的。

「造孽喲，年輕時學什麼做飯，要是能當上奶娘現在就享福了，哪用受這種罪！」上了年紀有些尿頻，王婆子嘟囔著起了身，解決了後正抓著腰帶往回走，眼前忽然晃過一個白影。

眼花了？王婆子一手提著腰帶，一手抬起揉揉眼睛。

月光皎潔，能夠朦朦朧朧看到花木旁臥著一個龐然大物。

這是……睡意未退的王婆子腦子還不大清醒，此時忘了害怕，反而因著人好奇的本能湊近一步，伸長了脖子一看。

「老虎啊——」一聲尖叫劃破夜空。

起夜的婆子因為極度恐懼，手一鬆，褲子掉了，露出大紅的小衣。

按著計畫，晨光本該立刻一閃而逝的，可披著虎皮的他卻驚呆了，若不是定力好，差點跟著尖叫起來。直到多處燈光亮起，人影攢動，晨光才如夢初醒，拔腿狂奔。

要死了，一定會長針眼的！他長這麼大還沒見過大姑娘的小衣呢，冤不冤啊！

要不是重任在身，小車夫險些哭暈。

「王婆子，怎麼了？」

「有老虎，好大一隻白老虎，剛剛就在這裡……」王婆子嚇得涕淚橫流，連褲子都忘了提。

「怎麼可能呢，妳一定是眼花了。」

「真沒有眼花，那白毛老虎還盯了我好一會兒呢！」

因剛剛晨光那一猶豫，出來早的人有眼尖的也瞧到了個大概，跟著道：「我好像也看到了，那隻白毛老虎往那邊去了。」

「不可能，府裡怎麼會有老虎，走，大家一起去看看！」

七、八個被驚醒的下人順著那個方向追去。

「那裡，那、那……那裡！」一人手指著前方，嚇得腿肚子直抖。

這一次，眾人都瞧得清清楚楚。

一隻白毛老虎從圍牆處一躍而上，隨後不見了蹤影。消失前，那隻白毛老虎甚至還回頭看了一眼。這一眼，又把好幾個人嚇得腿軟。

足足過了好一會兒，才有人道：「真的有老虎！」

「又不是深山老林，怎麼會有老虎呢？」

「嘶，你們聽說那個謠言沒？」

「你是說……」

「但是那種事，不會是真的吧？」

有人面色一變。「那個院子不就是大太太的院子嗎？」眾人徹底變了臉色。

經過這一夜，寇尚書府有白毛老虎出現的事更是鬧得沸沸揚揚。

因著府裡有多人言之鑿鑿親眼見到，薛老夫人再也無法忽略，叫來昨夜的人問個清楚。

誰知這一問，連薛老夫人也沒底了。一個人可能是眼花，難道這麼多人會一起眼花？

「查一下府上各處！」寇尚書沉著臉道。

臥床的毛氏一直昏昏沉沉的，醒來後想要叫丫鬟送水，忽然聽到了低低的議論聲。

「那白毛老虎真的是太太變得嗎？」

「快別亂說，讓太太聽到了撕爛你的嘴！」

「太太一直睡著呢。說不定啊，太太不是睡著，而是離魂了，出竅的魂化成白毛老虎的模樣，在府中遊蕩。」

毛氏一聽，氣得眼前發黑，張口想要斥責，又生生忍住，繼續聽丫鬟們議論。

「別瞎說，那都是謠言，咱們太太多慈善的人，怎麼會害表公子呢？」

「可昨夜府中好多人都看到白毛老虎了啊，今天老太爺不已經下令搜查各處，尋找老虎的蹤跡嘛？」

「咳咳咳……」毛氏再也忍不住，掙扎著起身。

兩個嘴碎的丫鬟嚇得花容失色，齊齊跪下道：「太太，您醒了。」

「說，到底發生了什麼事？」

兩個丫鬟面面相覷。「一個字不許瞞著，給我一五一十說清楚，不然立刻發賣了妳們！」

聽兩個丫鬟說完，毛氏一張臉青白交加，瞧著竟有幾分陰森。

兩個丫鬟不自覺打了個冷顫。

「滾出去！」等人走了，毛氏閉著眼，睫毛卻不停顫抖著，內心一片翻江倒海。

難道真是人在做天在看？不會，不會，這世上那麼多壞事做盡的人都沒得到報應呢，她只是一個一心為女兒幸福著想的母親，又沒害了人性命，為什麼就會得到這樣的懲罰？

從這一天起，毛氏病得更重了，整個人都沒有精神，大半時間都是在昏睡中度過。尚書府請遍了京城出名的大夫，連太醫都請了好幾個，可就是連病根都找不出來。

大太太丟了魂化成白毛老虎害人的說法，在尚書府越演越烈，已經開始傳到外面去。

八十五　疑心暗鬼

從一開始扮成殺手擄走下毒的小廝，到扮成老虎夜逛尚書府，參與了整件事的晨光百思不得其解，終於忍不住問喬昭：「三姑娘，毛氏真的嚇丟了魂嗎？」

喬姑娘面色平靜。「不是，她有病。」

「有病？還真是生病了啊？」

喬昭笑笑。是啊，心病也是病，藥石難醫。

只不過，現在的毛氏還缺少壓垮駱駝的最後一根稻草。

一見喬昭笑，晨光就心裡發毛，擦著冷汗道：「三姑娘，不會又讓我去做什麼稀奇古怪的事吧？」他真的不想幹了，現在做惡夢還出現那婆子的大紅褲衩呢！

「一回生二回熟。」喬昭安慰道。

晨光痛思：他一點都不熟！

寇尚書府毛氏得了離魂症的八卦很快傳得沸沸揚揚。寇尚書身為六部長官之一，家中鬧出這樣的事來，自是臉面無光，一回到家便沉著個臉，薛老夫人跟著著急上火。

府中人心浮動，背著主子議論此事的下人越來越多。

「大太太的魂不知道還能不能找回來啊？」

「我看難，這太醫都請了好幾個了，一點不見好轉啊。要我說，請什麼太醫啊，應該請道士來做場法事才對。哪有離魂不請道士請大夫的。」

「對、對、對，是該請道士來做法事。不過大太太不像是做那種虧心事的人啊。」

「這可不好說，知人知面不知心呢……」

「住口！」一聲冷喝響起，寇天羽背著手走過來。

「小公子。」兩個議論主子的婆子嚇得面如土色。

「在背後議論主人是非，你們到底知不知道『忠義』二字怎麼寫？」

兩個婆子跪在地上，心道：當然不知道啊，她們又不識字！

「老奴知罪，老奴知罪。」

「既然知罪，那我也不重罰妳們，妳們各把家訓抄兩遍，明天呈給我看！」

啥？兩個婆子對視一眼，險些哭出聲來。

這還不如挨板子罰月錢啊！看來只能給帳房先生塞點錢，讓他幫忙了。

寇天羽抬腳往前走了兩步，停下。「明天我會看著妳們寫幾個字，若是字跡對不上，那就把妳們今天說的話告訴老夫人！」兩個婆子聞言癱倒在地。

寇天羽趕到毛氏那裡。

「小公子，太太還睡著呢。大姑娘和二姑娘都在裡面。」

寇天羽一臉嚴肅點點頭，抬腳走了進去。

毛氏雙目緊閉睡在羅漢床上，短短幾天，已經瘦出顴骨來。

寇梓墨垂眸不語，寇青嵐眼圈微紅。

姊弟三人看過毛氏，默默無聲退了出來。

院內花草越發繁茂，樹上的知了聲嘶力竭叫著，吵得人心煩意亂。

「大姊、二姊，妳們不要擔心，相信母親吉人自有天相的。」

「我就是氣那些亂嚼舌的人！」寇青嵐氣道。

「清者自清，這種無憑無據的謠言早晚會散了的。」寇天羽一臉老成，寬慰著姊姊。

「可是府裡真的有許多人，信誓旦旦說看到了白毛老虎……」

「那也不過是人云亦云罷了。二姊莫非沒聽說過三人成虎的故事？」

寇梓墨聽著弟弟妹妹的對話，一直沉默不語。

「大姊怎麼不說話？」寇青嵐問。

寇梓墨勉強笑笑。「擔心母親。」

青嵐和天羽對母親是毫無保留的信任，可是為何，她卻隱隱有些懷疑呢？

母親因為她，對表哥一直是防備的。

也許……

寇梓墨不敢深想下去。比起弟弟妹妹，她可真是不孝極了，竟有這樣大逆不道的念頭。

「大姊？」

寇梓墨回神道：「沒事，回去吧。我聽祖母的意思，是打算請道士來驅邪的。」

寇天羽皺眉道：「祖母怎麼也相信這些——」

「天羽，有的話不能亂說！」寇梓墨立刻喝止。當今天子信奉道教已經到了癡迷的地步，養了一群道士在皇宮裡煉丹，弟弟這話傳出去，就是尚書府的把柄。寇天羽動了動嘴角，沒再說什麼。

「好了，都回去吧。」

姊弟三人默默散了。

沒過兩天，寇尚書府果然請來了道士做法事。毛氏當天便精神了些。

「尚書府請了道士做法事？」喬昭聽完阿珠在外面打探來的消息，笑了。

果然還是如她預料的，到了請道士驅邪這一步。

所以給毛氏致命一擊的時候也到了。

喬昭走到窗前，看著窗外。天空是煙青色的，雲層重重疊疊。

是個陰天，要是趕上雷雨夜，就更好了。

喬昭想了想，叫來晨光。

晨光現在只要一進西跨院就開始心驚膽戰，感覺等會兒的午飯都要少吃一碗。

「三姑娘找我有事？」

「晨光，我聽你說過，每當變天，你們將軍就會疼得厲害吧？」

「啊，對。」晨光一怔，隨後心中歡喜不已。

三姑娘居然知道關心他們將軍了！他就說，事不過三，總該有點好事了。

「我們將軍可慘啦，一旦遇到陰雨天，真是疼得冷汗不斷，跟泡在水裡似的。不過我們將軍從來都一聲不吭的。沒辦法呀，說了也沒人疼。三姑娘，您說是不？」

喬昭心想：為什麼小車夫這麼多話？

「那你去問問，今天邵將軍有沒有覺得疼得厲害。」

「呵呵呵，這就去！」晨光眉飛色舞。

「晨光——」

「三姑娘還有什麼吩咐？」

「不用刻意問，就當無意中問起的，別提到我。」

「明白，明白。」三姑娘這是不好意思了啊。

晨光到了春風樓，臉上笑容就沒斷過。

邵明淵正坐在葡萄架下看書，見晨光來了，放下書卷。「黎姑娘有事？」

晨光行了禮，笑嘻嘻道：「將軍，三姑娘托屬下問問，您今天身體怎麼樣？」

毫不猶豫把喬昭賣了的小車夫毫無愧疚之色。

邵明淵意外揚眉。黎姑娘問他身體怎麼樣？難道……是覺得那天踢他一下能踢出內傷來？

「告訴黎姑娘，我很好，要她不必放在心上。」

不放在心上哪行啊，不放在心上他什麼時候能完成任務？晨光一聽將軍大人這麼說，就很不滿意，眼珠一轉道：「將軍，屬下覺得三姑娘很關心您，您覺得呢？」

邵明淵看晨光一眼，黑眸湛湛，令人看不透情緒。

「回去吧，有雨。」

晨光一臉不情不願。就這樣回去了？將軍好歹說點什麼啊！

邵明淵睇了晨光一眼。「替我謝謝黎姑娘的藥，很管用。」

「噯，屬下一定轉告。」晨光露出大大的笑臉，會說謝謝也行啊，三姑娘聽了肯定高興。

「還有，以後沒有什麼大事，就不要過來了。」

晨光再次遭受會心一擊地回到黎府。

喬昭問道：「邵將軍怎麼說？」

「將軍說三姑娘的藥很管用，他很感謝，也很感動。三姑娘有什麼事都可以找我們將軍，他一定義不容辭。」

喬昭聽得直皺眉。「邵將軍真這麼說？」

就因為李爺爺的托付，就可以義不容辭？這人還有沒有一點節操了！
晨光一頭霧水。為什麼三姑娘瞧著不但不感動，還有點生氣的樣子？
見晨光猶豫，喬昭淡淡道：「罷了，以後沒有什麼大事，本來也不必麻煩邵將軍，更無須他義不容辭。」
晨光呆了呆，忍不住脫口而出：「三姑娘和我們將軍說的話是一樣的！」
喬昭一怔，很快意會了晨光的意思。
她先是一惱。邵明淵這是嫌她煩了？
而後，心裡莫名又有點高興。
這樣看來，那人也不是見了小姑娘就邁不開腿嘛，還知道避嫌。
晨光忽然發現三姑娘心情又好起來。
小車夫想了想，決定還是不亂說話了。
「邵將軍是否說了今天有雨？」
「說了，說了。」晨光連連點頭。
他就說，三姑娘和將軍大人心有靈犀！
「那就好。」喬昭放心點點頭，忽地對晨光一笑。
晨光一臉警惕。為什麼他又有種不祥的預感？
「晨光，今晚還有件事要麻煩你。」
沉默了好一會兒，晨光一臉生無可戀提議道：「三姑娘，我就是個小車夫，您辦的都是大事，總這麼麻煩我好嗎？不如讓我們將軍來？」
「但是車夫是我的，你們將軍和我無關。」

晨光滿眼淚。別啊，其實將軍也可以是您的……

喬昭把放在手邊的畫卷遞給晨光。晨光接過來，驚疑不定看著喬昭。

喬昭溫和笑笑。「打開看看。」晨光心驚膽戰，一點一點把畫卷展開。

令人驚訝的是，這畫卷的底色塗成了黑色，漸漸地才出現女子牙白色的裙衫。

黑與白相映，莫名有幾分觸目驚心。

晨光心中一跳。這是三姑娘的自畫像嗎？好奇怪，為什麼底色是黑色的？

畫卷終於全部展開，露出女子光潔素淨的面龐。

晨光手一抖，畫卷落到地上。

喬昭忙把畫卷撿起來，皺眉道：「怎麼了？」

晨光臉色頗有些難看，目光一動不動盯著喬昭，連聲音都是不穩的：「三姑娘認識畫上的人？」三姑娘畫功了得，只一眼，他就認出來，畫上的女子是已逝的將軍夫人！

喬昭同樣有些意外。當初邵明淵派來接她的人中可沒有晨光，居然被晨光認出來了？

按理說，晨光唯一見她的機會，就是她被韃子推到城牆上時。

可那時的她那樣狼狽，又隔著一段距離，晨光居然見過後就一直記得？

「晨光認識畫上的人？」同樣的話，喬昭問回去。

「當然認識，這是我們已逝的將軍夫人啊。我在將軍的書房裡看到過的——」晨光猛然住了口。該死，他怎麼說出來了，讓三姑娘知道將軍大人房裡掛著夫人的畫像，萬一以後不理將軍了怎麼辦？

喬昭心中一跳。

邵明淵畫了她的畫像？

邵明淵居然還會畫畫？

真看不出，他那樣冷情冷心的模樣，會把女子的畫像放在書房裡。

喬昭湧起自己都說不清的複雜心緒。

雖然她的死不是那人畫多少幅畫像能夠挽回的，但畢竟，被人記住和轉而拋到九霄雲外去的感覺，還是不同的吧。

喬昭嘴角不由露出淺淡的笑意。

「三姑娘，您什麼時候見過將軍夫人的？」晨光抓心撓肝般好奇。

「這有什麼奇怪的，你們將軍夫人以前不也住在京城嘛。」

「原來是這樣，剛剛我還嚇了一跳。那您畫這個幹嘛呀？」

「晨光，上次讓你扮成老虎去嚇人，難為你了吧？畢竟夜裡潛入他人府邸，還是挺麻煩的。」

「這有什麼麻煩的，對我來說如履平地，三姑娘您不知道，想當初在北地的時候……」

晨光眉飛色舞地說，喬昭耐心地聽。

等他說完，喬昭笑笑。「既然如此，那就麻煩你再去一趟吧，用這幅畫嚇嚇人。」

晨光：「……」剪刀呢？他要把這條煩人的舌頭剪下來！

天陰了一整天，沒有一絲風，整個京城都像攏在蒸籠裡，寇尚書府自然也不例外。

伺候毛氏的兩個丫鬟汗水直淌，跟從水裡撈出來似的，只得悄悄挪到敞開的窗子旁透口氣。

這樣的天氣真是熬人，偏偏太太病著，屋子裡不能放冰盆，又一屋子藥味，連她們都跟著受罪。

「春枝，扶我下來走走。」毛氏啞著嗓子喊。兩個丫鬟忙去扶毛氏下床，心道請玄清觀的道長們來做一場法事還是挺管用的，原本大半時間都在昏睡的太太，今天就清醒不少。

太太早點好了，她們日子才能好過。

連日臥床，毛氏腿腳有些發軟，挪到窗邊坐下來，緩了口氣道：「今天這樣子，要有大雨了。」

「有大雨好，咱們府上才做了法事，再下一場大雨，把一切晦氣沖刷得乾乾淨淨，太太就能大好了。」

毛氏笑笑，看向窗外低沉烏黑的雲。玄清觀是有名的道觀，道長們都是有大本事的，請來他們做了法事，什麼魑魅魍魎都會被驅得乾乾淨淨，那個短命鬼又算什麼。

這樣一想，毛氏頓覺渾身又輕快不少。

一絲涼風從窗口吹進來。

毛氏舒適嘆了口氣。

「太太，可能要下雨了，您才好些，還是不要吹風了，婢子扶您回去躺下吧。」

病了一場，毛氏更加愛惜身體，聽丫鬟這麼一說，點了點頭，由丫鬟扶著往回走，並吩咐道：「窗子先不必關，屋子裡跟蒸籠似的，等雨落了再說。」

夏夜的雨來得急，毛氏這話說了沒多久，屋外大風狂作，吹得窗戶呼呼作響，春枝忙去關窗。

她來到窗前，下意識往外看了一眼。

只見一名白衣白裙的女子立在窗外，長髮披散，鬼氣森森。

「啊——」春枝尖叫一聲，連滾帶爬往回跑。「太太，有鬼！有鬼啊！」

八十六　自食惡果

受了驚的毛氏幾乎是從羅漢床上彈了起來，抬腳就往外走。

另一個丫鬟忙去追：「太太，您別去啊——」

毛氏充耳不聞，像是要驗證什麼，一眼看向窗口。

外面狂風大作，從敞開的窗子灌進來。徹底沒有了星光月色的夜如墨般濃得化不開。

正巧一道驚雷落下，外面瞬間亮如白晝。

窗外女子白衣飄飄，面龐素淨如雪，可一眼瞧去，卻沒有一點人氣兒。

大丫鬟春枝見到窗外的白衣女子只以為見鬼，可毛氏卻一眼認了出來。

這是死在北地的喬昭！

窗外的白衣女子眼角、嘴角忽然流出血來。

毛氏的腦子嗡地炸開。「不要過來，不要過來，我沒想害死妳兄長！」

她軟倒下去，緊隨其後的另一個丫鬟秋華跟著尖叫一聲：「有鬼，有鬼！」

她再仔細一看，窗外卻沒了影子。

丫鬟婆子們連帶睡在書房的寇伯海都被驚動了，不一會兒工夫，各處就已燈火通明，眾人頂著風雨趕過來。見到人們趕到，兩個癱倒在地的丫鬟抖若篩糠，驚恐的淚水流了滿面，別提多麼狼狽，口中一直喊道：「鬼！白衣女鬼！」

寇伯海大步走過來，冷著臉道：「還不把太太扶到床上去。」

丫鬟婆子們七手八腳把昏死過去的毛氏往床榻上抬。

寇伯海沉聲問兩個丫鬟：「究竟是怎麼回事兒？」

兩個丫鬟齊齊指著大敞的窗口。「窗外有鬼，有白衣女鬼。」

寇伯海大步走到窗前。這個時候雨已經落了下來，風夾著雨撲面而來，繫在窗欞上的白綾帕子迎風飄搖，格外顯眼。寇伯海解下白帕子，探頭往窗外看，窗外空無一人。

「去看一下，外面可有人留下的痕跡。」寇伯海吩咐道。

子不語怪力亂神，比起相信有鬼，他更相信是有小人作祟。

寇伯海低頭看了一眼白綾帕子，上面一行朱紅小字寫著：大舅母，妳做的事，我看著呢。

很直白的一句話，鮮紅的字落在白綾上，卻讓人從心底發涼。

寇伯海心中驚駭。這個字跡，為何隱隱瞧著有些熟悉？

他心驚不已，忽聽裡面傳來丫鬟婆子們欣喜的喊聲：「太太醒了。」

寇伯海快步走進去。毛氏一張臉慘白慘白的，就如寇伯海手中的白綾一般，見他進來，呆滯的眼睛轉了轉，嘴唇微動：「老爺……」

「太太，沒事吧？」寇伯海拍了拍毛氏手臂。

毛氏像是受驚的孩子，直往寇伯海懷裡縮。「老爺，有鬼，有鬼啊！」

「太太別怕，妳看錯了。」

毛氏一瞥眼，劈手把寇伯海手中的白綾奪過去。「這是什麼？」

打開來，白綾上的血字像一道驚雷劈中了毛氏。

她呆了呆，發出聲嘶力竭的慘叫：「走開，走開，不要纏著我，不要纏著我！」

毛氏抱頭要往外跑，寇伯海幫攔住她。「太太，妳不要跑，真的沒有鬼。」

他話音未落，毛氏已經軟軟倒了下去。

「快請大夫！」

整個尚書府一夜燈火通明，廊下掛著的大紅燈籠被風雨吹得不停搖晃，燭火忽明忽滅，猶如府中上下惶恐不安的心情。

再次醒過來的毛氏瘋了。

當著尚書府的主子們和大夫的面，毛氏口中不停念著一句話：「我沒有害死喬墨，我只是想讓他身體不好才下毒的，求求妳不要來纏著我，不要來纏著我……」

這話讓所有人都驚呆了，寇尚書當機立斷塞給大夫大筆診金當封口費，轉頭立刻安排人把毛氏移到了府中最偏僻的院子裡，對外名曰靜養。

「昨夜毛氏和丫鬟們口中的白衣女鬼，查到什麼線索了嗎？」寇尚書問寇伯海。

寇伯海搖搖頭道：「沒有，明明下著雨，外面連個腳印都沒留下。」

眾人默默不語。

寇伯海忍不住道：「父親，會不會真的有鬼……」

「糊塗，這種事你也信？」

寇伯海把白綾帕子拿出來。「父親、母親，您二位看看，這是我在昨夜女鬼出現的窗邊發現的。我是因為見到這個，才不得不這麼想。」寇尚書伸手接過來，看到上面的一行血字，眼神一緊。

心情沉重的薛老夫人掃了一眼，大驚失色：「這、這是——」

寇尚書閉了閉眼，聲音有些顫抖：「這是昭昭的筆跡！」

此話一出，滿室皆靜。

如果說毛氏等人看到白衣女鬼有可能是人假扮，可與死去的外孫女一模一樣的筆跡又是怎麼做到的？越往深處想，每個人心裡就越涼。薛老夫人垂目哭道：「我可憐的外孫女啊！不管怎麼說，毛氏做了喪盡天良的事是真的。她的心是什麼做的，怎麼能這樣害墨兒呢！」

外間忽然傳來驚呼聲：「大姊、大姊，妳怎麼啦？」

寇青嵐衝進來，淚流滿面哭道：「大姊昏過去了！」

毛氏的風言風語是當著所有人的面說出來的，他們自然也聽到了。

長輩們在裡屋商議母親的事，他們三個不方便聽著，只能像受刑般默默在外間等著。

可即便是聽不到長輩們的話，他們也知道，母親的瘋病就算能治好，也徹底完了。

有懂醫理的婆子忙給寇梓墨掐人中，一番折騰後，寇梓墨才緩緩甦醒，哽咽道：「梓墨不孝，讓祖父、祖母還有父親擔心了。」

摒退了不相干的人，薛老夫人嘆了口氣，語重心長道：「梓墨、青嵐，當初妳們母親生下天羽後，身體一直不大好，妳們算是我教養長大的。祖母教妳們的話都忘了嗎？人這一輩子，沒有一路平坦的，會有很多坑等著妳們絆倒了再也爬不起來。所以妳們遇到事，首先要做的是自己沉得住氣。妳們母親是做錯了，如今也算是自食惡果，但不能因為這樣，妳們自己的人生路就不走了，妳們說是不是？」

「是。」小輩們齊齊低頭。

「好了，既然明白了，妳們都下去吧。」

打發走了小輩，寇尚書盯著那方白綾手帕，沉聲道：「去查，毛氏害墨兒的毒究竟是怎麼來的！」

「刑部尚書府的大太太瘋了？」江遠朝掃過擺在書案上呈報的消息，若有所思。

離京數年，再回到熟悉又陌生的京城，京中局勢讓人越發看不透了。

他派去北定城查探消息的江霖，和另一股暗中查探青樓女子的勢力已經數次交鋒，至今依然誰也不後退一步，調查進展陷入了僵局。

長春伯府的幼子在碧春樓被人襲擊一事，原本再容易調查不過，奇怪的是所有痕跡都消失得乾乾淨淨，讓最擅長此道的錦鱗衛無從查起。前不久傳出冠軍侯亡妻托夢說兄長被白毛老虎吃掉的流言，顯然是有人在布局，結果這才幾日，流言暗指的尚書府大太太毛氏就瘋了。

也就是說，那位大太太真的對喬公子下過黑手。

喬家，冠軍侯……江遠朝伸出修長的手指，在書案上寫著這幾個字，來回摩挲。

他隱隱有一種預感，好像所有謎團，都是在這兩者之間越滾越大的。

而這其中，關鍵的人物有誰？

江遠朝輕輕點了點「冠軍侯」三個字。

毫無疑問，北征將軍邵明淵是關鍵人物之一，喬家倖存的公子喬墨同樣是關鍵人物。

還有……江遠朝腦海中忽然閃過素衣少女淚流滿面的樣子。

那淚當然不是對他而流。

冠軍侯夫人出殯那日的情景歷歷在目，素衣少女流著淚追著出殯隊伍跑，她的眼中只有一個人——喬墨。

他是放棄了派人盯著那個女孩子，但像冠軍侯這樣舉足輕重的人物，卻是錦鱗衛緊盯的目標之一。黎姑娘竟然與冠軍侯有頗多交集。她還曾經去刑部尚書府做客……

江遠朝下意識在桌面上寫了一個「黎」字，而後伸手覆住。

他可不可以認為，黎姑娘也是關鍵人物之一呢？

只不過，他暫時想不通把黎姑娘與這些人聯繫起來的最合理的一環。

江遠朝仰靠著椅背，輕嘆一聲。

那個女孩子，究竟有什麼特別，為什麼每次想起，心底總有種說不出的惘然呢？

他搖搖頭，把這莫名其妙的心情揮去。

他已經是要定親的人了，想這些亂七八糟的徒增煩惱罷了。

❧

喬昭那裡，翌日一早得到晨光的回復，露出淡淡的笑意。

晨光卻有些心塞，鼓起勇氣問喬昭：「三姑娘，尚書府那位大太太會怎麼樣？」

雖然他手上有不少人命，可那都是該死的韃子，讓人知道堂堂北征將軍的親衛，裝神弄鬼把一個婦道人家嚇死了，這有點丟人啊。

「她大概會被嚇瘋吧。」喬昭一臉平靜道。

從傳出白毛老虎的流言開始，一步步走來，她等的就是這樣的結果。

人心可以很堅強，也可以很脆弱。作為一個醫者，特別是從李爺爺那裡得到了那本奇書的醫者，她比誰都清楚，人得了心病，就會生暗鬼。

她不同情毛氏，也不後悔把毛氏逼瘋，這是毛氏害兄長的代價。

而一個瘋了的人，十有八九會把平時壓在心底最不可告人的祕密說出來。

無論是她還是邵明淵，站在外人的角度想要進一步追查，都不是那麼容易的事，所以不如交給外祖父他們。毛氏下毒害兄長，外祖父他們知道一定會徹查此事，那麼，無論毛氏背後還有沒有別的人，從內部查起就方便多了。

這是一箭雙雕之計，逼瘋毛氏作為懲戒，同時以毛氏的瘋讓外祖父他們出手。

「嚇瘋？」晨光臉色發苦。「這樣是不是不大好？」

喬昭看了他一眼。「哪裡不好？」

「我一個大男人，把一個婦道人家嚇瘋了——」

喬昭不以為然笑笑。「不是你嚇瘋的，是我。」

「啊？」

「你只是奉命行事而已，所以不必有負擔。」

晨光險些淚流滿面。三姑娘真會開解人，然而她就不會心裡有負擔嗎？

他忍不住問了出來。喬昭一臉詫異。「我有什麼負擔？我就是要嚇瘋她呀。」

晨光忽然覺得這輩子都不想娶媳婦了，怎麼辦？

「晨光，你跑一趟春風樓，問問你們將軍，我想去看喬公子是否方便。」

「是！」被喬姑娘嚇住的小車夫響亮回道，回完才反應過來這不是在軍營。

完了，完了，黎姑娘這麼可怕，比將軍布置作戰任務時給他的壓力還要大。

將軍大人，他要回家！

晨光片刻不敢耽誤，跑去春風樓傳話。

「黎姑娘要去看喬公子？」邵明淵下意識蹙眉。

不知為何，黎姑娘那一腳踢到他腿上，明明不痛不癢，卻讓他生出遠遠避開，不再與那個少女有更多交集的念頭來。他也說不清這樣的心思是為什麼，卻隱隱預感到，這樣的選擇才是對的。

這是他無數次作戰對危險養成的本能，讓他死裡逃生多次。如今雖然不是在戰場上，卻同樣適用。

晨光一看將軍大人想拒絕的樣子，忙道：「將軍啊，您可千萬別拒絕！」

「嗯？」邵明淵不明所以。

晨光這小子跟著他這麼多年，這才給黎姑娘當了幾天車夫，就胳膊肘往外拐了？

「將軍，卑職是為您著想啊，您根本不知道三姑娘多可怕！」

邵明淵嘆口氣：「說吧，黎姑娘又做了什麼事？」

晨光把喬昭交代他做的事娓娓道來，最後總結道：「三姑娘忒嚇人了，將軍您可要三思而後行啊！」萬一將軍拒絕了，三姑娘一個不高興，把將軍大人也嚇瘋了怎麼辦？

「你是說，黎姑娘一開始就打著嚇瘋毛氏的念頭？」

「對呀，就是不知道毛氏現在究竟如何了。」

「已經瘋了，尚書府對外的說法是養病，把她關了起來。」從別的管道得到消息的邵明淵淡淡道。晨光雙眼含淚道：「所以啊，三姑娘惹不得！」

邵明淵垂眸，盯著自己白皙中泛著青色的手指。

「晨光，你是說，昨夜黎姑娘給了你一副畫，畫中人與我夫人一模一樣？」

「對，真的太像了，比您畫得像多了！」他對當初站在城牆上的將軍夫人還是有些印象的。

「她不應該見過我夫人。」

「三姑娘說見過的，畢竟都在京城嘛。」

邵明淵深深看了晨光一眼。

不，她撒謊。

八十七　物是人非

他回京後，瞭解了亡妻一些事。

喬氏在靖安侯府深居簡出，幾乎從沒出門走動過，黎姑娘一個十三、四歲的小姑娘，家族又不屬於勳貴圈子，究竟能從什麼途徑見到喬氏？

「同在京城」這種話，也就騙騙晨光罷了。少年時，他因為好奇曾想「偶遇」自幼定親的未婚妻，都不曾實現過。

「請黎姑娘過來吧。」因著這個懷疑，邵明淵又迫切生出一見喬昭的念頭。

喬昭還不知道自己被懷疑了，帶著冰綠，心情愉悅地來了春風樓。

「邵將軍。」少女盈盈淺笑，全然看不出前幾日委屈的模樣。

邵明淵忽然有些頭疼。接下來的問題他非問不可，可他到底是該直接點還是委婉點呢？

「邵將軍是不是有話要問我？」喬姑娘善解人意問道。

晨光是個養不熟的，定然把她交代的事都一五一十告訴邵明淵了，嗯，大概是她驚世駭俗的行為把眼前的人嚇著了吧。

他會覺得她惡毒又陰險嗎？這個念頭閃過，喬昭抿了抿唇。

隨他怎麼認為，她才不在意呢！

聽喬昭這麼問，邵明淵鬆了口氣，露出自以為溫和的笑容。「在下聽晨光說，黎姑娘畫了一幅畫像，是我已逝夫人的。」

居然沒有問她逼瘋毛氏的事，而是問這個？喬昭微怔，而後點頭道：「嗯。」

「黎姑娘如何認識在下的夫人？」邵明淵目光深深，與喬昭對視。

「同在京城，見過啊。」喬昭隨意道。

邵明淵常年不在京城，這樣的理由他應該找不出破綻。

「如何見過？」邵明淵再問。

喬昭睇了眼。這人怎麼刨根問底呢？

「黎姑娘的圈子與在下夫人的圈子並不相同，且妳們一個是小姑娘，一個是已婚婦人，即便圈子相同，也鮮少會有打交道的機會。」

已婚婦人！喬昭聽了這四個字，莫名有些臉熱，抬眸白了邵明淵一眼。她這個「已婚婦人」純粹是白擔了虛名，見到夫君的第一面，就被眼前這傢伙咻的一箭給射死了！

邵明淵被喬昭這一眼白得心驚肉跳，又無端有些尷尬。

「邵將軍是懷疑我嗎？」喬昭板著臉問。

「呃……」邵明淵被問住了。

他顯然是在懷疑她啊，可這麼明顯的事，問出來讓人怎麼回答？

他說懷疑，這丫頭是不是又要哭給他看？可是不再問，他心裡放不下這件事。

「我是覺得，妳與在下的夫人不可能見過面。」

「所以，邵將軍覺得我在撒謊了？」

邵明淵果斷閉上嘴。

「雖然我與邵將軍的夫人生活圈子沒有什麼交集，但同住京城，巧遇並不稀奇吧？」

邵明淵頂著把小姑娘再次惹哭的壓力揭穿：「不會有巧遇。在下的夫人年少時鮮少在京城，嫁入侯府後更是深居淺出。退一萬步講，就算黎姑娘與我夫人巧遇過，匆匆一面，在下的夫人對黎姑娘來說又不是什麼特別的人，如何能在這麼久後，還能把她的肖相栩栩如生地畫出來？」

作為常年與韃子斡旋打仗的將領，相信「巧合」這種事的，往往墳頭青草都會長老高了。

喬昭挑眉。這人這麼犀利做什麼？本來是不準備計較的，可看對方一副篤定的樣子，喬姑娘起了逆反的心思，笑盈盈道：「誰說就不能了？麻煩邵將軍讓人拿筆墨來。」

邵明淵心生好奇，命人取來筆墨紙硯等物。

「春風樓人多，應該有我從未見過的，邵將軍可以請一個這樣的人來讓我看看。」

「晨光，去叫人來。」

不多時，一名面容普通扔到人群裡就能不見了的年輕男子跑過來。「見過將軍。」

喬昭掃了一眼，淡淡道：「可以讓他退下了。」

「下去吧。」邵明淵越發好奇。

就見少女動作優雅在石桌上先鋪上墊子，再鋪上宣紙，執筆看向他。「能否請邵將軍磨墨？」

「呃，好。」

喬昭閉目平復了一下心情，讓心境變得寧靜，而後睜開眼，筆尖蘸上飽滿的墨汁，在宣紙上揮灑自如。

她的筆下很快出現年輕男子的頭飾，而後隨著筆鋒下移，一個人的輪廓緩緩出現。

無論是對於作畫的人，還是觀看的人，當注意力集中在一件事上時，時間就會過得很快。

時光不知不覺溜過，喬昭擱下筆，揚眉問邵明淵：「邵將軍覺得如何？」

少女目光清湛，難得帶了點小姑娘的意氣風發。

她沒有留額髮，光潔飽滿的額頭整片露出，額頭上沁了細密的汗珠，猶如晨間朝露。

邵明淵驀然覺得心頭一跳，忙別開眼去，由衷贊道：「像極了。」

「所以說，剛剛邵將軍的話不成立。別人見過就忘不能做到的事，我其實可以。」

邵明淵忽然有些好笑。他以前竟沒看出來，黎姑娘是這樣好強的人，偏偏又讓人無話可說。

「嗯，是我錯了。我忽視了這世上還有少部分得天獨厚的人。」

有些人，生來便有常人努力也趕不上的天賦，他在世人眼裡大概也屬於這一種。

黎姑娘的作法反而更讓他確定自己沒有想錯。不過這個時候再深究，黎姑娘恐怕真要惱了。

邵明淵識趣沒有再問，笑道：「黎姑娘不是要去看喬公子嗎？走吧。」

二人一同前往冠軍侯府。

侯府很大，卻鮮少見到下人的身影，反而偶有親衛打扮的人路過，見了二人規規矩矩行禮。

喬昭莫名覺得那些親衛目光落在她身上的時間長了些，佯作不知地跟著邵明淵往裡走，問道：「喬大哥怎麼樣了？」

「大半時間還是在昏睡。」邵明淵深深看了喬昭一眼。「黎姑娘懂醫術吧？」

原本他是想不通這麼小的女孩子，如何會用幾根銀針把癡傻的長春伯幼子治好，可是今天看到她過目不忘的本事，才不得不承認，有的時候自己不敢想，卻不代表別人不能。

「會一點。李神醫離京前，把他畢生整理的醫書送給了我。」

「今天黎姑娘是來給我舅兄治病的吧？」

毛氏瘋了，舅兄也該好起來了。

喬昭與邵明淵對視，不由抿了唇。男人太聰明了些，果然一點不可愛！

邵明淵給喬墨安排的院落比尚書府的住處要大得多，喬昭一進去就發現，這裡比別處有人氣多了。

喬晚正由幾個侍女陪著踢毽子，小臉蛋因為活動而紅撲撲的，見到邵明淵就撲了過來：「姊夫——」

喬昭聽了，挑了挑眉。「姊夫」兩個字，這丫頭叫起來很順口啊。

她不由側頭去看邵明淵。

邵明淵半蹲下來，與喬晚平視，帶著對外人不曾有過的溫柔。「毽子好玩麼？」

「好玩！」喬晚連連點頭。

小孩子就是這樣，誰對她好，最開始的敵意與芥蒂很快就會消弭。

邵明淵抬手揉揉喬晚的頭。「等妳身子鍛煉好了，姊夫送妳一頭小馬駒。」

喬晚眼睛一亮。「真的嗎？」

「當然。」

「姊夫，你可不要騙我。」小姑娘興奮極了，伸手拉著邵明淵的衣袖搖晃。

喬昭冷眼看著，心裡莫名有些不痛快。

沒見過邵明淵這樣嬌慣孩子的，以後晚晚還不被他寵壞了！

邵明淵伸出手。「君子一言——」

喬晚歡歡喜喜與他對拍一下。「駟馬難追！」

邵明淵這才站起來，含笑對喬昭道：「黎姑娘，這是我妹妹晚晚。」而後對喬晚道：「晚晚，這位是黎姊姊。」

喬昭與喬晚對視一眼。喬晚嘟起嘴。「怎麼又是妳！」

邵明淵拍拍喬晚。「晚晚，不能這樣對黎姑娘講話。」

喬晚不情不願向喬昭行了個禮。「黎姊姊。」

「喬妹妹不必多禮。」喬昭笑笑。

「晚晚，妳在這裡玩吧，我帶黎姑娘去看妳大哥。」

喬晚一聽，眼珠一轉，拉住邵明淵道：「姊夫，我也去。」

這個黎姑娘簡直陰魂不散，怎麼到處都能見到，莫非她要搶走她大哥，還要搶走她姊夫？

「姊夫，我也去嘛。」見邵明淵沒吭聲，喬晚撒嬌道。

「好——」完全不知道怎麼應付小女孩撒嬌的某人馬上妥協。

與此同時，喬姑娘淡淡道：「不好。」

邵明淵與喬晚同時詫異看向她。

「憑什麼不好，這裡又不是妳家！」喬晚反應過來後，不滿道。

喬昭低頭道：「這樣吧，我出一個對子，妳對上來就一起去，對不上來就乖乖繼續在這裡玩，怎麼樣？」喬晚愣愣看著喬昭。以前大姊就愛這樣考校她。

小姑娘還沒反應過來，一個「好」字已經脫口而出，而後懊惱地咬唇。

「別擔心，很容易的。妳聽好了，上聯是：歲月無情風刻意。」

上聯一出，小姑娘全副心神立刻被吸引了過去。

邵明淵悄悄鬆了口氣，一邊往裡走一邊對喬昭笑道：「還是黎姑娘會哄孩子。」

「喬妹妹也不算是孩子了，邵將軍若仍用對待孩子的方式對待她，說不定她就是下一個江大姑娘。」她像喬晚這麼大的時候，已經學著給祖父調養身體了。

當然，喬姑娘是絕對不會承認，聽到庶妹說「這裡又不是妳家」那句話時，心裡是莫名有些惱火的。

邵明淵尷尬笑笑。「我沒什麼經驗。」

喬昭白他一眼。當然沒經驗，你又沒有孩子！

喬墨的屋子裡擺設不多，喬昭卻一眼看出每一樣都是精挑細選的，足以看出布置屋子之人的用心。喬昭默默想，不管怎麼樣，邵明淵對大哥是挺上心，這樣的話，她總算能安心些。

喬墨並不是真生了重病，連日的昏睡主要是藥物的作用，那藥不但不會對身體有妨礙，反而會讓被毒素侵蝕過的身體徹底得到滋養。

喬昭先是用銀針刺入喬墨幾處穴道，而後開了一副藥遞給邵明淵。「按著藥方抓藥給喬大哥熬了喝，一天喝一次，連喝三天就能大好了。」

「好。」邵明淵把藥方折好，珍而重之放入懷中。

「那……我就回去了。尚書府的事，等喬大哥醒後，邵將軍告訴他吧。」

或許大哥知道她逼瘋了毛氏，會怪她的。這樣一想，喬昭自嘲笑笑，眼底閃過落寞。

邵明淵看了喬昭一眼。黎姑娘好像有些傷心。

不過，他似乎也沒有立場多問。

「黎姑娘，我送妳。」

「多謝。」喬昭隨著邵明淵往外走，走到門口，忍不住回眸看了床榻上的喬墨一眼。

大哥要是敢怪她，她就哭給他看！

二人走到院子裡時，喬晚還在冥思苦想下聯，見到二人忙迎了上去，仰頭問邵明淵：「姊夫，下聯是什麼？」

她才不會問黎姑娘呢。這個圖謀她大哥和姊夫的心機女！

「下聯？」邵明淵見喬昭沒有反對的意思，有意逗喬晚道：「可是上聯姊夫忘了。」

「上聯是歲月無情風刻意。」喬晚忙提醒道。

「下聯我對：光陰已逝雨寒心。」邵明淵說完，才察覺這對聯未免太悲戚了些，不由看向喬昭。

「邵將軍對得好。」喬昭淡淡道。

喬晚抬了抬下巴。「那當然，我姊夫文武雙全！黎姊姊還有下聯不？」

「有呀。」喬昭斜睨邵明淵一眼，笑道：「我的下聯是：紅塵有愛墨留心。」

說完，喬昭含笑離去。

小丫頭片子都敢和姊姊瞪眼了，她就喜歡欺負了小丫頭還讓她哭不出來的樣子。

喬晚琢磨了好一會兒，等邵明淵回來，氣得跳腳。「姊夫，你以後不要讓那個黎姑娘過來啦。」

「怎麼？」

「她、她對大哥圖謀不軌！」

邵明淵臉色微沉。小姑娘渾然不覺，越想越氣道：「你聽聽她的下聯：紅塵有愛墨留心！墨留心，墨留心，她、她分明是對大哥不懷好意嘛。」

邵明淵神色淡淡，抬手拍了拍喬晚的頭。「好了，小姑娘不要胡亂猜測大人的事，黎姑娘不是這樣的人。」

「姊夫，你現在就向著她說話了！」

這時有親衛來報：「將軍，侯府來了信，說侯夫人病了，請您回去。」

「知道了。」邵明淵收拾一下，趕回了靖安侯府。

❦

「明淵，你回來了。」

「父親，母親怎麼樣了？」

「犯了心絞痛的老毛病，倒是沒有什麼大礙。」

雖沒有什麼大礙，但母親病了，當兒子的也是要回來的。

「我進去看看母親。」

靖安侯夫人沈氏的心絞痛是老毛病了，據說是生次子邵明淵後落下來的。二公子生下來體弱，病歪歪被太醫斷言很難養活，沈氏為此哭了又哭，後來就落下了心絞痛的病根。

邵明淵走進沈氏屋子裡，就見沈氏歪在床榻上，大公子邵景淵夫婦還有三公子邵惜淵，都圍在她身邊。

「二弟來了。」

「大哥、大嫂。」邵明淵與邵景淵夫婦打了招呼。

邵惜淵冷哼一聲，別過頭去佯作不見。邵明淵渾不在意，向沈氏行禮道：「母親。」

沈氏睜開眼，冷笑道：「你還有臉回來？」

邵明淵薄唇緊抿，沒有作聲。

「這還沒搬家呢，就整天在外面胡混，是不是我死了你都不知道？」

「母親……」邵景淵開口。

「你不必勸。」沈氏制止了長子，對著邵明淵一頓劈頭蓋臉地罵：「真以為封侯拜相了，就翅膀硬了？你就算封國公，我依然是你娘。我病了，你就得回來伺候著！」

邵明淵一言不發，默默聽著，等沈氏罵夠了，溫聲道：「母親，您的病，情緒不能過於激動，您還是別生氣了。」沈氏一聽，氣得胸口起伏。「你這個逆子，是在說我沒病裝病？」

邵明淵只得不做聲。

「好了，夫人，老二已經回來了，妳就好好歇著吧。」靖安侯實在看不下去，出聲打斷了沈氏的數落。沈氏捂著心口咬牙。「侯爺，我知道，我說說這個不孝子，你就心疼了，是不是？」

靖安侯一個頭兩個大。「我不是這個意思——」

「父親，母親正病著呢。」邵景淵輕聲提醒道。邵惜淵瞪向邵明淵道：「總是惹母親生氣。」

沈氏拿帕子拭淚。「行了，你們都嫌我煩，我也不說了。我病著，少了伺候的人不行。老大媳婦有了身子，不能伺候我，老大要照顧媳婦，過了病氣也不好，老三年紀又小。老二，從今天起，你來侍疾吧。」

邵明淵垂眸，淡淡道：「是。」

雖然他也不明白心絞痛如何能過了病氣，但身為人子，給母親侍疾是天經地義的。

從這天起，邵明淵留下來給沈氏侍疾。

沈氏白天還好，到了夜裡，一會兒要水，一會兒嫌熱，不時還要吐幾口痰，偏偏又不讓丫鬟伺候，事事要邵明淵親力親為。邵明淵夜夜不得安睡，不出幾日人就又瘦了一圈。

靖安侯見狀大怒：「夫人，妳一定要把老二折騰出個好歹來，才甘休嗎？」

沈氏冷笑。「折騰？侯爺有臉出去說這個話嗎？當兒子的給母親侍疾不是天經地義的嗎，怎麼能叫折騰？」

靖安侯被噎個半死，緩了好一會兒嘆道：「夫人，咱們都這把年紀了，就不能安安生生度日嗎？如今三個兒子都孝順，難道非要鬧出點事來才舒坦？」

「老大、老三孝順我承認，老二這麼多年在我身邊待過多久？現在好不容易回京了，這個家還容不得他似的，整天在外頭。如今我病了，才伺候了我幾天，就受不住了？」

「妳說說，老二哪裡不孝順了？妳讓他侍疾，他可吭過一聲？夫人，老二不是逆來順受的性子，他在外面也是舉足輕重的人物，這個樣子不是孝順妳，還是什麼？」

沈氏聲音高揚：「怎麼，他出人頭地了，就不能給我侍疾了？就算是皇子還得給長輩侍疾呢，一個小小的侯爺怎麼了？」她越說越惱火：「侯爺說他孝順，我可看不出來。這年頭，就沒聽說要守妻孝的，他天天穿一身白衣純粹是想給我添堵呢！」

「這怎麼一樣？老二媳婦的死不同一般，老二心裡苦，想盡點心是應該的。」

「他為他死去的媳婦盡心是應該的，為我這當娘的盡心就受委屈了？侯爺心疼老二伺候我，也行，那就早點給老二續弦，讓他媳婦伺候我。」

靖安侯一怔。「續弦？這是不是有點太早了？怎麼也要等滿了一年。」

「滿了一年就可以娶進來了。老二媳婦沒了半年了，現在開始挑合適的，不算早吧？」

「這個還是要問過老二的意思。」

「問他做什麼？當年老二的婚事，不也是你直接定下來的嘛。婚姻大事什麼時候由著兒女自己作主了？」

「如今不同了，老二長大了……」

「沒有什麼不同，除非他不認我是他母親！」

靖安侯張了張嘴，說不出話來。他發現和女人講道理，比打仗還難。

「我娘家侄女今年也十六了，與老二年齡正相當。前幾天我不舒服，有些想她，已經派人去接了，今天應該快到了。侯爺看怎麼樣？」

「夫人說的是芸兒？」

「正是。芸兒雖說幾年沒來了，侯爺應該還記得她吧，是個規矩又懂事的女孩兒。」

靖安侯心裡猶豫了一下。

沈氏對次子一直不待見，要是老二娶了她娘家侄女，母子關係或許會改善……

「侯爺是答應了？」一見靖安侯猶豫，沈氏露出了笑容。

「等人來了再說吧。」

靖安侯想了想，還是覺得有些不妥，私下叫來邵明淵，試探問道：「明淵，等喬氏過世滿了一年，你有什麼打算？」

「打算？如果皇上允許的話，明淵想回北地。」

儘管按照他的推斷，這個可能性微乎其微，可他還是想回北地去。

那裡不只有飽受韃子殘害的百姓，更有能令他自由呼吸的天地。

然而韃子受重創後暫時退回了阿瀾山以北，皇上不大可能讓他回北地擁兵自重。

「為父不是問你這個。我是說，你中意什麼樣的女子？」

邵明淵微怔，而後擰眉道：「兒子不打算娶妻。」

「為父知道，你還因為喬氏的死心存愧疚，暫時不想考慮娶妻。但你年紀畢竟不小了，婚姻大事不能再拖下去。要是覺得太快了，就趁你這兩年在京中慢慢相看，你看如何？」

邵明淵看著靖安侯，神色平靜道：「讓父親操心了。不過兒子的意思是，此生不打算再續弦。」

靖安侯大驚失色，脫口而出道：「這怎麼行！」

八十八　將軍不行

靖安侯過於激動，不由咳嗽起來，邵明淵忙給他倒水。

靖安侯喝過水，緩了緩，語重心長道：「結婚生子，延續香火，這是人生大事，終身不娶怎麼行？」

邵明淵依然面色平靜。「明淵上有長兄，下有幼弟，延續邵家香火足矣。」

「這怎麼一樣！」靖安侯氣得一拍桌子，迎上次子詫異的眼神，解釋道：「等以後你們兄弟分家，百年後誰來祭拜你？」

「我不在乎那些。」他這一生，不如意事十之八九，而今孑然一身，未嘗不是件好事。

「你這個不孝子，咳咳咳咳──」靖安侯氣得臉都紅了。

邵明淵從懷中掏出一個瓷瓶遞過去。「父親，您服用一枚藥丸試試，要是覺得好用，兒子再想辦法去弄一些。」

「這是什麼？」

「驅寒丸。」邵明淵想了想補充：「明淵已經服用過了，藥沒有問題。」

他不是信不過黎姑娘，只是拿給父親的東西，自然要小心為上。

靖安侯接過來，面上帶著欣慰。「臭小子，為父還信不過你不成？」

他取出一枚藥丸直接服下，好一會兒後，嘖嘖稱奇：「這藥是從何處得來？一入腹就渾身暖洋洋的，舒坦極了。」

「一個朋友給的。」

「這藥挺難得吧？」

「父親儘管服用，那個朋友還有。」

靖安侯很高興把驅寒丸收起來，而後又板了臉。「臭小子，別以為拿這個孝敬我就能忽悠過去。我告訴你，你想晚點可以，但媳婦必須娶！」

「父親，您別為難兒子。別的事情我都可以答應，只有這個不能。」

「別的事情都可以由著你，只有這點不行！」靖安侯同樣毫不讓步。

邵明淵不由感到頭疼。父親有三個兒子，他又不是長子，為何對他不娶妻的事態度如此強硬？

邵明淵乾脆豁出去道：「父親，實不相瞞，兒子常年在北地，有一次因為在雪地裡埋伏了兩日兩夜，凍壞了……」

嗯，兵不厭詐。

「凍壞了？」靖安侯表情呆滯。「凍壞了？明淵，你的意思，不是那個意思吧？」

「就是父親想的意思。」

靖安侯一屁股跌坐在太師椅上，一副無法接受的表情。「怎麼能凍壞了？這、這還怎麼延續香火？是我的錯，當初你去北地，我就該趕你回來的，都是我的錯啊！」

邵明淵傻了眼。父親一把年紀，居然哭了？

他震驚又內疚，然而早已做出的決定自然不會更改，輕輕拍了拍靖安侯手臂道：「父親，您別難過了，至少還有大哥和三弟讓您抱孫子，兒子就別禍害別人家閨女了，您說是不？」

靖安侯扭過頭，他不想說話！

「那……兒子去母親那裡了，不然母親該喊了。」

「回來！」靖安侯一臉沉重，上下打量著邵明淵。

這麼出挑的兒子，居然不行了？

「明淵，在北邊你請大夫看過沒？」

「看過了，大夫也沒辦法。」

「北地的大夫不行，我去給你請御醫。」

「父親，這樣的話，全天下的人都會知道兒子的隱疾了。」

靖安侯呆了呆，痛苦抱頭道：「這樣也不行，那樣也不行，你可怎麼辦啊！」

邵明淵沒吭聲。

「對了，李神醫醫術出神入化，說不定可以治好你！」

「李神醫已經離開了京城，不知道什麼時候才回來。」

靖安侯徹底死了心。

「那我去母親那裡了。」

「等等。」靖安侯站起來。「我找你母親有事商量，我先去吧。」

沈氏一見靖安侯進來，不由問道：「侯爺怎麼又過來了？老二呢？」

「夫人，芸兒的事，還是算了吧。」

「侯爺什麼意思？」

靖安侯摒退了伺候的人，低聲道：「二郎他……那方面有些問題。」

「哪方面？」

靖安侯有些尷尬。「就是夫妻那方面，我私下問了問，他在北地受過傷……」

沈氏一下子聽明白了，眼中喜色一閃而逝。老二居然不能人道？這可太好了！她前些日子想讓老二過繼老大家的秋哥兒，侯爺和老二都不依，這才退而求其次，想把娘家侄女嫁過來。無論如何，冠軍侯的爵位不能便宜了別人。

如今好了，老二不能人道，將來早晚是要過繼的，那就不急於一時了。

「這種事老二會跟侯爺說？」沈氏不放心追問。

「我跟老二提了提他的終身大事，他不想禍害別人家姑娘，這才對我說了。」靖安侯嘆氣。「是我對不住他……」

沈氏一聽就不高興了。「和侯爺有什麼關係？人各有命。」

她還以為老二多麼長情呢，還要給亡妻守孝，原來是為了遮醜罷了。

「那行吧，芸兒住幾天我就讓她回去。」

既然不行，她就不推侄女進火坑了，不然以後不好對娘家人交代。

沈氏本來就是藉著侍疾的由頭引出邵明淵的婚事來，如今知道邵明淵是個不中用的，瞧見他就心煩，哪還用得著他侍疾，立馬就把人打發了。

邵明淵悄悄鬆了口氣。

然而不出兩日，冠軍侯不能人道的消息，就悄悄傳遍了京城。

冠軍侯位高權重，偏偏又年輕俊美，這樣的人本來就最容易成為人們關注的對象，這則不知道怎麼流傳起來的消息就好像插上了翅膀，傳播速度之快令人瞠目結舌。

晨光聽說後，幾乎是哭著跑去了春風樓。

將軍呀，您是打算讓卑職當一輩子車夫吧，不帶這麼坑人的啊！

「將軍在裡面？」見房門緊閉，晨光問站在外面的守衛。

「在裡面呢，隊長回來了，正向將軍稟告事情。」

晨光一聽，便老老實實等在外面。

隊長邵知奉了將軍大人的命令去查要緊的事情去了，這個時候進去打擾要挨揍的。

晨光在外面等了小半個時辰，房門才打開，一臉風塵僕僕之色的邵知走了出來。

「隊長，將軍沒事吧？」邵知抬手拍了拍晨光肩膀，語重心長道：「沒事，進去吧。」

嗯，將軍大人心情有些糟，正好晨光來了，讓將軍揍一頓開開心也好。

晨光推門進去，就見邵明淵正默默坐在窗前。

他側著頭，讓人一時看不清表情，卻莫名覺得有一種壓抑的氣氛籠罩著四周。

「將軍……」晨光忽然後悔進來了。隊長坑他啊，這叫沒事嗎？

邵明淵回頭，視線落在晨光身上，淡淡道：「過來。」

晨光磨磨蹭蹭過去，硬著頭皮又喊了一聲：「將軍。」

「有事？」

「將軍，外面的謠言，您聽說了沒？」

邵明淵面色平靜。「你都聽說了，我會沒聽說麼？」

晨光悄悄鬆了口氣。原來大人是因為這個不高興，那他可來對了！

「你過來，就是問這個？晨光，你自從當了黎姑娘車夫，真是越來越閒了。」

晨光一聽，心中咯噔一聲。糟糕，將軍大人心情真的很差！

小車夫忙表忠心道：「將軍，卑職不是閒的沒事啊，是因為三姑娘也聽說了。」

邵明淵面色微變，頗有幾分狼狽。這種事，為什麼一個女孩子會這麼快知道？

「你跟黎姑娘說的？」

晨光打了個哆嗦。為什麼屋子裡這麼冷？「不是我啊，是三姑娘的丫鬟從外面聽來的。」

其實他也想不明白，三姑娘身邊那個叫阿珠的丫鬟，明明文文靜靜的，怎麼嘴那麼碎？

「哦。」邵明淵想了想，又覺得他反應有些過激了。

他既然忽悠了父親，就沒打算在意世人眼光。一個女孩子的看法，他更不該在意。

「將軍放心吧，卑職替您問過三姑娘了。」晨光趕忙安慰。

「問什麼？」邵明淵陡然生出不祥的預感。晨光壓低聲音邀功道：「卑職問三姑娘您的病能不能治，三姑娘說可以試試。將軍，您怎麼啦？」

邵明淵站了起來，淡淡道：「轉過身去。」

晨光一頭霧水轉過身，只覺一股大力傳來，隨後被邵明淵一腳踹出了房門。

哎呦一聲慘叫，晨光以狗吃屎的姿勢趴在地上，入目是三雙皂靴。

他一點點抬頭，映入眼簾的是池燦那張令人沉迷的俊顏，旁邊則是朱彥與楊厚承。

池燦半蹲下來問道：「你們將軍發火了？」

「嗯。」小車夫愣愣點頭。池燦輕笑一聲，抬腳走了進去。

晨光心想：他居然會以為剛才池公子要把他扶起來，果然是想多了！

池燦三人走進去，就見某人面色鐵青，坐得筆直。

池燦不由樂道：「庭泉，什麼事讓你發這麼大火啊？」

哈哈哈，居然說邵明淵不行？一想到這個流言，他就想捶地大笑。

邵明淵瞥他一眼，沒做聲。池燦不知死活湊過去。「到底怎麼啦？說說唄？咱們不是兄弟嘛，兄弟就該有福同享有難同當，你遇到什麼難事，可別一個人扛著啊。」

朱彥與楊厚承同時摸摸鼻子。這樣的兄弟，不要也罷。

「庭泉，我們聽到一些風言風語，所以過來看看。」朱彥道。

「無關緊要的小事。」邵明淵道。

「那就好。」

池燦卻不甘心，笑吟吟瞄了邵明淵一眼。「庭泉，你說實話，你到底行不行啊？」

邵明淵背靠椅背，修眉微挑，波瀾不驚問道：「你是盼著我行，還是不行？」

池燦張大了嘴，久久沒有闔攏。老實人要是不要臉起來，真是要命啊！

「三天後，我正式搬遷。」邵明淵拋出了一個消息。

楊厚承笑得露出一口白牙。「太好了，你早該搬了。就你們那個侯府，還不如呆在客棧舒心。」朱彥跟著點頭。

「那天記得過來喝酒，現在我還有些事要做，就不留你們了。」

邵明淵回到靖安侯府，在靖安侯夫婦面前提出了搬家的事。

靖安侯有些意外。「這麼急？」

沈氏直接惱了。「搬家？我知道，你是嫌給我早晚請安煩了，所以才想早早搬出去逍遙自在，是不是？」

「母親想多了。」

沈氏冷笑道：「我想多了？不然你這麼著急上火搬出去做什麼？你這個不孝子，在北地待了那麼多年，才回來幾天，家裡就留不住你了！」

「母親，冠軍侯府是聖上賜的宅子，如今已經修葺好，如果不搬，恐怕會令聖上不悅。」

一聽邵明淵搬出了皇上，沈氏不好再多說什麼，恨恨道：「那就隨你好了。」

三日後。

靖安侯問沈氏：「夫人，二郎今天搬進冠軍侯府，可準備了暖屋的物品？」

「準備了。這種小事侯爺如此上心做什麼，難道我是這麼不周全的人嗎？」沈氏淡淡道。

靖安侯尷尬笑笑。「我就隨口問問。」男主外女主內，這話按理他不該問的，只是夫人對次子什麼態度他也清楚，這才忍不住多問了一句。

「侯爺放心，我給老二準備的禮物，絕對讓他高興。」沈氏意味深長道。

她可是給邵明淵準備了一分終身難忘的大禮，就等著揭曉那一刻，讓他「高興」了。

冠軍侯府今日難得熱鬧，不只池燦三人來了，邵景淵與邵惜淵也到了，再加上身體好起來的喬墨，眾人湊了一桌子，就連晨光都特意跟喬昭請了假，趕過來湊熱鬧。

酒過三巡，邵景淵開口道：「二弟，恭喜你了，如此年輕就成為一府之主，讓大哥好生羨慕。」

池燦聽得直皺眉。靖安侯世子這話，聽著有點酸啊。

邵明淵淡淡笑道：「大哥早晚也會有這麼一天。」

「呃，對了，那個繫紅綢的紅木匣子是母親命我帶過來給你暖屋的，母親交代我跟你說一聲，一喝酒險些忘了。」

邵明淵看向靜靜擺放在桌案上的紅木匣子。母親居然會給他送禮物？

「是什麼東西啊，還用上好的紅木匣子收著？」池燦起身把紅木匣子拿起來，放在手裡掂了掂。

「不算重。庭泉，我打開了？」那老妖婆不是什麼好東西，最會刻薄庭泉，他倒是要瞧瞧是什麼。

「嗯。」邵明淵沒有反對。

沈氏會送禮物已是出乎邵明淵意料，在他想來，頂多是一些貴重卻沒有什麼誠意的物品罷了。

池燦把紅木匣子打開，不由怔住，喃喃道：「怎麼這麼多信啊？」

八十九　黯然傷心

「什麼信？」邵明淵站了起來。

池燦目光落在信封上，突然意識到了什麼，猛然闔攏了紅木匣子，乾笑道：「沒什麼，一堆沒意思的玩意兒。來、來，咱們繼續喝酒。」邵景淵聞言則不悅地皺眉，這人怎麼說話呢？

邵明淵已經走了過來，伸手去拿紅木匣子。池燦一手摟著紅木匣子往後躲，心知躲不過，揚手把匣子扔出去。「楊二，接著！」

楊厚承條件反射伸手。但邵明淵一躍而起，瞬間把紅木匣子抓在手裡。

楊厚承攤攤手。「拾曦，你知道的，讓我和庭泉比武力，就好像讓我和子哲比下棋，和你比美貌，純粹是為難我。」池燦一反常態沒有與楊厚承拌嘴，面沉如水地看著邵明淵。眾人都意識到不對勁，目光全落在邵明淵身上，氣氛莫名緊張起來。

邵明淵低頭打開了紅木匣子。池燦欲言又止，深深嘆了口氣。

入目就是滿匣子的信，一封又一封，有的信封已經泛黃，還有的被蟲蛀了，露出裡面粗糙的信紙和模糊的字跡。北地環境惡劣，常年處在戰火中物資匱乏，即便很有錢，許多在京城富貴人家習以為常享受的物件都是買不到的。比如，那些昂貴的信箋。

邵明淵不由自主拿起一封信，摩挲著粗糙的紙張。

這是他寫的信。是他成親兩年多來，懷著愧疚和期待，寫給妻子喬氏的信。

可如今，這些信全都被鎖在這個小小的紅木匣子裡，在他搬家之日，被母親送了過來。

到現在，他還有什麼不明白的。

原來他在戰火連天的北地一筆一劃寫下的這些信，他的妻子喬氏，從來沒有收到過。

他以為，喬氏是一直怨著他的，怨他沒有做到一個丈夫的責任，不曾陪在她身邊，所以才隻字不回。直到今天他才知道，她竟然從未收到過他的信。

那麼她第一次見到他時，被韃子推著站在斑駁的燕城城牆上，心裡在想什麼？

是不是……格外地痛恨他？

邵明淵的臉色越發得白，蒼白如雪。

「庭泉，這些是什麼啊？」氣氛太壓抑，針落可聞，楊厚承實在受不了這樣的氣氛，頂著莫名的壓力開口問道。邵明淵張了張嘴，卻發現喉嚨澀然，竟說不出一個字來。有什麼可難過的呢，母親對他如何，早就該看清楚了。

「是……」邵明淵強行開口，忽然一陣氣血翻湧，一股腥甜從喉嚨往上湧。「我先出去一下。」

他匆匆撂下這句話，閉緊了嘴大步往外走去。

「庭泉！」楊厚承幾人不放心追了上去。才走出房門，灼熱的暑氣撲面而來，毅力堅強如邵明淵，依然忍不住嘴一張，一口熱血噴了出來。鮮紅的血落在青石臺階上，格外刺眼。

「將軍！」聚在院子裡喝酒的親衛們勃然變色，嘩啦一下湧了過來。

邵明淵抬手制止。「喝你們的酒！」

世人眼裡溫潤貴公子般的冠軍侯，在將士們面前卻是直接、冷硬的。北地那麼多年同甘共苦、刀尖上舔血的生活，造就了這些男兒鐵血的性格。將軍的話對他們來說就是命令，所有人重新坐下來，默默喝酒，可是這些流血不流淚的兒郎，在這一刻，淚水卻悄無聲息砸進酒杯中。辛辣的酒與苦澀的淚混合在一起滾過喉嚨，讓每一人都恨不得拿起刀，把那些讓他們不平的事砍得灰飛煙滅。

「庭泉，你——」追出來的楊厚承等人面色大變。

「二弟，你怎麼了？」

池燦猛然看向邵景淵，邵景淵有些莫名其妙。「池公子為何這樣看著我？」

「看著你？」池燦挑眉，因為喝了酒，雙頰微紅，漂亮得讓人能忽略了性別。

邵景淵一時愣住。池燦的拳頭卻狠狠揮了過來，咬牙切齒道：「我還打你呢！」一拳砸在邵景淵鼻梁上，立刻鮮血四濺。池燦卻不解氣，掄著拳頭又衝了過去。

「池公子，你這是做什麼？」邵景淵驚訝又氣憤，不由連連後退，最終扭打在一起。邵景淵從一出生就是靖安侯世子，年幼時靖安侯夫人沈氏惱恨靖安侯常年征戰，聚少離多，不願兒子再踏上這條路，遂請了許多先生教他四書五經。可以說，邵景淵是按著京中名門公子的標準培養的，琴棋書畫都很不錯，吟詩作賦亦不在話下，但要說武力值，別說楊厚承了，就連池燦都比不過。這個時候兩個人扭打在一起，邵景淵幾乎就是被池燦全方位輾壓。

「你們別打啊，有話好好說，好好說。」楊厚承衝過去勸架，手死死按住邵景淵的手。邵景淵險些氣死。他都要被姓池的混蛋打死了好嘛，居然還來一個拉偏架的！

「三弟……」鼻青臉腫的靖安侯世子氣若游絲喊道。

邵惜淵這才如夢初醒，甩開腳丫子跑到邵明淵面前。「二哥，你為什麼會吐血？」

邵景淵氣苦：三弟平時恨老二不是恨得咬牙切齒嗎，吐血的事能不能等會兒再問，再不幫忙他真的要被打死了！

有小夥伴楊厚承拉偏架，池公子越戰越猛。

朱彥看打得差不多了，揚聲道：「別打了，還是看看庭泉怎麼樣了。」

「差不多得了，把人打死了就不好了。「對、對，別打了，庭泉要緊。」楊厚承這才把池燦攔住。

池燦忿忿住手，往地上吐了一口唾沫，狠狠道：「邵景淵，你們侯府是個什麼醃臢地兒，庭泉不願多說，別以為我們就不清楚！我警告你，以後再做這種缺德事，我見你一次打一次！」

邵景淵一張還算俊秀的臉已經腫成豬頭，含含糊糊道：「池公子，你這是什麼意思……我好端端的什麼地方得罪了你……」

「好端端的？」池燦冷笑一聲。「邵景淵，你敢發毒誓說，心裡不清楚你那個老不死的娘給庭泉送禮物根本沒安好心？你就是趁著庭泉難得高興的時候看笑話呢，裝什麼兄弟情深啊！」

邵景淵被池燦罵得啞口無言。這時卻傳來邵惜淵的驚呼聲：「二哥，你怎麼了？」

邵明淵在邵惜淵面前倒下，給了這個十四歲的少年很大震撼。

他一直是討厭這個哥哥的，因為母親只要提起二哥就會很不高興，有時甚至還會氣哭。

最讓他討厭的是，二哥殺了二嫂。

二嫂是他見過的最好的女子，聰慧漂亮，彷彿沒有什麼事是她不知道的，就連他教她射箭，都能學得很好。不只射箭學得好，還溫柔和善，在他練武受傷時，會細心給他包紮，送他很管用的跌打藥。就是這樣好的二嫂，他覺得不會再有任何女子能比得上的二嫂，卻被二哥親手殺死了。他沒辦法原諒這樣的兄長！

可是，二哥那些英雄事蹟，儘管在府上很少聽人提及，在外面卻聽了無數遍。

許多同齡人都因為他是邵明淵的弟弟，而對他另眼相看。

這樣能耐的二哥，居然會吐血，會昏倒？

邵惜淵吃驚極了，直到楊厚承等人把邵明淵扶進屋子裡，依舊沒有回神。

「三弟……」邵景淵艱難喊道。

邵惜淵這才回神，看著鼻青臉腫的大哥大吃一驚。「大哥，你的臉怎麼了？撞牆上了嗎？」

邵景淵心想：臉撞牆上能這樣？

「回……回府……」

「可是二哥昏倒了。」邵惜淵扶著邵景淵，有些猶豫。

邵景淵翻了個白眼，艱難道：「再不回府，我也要昏倒了……」

邵惜淵忙扶著邵景淵，揚聲喊道：「快來人扶一下我大哥。」

院中的親衛們往這邊看一眼，目光殺氣騰騰，沒有任何人吭聲。

十四歲的少年身材單薄，感覺到壓在肩膀上的重量，有些急了。「誰幫忙去喊一下車夫也行啊。」依然沒有人理會他。到這個時候，少年才發現，靖安侯府三公子的身分真的什麼都不是。

他委屈得眼圈發紅，使出全身力氣拖著邵景淵往外走，心中不由茫然。

無論如何，二哥搬入御賜府邸不是件該高興的事嗎，到底為什麼會變成這樣？

邵景淵兄弟二人乘著馬車回到靖安侯府，沈氏一見邵景淵的樣子，險些昏過去，一邊喊人請大夫，一邊埋怨靖安侯道：「我就說派個管事過去就得了，侯爺非要讓他們兄弟過去。這下好了，景淵竟然被那個畜生打成這個樣子，這不是要我的命嘛！來人，就說我吩咐的，讓二公子回府！」她料定了邵明淵見到匣子裡的東西後會難受，卻沒想到那個畜生竟敢對景淵下這樣的重手。

邵惜淵忍不住道：「母親，大哥不是二哥打的。」

「不是那個逆子打的，那還會是誰？」

邵惜淵被問住了。二哥先是吐血，而後又昏倒，他太吃驚了，滿腦子想的都是二哥與二嫂的事，竟沒印象大哥究竟是被誰打的了。

「怎麼，你個傻子還包庇那個畜生不成？」

「我沒包庇二哥……」

沈氏冷笑，對靖安侯道：「侯爺，我一直忍著沒說，幾個月前老二就打過老三，老三卻替他遮掩。」邵惜淵瞪大了眼問道：「母親，您怎麼知道？」

沈氏瞪他一眼。「我是這內宅的主母，你被人打了，能不知道？」

許是覺得幼子年紀還小，沈氏沒有在意太多。邵惜淵卻心中一涼，母親居然派人監視他？這個年紀的少年最煩這個，心裡立刻來了火氣，梗著脖子道：「反正大哥不是二哥打的。父親，您不知道，二哥看完母親送的東西就吐血了，還昏倒了呢。」

邵景淵一見母親與三弟因為這個鬧起來，艱難插了一句：「是長公主府的池公子打得我……」

靖安侯卻完全顧不得長子說什麼了，臉色一變抓住邵惜淵的手腕。「你二哥吐血了？」

「是啊，二哥臉色可難看了，雪白雪白的。」

靖安侯鬆開幼子的手，目光沉沉地看向沈氏。「妳到底給老二送了什麼？」

沈氏揚眉道：「為了一個逆子，侯爺這樣與我說話？」

吐血昏倒了？呵呵，這可真是太好了！

她就說，那個孽障看了那些信，真能冷心冷肺毫不在意？她就是要他難受，生不如死！

「我問妳，妳到底給老二送了什麼？」靖安侯上前一步，箍住了沈氏肩膀。

邵景淵與邵惜淵愣住。父親回京養病這麼多年，對母親從沒高聲說過話。哪怕母親對父親最偏愛的次子冷漠苛刻，父親也沒像現在這樣對母親聲色俱厲。

「是信……」邵惜淵不大明白二哥見到那些信為何會那樣，怕父母更僵持，忙開口道。

「信？什麼信？」靖安侯聲音冰冷，落在沈氏肩膀上的手不停顫抖，可以看出壓抑的怒火。

這麼些年靖安侯從未對沈氏發過火，沈氏心裡是不懼的，此刻當著兒子們還有長媳的面被落了面子，不快道：「那個逆子寫給喬氏的信我給攔下了。怎麼，侯爺要為了這個休了我嗎？」

「妳再說一遍！」

「再說一遍又如何？是老二寫給喬氏的信，我現在給他送去，不行嗎？誰知道你那頂天立地的兒子這麼脆弱，一看就吐血了。」啪的一聲脆響，靖安侯揚手狠狠打了沈氏一個耳光。沈氏一個趔趄栽倒在椅子上。

「母親！」

「你打我？」沈氏摀著臉，恨恨問道。

靖安侯渾身都在抖。「沈氏，妳太讓我失望了！」他也曾重兵在握，是指揮過千軍萬馬的北征將軍，哪怕因為常年在北地熬垮了身體，回到京城養病，也不是那些沒種的男人。

他對妻子處處忍讓包容，是為了什麼？不過是因為愧疚，不忍讓她傷心難過罷了。

所求的，只是希望她對明淵多幾分憐惜。

如今看來，是他大錯特錯了。

靖安侯眼中的失望與憤怒狠狠刺痛了沈氏，那些在她看來夫妻間心知肚明卻這輩子沒打算讓兒子們知道的話脫口而出：「我讓侯爺失望了？那侯爺呢？侯爺早就讓我失望過了。當年說什麼舉案齊眉，情深義重，結果不過是笑話罷了。我的二兒子早就死了，早就死了！」

不理會邵景淵與邵惜淵的震驚，沈氏恨聲道：「侯爺告訴我，現在的邵明淵，究竟是你從哪裡抱回來的野種？」

九十　二郎已死

「妳……」靖安侯嘴唇抖著說不出話來。

沈氏氣勢更盛。「你說啊，說話啊？說不出來了吧？呵呵，你以為我是傻瓜嗎？母子連心，二郎被你抱走看病，再抱回來後，我就知道，那不是我的二郎了！」

說到這裡，沈氏撲倒在椅背上，泣不成聲。

那時候她坐著月子，她的二郎才剛出生幾天，就因為身體不好抱離了她身邊。

他們怎麼會認為，她當娘的認不出自己的兒子來？哪怕她只看過一眼，哪怕在所有人眼裡剛出生的嬰兒都是一個樣子，可在她的眼裡心裡，她的二郎是獨一無二的啊！

沈氏扶著椅背，放聲痛哭。

屋子裡早就摒退了下人，只剩下沈氏的哭聲迴蕩。

良久後，邵景淵問：「父親，母親說的是真的？」

靖安侯一張臉難看極了，沒有吭聲。

沈氏抬頭冷笑。「侯爺說不出口了？今天話既然說到這裡，我要問問侯爺，你到底把我的二郎弄到哪裡去了？」

「二郎……」靖安侯艱難張口，卻發現後面的話那麼難以說出口。

「你說啊，你說啊，是不是為了給那個野種騰位置，弄死了我的二郎？」

「沈氏，當著孩子們的面，妳在胡說什麼？」靖安侯不可思議地看著沈氏。

難道這麼多年，她都是這麼想的嗎？他們是結髮夫妻，年輕時雖然相守的時間不長，卻也沒有紅過臉，她怎麼會認為他能做出害死自己親生兒子的事來？

「我胡說？那你說，二郎哪去了？我的二郎哪去了？」

「二郎死了！」靖安侯終於說了出來：「沈氏，妳自己不清楚嗎？二郎生下來就體弱，太醫早就說活不成的，二郎病死了啊！」

「我不信，我不信，就是你為了那個野種害了二郎！」沈氏聲嘶力竭喊道。

靖安侯只覺無比疲憊，抬手扶住額頭問沈氏：「夫人，我們當了這麼多年夫妻，妳一定要把害死親子的罪名扣在我頭上才安心嗎？如果是這樣，那就隨妳吧。」常年的病體纏綿，讓曾經手握重兵的靖安侯身體單薄如讀書人，臉色白中泛青，加上現在索然的神態，瞧著頗讓人心慌。

沈氏心軟了幾分，語氣一轉：「二郎真的是病死的？」

無數個晚上，她輾轉反側，夜不能寐，想到她十月懷胎生下的孩子很可能早就死了，讓一個野種霸占著他的身分，享受著他的待遇，就恨得心中滴血。

可恨過後，她心底深處又隱隱有著奢望。或許，她的二郎沒死呢？只是被他這個狠心的爹給弄走了。

靖安侯緩緩點頭道：「嗯，咱們的二郎病死了。沈氏，妳是二郎的娘，我是二郎的爹啊，難道我不希望二郎活著嗎？」

「嗚嗚嗚……」沈氏掩面痛哭。

邵景淵與邵惜淵大氣都不敢出。邵惜淵尚且還好，邵景淵就慘了。他的豬頭臉還等著大夫給上藥呢，現在到底要等到什麼時候啊？

父子三人默默無言。

沈氏哭夠了，猛然抬頭看向靖安侯。「那麼邵明淵呢？這話我悶在心裡二十一年了，今天侯爺能不能告訴我，他究竟是從哪來的？」邵景淵與邵惜淵齊齊看向靖安侯。

是啊，既然他們的二弟（二哥）死了，那現在的二弟（二哥）又是誰？

靖安侯不做聲。

「侯爺說話啊！」

靖安侯嘴唇翕動，被問得說不出話來。沈氏逼問再三，靖安侯一直一言不發。

「我明白了，那個野種是你與外室生的，對不對？」

靖安侯一怔。

「你說啊，說啊！」沈氏氣急了，站直身體道：「話已經說到這裡，侯爺就不要再瞞著我了。你今天要是不說個清楚，我就撞死在這裡！你告訴我，他到底是不是你和外面的狐狸精生的？」

「是！」靖安侯閉了眼，沉聲道。沈氏愣了愣，而後猛烈咳嗽起來。

「母親！」邵惜淵嚇壞了，去扶沈氏。

沈氏一邊咳嗽一邊哭：「我就知道，我就知道！你給我滾，我再也不想看到你！還有那個野種，最好是早早死了別給我添堵！」

「妳住口！」靖安侯冷喝一聲。

沈氏瞪大了眼睛。「到了這個時候，你還理直氣壯？」

「我為什麼不能理直氣壯？這麼多年，侯府中可有一房小妾？一個通房？沒有吧？夫人可以去打聽打聽，那些勳貴之家哪一家不是妻妾成群？就算那些文臣清流，哪怕是名滿天下的喬家，喬御史的夫人自覺上了年紀，還給夫君納上一房小妾呢。我就算曾養過外室，就是什麼十惡不赦的罪名了嗎？」靖安侯一連串的反問，讓沈氏差點氣昏過去，偏偏竟無力反駁。

是啊，這個世道對女子何其不公，男人納妾天經地義，換成女人，哪怕尊貴如長容長公主，養幾個面首就被人在背後戳脊樑骨。

「話既然已經說開，我就明白跟夫人說，邵明淵雖然不是從妳肚子裡爬出來的，卻是我的骨血，按禮法，他叫妳一聲母親也是天經地義。所以，我不想再聽到妳那些刻薄的話。還有——」靖安侯掃了兩個兒子一眼，收回目光看著沈氏。「先前關於明淵的一些流言傳出去也就罷了，我可以既往不咎。今後明淵外室子的身分若是傳出去，那麼夫人就別怪我不念多年夫妻之情，回娘家去吧。」

「父親！」邵景淵與邵惜淵大吃一驚。

靖安侯面色陰沉，一字一頓道：「你們兩個也給我記著，只要有關老二的身分傳出去隻言片語，我就送你們母親回娘家！」他說完，轉身大步往外走。

邵惜淵忍不住問道：「父親，您去哪兒？」

「去看你二哥！」

靖安侯拂袖而去，沈氏氣苦不已，一口氣沒上來昏了過去，靖安侯府頓時雞飛狗跳。

冠軍侯府中，同樣是氣氛緊張。

楊厚承急著去請太醫，被池燦一把拉住：「不能去請太醫！」

邵明淵的身分實在太敏感，一旦他吐血昏倒的消息傳出去，恐怕會讓多方勢力生出不該有的心思。就連皇上那裡，態度都會轉變。

「不請太醫？那庭泉怎麼辦？」

池燦面色陰沉。「濟生堂的大夫不錯，我去請。」

大不了回來把濟生堂的大夫弄進公主府，就不怕傳出去了。

「麻煩幾位公子看著我家將軍，我知道有個人一定比濟生堂的大夫還好。」晨光自告奮勇要去請人，撂下這句話拔腿就跑了。

「晨光去請誰啊？」楊厚承問。

朱彥腦海中驀然閃過一道倩影。晨光如今給黎姑娘當車夫，他要請的人，莫非是黎姑娘？這個猜測有些荒唐，可黎姑娘銀針救治長春伯府小公子的事蹟還在外面流傳，黎姑娘或許真有一手高明醫術。

不知為何，他覺得放在別人身上不可思議的事，放在黎姑娘身上就是大有可能。

也許這世上，就是有這樣生來便讓旁人自慚形穢的人。

「等等看吧，庭泉的親衛都還算靠譜。」池燦沒好氣道。

要是不靠譜，就不會把男扮女裝的小廝桃生抓個正著了。

九十一　寒毒攻心

晨光一路狂奔回黎府求見喬昭。

喬昭這兩日正有些心神不寧。

也不知道外祖父他們查得怎麼樣了，她身為人們眼中的外人，想知道些情況太困難。

「姑娘，晨光要見您，看樣子挺著急的。」冰綠匆匆進來稟告。

「帶他過來。」

晨光一見到喬昭就氣喘吁吁道：「三姑娘，快跟我走。」

「什麼事？」

「我們將軍吐血了！」

喬昭猛然站了起來，而後意識到有些失態，淡淡問道：「怎麼會吐血？」

邵明淵雖被寒毒折磨得痛苦不堪，卻沒到如此嚴重的地步吧？

「是靖安侯夫人送來一個紅木匣子，裡面裝著滿滿一匣子信，全是我們將軍以前在北地時寫給將軍夫人的。我們將軍看了，就吐血了……」

「信……」喬昭喃喃念著，忍不住問：「什麼信？你們將軍給他夫人寫過信？」

晨光雖不明白三姑娘為何關注的重點不對，還是解釋道：「當然寫過呀。將軍每個月都會至少給將軍夫人寫一封信的，哪怕是戰事最緊張的時候也不例外，直到今年初還在寫呢，可惜將軍夫人一直沒有回過信。」說到後面，晨光語氣中不自覺帶出了埋怨：「將軍夫人的心太狠了。雖然將軍新婚就去了北地，不能陪著將軍夫人，可這不是大梁將士們該做的事嘛。若人人都留在京城享富貴，這京城早就成韃子的了。我到現在都忘不了，北地那麼冷，呵口氣都能化成冰渣子，墨被凍住了，將軍每寫一個字都要重新把墨化開……」

小車夫顯然跑題了。

喬昭皺眉道：「別說了，去將軍府吧。」

她不想把那裡叫「侯府」，因為這樣一叫就會讓她想到那兩年多牢籠般的生活，還有揮之不去的窒息感。坐到馬車上時，喬昭腦子裡一直在想：原來那兩年，邵明淵一直在給她寫信的。那些信全都被靖安侯夫人截下了，沈氏為什麼這麼做？

就算聚少離多，母子親情不如時時伴在身邊的子女那樣深厚，可攔下兒子寫給兒媳的信，這樣的作法太匪夷所思了。

喬昭嘆氣。靖安侯府的古怪，比她想的還要多。怎麼一朝重生，處處是謎團了呢？

晨光把馬車趕得飛快，沒過多久馬車一個急停，喬昭趕忙伸手扶住車壁。

「三姑娘，到了！」

屋內眾人正等得心焦，聽到腳步聲忙抬頭看去，一見晨光身後跟著喬昭，不由愣住。

「妳怎麼來了？」池燦皺眉。自打那日長容長公主道破池燦心事，他莫名生出了不想見喬昭的心思。此時見了，煩躁的同時，心底深處又有著說不清道不明的欣喜。

這份欣喜，讓他更煩躁，自然語氣極差。

喬昭深深看了池燦一眼。她又哪裡招惹他了？

「晨光喊我來的。」喬昭淡淡說完這話，走向喬墨。「喬大哥，邵將軍怎麼樣了，帶我去看看。」

喬墨點頭道：「好，黎姑娘請隨我來。」

眼見喬昭跟著喬墨往裡走，池燦面上烏雲密布，挑眉問晨光：「黎姑娘什麼時候認識喬公子的？」

他就沒見過這麼會招蜂引蝶的小丫頭！

「呃，我不知道啊。」晨光裝傻。

立場要分明，態度要堅定，池公子可是他們將軍大人的情敵咧，他才不會解釋呢。讓誤會來得更深刻些吧！

喬昭走在喬墨身側，忍不住打量他的臉色。她走在喬墨右手邊，看到的是他完美無瑕的側臉，線條柔和不失稜角，俊逸無雙。

喬墨察覺喬昭的打量，忍不住看向她。

喬昭坦然一笑。「喬大哥的臉色好多了。」

喬墨神情淡淡地道：「病好了，臉色自然就好了。」

喬昭腳步一頓。

人多口雜，喬墨沒有多說，語氣平靜道：「黎姑娘醫術高明，請給冠軍侯看看吧。」

喬昭緊緊抿了唇。

「黎姑娘？」

「好，我去看。」她睇了喬墨一眼，匆匆轉頭走向邵明淵。

喬墨一怔。剛剛黎姑娘看他那一眼，雖然一掃而過，他卻似乎看到了她眼中水波。

黎姑娘哭了？

可他頂多是態度冷淡了一些，沒必要如此吧？

說起來，他是感激黎姑娘的。可是他有些不能接受一個小姑娘，就這麼輕描淡寫逼瘋了他的大舅母。不管大舅母做了什麼事，該受什麼懲罰，這都是他和外祖家要商量的，而不是由著黎姑娘這樣毫不相干的外人插手。僅僅因為李神醫的關係，黎姑娘就在他還沒清醒時把仇給報了，即便是出於好意，也有些……多管閒事了。

喬公子想自己態度冷淡一些，讓小姑娘以後遇事三思而後行，不是很正常的嗎？小姑娘居然哭給他看，偏偏他心裡莫名其妙的愧疚感又是怎麼回事？

喬墨默默看著喬昭的背影，心中輕嘆：畢竟黎姑娘再像昭昭，也不是他的妹妹啊。

❧

而喬昭的心情有些差，看到邵明淵的樣子，心情就更差了。

這人到底是多重的心思，能把自己折騰成這個樣子？

原本他的寒毒是可以撐幾年的，正好等李爺爺回來可以替他驅毒，可現在寒毒攻心，只能她來動手了。然而，寒毒攻心後想要祛除，是要赤裸上身的啊！喬姑娘生無可戀地想。

池燦等人都湧進來。

「黎姑娘，妳真的會治病啊？」楊厚承迫不及待問。

喬昭心情複雜點點頭。

「那庭泉到底是怎麼了？」

「他體內一直有寒毒，而今受了刺激導致氣血逆行，寒毒攻心，所以才變成這個樣子。」喬昭解釋道。

「寒毒可以祛除嗎？」朱彥問。

「可以是可以，不過……」

「怎麼這麼囉嗦？庭泉也幫過妳多次，難道還要講條件？」池燦莫名有些不快。

喬昭看他一眼，而後環視眾人，語氣平靜道：「有個前提我要說清楚。」

「黎姑娘請說。」意識到事情不是想得那麼簡單，朱彥溫聲道。

「邵將軍體內的寒毒，大概有兩個人可以祛除。一個是李神醫，另一個就是我。」喬昭鄭重說出這番話，眾人都聽愣了。

晨光滿眼佩服。三姑娘，先不管咱醫術如何，這份自信肯定是沒人比得上啊。

「我說這個，就是希望你們明白，我來給邵將軍驅除寒毒是唯一的選擇，但凡有人可以替代，我是不會出手的。」

眾人越聽越糊塗。

怎麼聽黎姑娘的意思，十分不想給邵明淵驅毒呢？邵明淵應該沒有得罪黎姑娘吧？

「現在我需要一個人打下手，其他人不得靠近房門。」

喬昭話音未落，就有幾人齊聲道：「我來！」

看了看池燦，又看了看楊厚承和朱彥，再看向喬墨，喬昭嘆氣。

池燦肯定是不行的，就他那陰晴不定的脾氣，等一會兒萬一抽風怎麼辦？

楊大哥也不行，總覺得會守不住祕密。

大哥……喬昭暗暗搖頭。

大哥也不成。

一想到當著大哥的面脫掉邵明淵衣服的場景，實在太尷尬了。

「晨光，你來吧。」

池燦臉一黑。「為什麼我不行？」

喬昭笑笑。「池大哥生得太好，我怕分神。」

眾人：「……」這理由太好，竟讓人無言以對。池燦顯然也氣得說不出話來。

眾人都退了出去，只留下喬昭與被點名的晨光。

「三姑娘，我什麼都不會啊，我要做什麼？」晨光有些惶恐。

將軍大人看起來很嚴重，他對醫術一竅不通，萬一搞砸了，豈不是害了將軍？

「照我說的做就是了。」

「好、好，三姑娘請吩咐。」晨光嚥了嚥口水，暗暗給自己打氣。

他一定行的，為了將軍，不行也得行！

「現在，把邵將軍上衣脫下來吧。」

「啥？」晨光差點栽倒。他一定是聽錯了吧？

「把邵將軍衣服脫下來！」

「三姑娘，這、這不好吧？我們將軍還病著呢。」

喬昭簡直要氣笑了。「要不換池公子進來？」

「我來，我來！」晨光忙上前一步，手忙腳亂把邵明淵上衣脫下來。

晨光一直把邵明淵當戰神般敬仰，這個時候給他扒衣服心理壓力巨大，脫完了上衣緊張之下就忘了喬昭的交代，伸手去拉邵明淵腰帶。

「住手！」一貫淡定的喬姑娘簡直要氣急敗壞了。這個車夫是不是傻，他扒邵明淵褲子幹嘛？

喬昭俏臉微紅，從荷包中取出一排銀針靠近邵明淵。而安靜躺在床榻上的男子上身交錯縱橫的傷疤，讓她的手一頓。

大梁百姓常說，傷疤是上戰場的男兒最大的榮耀，所以這人才如此受百姓愛戴嗎？可是這樣一個受百姓愛戴的年輕將軍，他的母親卻不愛他。

喬昭捏著銀針交代晨光：「這根針刺入後，邵將軍很可能會清醒，你一定要按住他，第一時間阻止他亂動。」

「好。」晨光點頭如搗蒜。

喬昭靜了靜心神，把銀針刺入邵明淵心口下方的穴道。

才剛離手，邵明淵便睜開了眼。

他的眼珠很黑，眼中茫然消退得比常人要快，敏銳的本能讓他一瞬間繃緊肌肉，便要坐起。

「將軍，不能動！」晨光按著邵明淵的肩膀大喊。

「別動。」喬昭輕聲提醒。

明明親衛的聲音更大，把那輕輕兩個字掩蓋了，可邵明淵卻彷彿只聽到了那聲「別動」。

他沒有動，然後才後知後覺發現：自己沒穿衣裳！那一瞬間，邵明淵腦海中一片空白，幾乎是靠著本能扯來錦被遮住身體，淡淡道：「出去。」

「將軍，三姑娘是給您驅除寒毒呢。」

邵明淵驟然打斷晨光的話：「晨光，帶黎姑娘出去。」見晨光還在遲疑，他聲音更冷：「怎麼，我已經命令不動你了？」

晨光打了個激靈，忙道：「卑職遵命！」

「三姑娘，咱們出去吧。」

喬昭臉沉下來。「不出去。」這混蛋是什麼反應啊，好像她要非禮他似的。不是英明神武、智勇雙全嗎，怎麼還是抱著世俗偏見？

邵明淵顯然沒想到喬昭拒絕得這麼乾脆，忍著尷尬道：「我的身體狀況我心中有數，請黎姑娘先出去吧。」

喬昭拿起第二根銀針，面無表情道：「現在邵將軍說了不算。你是病人，我是大夫。對於病人無理取鬧的要求，大夫一律不予理睬！」

邵明淵呆了呆。活了二十一載，第一次有人說他無理取鬧。

晨光張了張嘴。天啦，他就知道三姑娘的剽悍不是一般人能比的！

「晨光，把邵將軍身上的被子拿開。」

「將軍……」晨光鼓起勇氣伸手。

邵明淵的凌厲目光落在晨光手上，冷冷道：「收起你的爪子。」晨光趕忙把手背到身後，為了表示自己不存在，乾脆跑到門口蹲著去了。他實在沒法打下手了，快要被將軍大人和三姑娘聯合逼死了。不過幫他們死死守住房門還是可以的，現在的情景，無論如何也不能讓別人瞧見！

喬昭伸手拉住蓋在邵明淵身上的錦被，平靜道：「鬆手。」

邵明淵完全不知道該有什麼樣的反應。為什麼會有黎姑娘這樣的女孩子？他這麼大的人，不可能像孩子一樣說不鬆手，可讓他鬆手，在一個女孩子面前赤身裸體，實在太尷尬。

年輕的將軍抓著被子不說話。

喬姑娘簡直要氣笑了。這人幼不幼稚啊，以為不說話就可以不鬆手了？

「邵將軍真的不鬆手？」

九十二　男女有別

邵明淵把被子抓得更緊了些。

喬昭慢悠悠道：「我要提醒一下邵將軍，你心口靠下的銀針若是碰掉了，你會重新陷入昏迷。」邵明淵下意識低頭。他感受不到銀針的存在，因為此刻五臟六腑都是痛的。

看著他額頭冷汗一片，喬昭心中輕嘆。

原來他還知道疼。

她以為見到個鐵打的人呢，寒毒攻心還有精神跟她搶被子。

「邵將軍是病人，我是大夫。在這個時候，大夫眼裡沒有男女之分，希望邵將軍能明白。」

騙人！蹲在門口的晨光心裡默默反駁。

他剛剛拉將軍腰帶，三姑娘還吼他呢，現在居然騙將軍說不分男女。

「在下的寒毒，曾請許多大夫看過，他們都束手無策。」邵明淵解釋道。北地太過寒冷，那邊的大夫對因為寒冷引發的許多症狀，皆比京城這邊的大夫有經驗。他們都沒有辦法的事，黎姑娘能夠辦到嗎？再者，即便醫者眼中病人沒有男女之別，可他又不是醫者，他是病人……

他不想以後見到黎姑娘，就想到今天的尷尬場面。

「可是那些大夫都不是我。」喬昭見他疼得厲害，終究是心軟了幾分，懇切道：「你體內寒毒已經攻入心脈，不能再拖了，難道你就一點不愛惜自己身體嗎？」

見邵明淵還不做聲，喬昭加重了語氣：「活不過一年，你也不在乎？」

「我……」邵明淵不知該說什麼好。在乎嗎？又有誰會不在乎自己的性命。可有時候，想到這些年來背負的東西，又會感到深深的疲憊。

喬昭垂眸道：「即便邵將軍不在乎，但總有些人是在乎你的，所以為了不讓在乎你的人傷心，邵將軍還是別任性了。」

晨光猛點頭。三姑娘說得太好了，將軍要是倒了，他們怎麼辦？跟著將軍才能有肉吃，有仗打，喝最烈的酒，睡最美的姑娘——呸呸，最後這個還沒有實現！

邵明淵默默鬆開手。

喬昭把礙事的錦被丟到一旁，見刺入邵明淵心口下方的銀針沒有掉落，黛眉舒展，俯身把第二枚銀針刺入。這些銀針密密麻麻圍著邵明淵心口刺入一圈，她解釋道：「今天先把攻入心臟的寒毒逼退到其他地方。」

她離得很近，習武之人又敏銳，邵明淵能清楚感受到少女拂到他胸膛上的鼻息，還有一下一下掃過身體的髮梢。

他的身體很冷，就更能感知少女指尖的溫度。邵明淵尷尬別開眼，沒有吭聲。

他一眼就看到蹲在房門口的晨光，捧著臉賊兮兮往這邊瞄，不由臉上一熱。

嗯，許久沒有活動筋骨了，回頭可以找晨光練練。

喬昭下了最後一針，心頭微鬆，剛要說話，就瞥到了邵明淵泛紅的雙耳，愣了一愣。

這人是在……害羞？喬姑娘原本心中坦蕩，可察覺到邵明淵在害羞，入眼又是他結實寬闊的胸膛，就莫名有些臉熱，目光下移，一下子就看到了對方形狀分明的腹肌。

這裡為什麼會是這樣的？和女子的如此不同。

好奇的天性上來，喬昭忘了尷尬，一時看得出神。

邵明淵渾身一僵，連呼吸都屏住了，手心的汗水瞬間冒了出來。

黎姑娘她……在看什麼？

他就說，這樣實在是太尷尬了！

邵明淵不由懊惱剛才沒有堅持，可這種時刻如此微妙，連空氣中都彷彿流動著看不著的火焰，讓他不敢貿然開口。裝作什麼都不曾察覺，大概是最好的法子。邵將軍默默想著。

可是，黎姑娘看的時間是不是太久了些？

額頭的汗凝結滴落，正好落在小腹上，猶如俏皮的春雨砸到經過漫長寒冬凍得僵硬的土地上，驚醒了沉睡的一切。

喬昭回神，心中尷尬之餘，面上卻不動聲色。「嗯，寒毒沒有擴散到這裡。」

好一會兒，年輕的將軍才開口道：「什麼時候可以好？」

「還要等一會兒。邵將軍不要說話，等你的指甲變成青色，就可以收針了。」

邵明淵已經感到盤旋在心口四周的冷緩解許多，遂眨眨眼示意明白了。

喬姑娘目光又溜到年輕將軍的腹肌上去。所以那裡是硬的嗎？

邵明淵乾脆抬眼望天。

他總是會忍不住多想。一定是他心胸太狹隘了，不能理解黎姑娘的醫者仁心。

時間在緩緩流逝，對邵明淵來說每一刻都格外漫長，而對等在外面的眾人來說，同樣如此。

「黎姑娘到底如何幫庭泉驅除寒毒啊？這麼久了怎麼還沒動靜呢？」楊厚承是個急性子，站在遊廊裡頻頻往房門那裡張望。

「別念叨了，心煩！」池燦冷冷道。那丫頭在裡面幹什麼？她真能幫邵明淵驅毒？哼，有什麼不能讓人打擾的，他又不像楊二那般聒噪！

等在外頭的眾人心思各異，忽聽有人報道：「侯爺來了。」

侯爺？眾人抬頭看去，就見一位身材消瘦的中年男子走了過來。

池燦幾人對視一眼。靖安侯怎麼過來了？

轉眼間靖安侯已經走到近前。

「侯爺。」因為邵明淵的關係，哪怕性情不定如池燦，見到靖安侯依然很給面子地打了招呼。

靖安侯雙鬢斑白，眼中黑沉沉透著一股暮氣，對幾人點頭還禮後問：「明淵呢，他怎麼樣了？」

「庭泉在那間屋裡，大夫正在給他診治。」

靖安侯往門口的方向走了兩步

「大夫正在施針，這個時候恐怕不便打擾。」池燦出聲道。

「不知從什麼地方請來的大夫？」

楊厚承一聽暗暗替喬昭著急，偏偏又沒什麼急智，不由看向池燦。

「大夫是庭泉的親衛請來的。」池燦巧妙避開了靖安侯的問題。

年紀輕輕就吐血是挺嚴重的事，靖安侯依舊不放心，再問道：「請大夫的親衛呢？」

「呃，正在裡面給大夫打下手。」

楊厚承暗暗向池燦豎了豎大拇指。池燦卻翻了個白眼。豎什麼大拇指啊，看靖安侯這意思，肯定是要等下去了，一會兒見到那丫頭從邵明淵屋子裡出來，那才是熱鬧了。

屋子裡，喬昭突然起身。

邵明淵眼神一閃，頗有種苦盡甘來的感覺。

終於好了！

喬姑娘走到桌邊倒了一杯水，捧著水杯坐回了原來的椅子上。

邵明淵：「……」為什麼會有這樣的女孩子？

喬姑娘看夠了，已經很是淡定，安慰邵明淵道：「邵將軍不要急。」

邵明淵閉了閉眼。

讓其他人來試一試，在一個不算熟悉的姑娘家面前赤身裸體，不急才怪。不，熟悉的也不行啊！

還好，如今外面流傳著他不行的謠言，黎姑娘大概也是這麼想的吧。想到這裡，年輕的將軍不由覺得慶幸，慶幸過後，又有點發懵。難道就是因為這樣，黎姑娘才這麼雲淡風輕？

邵明淵忽然又心塞了。

「可以了。」喬昭放下水杯，伸手握住邵明淵的手。

邵明淵反射性地想抽回手，反而被握得更緊。

「別亂動。」少女神情嚴肅，訓斥道：「你現在是病人，怎麼能不聽大夫的話？」

邵明淵默默垂眸。

喬昭拿起一根明晃晃的銀針，提醒道：「針從指甲裡刺進去會比較疼，不過這也是沒辦法的事，要把攻入心脈的寒毒放出來，才能拔掉你心口附近的針。」

邵明淵微微點頭，示意明白了。

「那我開始了，一定不能動。要是疼得忍不住——」喬昭想了想，從袖口抽出一塊潔白的帕子團成團，塞進邵明淵嘴裡。「嗯，這樣就可以了。」

邵明淵嘴裡塞著帕子，一臉哭笑不得。

他什麼疼沒忍過，針從指甲縫刺進去又算什麼，黎姑娘這樣真是太孩子氣了。

可是不知為何，心底深處又有暖流緩緩淌過。喬昭瞥他一眼，淡淡道：「邵將軍別以為這種疼不算什麼，十指連心，可比刀劍傷還要痛。」

邵明淵再次輕輕點頭，表示受教。

「晨光，幫我拿兩塊溫熱的軟巾來。」

「噯，好！」晨光跟打了雞血一樣站起來，轉去屏風後面把一塊乾淨的軟巾用熱水浸透了，擰乾送到喬昭面前。

喬昭一手握住邵明淵的手指，另一手捏著銀針，對準他的指甲縫刺入。

饒是歷經戰場的血雨腥風，晨光還是別過頭去不忍看。

邵明淵卻面色平靜，眉眼無波。

銀針刺入，他渾身肌肉瞬間緊繃，手指卻顫都沒顫。

喬昭不由看他一眼。這樣的病人，還真讓大夫省心。

為了減輕邵明淵痛苦的時間，喬昭手上動作飛快，很快就給他十隻手指都放了血。血珠從指甲縫裡緩緩滲出，才凝聚就變成暗紅的冰渣，覆蓋在他指端。

「軟巾。」喬昭頭也不抬伸出手，晨光忙把一條軟巾放在她手上。

少女低著頭，拿溫熱的軟巾仔仔細細清理著邵明淵手指上的血漬。

邵明淵沉默地看著她。

「好了。」喬昭舒了一口氣，把軟巾扔回晨光手上，抬眸看向邵明淵。「覺得好些了麼？」

嘴裡塞著帕子的邵將軍眨眨眼。帕子到底能不能拿出來了？

喬昭笑笑，伸手把帕子取下來，上身前傾，溫聲道：「我幫你取針。」

她的髮梢再次輕拂著他的胸膛，有些發癢。邵明淵從沒與一名女孩子靠得如此近，他能清晰看到對方輪廓精緻的耳朵，甚至上面柔嫩的茸毛，還有耳垂上小小的丁香花耳釘。

丁香花耳釘是銀製的，樸素到讓人嘆息。

邵明淵忍不住想：他之前不是給了黎姑娘一箱子銀元寶和一匣子金葉子嗎，難道是太少了？嗯，這次的診金要給的更豐厚些才行。

女子柔軟溫熱的指腹此時落在肌膚上，令邵明淵瞬間渾身緊繃。

喬昭抬眸看他，安慰道：「這次不疼了。」

邵明淵覺得頭有些暈，思維好像比平時慢了許多，耳畔那句話卻無比清晰：這次不疼了。

他的童年到少年再到如今，不是在侯府的演武場就是在北地的戰場上度過的，卻從來沒有一個人對他說：

有些疼，你忍一忍……

這次不疼了……

這樣的話，他居然從一個還沒成年的女孩子口中聽到了。

等邵明淵回神時，喬昭已經取下所有銀針，接過晨光手中另一條乾淨軟巾擦拭著他的胸膛。

邵明淵只覺那溫熱的軟巾落在他身上，彷彿有火在燒。

他啞聲道：「這個不勞煩黎姑娘了，讓晨光來吧。」這一次喬昭沒有反駁，把軟巾遞給晨光，吩咐道：「替邵將軍反覆擦身，等肌膚泛紅，再穿衣服。」

「噯。」晨光心裡直嘆可惜，面上卻不敢亂說，老老實實接過軟巾替邵明淵擦拭。

喬昭走到屏風後面去淨手。等她轉回來時，邵明淵已經穿好了上衣。

喬姑娘目光忍不住下移，落在對方小腹上，心道：嗯，穿上衣裳就完全看不出來了。

察覺喬昭目光所落之處，邵明淵臉上又是一熱，咳嗽一聲道：「今天多謝黎姑娘了。」

「不必。」喬昭面帶微笑，瞧不出任何異色。

邵明淵暗暗慚愧。

黎姑娘才是真正的醫者，如此坦蕩，他卻拘泥於男女之別，實在自愧弗如。

「黎姑娘，今日耽誤了妳不少時間，實在不好意思。讓晨光早些送妳回去吧，他日在下定會重謝。」

喬昭揚眉。這人過河拆橋也太快了吧，她還沒緩過來呢，就趕人了？

「邵將軍不必急著道謝，明日我還要來的。」

「還要來？」邵明淵心一沉，隱隱生出不祥的預感。

喬昭頷首。「是的。邵將軍總不會以為一次就可以把寒毒祛除了吧？今天只是把攻入心脈的寒毒拔出來，然而你體內寒毒已深，稍有情緒波動那些寒毒會再次攻入心脈，一次比一次凶險。我打算徹底祛除你體內寒毒，以絕後患。」

「那需要施幾次針？」

「施針次數要視你的身體情況而定，要把寒毒徹底祛除，大概要半年吧。」

所以她之前才一直沒想接手這棘手的差事，可眼前這人再熬下去，就等不到李爺爺回來了，她既然已經開了頭，也只能管到底。

邵明淵沉默許久，問道：「每次都要像今天這樣？」

「前期是如此。」

少女平靜淡然的樣子讓邵明淵有點不敢開口，可今天還能說是情況特殊，要是之後天天如此，即便黎姑娘不在乎，他心裡也是過不去的。

他這樣，算是毀了黎姑娘清白嗎？年輕的將軍不確定地想。

倘若他不曾娶妻，可以為今日之事負責，自然不會如此糾結。可是他親手射殺了妻子，早就沒了再娶妻的資格，又怎麼能心安理得與一名姑娘家牽扯過多。

「既然如此，那在下還是等李神醫回來，請李神醫診治吧。」邵明淵話說出口，就發現少女蹙了一下眉，不知怎的心裡就有些緊張。

喬昭板著臉道：「等不到李爺爺回來，你就沒命了。不然邵將軍以為我閒得無聊麼？」

大男人扭扭捏捏像什麼話，好像她是登徒子，想多瞧兩眼似的。

邵明淵張了張嘴，說不出話來。

晨光忙道：「將軍，您就聽三姑娘的吧，您的身體最要緊啊。您想想看，要是您出什麼事，我們這麼多兄弟該怎麼辦？」呵呵呵，將軍大人脫光光被三姑娘看上幾次，難道還能不娶人家？

「邵將軍在猶豫什麼？莫非因為被我看到了，覺得我該負責？」

「咳咳咳……」邵明淵咳嗽起來。「黎姑娘說笑了。」

「既然如此，那就這樣，明天我還會過來。」喬昭果斷做了總結，見邵明淵還想再說，提醒道：「病人的話，我一般只會聽，不會採納。」

邵明淵：「……」

晨光暗暗給喬昭豎了個大拇指。他算看出來了，還是三姑娘對將軍大人最有辦法。

「晨光，走吧，回去了。」喬昭朝邵明淵頷首，轉身走出兩步，忽地停住，慢慢轉過頭來。

「黎大夫還有什麼吩咐？」邵明淵無奈問，心情格外複雜。

喬昭上下打量邵明淵幾眼，收回視線，淡淡道：「除了寒毒，邵將軍身體並無大礙，若是覺得有什麼不妥，或許是心理因素，邵將軍放寬心就好。」

直到喬昭推門出去，邵明淵還處在石化中。

身體並無大礙……

有什麼不妥或許是心理因素……

少女輕柔甜美的聲音在耳畔迴蕩，每一句話都很簡單，可年輕的將軍覺得自己的腦袋完全轉不過來了。

黎姑娘這是什麼意思？

一定不是他想的那樣！

邵明淵閉閉眼，猛然睜開，視線如利刃射向跟在喬昭屁股後面的晨光。

這個混帳，他要殺了他！

晨光只覺後背一涼，箭步衝了出去。將軍大人太嚇人了，三姑娘救命啊！

一見喬昭與晨光出來，池燦等人湧過去，被撇下的靖安侯孤零零站在原地，吃驚地瞪大了眼睛。明淵房間裡居然走出來個姑娘？

不是說明淵吐血昏倒了，為何會走出來個小女孩子？

被眾人包圍的喬昭視線投過來。

靖安侯？他怎麼會過來了？

是了，今天是邵明淵喬遷之喜，靖安侯府不可能不來人，靖安侯知道邵明淵出事不足為奇。

那他知道被沈氏攔下的那匣子信嗎？

晨光說，那些信是邵明淵在滴水成冰的北地寫給她的，她很想看一看，以前被她認為冷情冷性、滿腔熱血都給了國家百姓的人，會對自己的妻子說些什麼。

只可惜，現在的她沒有任何理由去看那些信。

喬昭忽然想到了一件事。

她曾經也是給邵明淵寫過信的，只是沒有得到過隻言片語的回覆，便不曾再寫了。不知道她寫的信也在那匣子裡嗎？若是在，邵明淵是否會看到？

一時之間，喬昭說不清是期待他看到，還是期待過去的一切痕跡徹底消失。

「黎姑娘，庭泉怎麼樣了？」眾人紛紛問道。

「三姑娘妙手回春，我們將軍已經醒了。」晨光高興地道。

「這位姑娘是大夫麼？」靖安侯終於醒過神來，大步走來。他雖個頭高，卻很清瘦，兩鬢的白髮比同齡人要多。短短兩、三年，靖安侯真是蒼老多了。喬昭心想。

「見過侯爺。」她行了禮。

靖安侯一怔。「小姑娘認識我？」

「並不認識。只是看您的氣度與年紀，應該是邵將軍的父親了。」

「原來如此。請姑娘先留步，我去看看犬子。」

喬昭立在庭院中，見所有人全都湧進邵明淵所在的房裡，對晨光道：「走吧。」

「三姑娘，侯爺不是說先等等？」

喬昭笑笑。「我又不是大夫，難道要留下來等靖安侯審問嗎？」

晨光一聽，連連點頭。三姑娘說得可真有道理，他再不走，難道等將軍秋後算帳嗎？

小車夫帶著喬姑娘趕忙跑路了。

「父親。」邵明淵一眼看到了靖安侯。

「明淵，你怎麼樣了？」靖安侯擠到邵明淵身邊，打量著兒子。

池燦忍不住道：「侯爺想知道庭泉怎麼樣了，何不回去問問侯夫人。」

朱彥輕輕拉了拉池燦。他們是庭泉的好友，在靖安侯面前就是晚輩，再怎麼氣憤，可以把邵景淵痛扁一頓，但給靖安侯難堪就失禮了。

「拾曦，讓你們擔心了。我現在不要緊，正好有些話要和父親說。」

朱彥拉著池燦對邵明淵笑笑。「那我們先回去了。」

屋子裡只剩下父子二人。靖安侯打量著邵明淵如雪的面色，心情沉重地嘆了口氣。「明淵，我聽說你吐了血，究竟是怎麼回事兒？」

「並無大礙，是體內寒毒造成的，吐出來反而好了。」

靖安侯眼神一縮。次子體內寒毒如此嚴重麼？

他的寒毒，是當年中了敵軍埋伏掉進了冰窟窿裡落下的，這麼些年來可謂是受盡折磨，可即便如此也沒有到吐血的地步。

靖安侯一下子覺得胸口有些熱。

那裡放著邵明淵送給他的驅寒丸。

明淵體內寒毒如此嚴重，卻把驅寒丸給了他……

靖安侯忽覺眼眶有些濕潤，喃喃道：「明淵，是為父對不住你。」

邵明淵沉默了片刻，抬眸看著靖安侯。「父親，明淵有個問題想問您。」

「你說。」

「我真的是母親的親生子嗎？」邵明淵一字一頓問。

九十三　身世之謎

這個問題，他曾想過很多次。

如果是，為何都是兒子，母親對他的態度和對大哥、三弟如此天差地別？

如果不是，他又是從哪裡來的？

老人們都說他是母親難產生下的，當時足足請了七、八個有名的產婆。

他曾悄悄派人問過當年給他接生的那些產婆，除去過世了一位，離開京城了一位，剩下的幾位產婆全都指天發誓，是親眼瞧著他從母親肚子裡出來的，絕不存在掉包的可能。

那些猜測在這些人證面前被他默默壓了下去，可是今天，他還是無法說服自己。

怎麼會有這樣狠心的母親呢？他到底有多差勁，讓母親覺得他死了都不解恨，一定要讓他生不如死活受罪才可以？

靖安侯被問得一言不發，邵明淵語氣堅定，再問一遍：「父親，請您給兒子個明白話，我真的是母親的親生子嗎？」

屋子裡是漫長的沉默。窗外樹梢的蟬叫個不停，把夏日的暑氣叫得更濃烈了，讓人聽著心浮氣躁，偏偏屋內的父子二人誰都感受不到夏日的炎熱，反而有股冷意從各自骨子裡冒出來。

就在邵明淵覺得靖安侯不會回答這個問題時，靖安侯終於吐出了兩個字：「不是。」

他說完，長嘆一聲，似乎一瞬間又老去幾歲。

真的不是？

這一刻，彷彿一切有了答案，邵明淵居然覺得壓在心頭的那座大山陡然一輕，不再輾壓得他五臟六腑都痛。

「那明淵是誰的兒子？或者說，莫非明淵的生父亦另有其人……」

「沒有！」靖安侯驟然打斷他的話，胸脯起伏，呼吸急促。「你當然是我的兒子，怎麼會是別人的！你這樣胡亂猜測，就不怕傷為父的心嗎？這樣的話，以後我不想再聽你提到半個字！」

「兒子知道了。」

人人都說他是虎父無犬子，青出於藍而勝於藍。他不是父親的兒子，又能是誰的兒子？

「那麼明淵的親生母親呢，她是誰？在哪裡？」

「為父年輕時曾養過一個外室，你是外室生的。後來你生母過世了，為父就把你抱了回來。」

「可是母親當年的確生了孩子。」

「是，你嫡母那時候也剛剛生產，可惜你那個兄弟生來體弱，出生沒幾天就夭折了。那時候你沒了生母，你嫡母沒了孩子。為父想著外室子的身分對你不好，就把你抱了回來，當作是那個孩子養了。本想著這樣一來既解決了你出身的問題，又能不讓你嫡母傷心，誰想你嫡母心裡一直是清楚的……」靖安侯忍不住濕了眼眶。「剛才在家裡，我已經警告過你母親不許再針對你。明淵，這些年你受委屈了，就當是可憐你母親喪子之痛吧，希望你不要恨她。」

「原來如此。」邵明淵喃喃道。他竟然是外室子，所以才被嫡母恨之入骨……

可即便如此，有些事情，不是一個「恨」字就情有可原的。

「父親，明淵前段時間一直在追查一件事，剛剛才有了結果，正準備和您說。」

「什麼事？」

「父親請稍等。」邵明淵揚聲喊了一名親衛進來，低低交代幾句，親衛領命出去。

約莫半個時辰後，靖安侯看著被親衛帶進來的人吃了一驚：「沈管事？」

沈管事眼神閃爍，低下頭不敢看靖安侯。他旁邊一位身材高大的男子同樣一言不發。

靖安侯更加困惑，看向邵明淵。「明淵，你怎麼把沈管事帶來了？」

邵明淵身體還有些虛弱，靠著床頭淡淡道：「沈管事，把你知道的事跟侯爺說說吧。」

對上年輕將軍黑沉冰冷的眸子，早就得到過教訓的沈管事撲通一聲跪下來，抬手就給了自己兩個耳光，才哭道：「侯爺，老奴有罪！」

靖安侯還沒見過一上來給自己兩個耳光請罪的，一時大為詫異。

沈管事額頭貼地。「老奴真不敢通敵的，是夫人安排的！」

「什麼通敵，什麼夫人安排的？你給我一五一十說清楚！」靖安侯心中一個咯噔，抬腳把沈管事踹翻。

沈管事爬起來，倒竹筒般說起來：「年初的時候，少夫人不是被送往北地與二公子團聚嗎？夫人派老奴陪少夫人同去，私下交代老奴說，讓老奴想辦法把少夫人的身分和路線透露給齊人——」

「胡說！」靖安侯猛然一拍桌子，面色陰沉無比。沈管事嚇得一個哆嗦，不敢吭聲了。

邵明淵淡淡道：「父親何不聽他說完。」

「好，你給我說說，你是夫人的家奴，就算真想聯繫上齊人，從沒去過北地的你，又是如何做到的？」

沈管事埋頭道：「多年前夫人跟老奴說，要瞭解將軍在北地的情況，讓老奴安排人進軍營，老奴就安排了表弟謝武——」

沈管事旁邊的男子立刻低下了頭。靖安侯眼神如刀掃了謝武一眼。

沈管事繼續道：「三年多前，謝武受傷回來了，他在北地多年，對那邊很是瞭解……」

等沈管事從頭到尾說完，靖安侯臉色難看至極，深深看了邵明淵一眼。

「明淵，這件事事關重大……」

邵明淵打斷靖安侯的話：「所以兒子收集了很多證據。」

他揚聲：「邵知，把那些證據呈給侯爺過目。」

邵知捧著一個匣子進來，打開後一件一件取出來給靖安侯看。「這是謝武在北地畫的地形圖，這是謝武與沈管事的通信，這是謝武護送將軍夫人回京後，收到的江南一處田莊的地契，那個田莊經過幾手，實際上是夫人的陪嫁……」邵知把一個個證據擺在靖安侯面前，靖安侯一件件翻看，一字不落地聽，到最後已是面色鐵青。

靖安侯不由看向邵明淵。當年那個脆弱的小生命，長成了這樣的男兒，從容、冷靜、隱忍，當掌握所有情況後，又會毫不猶豫出擊，不讓對方有絲毫翻身的餘地。人證物證擺在面前，容不得他有一絲懷疑。

這樣優秀的孩子，卻和他的妻子，鬧成了這個樣子……

一陣氣血翻湧，靖安侯抬手按住胸口，說不出一句話來。

邵明淵依然表情平靜。「邵知，帶他們下去吧。」

等邵知把人帶走，邵明淵淡淡道：「這個謝武也有些古怪，不過目前還沒有更多的線索，所以我一直沒有流露過什麼，謝武和沈管事只以為我追查的是母親的事。」

靖安侯茫然點頭，示意知道了。

邵明淵看著兩鬢斑白的父親，心中一嘆。「怎麼處理母親的事，明淵交給父親作主，不過有一點兒子要跟您講清楚，從此之後，請母親不要再以孝道之名來干涉兒子的生活。」說到這裡，他自嘲笑笑，壓下翻湧的氣血。「我的生活，其實早被母親毀去了。」

從他對著結髮妻子射出那一箭起，他的後半生就被徹底摧毀了，他將永遠背負著良心債，不得安寧。

「明淵，你好好養著吧，你母親的事，我會處理的。」

靖安侯彷彿蒼老了許多，連走路都蹣跚起來。他幾乎是渾渾噩噩回到了靖安侯府。

「夫人呢？」

見侯爺臉色不對，丫鬟怯怯道：「夫人去園子裡散心去了。」

「請夫人回來，我在房裡等她。」

許久後，沈氏才不緊不慢走進來，一見到坐在窗邊的靖安侯便冷笑一聲。「怎麼，老二還活著？」靖安侯猛然看向她。他看過來的目光太冷，冷得讓沈氏打了個哆嗦，不由自主後退一步，而後惱羞成怒道：「侯爺這是做什麼？」

「妳們都出去！」靖安侯沉沉開口。

丫鬟們面面相覷，不由看向沈氏。這些年來，侯府的下人們都清楚，侯爺是個好脾氣的，對夫人決定的事從沒干涉過，特別是宅院裡的事，聽夫人的準沒錯。

「滾！」靖安侯爆喝一聲。從沒發過脾氣的人一旦爆發出來，足以把人嚇個半死，丫鬟們再也顧不得等沈氏點頭，低頭匆匆退了出去。

「侯爺心疼了？」沈氏在下人面前被掃了面子，語氣更冷。「那侯爺乾脆把我休回娘家啊，讓人們都看看，你為了一個外室子，把給你生養了三個兒子的嫡妻趕回娘家去了！」

靖安侯閉了閉眼，冰涼如水的目光落在沈氏面上。「我不會休了妳的。我會命人把西北角的那個院子收拾成佛堂，以後妳便在裡面禮佛吧，家中的事交給大郎媳婦。」

雖然二郎媳婦喬氏還是落在了韃子手中，並沒有走預定的路線，可沈氏派人與韃子聯繫的事實是抹不去的，往小了說是婦人無知，往大了說就是通敵！

有這樣的罪名，他如何敢把沈氏休回家去！

「憑什麼？」靖安侯的話讓沈氏大為意外，恨聲道：「二十多年的結髮夫妻，就因為那個外室子，侯爺便要軟禁我？侯爺的良心都被狗吃了嗎？」

靖安侯已是有氣無力。「我的良心，只能保證不把夫人勾結韃子的事捅出去。」

沈氏大驚。「侯爺這是什麼意思？什麼勾結韃子？那個小畜生和你說了什麼？」

靖安侯搖搖頭，把一匣子的物證遞給沈氏看。

沈氏一一看過，癱軟在椅子上。

好一個狠毒的小畜生，她給他送去一匣子信，他就回送她一匣子這個！

她當初怎麼就沒掐死他呢！沈氏恨得咬牙切齒。

「夫人收拾一下吧。」沈氏的反應讓靖安侯最後一絲希翼也破滅，心若死灰站了起來準備離開。二十多年的夫妻情分，他此刻何嘗好受？可這樣的事若不給明淵一個交代，他以後還有何顏面面對次子？

沈氏這才真的慌了，一把抓住靖安侯衣袖。「侯爺，你真的要我從此青燈古佛？」

靖安侯長嘆。「做錯事，總要付出代價。」

「做錯事？若不是侯爺當年弄出一個外室子來，我如何會走到今天？」

「放眼京城，不，放眼整個大梁，有外室子的何其多，卻沒有一人能做到夫人如此地步。夫人不必多說，今天把內宅的事和大郎媳婦交代一下吧。」

沈氏一顆心不斷往下沉。眼前男人多年的寬和，讓她忘了這個家終究還是以夫為天的。恐懼在沈氏心中蔓延，她慌忙道：「侯爺，大郎媳婦有著身子，這偌大的侯府猛然交到她手中，如何能管得過來？」

靖安侯無動於衷。「我記得夫人懷著大郎的時候就在管家。夫人已經管了這麼多年，如今也該歇歇了。」

「不、不，你不能這樣對我——」沈氏連連搖搖頭，無法接受這個事實。

靖安侯深深看著相伴多年的枕邊人，心中一陣陣刺痛。「還是說，要讓大郎、三郎他們都知道真相，連最後一塊遮羞布也給夫人扯下來？」

沈氏徹底絕望了。

邵景淵聽說母親從此要常住佛堂禮佛，忍不住去找靖安侯說情。

世子夫人王氏突然得到了管家權，彷彿被天上掉下來的餡餅砸中了，連孕吐都驟然減了許多，見此忙攔住。「世子身為人子，還是不要插手父母的事。」

「可是母親決心禮佛，定然是因為父親維護邵明淵被氣著了，父親只要表明態度訓斥邵明淵一番，再在母親面前說幾句軟話，母親定然就會回心轉意了。母親還不到五十歲，又不是守寡之人，怎麼能從此青燈古佛？這也太淒涼了。」王氏道：「我看侯爺這次是真的生氣了，世子若這個時候去勸，無異於火上澆油，說不準還讓侯爺對二弟更加愧疚心疼呢。」

已經落到她手中的管家權，她當然是要好好抓住。她都生了兩個兒子了，肚子裡還懷著一個，放到別人家早就開始掌家，讓老太太享清福了，偏偏她這位婆母把管家權抓得死死的，半點沒有鬆手的意思。她可不想再熬個十年八載，把自己熬成了婆。

邵景淵是個沒主意的，一聽媳婦如此說，當下熄了去找靖安侯的心思。

九十四　家書封封

冠軍侯府中，邵明淵聽說了靖安侯府的事，心中一片麻木，斜靠在床柱上把紅木匣子緩緩打開。

匣子裡的信灼痛了他的眼，他拿起來一封封看過，直到拿起一封紙張質地與其他信全然不同的，手忍不住一抖。

素雅的信箋，配著雅致的字。

這是喬昭寫給他的信！

邵明淵幾乎是顫抖著手把信打開。

「庭泉，提筆如晤。聞君白馬已踏邊關……君不必以我為念，而今遍地腥雲，滿城狼犬，稱心快意，幾家能夠。君所行之事，是為天下百姓謀福……望君珍重，早日凱旋。」

邵明淵一字字讀完，伸出雙手蓋住了臉。

原來妻子給他寫過信的，甚至比他寫下第一封信的時間還早。她讓他不要掛念她，她理解他的壯志，亦盼著他凱旋歸來。可她終於與他相見，盼來的卻是射入心口的一枝利箭。

他甚至，連一句話都沒對她說。

邵明淵一顆心疼得揪了起來，讓他無法站立，不得不緩緩蹲了下去。

那種說不出的悲傷與愧疚，幾乎要擊潰他的理智，讓他瘋狂。

嫡母是多麼瞭解他的人，用一封信讓他從此生無所謂，死無所惜。

腥甜的味道湧上來，一口熱血不受控制噴出來，而後是第二口，第三口……

聽到動靜的親衛嚇傻了眼，想起晨光的囑咐拔腿就跑。

接到消息的喬昭吃了一驚。「怎麼會又吐血？」

晨光哭得比孩子還慘。「說是將軍大人看到了將軍夫人給他的信，就吐了好多血。三姑娘，您快去救救我們將軍吧。」

喬昭匆匆趕往冠軍侯府，卻吃了個閉門羹。

「邵將軍說不見我？」

親衛忙解釋道：「不是不見您，將軍說想一個人靜靜，誰也不想見。」他這樣說著，卻一臉祈求，唯恐喬昭就這麼走了。

喬昭聽了一挑眉，才施過針又吐血，居然還跟她任性？

那封信到底寫了什麼，她自己都快不記得了，他就至於……

想到這裡，喬昭也說不清心裡是什麼滋味，板著臉道：「讓開。」

「將軍會怪罪的……」親衛話都沒說完，就刷地閃一邊去了。

喬昭：「……」這樣的屬下，真的好嗎？

她推門而入。屋子裡很安靜，邵明淵閉目躺著，聽到動靜聲音低沉地道：「出去。」

「是我。」喬昭開口，絲毫不受屋內低沉氣氛影響，抬腳走了過去。

邵明淵睜開眼，語氣淡淡：「黎姑娘。」

喬昭在一旁坐下來。「把手伸出來。」

邵明淵沒動。喬昭看著他。「我聽說邵將軍是因為看信才讓身體情況出現反覆。既然邵將軍不配合，那我就把那些信沒收了。」

嗯，她絕對不是因為好奇，她全都是為了邵明淵的身體著想。

邵明淵很快老老實實伸出手。喬昭伸手落到他腕上，把過脈，問他：「上次給你的驅寒丸還有麼？」

「沒有了。」

「吃完了？」喬昭眼睛一瞇。察覺喬昭神情不悅，邵明淵點頭。「嗯。」

喬昭睇他一眼，當即揭穿：「邵將軍給了靖安侯吧。」

「黎姑娘如何得知？」邵明淵尷尬之餘，好奇更甚。

「今天見到了靖安侯，發現他亦有寒毒在身，不過沒有你這麼嚴重。」

邵明淵眼睛一亮。「黎姑娘可否替家父診治？」

「可以。」喬昭應得痛快。

「那在下這就派人去和家父說一聲。」

喬姑娘面色平靜點頭。「嗯，邵將軍請自便。不過記得提醒令尊一下，到時候的治療方法和今天給邵將軍的治療方法是一樣的，希望他能適應。」

「一樣？」年輕的將軍呆了呆，面色微沉。「黎姑娘說的一樣，是指——」

「哦，要脫掉上衣。」喬昭波瀾不驚道。

邵明淵猛然咳嗽起來。

喬昭倒了一杯水遞過去。邵明淵喝了幾口水壓壓驚，頗有幾分狼狽對喬昭道：「不知黎姑娘還有沒有驅寒丸，在下想厚顏求一些給家父用。」

「不需要我替令尊診治了嗎？」

「不需要，不需要，還是等李神醫回來吧。」

喬昭暗暗好笑。

靖安侯的寒毒與邵明淵的不同，原本就不算嚴重，如果長期服用驅寒丸是可以緩緩祛除的，哪裡需要赤身驅毒。嗯，其實她就是瞧著這人都半死不活了還能想著別人，有些不痛快罷了。這種病人就知道添亂。

「既然如此，那就罷了。」喬姑娘一臉遺憾。

邵明淵心想，在黎姑娘眼裡，病人果然是沒有男女之別的，他先前竟以為黎姑娘對他是有些許不同，實在慚愧。

「那邵將軍寬衣吧。」

邵明淵不禁抓住了衣襟。「我……」

喬昭臉一沉。「難道邵將軍覺得，我看到你的身體，是在占你便宜嗎？」

「不是，是在下……太古板……」邵明淵想了想，找不到更合適的說法。

喬昭無聲看著他，邵明淵被看得頗不自在。她嘆了口氣。「邵將軍，你是在抗拒治療嗎？」

「我沒有。」他只是沒法在一名年輕姑娘面前寬衣，哪怕這個女孩子一直強調自己是大夫。

「你有。我在你眼中，看不到求生的意志。」喬昭一語道破。

這個笨蛋，他或許沒有自殺的念頭，但也沒有求生的欲望，大概就是順其自然過一天算一天。他是和尚嗎？就算是和尚，也沒有真的盼著早登極樂。

邵明淵頓時沉默了，喬昭跟著沉默。

不知過了多久，喬昭先開口：「因為那些信？」

她其實理解邵明淵的痛苦，靖安侯夫人沈氏，說是心如毒蠍也不為過。別說是邵明淵，即便是她，知道今天的事後，那一匣子信就成了壓在心頭的小山。眼前這個人，似乎也不再是一個讓她想起來就又惱又怨、代表著丈夫這個名頭的符號了。

他曾經給她寫過一封封家書，她若是能收到，早早就能積滿一匣子了。有她的回信，他也許會寫得更多。不知為何，思緒飄到這裡，喬昭心中驀地一酸。

當時她要是就這麼死了，那可怎麼辦呢？

因為知道了，所以才知道，如果永遠不知道會是多麼遺憾。

喬昭抬手，輕輕按了按眼角。

「黎姑娘……」邵明淵輕輕喊了一聲。

「邵將軍是見慣生死的，應該比我更明白，只有活著才有無限可能。人死了，便什麼都沒了。」這樣的大道理，她本來不必要講，可誰讓眼前這個笨蛋似乎鑽牛角尖了呢。

邵明淵慘澹笑笑。「黎姑娘說得是，人死了，就什麼可能都沒了。」

他的妻子死了，所以他再沒有了照顧她、保護她，甚至……愛她的可能。

「那也不一定。」喬姑娘伸手，落在邵明淵衣襟上。她的語氣有些奇怪，讓邵明淵一時之間忘了反應，直到獨屬於少女柔軟的指腹落到衣襟上，才如夢初醒。

「我自己來，呃，不，讓晨光來吧。」意識到屋內二人獨處，邵明淵忙走到房門前，伸手打開了門。

晨光一個趔趄衝了進來。

邵明淵眉頭一跳，強忍著把這偷聽的混帳再踹出去的衝動，淡淡道：「給我寬衣。」

小半個時辰後，喬昭收起銀針，提筆開了一個藥方交給一旁親衛。「邵將軍近來情緒波動太大，於病情恢復不利，我開了個寧心靜氣的方子，邵將軍記得按著方子抓藥喝。」

她語氣溫和，諄諄叮嚀，邵明淵一時有些恍惚。彷彿眼前的女孩子不是尚未及笄的小姑娘，而是成熟睿智的女子。

「邵將軍明白了麼？」

邵明淵回神，點頭道：「明白了。」

喬昭起身。「那我就回去了。」

「好，今天勞煩黎姑娘了。」

邵明淵欲要起身，被喬昭制止：「邵將軍不必多禮，你能好好休養，對大夫來說，比什麼都強。」邵明淵看著少女一本正經的樣子，莫名有些想笑。

喬昭走到門口，回頭道：「邵將軍，明天見。」

邵明淵一愣，而後道：「明天見。」

直到喬昭走了，他還在沉思，黎姑娘對他的態度好像和以前不大一樣了。

九十五　蛛絲馬跡

邵明淵吐血昏倒的事並沒有傳出去，擺在江遠朝桌案上的，是喬昭一天之內進出冠軍侯府兩次的情報。江遠朝用手指一下一下敲打著桌案。

在南方時，黎姑娘認識了長容長公主府的公子池燦、留興侯府的世子楊厚承、泰寧侯府的世子朱彥，回到京城又認識了冠軍侯邵明淵、喬家的公子喬墨。

這丫頭究竟有什麼特別的呢，能讓這些人另眼相待？

想到這裡，江遠朝啞然失笑。

黎姑娘也認識了他，他又何嘗不是莫名就分出一部分注意力放在她身上呢？

也許有些人生來就比旁人耀眼，猶如驕陽，吸引著人們的視線。

比如……他的腦海中緩緩浮現出另一道倩影。

自從與義妹定了親，他已經鮮少去想那個人了，不是忘記，而是似乎連想念的資格都失去了。

叩門聲傳來。「大人。」

「進來。」江遠朝收回思緒，面上波瀾不驚。

一名下屬走進來。「大人，刑部尚書府有了動靜，寇尚書的長子寇伯海親自去了冠軍侯府。」

「寇伯海去了冠軍侯府？」江遠朝眸光一閃。「這麼說，是關於喬公子被寇伯海的妻子毛氏暗害一事了？行了，我知道了，繼續盯著吧，有情況速速來報。」

下屬走到門口，江遠朝開口：「讓江鶴來見我。」
不多時江鶴小跑進來。「大人找我？」
江遠朝沉默了一會兒，道：「黎姑娘那邊，你繼續去盯著吧。」
「咦，大人不是說以後不盯著黎姑娘了嗎？」
「多話！」江遠朝臉一沉。
他後悔了不行嗎？對，他就是反悔了。原先是出於私人的興趣對那個小姑娘多留意了一些，可是現在，這個小姑娘隱隱結了一張網，網住了許多關鍵人物。
他有種預感，黎姑娘一定不是表面上看起來那麼簡單。
既然與公事有關，他當然可以反悔了。
不知為什麼，江遠朝忽然就很想知道小姑娘發現被錦鱗衛又盯上後的反應了。
或許會指著他的鼻子大罵吧。
「還不快去！」
「屬下這就去！」江鶴暗暗撇了撇嘴。
都說人逢喜事精神爽，怎麼他家大人自從定了親，脾氣反而越發陰晴不定了呢？不過也是，江大姑娘那脾氣實在不是普通男人能消受的，他家大人這樣算是好的了，要是換成他，恐怕直接暴走了。
「若是再被黎姑娘發現……」
江鶴腰桿一挺。「大人放心，屬下最近努力提高了潛伏水準，要是再被黎姑娘發現，您儘管罰屬下去刷馬桶好了！」
「呵呵，出去吧。」江遠朝一笑，心情莫名好了起來。

這笨蛋被黎姑娘發現不是必然嗎，看來以後刷馬桶的差事有人幹了。

❦

邵明淵按著喬昭的吩咐老老實實吃了藥，一覺睡醒，就有親衛來報：「將軍，刑部尚書府的大老爺過來了。」

「人在哪兒？」

「正在門廳裡喝茶呢。」

「什麼時候來的？」

「有兩刻鐘了，屬下們想著您在休息，就沒打擾您。」

那位大老爺雖然算是將軍大人的舅父，但什麼也沒將軍的身體重要。反正等等也不會掉一塊肉，將軍要是責罰，他也認了。

「把寇大老爺請到會客廳去。」

邵明淵穿好外袍，整理一番瞧不出一絲病容，這才抬腳走了過去。

寇伯海已經等得心煩意亂。

冠軍侯這是什麼意思？他好歹是長輩，就這麼把他晾在一邊？

最近家裡已經讓人焦頭爛額，調查毒藥來源的事遲遲沒有進展，雷雨夜那個「女鬼」留下的白綾帕子，又成了一家人的心病。

臨來前，父親便叮囑他，若是冠軍侯熱情恭順依舊，那麼當著他的面就不必提毛氏下毒的事，私下讓喬墨認一下白綾帕子上的筆跡就行了。倘若冠軍侯態度冷淡，那就證明他對喬墨在尚書府的遭遇心知肚明，這樣的話，就把毛氏的事和盤托出，以免冠軍侯誤會更深。

如今看來，冠軍侯是真的知道了什麼，當初才執意把喬墨接走。

廳內沒有丫鬟，就連茶水都是親衛端上來的，幾名高大威猛的親衛站在廳裡，讓寇伯海越發坐立不安。冠軍侯總不會為了喬墨對他下手吧？他可是他的舅父！

可話又說回來，聽說冠軍侯在北地殺人都不眨眼的，這樣的人，誰知道會不會凶性大發……

寇伯海抬起袖子擦擦汗，就聽腳步聲傳來，幾名親衛立刻挺直腰桿低下頭，齊聲道：「將軍！」

一身白袍的邵明淵走進來，語氣淡淡：「讓舅父久等了，明淵剛剛有些事，沒能脫開身。」

「不妨事，不妨事。」寇伯海忍不住站了起來。

邵明淵走過去，從容點頭。「舅父請坐，不知舅父今日過來何事？」

寇伯海暗暗舒了口氣，心卻一直是提著的。「今日過來，是有些事要與侯爺和我那外甥喬墨講講。」

邵明淵側頭吩咐親衛：「去請喬公子過來。」

「是。」

親衛領命而去後，邵明淵一時沒有開口，寇伯海頓覺有些緊張。冠軍侯回京後第一次上門，給他的感覺就是一個低調、謙遜的名門公子，半點壓迫感都無。怎麼這次一見，就讓讓人心裡發毛呢？

「舅父喝茶。」邵明淵端起茶盞，淺淺啜了一口。

微苦的茶水順著喉嚨淌下，讓灼熱的喉嚨緩解幾分。

對妻子的親友，他當然會很尊重，可是當這些人去傷害妻子的至親時，那他的尊重就無從談起了。在這些人面前，他可以是晚輩，也可以是冠軍侯。

對於武將，文人本就有些怵頭，當面對武將中的第一人時，那感覺就別提了。

寇伯海不自在地挪動一下身子，聽到傳來的腳步聲才暗暗鬆了一口氣。

「舅父。」喬墨走進來，對寇伯海行禮。

若是往常，寇伯海自是坐得住，可這個時候邵明淵給他的無形壓力太大了，便不由自主站了起來。「墨兒來了，快坐吧。」

喬墨依言坐下來，看著神情忐忑的舅舅，心中輕嘆。

不論大舅母下毒是為了什麼，他與外祖家的關係，終究是回不去了。

「墨兒，你的身體還好吧？」

「多謝舅父關心，已經好了很多。」

「那就好，那就好。」寇伯海想提毛氏下毒的事，面對兩個晚輩，那些話像是堵在了喉嚨裡，好半天不知道從何說起。

都是那個毒婦做的好事！

「侯爺、墨兒，你們可能不知道，你們的大舅母瘋了。」沉默下去不是辦法，寇伯海猶豫良久，還是硬著頭皮說了出來。一說完，他臉上頓時火辣辣的難堪。

妻子毒害親外甥，還成了瘋婆子，這樣的家醜他本來是想瞞一輩子的，如何對人說得出口？偏偏父親囑咐他不要對冠軍侯有所隱瞞。

「舅母怎麼會瘋了？」雖然早就知道毛氏的下場，喬墨卻不好表現出來，遂順著寇伯海的話問道。

寇伯海老臉通紅，慚愧道：「墨兒，是舅父對不住你，你大舅母鬼迷心竅，竟然對你下毒！」開了口，後面的話就容易說了。

他把事情來龍去脈簡單講過，深深嘆了口氣。「目前家裡正在查毒藥來源，不過進展不大。

我今天過來，是有一樣東西要你看一下，或許能從這上面找到突破口。」

喬墨與邵明淵對視一眼，而後面色平靜道：「不知舅父要我看的是何物？」

寇伯海從懷中掏出一方折疊整齊的白綾帕子，神情鄭重遞給喬墨。「墨兒，你瞧一瞧這帕子上的筆跡，可認得？」

喬墨接過白綾帕子，打開後只看了一眼，面色大變，失聲道：「大妹？」哪怕是家遭慘禍在人前依然冷靜從容的喬大公子，猛然站了起來，語氣急切：「舅父，這白綾帕子是從何處得來？」邵明淵詫異看了喬墨一眼，目光不由落在白綾帕子上，觸及到帕子上的血字，便是一怔。

這字跡如此熟悉，他不久前才看到過，是妻子那封家書。

「墨兒，這帕子上的字跡，你認出來了？」

喬墨緊緊捏著帕子，唇色發白。「如何會不認得，這是我大妹昭昭的字跡啊！」

邵明淵心中一緊，深深看向喬墨。

白綾帕子是黎姑娘交給晨光的，上面的字跡為何會與亡妻的字相同？

「果然沒有認錯！」寇伯海嘆了口氣，神情茫然。「你大舅母是被嚇瘋的，說下雨的那個晚上在窗外見到了女鬼。這條白綾帕子就是那個女鬼留下來的。」

「女鬼留下來的？」

「所以這事才蹊蹺啊。你大舅母瘋了後，一直說昭昭來找她報仇了，可這世上怎麼會有鬼？偏偏這條帕子上的字跡確實是昭昭的。我們原先還想著是記差了，這才來找你確認。」

喬墨猛然看向邵明淵。「昭昭……」

嚇瘋大舅母的幕後之人他是知道的，就是黎姑娘啊！

邵明淵心中也早已是驚濤駭浪。二人視線相觸，俱是驚疑不定。

「侯爺，墨兒……」寇伯海出聲，打斷了二人的對視。

喬墨回過神來，勉強笑笑。「抱歉，舅父，我一時失態了。」

「這也怪不得你，事情實在太離奇了，莫非這世上真有鬼魂存在？」

寇伯海問出這句話，廳內三人一時沉默下來。

「查找毒藥來源的事，舅父是否需要明淵幫忙？」邵明淵打破了沉默。

「呃，不勞煩侯爺了，今天來就是想確定一下帕子上的筆跡。」寇伯海婉拒，對喬墨道：「墨兒，你舅母已然瘋了，還望你不要因為這件事和外祖家疏遠了，這幾天你外祖父和外祖母心裡都很難受。」

「墨兒明白，請舅父轉告外祖父和外祖母，讓兩位老人家不必往心裡去。」

「那就好，那我就先回去了。」寇伯海心中微鬆，轉而對邵明淵道：「家中醜事讓侯爺見笑了，還望侯爺能代為保密。」

「這個自然。」邵明淵心裡亂糟糟的，胡亂應付著。

見寇伯海準備離開，喬墨忍不住道：「舅父，那條白綾帕子，可否給墨兒留下？」

寇伯海猶豫了一下。

邵明淵不動聲色開口：「我或許可以從帕子質地等方面查一查來源，說不定就能解開女鬼謎團。」寇伯海一聽，便鬆了口：「那好，帕子就先留下吧，一旦有女鬼的消息，勞煩侯爺傳個話。」

寇伯海離去後，喬墨握著白綾帕子，看向邵明淵。「侯爺那日是說，女鬼是黎姑娘命您的屬下假扮的吧？」

「嗯。」

「那麼，這條白綾帕子……？」

「我派人去請黎姑娘過來。」邵明淵沉默片刻，吐出這麼一句話，而後對親衛道：「去把黎姑娘今天開的藥方拿過來。」

九十六　呼之欲出

喬昭接到邀請有些驚訝，問晨光：「邵將軍病情又反覆了？」

「沒有啊，將軍大人就是請您過去。」

「這樣啊，那你告訴來送信的人，我今天還有事，明天再過去。」

一天跑三趟冠軍侯府，實在有些過分了。

「三姑娘……」晨光一臉哀求。

「去吧。」喬昭無動於衷。

晨光一出院門就抽了自己一下。叫你嘴賤，說什麼大實話啊！

晨光無奈，親自跑了一趟冠軍侯府。

「黎姑娘有事？」發現人沒請來，邵明淵和喬墨一起盯著白綾帕子，連吃飯的胃口都沒了。

「有什麼事？」邵明淵問。

晨光被問得愣住。姑娘家有什麼事，他怎麼知道！他只是車夫，不是丫鬟啊。

「黎姑娘出門了？」邵明淵再問。

「沒出門。」

年輕的將軍眉頭鎖起來。「沒出門能有什麼事？」

繡花？裁衣？總覺得黎姑娘不像這種人啊。

「大概，也許，是三姑娘覺得今天已經來了兩次，不想再跑吧。」晨光猜測道。誰讓您每次脫衣服都不情不願的，三姑娘肯定是生氣了。

「再去請。」

「將軍？」晨光傻了眼。

三姑娘是個有主意的，人家不來，他怎麼請啊？

邵明淵以拳抵唇，輕輕咳嗽了兩聲：「就說我又吐血了。」

「這……」晨光有些犯難。將軍大人睜眼說瞎話不太好吧？

「快去。」邵明淵冷冷睃了他一眼。

晨光立刻身子一正。「卑職領命。」

喬昭正坐在樹下吃楊梅。新鮮的梅子酸甜爽口，指尖唇上俱都染上了淡紫色。

一聽說邵明淵又吐血了，她顧不得收拾，急匆匆趕了過去。

一日之內吐血三次，那事情就嚴重了。明明不應該啊，難道她叮囑他喝的藥，他沒有喝？

「邵將軍怎麼樣了？」快步走進屋子，喬昭一眼就看到了默立在窗前的喬墨。

喬墨轉過身來，與喬昭視線交會。他久久望著喬昭，眸光晦澀，猶如深潭。

「喬大哥？」喬昭被喬墨看得有些不解，一偏頭便看到了站起來的邵明淵。

喬昭更是意外，仔細打量了邵明淵一眼，道：「邵將軍，你氣色還好，怎麼會再次吐血？」

「呃……」邵明淵張了張嘴。坦白還是繼續撒謊，這是個大問題。

「邵將軍請把手腕伸出來。」

「其實這次請黎姑娘前來，是有些別的事。」一聽要伸出手腕，某人立刻決定坦白。喬昭視線落在邵明淵面上，盯了好一會兒，淡淡道：「這麼說，邵將軍並沒有吐血？」

他居然會撒謊了，虧她還心急火燎地趕過來！

邵明淵的目光蜻蜓點水般從少女唇角掃過，老老實實認錯：「抱歉，實在是有急事找黎姑娘。」黎姑娘是正吃著東西趕過來的吧？吃的好像是梅子……

喬昭臉發黑。有急事就可以利用醫者對病人的關心了？

算了，她暫且不和他計較。

「邵將軍究竟有何急事？」

邵明淵見喬昭不再追究，暗暗鬆了口氣，不由看向喬墨。

喬墨走過來，把白綾帕子推到喬昭面前。「這是黎姑娘的東西嗎？」

喬昭沒有否認。「是。」

喬墨把帕子攤開，露出上面的血字，語氣凝重：「那這字呢？」

「也是我寫的。」喬昭知道這是無法否認的事，遂大大方方承認。

喬墨眼神一緊，上前一步。「黎姑娘可否寫幾個字，讓我看看？」

「不用了。」邵明淵開口。

喬墨看向他。

邵明淵把一張藥方遞給喬墨。「這是黎姑娘才開過的藥方，舅兄可以看一下。」

喬墨盯著藥方目不轉睛，上面的墨跡彷彿還沒有乾徹底，仍能嗅到淡淡的墨香。

良久後，他把藥方與白綾帕子並排而放，視線落在喬昭面上。「黎姑娘，能不能解釋一下，為何妳的字跡與我大妹的字跡如出一轍？」

喬昭抿了抿唇。

她和大哥感情雖好，其實相處的時間並不多。在大哥面前，她從來沒打算遮掩什麼，心底深處未嘗沒有期盼過，大哥能像李爺爺那樣從各種細節上對她產生懷疑，從而水到渠成相認。

可是，現在到了那個時候了嗎？

喬昭忍不住瞥了邵明淵一眼，心中莫名緊張起來。借屍還魂，雖然李爺爺能夠相信，她卻沒信心大哥會相信，更沒信心邵明淵會相信。

當然，邵明淵相不相信，她才不在意，然而對大哥她不敢賭。

她與李爺爺沒有任何利益牽扯，李爺爺也不是考慮這些的人。可是大哥不同，家裡一場突如其來的大火，大哥不可能不多想。

「黎姑娘模仿我大妹的筆跡，不知有什麼目的？」喬墨薄唇輕啟，問出這句話。大妹的死，是他心裡一道傷，無論黎姑娘一開始給他留下的印象多麼好，他都無法容忍有人藉著大妹的名頭謀求什麼。

比如……喬墨輕輕掃了冠軍侯一眼。

比如冠軍侯夫人的位置，比如那場大火掩蓋的東西。

喬墨目光淡淡看著眼前的少女。這是一個太聰明的女孩子，她憑著與大妹的相似之處，能輕而易舉走近他，打破他的心房。可是，這些相似之處只是巧合，還是人為呢？

一場大火，轉眼間家破人亡，如今連外祖家都靠不住，還有什麼可以相信的？站在面前的這個女孩子，究竟是她自己，還是某方勢力培養出來的？

「目的？」儘管有預感兄長不會輕易接受借屍還魂的事實，可聽到喬墨這麼問，喬昭彷彿又體會到了那日站在燕城城牆上，利箭穿心而過的劇痛。

她疼得呼吸一窒，眼淚一下子流了下來。

哭了？喬墨傻眼了。怎麼就哭了，他準備了那麼多問題，才問了一句話！要是有哪方勢力推出這樣一個女孩子來，實在是太陰險狡詐了，這樣一哭，讓人還怎麼問？

對著兄長哭無所謂，可旁邊還站著邵明淵，喬姑娘就覺得有些丟臉了。她抬手擦了擦眼角，瞪了邵明淵一眼。

年輕的將軍一臉無辜。他什麼都沒有說！

面對哭泣的少女，兩個大男人一時有些傻眼。

「呃，黎姑娘別哭，我就是隨口問問……」不知為何，明明心中懷疑眼前少女目的不純，可看著她的淚眼，喬墨頓覺心口悶悶的。

喬昭一聽，更是難受。隨口問問？大哥明明是在懷疑她，怎麼會是隨口問問？

今天第一次過來時，大哥對她態度就很冷淡，她早就察覺了。

喬姑娘委屈極了，抬手擦淚。

喬墨向邵明淵投去求救的眼神。

邵明淵硬著頭皮開口：「黎姑娘……」

「嗯？」少女抬眸。

「我、我覺得有些頭暈，妳能幫我再看看嗎？」話說出口，邵明淵恨不得咬掉自己的舌頭。他都說了些什麼亂七八糟的。

喬昭卻恢復了平靜。「好。」她不再看喬墨，伸手替邵明淵把了脈，認真端詳著他的臉色。

她的認真，讓喬墨莫名有些內疚。難道他真的想多了？可是這世上怎麼會有與大妹如此相像的人？即便有，字跡也不可能一樣，除非是刻意模仿過！

想到這裡，喬墨剛剛軟下來的目光又恢復了清冷。無論如何，對黎姑娘他以後還是遠遠避開為好。

「邵將軍失血過多，吃一些補氣血的就好了。」喬昭問邵明淵：「什麼東西補氣血，邵將軍應該知道吧？」

「知道。」

「不用我寫藥方了？」居然還把藥方拿出來給大哥當證物！

邵明淵尷尬笑笑。

「既然邵將軍沒事，那我就回去了。」

邵明淵看了喬墨一眼，見他面容平靜，心中一嘆。「我送黎姑娘出去。」

他把人騙來，結果鬧成這個樣子，實在過意不去。

喬昭沒吭聲，抬腳往外走。

此時已是下午，暑氣尚未完全褪去，天也是大亮的，光線晃得人有些刺眼。

「黎姑娘先等等。」邵明淵轉身回去，不多時大步走出來，手中多了一柄輕巧薄透的竹傘，撐開遞給喬昭。「日頭還大，今天辛苦黎姑娘了。」

喬昭忽然就想起那日在雨中，還是眼前的人，用樹葉編了一頂草帽替她遮雨。他替她遮雨，亦替她遮陽，只可惜她不是喬昭了，兄長對她處處提防，相認遙遙無期。

喬昭緊緊握著竹傘，頓時淚如雨下。

邵明淵手足無措。「黎姑娘……」

他就是遞了一把傘，為什麼又哭了？

「你別說話。」少女音色嬌柔，鼻音重重。

「唔。」邵明淵老老實實閉嘴。

二人站在合歡樹旁，粉白相間的合歡花被風一吹，飄飄蕩蕩拂過二人的衣襬。不少親衛悄悄探頭張望，一個個打了雞血般激動。天啦，他們的將軍大人終於鐵樹開花了！這是不是意味著他們很快就有將軍夫人了？有了將軍夫人替他們張羅著，他們這些老光棍也能很快娶上媳婦了？

「黎姑娘好像在哭呢，將軍大人是不是把人家惹哭了啊？」

「別亂說，黎姑娘一定是感動的，將軍大人還知道拿傘給黎姑娘遮陽呢，多體貼。」這些隱在各處的親衛議論聲雖小，奈何邵明淵耳力太好，面對哭鼻子的少女無可奈何，對這些屬下還是威懾力十足的。

他的目光冷冷一掃，親衛們頓時作鳥獸散。

「你對女孩子都這麼好？」喬姑娘哭夠了，淚眼望著面前身材高大的男子。

邵明淵錯愕不已。

他沒有啊。他長這麼大，就認識黎姑娘一個女孩子，就連自幼定親的妻子還是在燕城城牆下第一次見到的。這個樣子就叫對女孩子好嗎？年輕的將軍不確定地想。

可在不上戰場、不訓練的時候，他對下屬也這樣的。當然給下屬們拿傘是沒有的，那些傢伙都皮糙肉厚，用不著。

見他沉默，喬昭心中驀然一酸。

果然是這樣，大哥對她的接近百般猜忌，而邵明淵趁她屍骨未寒，就開始勾搭小姑娘了！

「邵將軍請留步吧。」喬昭沉著臉轉身就走，走出數步回過身來，把竹傘往邵明淵手中一塞，掉頭離去。

晨光恨鐵不成鋼地咧咧嘴，趕忙跟上。

邵明淵看著手中的竹傘，一頭霧水搖搖頭，轉身回屋。

「黎姑娘走了？」喬墨問。

「嗯。」

「她有沒有跟侯爺說什麼？」

聽喬墨這麼一問，邵明淵仔細想了一下。好像就問了他一句是不是對女孩子都這麼好。

可是這話告訴舅兄似乎不大合適。

邵明淵搖頭。「沒說什麼話，黎姑娘又哭了。」

「呵呵。」喬墨輕笑一聲，見邵明淵眼帶疑惑，語氣唏噓道：「愛哭這一點，倒是和我大妹很不一樣。」印象裡，大妹鮮少哭鼻子。

邵明淵沉吟片刻，問道：「黎姑娘真的和……喬昭很像嗎？」

喬墨深深看他一眼，點頭道：「很像，有的時候我甚至會產生她就是大妹的錯覺。那時我只是感慨人有相似，可是今天看到黎姑娘的字，才知道事情沒這麼簡單。就算人有相似，也沒有連字跡都一樣的。這只能說明，黎姑娘在刻意模仿！」

「刻意模仿？」不知為何，邵明淵眼前就晃過少女那雙含淚的眸子。許是被淚水洗過，那雙眼睛顯得更加清澈明亮。擁有這樣一雙眼睛的人，會是心機深沉之輩嗎？

在北地接觸的敵軍奸細不在少數，邵明淵懂得人不能看表面的道理，但他的直覺往往是很準的。黎姑娘不像是舅兄想的那種人。

「黎姑娘還小，如何能刻意模仿沒有接觸過的人呢？」

喬墨苦澀笑笑。「所以事情才更不簡單。」如果不是因為今天看到與大妹一模一樣的筆跡，給他敲響了警鐘。黎姑娘會憑著與大妹的相似之處，一步一步走進他的生活，那樣的話，他死死守住的那些東西，焉知會不會被有心人得去呢？

「舅兄或許想多了。」邵明淵勸道。

喬墨看著邵明淵，意味深長道：「也許是侯爺想少了。」

冠軍侯對黎姑娘動心了嗎？在他大妹過世還不到一年的時候。

想到這一點，喬墨心情更糟。明明察覺那個女孩子別有用心，為何他想到那個女孩子哭泣的模樣，心裡會難受呢？所以說，他一定是被蠱惑了！

喬墨暗暗說服自己，反正是不能心軟的。對，堅決不能心軟。死去的就是死去了，活著的人再像，也不是他妹妹。

邵明淵心思通透，喬墨這麼一說，他很快就明白了其中意味，神色鄭重道：「確實是舅兄想多了，明淵曾經說過的話，不會變。」

喬墨看著邵明淵，心中嘆氣。

說過的話不會變，並不代表不會動心啊，這個傻小子！

九十七　當局者迷

回去的路上，喬昭已經神情平靜，全然看不出哭過的痕跡。

晨光悄悄告訴冰綠：「三姑娘心情有些不好，妳多勸著點兒。」

「為啥呀？你們將軍欺負我們姑娘了？」

「怎麼可能。」晨光斷然否定，心道，妳們姑娘不欺負我們將軍就不錯了，都把我家將軍看光了，將軍大人愣是一聲沒敢吭。

「肯定是你家將軍欺負我們姑娘了。哼，我家姑娘才不愛哭呢。」冰綠狠狠剜了晨光一眼，扶著喬昭下了馬車。

這個時候，西府的大廚房已經開始準備晚飯，走在院子裡能看到裊裊炊煙飄散著飯菜香味，滿滿的人間煙火氣。喬昭立在青石路上，深深吸了一口氣。

「姑娘，餓了吧？」冰綠問。

喬昭一笑。「是呀，餓了，去太太那裡看看有什麼好吃的。」

何氏一見喬昭進來，有些意外，而後滿心歡喜。「昭昭來了，快到娘這裡來坐。」

喬昭意外發現黎光文也在，給二人見了禮。

黎光文頗有些狼狽站起來問道：「昭昭吃飯了沒？」

喬昭被問得無語，這個時候大廚房才開始準備，她去哪裡吃晚飯？

目光落在黎光文泛紅的耳朵上，喬昭眨眨眼，後知後覺意識到老爹這是害羞了。

黎光文確實是害羞了，這麼多年與何氏相敬如冰，乍然被女兒撞見與何氏一起坐等晚飯，總有種很尷尬的感覺。

「哦，吃過了。」意識到打擾到了父母二人難得的獨處時間，喬昭很識趣，便要告辭。

何氏一把拉住她，嗔道：「在哪裡吃過了？娘瞧著妳小肚子還是平的呢，定然沒有在外面吃過。乖女坐下，今晚和爹娘一起吃。」

喬昭聞言心一熱，挽著何氏手臂道：「娘，我想吃紅燒獅子頭。」

她其實早就不可能是純粹的喬昭了，只是一直不願意承認罷了。

「好，那咱們就吃紅燒獅子頭。」何氏親暱地捏了捏喬昭臉蛋，揚聲道：「方媽媽，去做一道紅燒獅子頭來，三姑娘想吃。」

「紅燒獅子頭要準備很久，會趕不上晚飯的。」黎光文不識相地提醒道。

妻女齊齊看過來。黎光文一頭霧水撓了撓頭髮。看他做什麼？他又沒說錯啊。

何氏白了他一眼。「老爺真是的，閨女想吃紅燒獅子頭，那今天就肯定能吃上，大不了當宵夜好了。」

「可是紅燒獅子頭太油膩，不好消化，當宵夜會對胃口不好……」

何氏：這肯定不是她喜歡了十幾年的夫君！

喬昭：母親居然能一直愛著這樣的父親大人？

不知為何，看著黎光文與何氏大眼瞪小眼的樣子，喬昭鬱悶的心情陡然消散了幾分。

「要不然我去買吧，百味齋的紅燒獅子頭味道不錯呢。」黎光文抬腳便走。

喬昭忙把他攔下。「其實吃什麼都是一樣的，能和父親、母親一起用飯，我就覺得開心了。」

「看昭昭多會說話。」何氏忙拉著黎光文坐下。

嗯，其實難得與老爺相處，老爺要出門她還是有點捨不得的，還是閨女貼心啊。

黎光文慌忙甩開何氏的手，飛快瞥了喬昭一眼，斥道：「拉拉扯扯像什麼樣子！」

喬昭抿唇笑了。

到了用飯的時候，紅燒獅子頭到底是沒有及時端上來，一家三口也不介意，其樂融融吃飯。

何氏沒有養成食不言寢不語的習慣，不時給黎光文與喬昭夾菜閒聊。

黎光文忍無可忍道：「妳這樣會——」何氏直接打斷他的話：「我知道，會影響消化嘛，可是難得與女兒一起吃飯，影響消化怕啥？」

看著認認真真吃飯的小女兒，黎光文抬手摸了摸鼻子。媳婦說得居然挺有道理。

人都是會被氣氛感染的，他忍不住加入了聊天的隊伍：「嗯，妳東府的大伯父回來了。」

喬昭筷子上夾著的蝦丸直接掉了回去。

「就說吃飯不能說話！」黎光文懊惱道。

喬昭把蝦丸夾回碗中，不動聲色笑笑。「是蝦丸太滑了。父親說東府的大伯父回來了？他不是去南方了嗎？」身為刑部侍郎的東府大伯父黎光硯，被天子封了欽差前去嘉豐查喬家大火一案，這位大伯父今天回來了？那麼查案結果如何呢？她家那場大火，究竟是天災，還是人禍？

這些日子黎光文早就被小女兒培養出了愛講故事的天賦，聞言立刻道：「才回來的，沒有進家門直接去衙門整理案卷去了。」喬昭有些失望。這麼說，事情結果如何父親也不得而知了。

她頓時沒有了食欲，不過在父母面前還能沉得住氣，不動聲色把一頓飯吃完，回到屋子裡一陣反胃，全吐了出來。

冰綠慌了神忙問：「姑娘怎麼了？」

「沒事。」喬昭接過阿珠遞過來的蜜水漱了口，胃裡舒服了些。「妳們下去吧，我要歇了。」

一夜無眠。

喬昭早早就起身，穿戴妥當，熬到時間差不多，趕去了冠軍侯府。

想要知道東府大伯父帶回來的情況，邵明淵的消息絕對會比尋常人靈通得多，更何況大哥也住在冠軍侯府。依照她的推測，大火的事無論結果如何，朝廷裡今天都很可能把大哥叫去的。

「黎姑娘早。」邵明淵目光落在少女眼下陰影上。

黎姑娘昨夜沒睡好？他還以為昨天她那樣傷心，今天不會過來了。

「邵將軍早。」

氣氛冷下來。邵明淵輕咳一聲問道：「那開始施針嗎？」

站在牆角的晨光暗暗鬆了口氣。將軍大人進步了，已經知道主動脫衣服了！

「昨天施了兩次針，今天不用再施針了。」

邵明淵揚了揚眉。那黎姑娘今天過來是為了什麼？該不會——是來接著哭的吧？

一想到這個可能，年輕的將軍陡然緊張起來。女孩子哭起來真的太讓人無所適從了！

「邵將軍氣色不大好，是不是沒吃我開的藥？」

「吃了。」唯恐把眼前的少女惹哭了，年輕的將軍忙點頭。

少女秀氣的眉擰了起來。「那就是藥沒熬好，我今天過來給邵將軍熬藥。」

「邵將軍有所不知，熬藥也是很講究的，火候、份量，乃至離火的時間……」

「好。」

喬昭愣了愣。她還沒解釋完就接受了？

邵明淵默默想：只要妳不哭，怎麼樣都好。

「那邵將軍命人把小爐子搬來吧。」

「搬來？」

「對，我打算在廊下熬，廚房裡太熱了。」

邵明淵很想說可以在廚房裡放冰盆，不會熱，可最終還是什麼都沒說，照著喬昭的要求安排下去。廊下通風，喬昭搬了個小杌子坐在小爐子旁盯著藥，手中扇子有一下沒一下地搧著，搧著搧著便開始走神。

絲絲涼意傳來。

「黎姑娘，妳可以離爐火遠一點。」身後傳來男子低沉溫和的聲音。

喬昭轉頭，就看到邵明淵站在身後，高大挺拔如一株白楊，遮擋了刺眼的陽光。

她低頭，看到周圍不知何時擺上了兩個冰盆，那絲涼意便是由此而來。

「很快就會融化了。」

「還有很多。」邵明淵寬慰道。

喬姑娘默默抽了抽嘴角。原來邵明淵是這樣有錢任性的人，夏天富貴人家用的冰可不便宜。

濃郁的藥香味飄散出來，喬昭揭開紫砂蓋子看了看，重新蓋上，坐了回去。

「邵將軍不必在旁邊陪著。」

「我出來透口氣。」邵明淵一臉認真道。

黎姑娘又不是丫鬟，留她一個人在走廊裡熬藥，他心裡過意不去。

二人一人坐在爐火邊，一人立在廊柱旁，一時之間寂靜無聲，只有藥香縈繞四周。

蹬蹬蹬的腳步聲傳來。邵明淵與喬昭同時轉頭看去。

一名親衛急急跑來：「將軍，刑部來了人，請喬公子去一趟。」

喬昭手中扇子停止了搧動。

「知道了。」邵明淵點點頭，看向喬昭。「黎姑娘，我陪舅兄去一趟刑部。」

「不行。」喬昭斷然否決。

邵明淵徹底愣了。為什麼這也不行？這明明是正事！

前來稟告的人飛快瞄了喬昭一眼，一臉崇拜。天哪，敢這麼對他們將軍大人乾脆俐落說「不行」還能好好活著的人，他第一次見到！上一次說這話的是韃子首領的小兒子，當時那畜生擄走了大梁女子玩樂，將軍讓他放人，他說不行，然後他就再也不行了，將軍大人一箭射掉了那畜生的子孫蛋。

「邵將軍病情不穩定，我既然接管了這件事，身為大夫就要對你負責，作為患者也要聽大夫的話。」親衛低著頭抽抽嘴角。別開玩笑了，要是大夫就能管著將軍大人，韃子就不用派將士上戰場了，直接派一群大夫過來就行了。

「我明白黎姑娘的苦心，只是今天情況特殊，我陪舅兄一同前往會更放心些。」邵明淵耐心解釋道。給他問診過的大夫不在少數，可是只有眼前的女孩子曾柔聲告訴他：這次就不疼了。見過她昨天淚如雨下的樣子，他希望她別再傷心。

喬昭想了想，鬆口道：「既然這樣，邵將軍帶我一起去吧。」

什麼？邵明淵徹底怔住。

喬姑娘卻一臉理直氣壯。「有我在身邊時時看著，才能放心。」

總算能光明正大跟著去了！

與少女清亮的眸子對視，邵明淵最終妥協。「那好，我也不去了。」

他怎麼帶黎姑娘去？黎姑娘生得清麗秀美，就算女扮男裝，別人又沒眼瞎。

一貫聰慧的喬姑娘傻了眼，張著嘴巴好一會兒愣是不知道該說什麼好。

他居然就不去了！

這人還有沒有一點原則了？為了一個小姑娘，居然就丟下她大哥不管了？

「不要緊，我派心腹送舅兄前去，其實也是一樣的。」

喬昭還在愣神的工夫，邵明淵已經吩咐道：「送喬公子去刑部衙門。」

「算了，邵將軍還是陪喬大哥去吧，我就在這裡替你熬藥。萬一你不舒服，就趕緊派人來叫我。」喬姑娘懊惱咬咬唇，頗有種搬起石頭砸自己腳的感覺。

「那好，辛苦黎姑娘了。」邵明淵與喬昭告辭，轉過身時嘴角翹起來，笑意一閃而逝。他就知道，黎姑娘不是不分輕重的人。

妻子娘家的那場大火撲朔迷離，如今終於有了結果，他無論如何都要陪舅兄去弄個清楚的。

直到邵明淵與喬墨出了門，喬昭才回過味來——她這是被姓邵的給忽悠了？

日頭漸漸爬得更高，盆裡的冰早就悄悄融化，喬昭心懸大火調查的結果，不曾留意。有親衛悄無聲息過來，輕手輕腳替換上冰盆，又悄無聲息退了下去，以至於等喬昭回過神來時，發現盆裡的冰竟還是滿滿的。

她不由看了遠遠站在角落裡的親衛一眼。

親衛敏銳察覺喬昭的目光，忙跑過來，一臉恭敬問道：「黎姑娘有什麼吩咐？」

「沒有，這冰——」

「哦，我們將軍臨走時吩咐卑職及時給黎姑娘換冰。」

「多謝了。」喬昭看著晶瑩剔透的冰塊在豔陽下折射著冷光，暗暗嘆了口氣。

又有腳步聲傳來，喬昭抬頭看過去，見是晨光跑了過來。

「三姑娘，您要不要去逛街？」

喬昭靜默一下，淡淡道：「不去。」

車夫還提供陪逛街的服務嗎？

「要不我領您去喬姑娘那裡？」

「喬姑娘？」喬昭心中一緊。「哪來的喬姑娘？」

「喬公子的小妹妹啊。她小小年紀身邊只有幾個丫鬟婆子陪著，也挺無趣的，不如我帶您去她院子裡玩？」

「不去。」喬昭語氣明顯冷了下來。

她又不是庶妹的丫鬟婆子，這個時候哪有心思去陪庶妹玩。

更何況，她不喜歡聽人跟別人叫「喬姑娘」。

「那——要不您進屋涼快一下？外頭正熱，中了暑就麻煩了。」

「有冰盆。」喬昭確定晨光有些反常，琢磨了一下問道：「說吧，誰來了？」

晨光愣了愣，而後伸手撓撓頭。「您猜到了啊？是池公子過來了。」

好煩，池公子為什麼趁著將軍大人不在的時候過來？還帶了那個男扮女裝的小廝過來，他看見就想揍一頓！

正當二人說話的工夫，一道冷淡的聲音傳來：「黎三，妳怎麼在這裡？」

九十八　調查結果

喬昭轉頭。

陽光下，有著稀世容顏的男子彷彿能發光，舉手投足便是世人的焦點。

喬昭卻面色平靜站起來打著招呼：「池大哥。」

池燦大步走過來，快走到近前時似乎想起了什麼，腳步一頓停下。「邵明淵不在府裡，妳怎麼會在？」剛剛的場景，池公子想起來就心塞。少女守著爐火與肅手而立的親衛交談，倒像是當家主母在等著夫君回來的間隙打理家事。

她以為這是在自己家嗎？這個厚臉皮的丫頭！

「我在給邵將軍熬藥。」喬昭大大方方道。

池燦輕輕嗅了一下，滿滿的藥香味。

他揚起眉，嗤笑一聲。「偌大的冠軍侯府連熬藥的婆子都沒有嗎，需要妳跑來熬藥？」

喬昭揭開砂鍋蓋子看了一眼，坐回小杌子上面色平靜道：「別人熬的沒有我的好。」

「妳倒是用心！」池燦氣個半死，想把眼前的死丫頭揪起來教訓一下，偏偏又捨不得，沉著臉往旁邊臺階上一坐。

喬昭滿心惦記著兄長去衙門的事，哪有心思與池燦鬥嘴，聽了他的嘲諷只覺煩躁，淡淡道：「對待病人，我一向用心。」

「這麼說，對待別的病人妳也如此？」若是這樣，那他以後再生病就找這丫頭好了。

「當然不會，只有我的病人，我才這樣用心。」喬昭彷彿猜到了池燦的心思，牽唇笑道：「不過我一般不給人看病。」

池燦：這死丫頭一定是故意的！

「邵將軍不在府中，池大哥……」為什麼還不走？

「我知道他今天要出去，就是沒想到這麼早。」迎上少女微訝的目光，池燦淡淡解釋道：「刑部侍郎不是回來了，帶回了喬家大火的結果，庭泉肯定會陪著他舅兄去衙門打聽情況。」

他說完，皺眉道：「妳這是什麼眼神？」難道以為他整日無所事事，閒得無聊跑來找邵明淵鬥蛐蛐嗎？

「哦，原來是這樣。」喬昭有些感概。大概是池燦生得太好，性情又不定，她總會忘了這位眉眼精緻如畫的男子，其實是半個皇室中人。身在天下最複雜的地方，又怎麼會全然心無城府？

池燦一手扶在廊柱上，挑眉問喬昭：「妳每天跑過來，家裡沒人管？」

姑娘家不是該好好在家裡繡花的嘛，她天天往冠軍侯府跑算怎麼回事兒？

「家人都很開明。」喬昭回道。

對於何氏來說，女兒高興就好；對於黎光文來說，女兒能陪他下棋就好；對於鄧老夫人來說，孫女聰慧又靠譜，反正嫁不出去了，多出門長長見識也好，所以還是孫女高興就好；對於二太太劉氏來說，誰惹三姑娘誰倒楣，說不定還有被無辜波及連累的小蝦米，當然是三姑娘高興就好。於是，名聲掃地、閨譽全無的喬姑娘徹底自由了。

池燦冷哼一聲，不再說話。喬昭樂得清靜，托腮坐在小爐子旁想著心事。

時間緩緩流逝，當親衛跑來第七次換冰盆時，池燦終於忍無可忍道：「坐過來！」

「嗯？」

池燦皺眉。「我說坐過來，大熱天的妳守著個火爐子幹什麼？不怕起痱子啊？」

「有冰盆，並不算熱。」

「那些冰都是大風颳來的，不花錢？」

這敗家丫頭，看著一盆接一盆的冰這麼換，居然不知道心疼？不是說姑娘家都持家有道嗎，她這個樣子以後誰能養得起？

池公子一邊生氣一邊默默想，或許該找個差事做了。

喬昭起身看藥熬得差不多了，吩咐晨光把藥端進屋子裡去，離開小爐子在池燦不遠處坐下來。見他一直黑著臉，喬昭不確定地問：「池大哥替邵將軍心疼錢銀？」

這人是不是太操心了，她還當過邵明淵媳婦呢，都沒這麼心疼過。

再者說了，就是用了幾盆冰而已，她不用，誰知以後會便宜了哪個？

「我心疼什麼，又不是我的錢！」

喬昭笑笑。「我也是這麼想的。」

池燦：邵明淵，你快回來聽聽這丫頭多不要臉，完全把你當冤大頭宰呢。

正這麼想著，前邊又傳來動靜。

「將軍——」喬昭忙站了起來，就見邵明淵與喬墨並肩走了過來。

她的目光首先落在喬墨面上。

喬墨面上看不出太多表情，神情凝重。

喬昭又去看邵明淵。

邵明淵面上同樣沒有太多表情。

喬昭暗暗握緊了拳頭。事情結果到底是什麼，從大哥和邵明淵的表情上全然猜不到。

邵明淵與喬墨很快走近了。

見到池燦也在，邵明淵牽出一抹笑意。「拾曦，你來了。」

「是啊，等你半天了。」池燦瞄了喬墨一眼。喬墨向池燦輕輕頷首，視線落在喬昭身上。

喬昭抿了抿唇。昨天大哥說出那番話，今天見她又來，定然戒心更重的。

果然喬墨對著喬昭只是輕輕點了一下頭，而後便對邵明淵道：「我先回房喝口茶。」

喬昭眼巴巴看著喬墨走遠，連頭都不曾回一次，一顆心好像被蘸著鹽水的小鞭子抽打了好幾下，別提多難受了。好在經歷了一個無眠的夜晚，她已經能做到不動聲色把這份難受壓下。

她抬眸，對邵明淵笑笑。「邵將軍，藥已經熬好了，我去端來。」

「多謝黎姑娘。」

喬昭轉身進屋端藥，走出來時便聽到池燦問道：「喬家那場大火究竟查出了什麼結果啊？」

她腳步一頓，屏住呼吸，端著藥碗停在原地。風吹過，喬昭卻覺得周圍的氣息是凝固的，彷彿時間在這一刻定格。

「據調查，火是從喬家府內廚房開始的，那裡燒得最嚴重，目前得出的結果是一場意外。」

意外？

不知道為什麼，在聽到「意外」這兩個字後，喬昭心裡沒有塵埃落定的感覺，反而生出無法相信的念頭。

怎麼會是意外？她的父母家人就因為廚房失火這樣的意外，全都沒了？

眼淚不知何時落下來，砸進了藥碗裡，激起小小的漣漪。

邵明淵似有所感，抬眸看過來。

喬昭忙把眼中水光壓下去，端著藥碗走過來，平靜道：「邵將軍，先喝藥吧。」

「謝謝。」邵明淵接過藥碗一飲而盡，面部表情有那麼一瞬間扭曲，很快恢復如常，不動聲色地把藥碗遞給一旁的親衛。

喬昭從荷包裡摸出一塊桂花糖，放到他手裡。

邵明淵愣住。

「吃糖就不會那麼苦了。」

邵明淵敏銳察覺眼前的少女心情不大好，雖然覺得大男人當眾吃糖有些丟人，還是老老實實把桂花糖塞進了嘴裡。甜蜜蜜的味道伴著桂花香氣在口腔散開，頓時把苦澀的藥味驅散。

「幼不幼稚！」池燦氣個半死，狠狠瞪了喬昭一眼。

有這樣的大夫嗎，居然還給患者準備糖？她肯定是對邵明淵有想法！

池燦越想越生氣，沒法對喬昭怎麼樣，默默抬腿踹了邵明淵一腳。

嘴裡含著桂花糖的邵明淵很無言。

他默默嚥下桂花糖，抬頭看了一眼天色，一本正經道：「嗯，都這個時候了……」

「還要再熬一副藥。」喬昭把邵明淵後面想說的話堵了回去。

現在明明還早，邵明淵這樣說，就是想打發她走。這種時候，她怎麼可能回去。

甜蜜的感覺彷彿還在口中縈繞，邵明淵默默想：這就是吃人嘴短吧？

「那就麻煩黎姑娘了。」

「我去配藥，邵將軍和池大哥慢聊。」

之後喬昭守著小爐子熬藥，豎起耳朵聽邵明淵與池燦聊天。可惜邵明淵對喬家大火的案子沒有詳說，轉而問起了池燦的來意。

池燦道：「我估摸著今天皇上會召見喬公子，所以來給你提個醒兒。」

喬昭不由握緊了扇柄。皇上會召見兄長？她不由看向邵明淵。

「嗯。」邵明淵側頭等著池燦往下說。

提起當今天子，池燦語氣裡沒有太多敬畏，反而有點說不出的感覺。「我那個皇帝舅舅呢，你久不在京城可能不知道，怎麼說呢……嗯，有些不同於常人，他不喜歡任何不好看的東西。所以喬公子若真的進宮見駕，最好把毀容的半邊臉遮掩一下。」

「明白了。」邵明淵想了想，吩咐親衛：「去把那張銀面具拿來。」

親衛領命而去，不久後手捧著一張面具趕來，恭恭敬敬奉給邵明淵。

喬昭忍不住看過去。那是一張薄如蟬翼的銀製面具，做工精緻絕倫。

邵明淵伸手接過來，拿在手中摩挲著，吩咐道：「去請喬公子過來。」

不多時喬墨走過來，已經恢復了雲淡風輕的模樣。

「舅兄，今天宮裡可能會傳你過去。」

喬墨面色平靜，而後抬手觸及凹凸不平的疤痕，苦笑道：「我這個模樣會有礙觀瞻吧？那是對聖上的大不敬。」喬昭聽了，心彷彿被蜜蜂蟄了一下，忙垂下眼遮掩心疼的情緒。

「舅兄試試這個。」邵明淵把銀質面具遞過去。

喬墨微怔，而後接過來，從善如流地往臉上一罩。

喬墨臉部線條柔和，而邵明淵的臉部稜角更分明些，看著喬墨戴上面具，邵明淵端詳片刻，抬手把面具取下來。

他手上用力，只聽一聲輕響，一張面具被整齊一分為二，而後用手指調整了幾處，重新遞給喬墨。「舅兄再戴上試試。」

一半面具完美貼合在喬墨左臉上，遮住了駭人的疤痕。

一半是銀質面具，一半是完好的右臉，反而生成了一種奇異的美感。

邵明淵含笑點頭。「這樣應該可以了，面具的材質特殊，貼合在人的肌膚上便不會掉。」

一旁的親衛心疼得直咧嘴。當然特殊啊，這面具材質珍貴，將軍大人從十幾歲就經常戴著了。

「確實不錯。」一貫挑剔的池燦雙手環抱胸前，勉強點點頭。

喬昭一言不發，默默望著。喬墨卻彷彿不曾注意到喬昭的存在，視線沒有往她所在的方向投一下。

有親衛跑來稟告：「將軍，宮裡來人傳旨了。」

邵明淵與池燦對視一眼，而後側頭看向喬墨。「舅兄，咱們出去吧。」

喬墨點點頭。

二人並肩往前走，喬昭立在原地目不轉睛望著，池燦清了清喉嚨：「看什麼？眼睛都拔不出來了。」他才不想承認，喬墨戴上一半面具的瞬間，讓他很有危機感呢。

不對，他才沒有危機感，男人長得好看又不能當飯吃！

「池大哥怎麼不跟上？」喬昭輕聲問。她厚著臉皮跟過去當然可以，但若是那樣，大哥定然會更反感自己。欲速則不達，先前是她太急切與大哥相認，才弄到如今進退兩難的地步。

「跟過去有什麼好看的，左不過是太監唱兩嗓子，把喬墨帶走罷了，這種場景我見過不知多少次了。」

「天子……」喬昭想問那位一心追求長生的皇帝，是否真如祖母以前對她提過的那般不靠譜，可這話又不便直言，只能提個話頭，希望池燦意會。

池燦果然明白喬昭問的什麼，直言道：「喜怒無常，陰晴不定。」

幸虧她不是需要人安慰的那種女孩子，不然就池大爺這麼直接，早把人嚇死了。

關心則亂，儘管喬昭算是沉得住氣的，聽了池燦的話，心中還是浮上一層陰影。

約莫兩刻鐘後，邵明淵折返回來。

「走了？」

「嗯。」

池燦伸手拍拍邵明淵的肩。「別老板著一張臉，我看喬墨戴上面具還看得過去，我那皇帝舅舅不會反感的。喬家大火有了結果，已故的喬先生又是名滿天下的大儒，今天傳他進宮本來就有安撫的意思在裡頭，皇上應該不會為難他的。」然而，他那皇帝舅舅的風格提起來真是一言難盡，一個不順眼收拾人的事可沒少幹。當然這種話他就沒必要說出來添堵了，宮裡宮外是兩個天地，對宮裡的事誰都插不進手，說了也是白說。

「進去等吧。」邵明淵說完看向喬昭。「黎姑娘，不如我派人——」

「嗯，等藥熬好了，也該吃飯了。」

邵明淵張了張嘴。

好吧，還要管飯。

午飯還算豐盛，可惜才吃了一半，就有親衛急匆匆來報：「將軍，喬公子被打入了天牢！」

喬昭捏著筷子的手一緊，指節隱隱發白。

邵明淵站了起來，沉聲問道：「怎麼回事？」

「具體情形不知道。卑職守在宮門外，看到喬公子被錦鱗衛押了出來，然後上前打探了一下，那些人什麼都沒說。」邵明淵點頭，示意知道了。

喬昭看向池燦。「池大哥不是說皇上召見喬大哥，是安撫施恩嗎？為何……」

池燦放下筷子。「有可能是喬公子做了什麼惹怒皇上的事。」

「不應該。」喬昭否定，見邵明淵與池燦都看過來，解釋道：「我看喬大哥沉穩內斂，不會因為冒失惹得龍顏大怒，除非……」

說到此處，喬昭心中一沉。

除非大哥有些話是明知不可說也要對當今天子講的，甚至說不定大哥等的就是今天！

「拾曦，我記得今天應該是楊二在宮裡當值吧？」邵明淵面上還算沉得住氣，沉聲問道。

楊厚承前不久進了金吾衛，負責的是宮中巡警之事。

「哦，對，今天是楊二那小子當值。」

「去請楊公子來，要快。」邵明淵吩咐親衛。

「領命。」

親衛飛奔而出，半路上就遇到了迎面而來的楊厚承。他從馬背上一躍而起，如大鷹展翅般向楊厚承撲去。

楊厚承正心急火燎往冠軍侯趕，突然被偷襲立刻大怒：「哪來的不長眼的小畜生！」

結果一交手就傻了眼，小畜生手上功夫忒厲害！

「楊公子，我們將軍大人有請！」親衛急急解釋清楚，趁楊厚承愣神的工夫，手上一個用力把他扔到了馬背上，而後狠狠一踹馬屁股。健馬長嘶一聲，帶著楊厚承疾馳而去。

這些經過調教的健馬都是識路的，風馳電掣趕到冠軍侯府門前，猛然一個急停，楊厚承直接被甩了下來。楊厚承都快吐了，捂著胸口緩了緩，大罵一聲：「臥槽！」

這是人幹的事嗎？那名親衛還有這匹馬都忒不是東西了！

然後，楊二公子沉默了一下，心裡終於明白為何哪怕是抱著邵明淵大腿苦苦哀求，人家都不帶他玩了。

原來他還打不過邵明淵的親衛！

這個認知讓楊厚承很是沮喪，若不是有事急於見邵明淵，大概就要直接哭暈在冠軍侯府門口了。

楊厚承一進去，池燦便挑了挑眉。「這麼快？」

他記得那名親衛才離去不久吧。

楊厚承狠狠吐了口濁氣。「別提了，我正往這裡趕呢，就遇到了庭泉的親衛，那小兔崽子直接把我——」說到這裡驚覺太丟人，楊二公子咳嗽一聲道：「直接把他的馬給我用了。」

「重山，今天是你當值吧。」邵明淵問。

「對，我過來就是要告訴你一聲，你舅兄今天在宮裡惹禍了。」

「究竟是因為什麼？」

「我是在外面巡視，詳細的情況不大瞭解，就是隱隱聽說喬公子好像拿出了什麼帳冊呈給皇上看，皇上看完立刻大發雷霆，說他汙衊朝廷重臣，命人把喬公子打入天牢。」

帳冊？

喬昭一顆心猛然往下墜下。所以說，家裡那場大火，當初大哥並沒有對李爺爺和盤托出？這是不是說明那場大火不是意外，而是人為？

如果是人為，那大哥一定是知道些什麼，只是出於某種原因死死守著這個祕密，直到今天面聖……喬昭沒有辦法埋怨兄長對她乃至李爺爺的不信任，兄長對李爺爺都隻字不提，這足以說明他隱藏的祕密一定是驚人的。

喬昭向邵明淵看去。這麼說，大哥也沒有對邵明淵透露隻言片語了？

池燦問出了喬昭的疑問：「庭泉，你舅兄那裡有什麼帳冊？」

邵明淵濃眉緊鎖。「我不清楚。」

他把舅兄從寇尚書府接出來，二人聊的大多是一些往事。他會忍不住問起妻子過往，舅兄講了妻子未出閣時的許多趣事。

他才知道，原來十四歲那一年，他為了與未婚妻偶遇悄悄跟著舅兄去了大福寺，目睹了舅兄被小娘子們追捧的場面，而那個時候，在一個不為人知的角落裡，同樣是十四歲的喬昭，也偷偷看著這一切。

在那一年的那一天，他們其實看到了同樣的場景，甚至曾有過無意識的對視。只是他不認得她，她也不認得他，他們終究算不上相遇，而是一場悄無聲息的錯身而過。

舅兄講得越多，妻子的形象在他腦海裡越清晰，然而對喬家那場大火舅兄卻輕描淡寫，當他問起時就會輕巧轉移話題。他便也識趣沒再多問，現在才知道舅兄不願多提，並不是因為傷痛不願回憶，而是另有隱衷。

「你那個舅兄，還真是個有主意的，對你竟然也瞞得死死的。」池燦冷笑。「這下好了，現在究竟因為怎麼回事被打入天牢都不知道，打了所有人一個措手不及！」

喬昭面色微沉道：「或許是有絕對不能透露的理由。」

她的兄長是光風霽月的人，他不說，便說明那個祕密是必須死死守住的，無論對邵明淵還是對外祖家都不能透露一個字。

喬昭不認為喬墨做錯了。

就算什麼都沒說，讓所有人都覺得喬家大公子成了廢人，威脅不到任何人，兄長仍在自己外祖家險些丟了命呢。若是透露出他手中有什麼帳冊，恐怕連京城都到不了。

或許兄長料錯的，只有皇上的反應。

果然就聽池燦道：「你們不清楚，我那個皇帝舅舅最討厭的就是朝中不安穩，耽誤他的長生大道。喬墨呈給他的那本帳冊，定然是指控朝中某位重臣的證據，說不定因為這本帳冊朝中就要有大動盪。」說到這裡，池燦摸了摸鼻子，用奇異的語氣道：「我那個皇帝舅舅覺得現在都挺好的，他討厭亂起來。」

眾人心想：這樣的皇帝，快來哪個亂臣賊子弄死吧。

「算了，我去打聽一下。」池燦皺著眉道。和邵明淵這傢伙做朋友真是虧大了，還要替他舅兄擦屁股，以後他一定要連本帶利討回來。

池燦下意識看了喬昭一眼。嗯，找邵明淵多要點銀子，他好娶媳婦。

「拾曦，不用。」邵明淵伸手按住池燦。「我去吧。」

池燦挑眉。「你能去哪兒打聽？」

好友多年不在京城，對皇城裡頭的事兒可是兩眼一抹黑。再者說，以邵明淵的身分與皇宮大內的宦官接觸，一旦被皇上知道了，那可是要命的事。

「你們在這裡等我，我去見一下錦鱗衛指揮使江堂。」邵明淵撂下這句話，大步走了出去。

楊厚承嘆口氣。「錦鱗衛指揮使，也就庭泉想見就能見到了。不過，庭泉應該不會跑去錦鱗衛衙門吧？」

池燦坐下來，面無表情灌了一口茶。「他又不傻。」

被皇上知道江堂與冠軍侯接觸，這兩個人都吃不了兜著走，所以這些當皇上耳目的人，首先要做的就是先把這事給瞞嚴實了。

當然，前提是江堂會見邵明淵。

江堂會見邵明淵嗎？這也是顯而易見的事。江堂並不傻，就算對皇上再忠心，也會考慮以後的事了。

池燦抬手揉了揉眉心，暗暗嘆氣。所以說，這些事情最糟心了。

池公子一眼看到了筆直端坐的少女，眉頭皺得更深。「黎三，飯也吃完了，妳回去吧。」這些亂七八糟的事，她一個女孩子捲進來幹嘛？

「我想等邵將軍回來。」

「等邵明淵？妳等他幹什麼？總不會還想著他送妳吧？」池燦站起來，語氣不耐煩。「走吧，我送妳。」他才不是為了和她獨處呢，純粹是因為她在這裡礙事。

「我想知道喬大哥怎麼樣了。」喬昭紋絲不動。

池燦上前一步，居高臨下盯著少女，意外發現她的髮旋很是可愛，但開口的語氣卻有些生硬：「喬墨怎麼樣了和妳又沒有關係，妳就別瞎操心了。」

她為什麼總關心這些莫名其妙的人？之前說好給他做叉燒鹿脯，卻從來沒有記在心上過！

喬昭猛然站了起來，眼睛睜大，咬著唇。「有沒有關係，不是池大哥說了算。」

只因為換了一個軀殼，想要靠近一個人，就這麼難嗎？

在池燦面前，少女並沒有哭，可她眼底的哀傷卻直直撞進了他心裡去，那些哀傷在他眼裡都化成了淚。他的心驀地疼了一下，情不自禁伸出手指戳了戳喬昭眼尾，喃喃道：「妳想哭啊？」

一旁的楊厚承看得目瞪口呆。

不會吧，他還喘著氣呢，池燦就把他當背板，放手調戲小姑娘了？

「咳咳咳。」楊厚承大聲咳嗽著提醒某人。作為從小穿開襠褲玩到大的，他再清楚好友的性子了。這傢伙絕對不是會被世俗禮教拘泥的人，一旦想做個啥，那可真是不會顧及別人心臟受不受得住的。

溫熱的指腹落在眼尾處，喬昭同樣有些意外，反應過來後，頭一偏避開了，冷淡道：「池大哥說笑了。」她即便會哭，也絕不會在池燦面前哭，不然等著被他嘲笑嗎？

池燦斜睨了楊厚承一眼，隨後直接無視了他的存在，伸手抓住喬昭手腕，問她：「妳在難過什麼？」

喬昭盯著池燦握住她手腕的手，皺眉道：「池大哥，男女授受不親。」

池燦氣得冷笑。「黎昭，妳現在和我說男女授受不親，早幹什麼去了？當初是誰抓著我衣袖不放手的？又是誰與我同乘一騎？現在妳跟我說男女授受不親？我跟妳說，晚了！」簡直是忍無可忍，為了邵明淵的病一天跑好幾趟也就罷了，現在為了喬墨還悲痛欲絕了。那麼他呢？他在她心裡算什麼？

是不是說，凡是他在乎的人的心裡，總會有比他更重要的人和事？

這個念頭一閃而逝，讓池燦心口驀地一疼。

知道力氣上比不過，掙扎起來難看，喬昭沒有動，只是平靜問他：「那池大哥想怎麼樣？」

人情難還，她早該有這個覺悟。

「拾曦……」楊厚承忍不住開口。

是呀，你到底想怎麼樣啊？當著他的面非禮小姑娘是不行的。

「你閉嘴！」池燦扭頭吼了楊厚承一句，而後目光直直盯著喬昭，手上用力把她拉過來，一字一頓道：「我想要妳。」

撲通一聲，楊厚承連人帶椅子直摔了下去。巨大的聲響卻沒有引來正僵持的二人半點注意。

喬昭完全懵了。

池燦說什麼？他說的一定不是她理解的那個意思！對，還當著楊大哥的面，這人再驚世駭俗也不可能說這麼荒唐的話。

喬昭輕輕咬了一下舌尖。「池大哥想要我做什麼？哦，是不是那次說好的叉燒鹿脯？」有話趕緊說完啊，只說一半太嚇人了好嗎？

池燦深深望著喬昭。話已經說出口，一直以來因為逃避而壓在心頭的巨石彷彿被搬走了，一顆心反而沉靜下來。

對啊，他在糾結什麼呢？

在那個初春的南方小城裡，有個女孩子跑到他面前，抓起他的衣袖說：大叔，救我。

他見過她下棋，見過她作畫，見過她自信滿滿料事如神，見過她很多別的女孩子沒有的樣子。就算她還不到十四歲，那並不是因為他心理變態對小姑娘生出了齷齪念頭，而是他喜歡的恰好就是她，無論是十三歲的她，還是三十歲的她。

他已經遇到了最好的，那麼還有什麼可逃避的？

管什麼驚世駭俗，天翻地覆，他想要的就是她。

池燦彎唇。「黎三。」

「哦。」

他一字一頓道：「妳聽好了，我不是想要妳做什麼，我想要的是妳。我喜歡妳。」

摔坐在地上忘了爬起來的楊厚承伸手摀住了臉。老天，當著第三個人就和女孩子告白的人，這世上除了拾曦，恐怕找不出第二個人了。臉呢？這傢伙就不能要一點臉嗎？

池燦：要臉做什麼，我要黎三。

喬昭一時忘了反應。

我喜歡妳。

這四個字不久前彷彿就有人說過了。對了，是錦鱗衛那位十三爺，江遠朝。

她是喬昭時，嫁了人，活到了二十一歲，從來沒有聽到過這四個字。而今成了不到十四歲的黎昭，居然聽到了兩次。

喬姑娘默默想：這些桃花，她不想要啊。

九十九　天威難測

這些桃花她統統不想要，她現在最想知道的，是邵明淵有沒有打聽到兄長的情況。見喬昭神情平淡，池燦莫名有些心慌，手上不自覺加大了力氣。

喬昭回過神來，與池燦對視。

從他的眼睛裡，她看到了期待與忐忑。

喬昭這才恍然，原來池燦一直以來的嘲諷找茬，是為了掩飾這份喜歡。

祖父曾說過，我們可以不接受一個人的感情，但對這份感情要懂得尊重，因為任何一個人付出的心意都是美好的，不分貴賤。

「池大哥，我沒打算嫁人。」喬昭懇切道。

「不嫁人？」池燦沒有想到等到的是這樣的答案。

喬昭頷首。「對，所以池大哥別在我身上浪費時間。」

旁聽的楊厚承張大了嘴巴。黎姑娘不嫁人？她才多大啊，居然就說這輩子不嫁人？

拾曦啊，雖然你今天做得不對，但身為好友還是希望你不要被忽悠了啊。他那些姊姊妹妹們還常說不嫁人一輩子陪在父母身邊呢，結果呢，年紀大一點都覺得被耽擱了。

楊厚承拚命向池燦打眼色，而池燦未曾留意，一副認真思考的模樣。

思考片刻，他鬆開手。「不嫁人也是可以在一起。」

喬昭有些沒聽懂，池燦這意思是想要她當外室嗎？祖父可沒告訴她這種感情到底還需不需要尊重了，而她有種抽眼前這傢伙一耳光的衝動。

楊厚承已經吃驚到麻木了，終於爬了起來。「不是啊，拾曦，你今天是不是還沒睡醒？」別說黎姑娘還是翰林院修撰的女兒，就是普通百姓家的女孩子，張口要人家當外室，那也是要被啐一臉唾沫的！

「你在說什麼胡話？」池燦冷冷掃了楊厚承一眼。他人生這麼關鍵的時刻，怎麼總有個添亂的？

「是你在說胡話吧，你想要黎姑娘當外室？」

「外室？什麼亂七八糟的？」池燦皺眉。

楊厚承指指池燦，再指指喬昭。「不嫁人，在一起，這不是養外室是什麼？」

池燦這才後知後覺意識到剛才的話容易讓人想歪。可他明明是沒有這個意思，他就是覺得，如果黎三一定不嫁人，那他也不娶媳婦了，只要兩個人能在一起就夠了。

其實，在沒遇到黎三之前，他本來也對娶媳婦沒興趣。

池燦打量著喬昭的臉色，發現她好像生氣了。

「黎三，我不是這個意思，其實我當妳的——」

我當你的外室都可以啊，只要在一起。

可惜池燦這話被喬昭打斷了。「池大哥，是我沒說明白，我就想一個人，不想和任何人在一起。」一家中大火撲朔迷離，兄長進了天牢生死未蔔，這背後到底隱藏著什麼真相，會有什麼樣的危險都是未知數，她怎麼有精力與閒心考慮別的？別說她對池燦只有朋友之情，即便是有男女之愛，也不會把他拖進這樣的泥潭來。

「任何人？」池燦挑眉。

「對，任何人。」喬昭說著這話，腦海中驀地閃過一個人的影子。

那人面色蒼白得過分，偏偏不損凌厲清冷的氣質，身材也是極好的……

呃，她想到哪裡去了。

喬昭收回不受控制發散出去的思維。

當然是任何人，她都已經做過一次邵明淵的妻子了，太沒趣。

池燦輕笑出聲。

喬昭平靜看他。

「黎三。」池燦喊了一聲。也許是表白了心跡，那些從未有過的洶湧情愫讓「黎三」這兩個字從他口中叫出來時，比往日多了說不出的溫柔。

楊厚承打了個哆嗦。

好痛苦，為什麼這個時候邵明淵和朱彥都不在啊，這種情形，他到底該怎麼辦？是阻止呢，不阻止呢，還是阻止呢？

楊二公子心裡鬥爭了一下，選擇了默默觀看。

池燦伸手想去撫摸喬昭鴉黑的髮絲，最終收了回去，一字一頓道：「妳記著，我不是任何人，我是池燦。」話說完，也不等喬昭的反應，抬腳往外走去。

屋子裡只剩下了喬昭與楊厚承。

楊厚承撓撓頭。「黎姑娘，我在不在其實一點也不重要，妳就當我今天不存在好了。」撂下這話，楊厚承撒丫子跑了。

喬昭腦海中依然迴蕩著那句話：妳記著，我不是任何人，我是池燦。

她無力按了按眉心。所以，她說的那些話都是白說了嗎？

楊厚承走出去，就見到池燦站在廊廡下默默眺望著遠方。他走到池燦身邊，並肩而立。

「拾曦，你今天是中邪了吧？」

池燦差點氣個半死。他都如此認真的告白了，當朋友的不感動也就罷了，居然說他中邪了？為什麼他交的都是損友？

「我說真的啊，拾曦，黎姑娘還不到十四歲……」

池燦冷冷睃了楊厚承一眼。「我也有不到十四歲的時候，現在不是長大了嗎？她不到十四歲，我可以等。」

十四歲，十五歲，十六歲……

「只要她不嫁，我可以一直等下去。」

「她要是嫁了呢？」聽了好友這話，楊厚承心情莫名有些沉重。剛才冷眼旁觀，他可瞧不出黎姑娘對拾曦有半點歡喜。

池燦心一縮，面無表情道：「那娶她的人當然是我。」

楊厚承豎了一下大拇指。先不管能不能實現吧，好友這份自信他是服氣的。

站在房門口的喬昭把池燦的話全都聽進耳裡，默默轉身走了回去。

兩人站在屋外，一人坐在屋內，時間在焦灼中緩緩流逝。

❦

邵明淵在春風樓裡與錦鱗衛指揮使江堂見了面。

「侯爺叫江某過來，可是為了喬公子的事？」江堂開門見山問。

邵明淵親手倒了一杯茶，遞給江堂。「大都督是爽快人，在下就不說客套話了，我想知道舅兄究竟是為何惹了聖上震怒？」

「天威難測，這個按理是不該亂說的。不過既然是侯爺問起，那江某就胡亂說幾句，侯爺聽聽便罷。」

「大都督的情誼在下記在心裡了，大都督請說。」

得到邵明淵這句話，江堂笑笑，這才把內情說出來：「喬公子之所以冒犯了龍顏，是因為呈上了一本證明抗倭將軍邢舞陽貪汙軍餉的帳冊。」

「邢舞陽？」這個名字對於邵明淵來說並不陌生。

邵明淵與邢舞陽一人在北打擊韃虜，一人在南抵抗倭寇，都是大梁武將中的中流砥柱。不過邢舞陽已經年近四十，論起聲勢，比起年少成名、罕有敗績的邵明淵來說就差了些。

邵明淵沒有想到，喬墨手中竟然掌握著邢舞陽貪汙軍餉的證據。

想到池燦對皇上的那番評價，他不難猜到皇上為何龍顏大怒了。

南方沿海那些倭寇的剽悍凶狠不下於北齊韃子，再加上大梁將士不擅長水戰，在最初抗擊倭寇時幾乎沒有還手之力，是從邢舞陽被調去當了抗倭將軍，這些年來雖說沒把倭寇驅逐，但至少能勉強支撐了。

明康帝的龍案前有關南方被倭寇橫行肆虐的戰報不再那麼頻繁，終於把他從焦頭爛額的戰事中解脫出來，能一心追求長生，而今居然有人敢動邢舞陽，他不大發雷霆才怪呢。

「那麼大都督可否行個方便，讓在下見一見舅兄？」

「這……」江堂猶豫了一下。

他雖然私下對冠軍侯示好，但對皇上的忠心也是不容置喙的，皇上才把人關進大牢，他就放人進去探視，那可不像話。「今天不大方便，這樣吧，明天我安排邵將軍去探視。」

「多謝大都督了，還望大都督能對在下的舅兄關照一下，舅兄的身體不好。」

「這個侯爺大可放心。」他們錦鱗衛是按著皇上的意思辦事，皇上沒流露出好好折磨喬墨的意思，他們當然不會亂來。

邵明淵放下茶盞，抱拳道：「那就謝過大都督了。大都督今日的援手之恩，在下會銘記於心。」

「侯爺客氣了，舉手之勞。」江堂滿意笑起來。

到了他們這樣的身分地位，金山銀海可比不上這樣一句有份量的話。邵明淵能這樣說，至少在他以後遇到難處時，便不會袖手旁觀。

二人身分敏感，自是不方便久聚，江堂很快告辭離去，邵明淵則回到冠軍侯府。

聽到池燦二人與邵明淵打招呼的聲音，喬昭急急跑了出去。

三人一齊回頭看過來。

喬昭平復了一下心情，提著裙襬走過來，坦然問道：「邵將軍，打聽到消息了嗎？喬大哥究竟因為什麼惹怒了龍顏，現在情況如何了？」

池燦臉色微沉。好想堵住這丫頭的嘴，不再聽她說出關心別的男人的話來。

「進屋再說吧。」

四人一同走進屋子，各自落座。有親衛默默無聲奉上茶水，而後退了出去。

邵明淵這才開口道：「打聽到了，舅兄惹怒皇上，是因為指控邢舞陽貪汙軍餉。」

「邢舞陽——」喬昭喃喃念著這三個字：「是那位抗倭將軍邢舞陽？」

邵明淵看向她，點點頭。「嗯，是他。」話說黎姑娘為什麼還沒走？然而他不敢問。

池燦抬手揉了揉眉心，嘆道：「這就麻煩了。」

「怎麼麻煩了？」楊厚承問。

「知不知道我那皇帝舅舅最怕什麼？」

「你先前說過啊，最怕朝中不穩。」楊厚承道。

「對啊，他最怕亂。那些文臣都不要緊，頂多是內裡勾心鬥角，派系傾軋，亂也亂不到哪裡去。可是武將就不同了，別人也就罷了，一個是邢舞陽，一個是庭泉，他們兩個鎮守著南北，才有目前的安穩。可以說他們兩個只要不犯謀逆那樣的大罪名，我那皇帝舅舅都不會計較的。」池燦說著目光一一掃過眾人，最後落在喬昭面上，心中不由冷哼：臭丫頭，他剛剛告白的時候心不在焉，現在說起別的男人的事了，卻聽得這麼認真。

他的目光停留在喬昭面上的時間有些長，一時忘了往下說，敏銳如邵明淵，自是很快察覺到了。拾曦為何這樣看著黎姑娘？在他出去的這段時間，發生了什麼事？

他不由看向楊厚承。楊厚承擠擠眼，示意回頭再說。邵明淵輕輕點頭，表示明白了。

「池大哥怎麼不接著說？」喬昭問。池燦這才回神，卻也沒什麼不好意思的，清清喉嚨接著道：「所以說啊，喬公子想指控邢舞陽貪汙軍餉，必然會被嫌惡。」

「池大哥是說，皇上並不在乎官員舞弊？」

池燦呵呵一笑。「你們以為那些大臣們貪汙點銀子，皇上會不知道？我那皇帝舅舅其實心裡清楚著呢。」世人都以為明康帝一心求道，是被奸臣們蒙蔽的糊塗蟲，實際上恰恰相反。明康帝就是看得太明白了，反正大部分臣子都是要貪的，那又何必像割韭菜似地收拾完一茬接一茬？做生不如做熟，只要臣子們做好自己的事，不耽誤他追求長生就行了。

池燦是早就琢磨透了明康帝的心思，其他三人聽了這話，心中俱都發涼。

喬昭嘲弄地想：這就是大梁江山的主人，也難怪祖父早早就棄官不做，寧願寄情山水。搗著不挑破的傷口，真的不會化膿嗎？這個樣子就能天下安定？

到現在，她可以確定，家中那場大火絕對與兄長手中的那本帳冊有關。

她的家人何其無辜，而犧牲了家人性命、兄長拚死護住的東西，終於有機會呈到龍案前，卻落得個鋃鐺入獄的下場，又是多麼可笑。

她要把兄長救出來。

沉默後，邵明淵開口道：「江堂已經答應，明天安排我去見見舅兄。」

「我也去。」

三人看過來。

喬昭只看著邵明淵。「邵將軍，明天帶我一起去吧。喬大哥身體一直不大好，我怕他住在那樣的地方吃不消。」見邵明淵不語，喬昭眼中多了幾分哀求。「邵將軍，帶我去吧。」

少女眼下是濃重的青影，眼中哀求如春水泛起的漣漪，能蕩漾到人心裡去。邵明淵忽然發覺，拒絕這樣的請求並不容易。

其實有什麼不可以呢，不過就是帶她去大牢走一遭。

她既然想去，他又能辦到，那就可以。

「好。」邵明淵輕輕點頭。

喬昭不由露出一抹笑容。

這時一個涼涼的聲音響起：「我也去。」

一〇〇 我只聽他

池燦一手支撐在椅子扶手上，懶洋洋道：「庭泉，我也要去。」

他撿來的白菜，從此以後就要牢牢盯著，誰敢跟他搶，他就和誰拚命。

「拾曦……」邵明淵有些頭大了。

帶一個也就罷了，還要再帶一個？那裡是天牢，難道以為是去逛街嗎？

池燦臉一冷。「怎麼，過河就要拆橋了？我這一大早跑過來都是為了誰呀？」

最可氣的是邵明淵願意帶著黎昭去，卻不想帶著他去，這小子到底知不知道和誰更熟啊？

「好，那明天一起過去。」邵明淵太清楚池燦的性子，無奈答應了下來，而後看向楊厚承。

楊厚承忙擺擺手。「不用看我，我就不去了。」

他和這些小夥伴們不一樣，他還是正常的！

定下了明天去探監的事，池燦這才站起來。「也該回去了。黎三，我送妳。」

邵明淵一怔，而後看向喬昭。

喬昭笑笑。「不麻煩池大哥了，我們不順路。池大哥和楊大哥一起走吧。」

楊厚承眨眨眼。別啊，他還有話對庭泉說呢！

「我不急著回府，我可以繞路。」池燦淡淡道。

邵明淵的眼中已經流露出明顯的驚訝。

喬昭忍不住扶額。她真的沒想到，池燦捅破了那層窗紙後，會是這樣霸道歪纏的風格。

「真的不必了，我帶了丫鬟和車夫。」

池燦上前一步，伸手拉住了喬昭衣袖。「聽話，走吧。」

邵明淵冷眼看著，慢慢明白了什麼。

原來拾曦喜歡黎姑娘。

他早該猜到的，卻因為那次拾曦的口不對心而忽略了。

年輕的將軍垂下眼簾，視線落在骨節分明的手指上。他的指甲隱隱透著青白，那被銀針刺入的疼彷彿猶在眼前，卻因為少女柔聲的安撫，讓他回憶不起來是怎樣的疼痛，只記得那平靜卻隱含著溫柔的話：

有些疼，你忍一忍……

這次不疼了……

邵明淵想，他可能這輩子都不會忘記這兩句話了，因為這是第一次有人這樣對他說，大概也是最後一次。

喬昭淡定抬手抽回衣袖，一本正經對池燦道：「池大哥，這世上我只聽一個男人的話。」

「誰？」池燦問。邵明淵與楊厚承亦看向喬昭。

「我爹。」喬姑娘淡淡道，而後對池燦欠身一禮，抬腳離去。

池燦立在原地久久不動。楊厚承忍不住推推他。「拾曦，你不要緊吧？」拾曦這是再一次被黎姑娘拒絕了吧？他會不會發瘋啊？

池燦眼神閃了閃，伸手摸了摸下巴，喃喃道：「有些道理。」他說著，也不跟邵明淵二人告別，不緊不慢地往外走去。

楊厚承撓撓頭，對沉默無聲的邵明淵道：「拾曦該不會是氣傻了吧？」見邵明淵沒吭聲，楊厚承嘆氣。今天是怎麼了，都傻了？

「庭泉，今天拾曦中邪了。」

「嗯？」

「他居然和黎姑娘表白了，還是當著我的面！」

邵明淵面色平靜。「是麼？難得拾曦終於遇到了喜歡的姑娘，挺好的。」

「啊？怎麼只有我覺得黎姑娘太小了？」

邵明淵笑笑。「會長大的。」他從來沒有覺得黎姑娘年紀小，甚至覺得比起黎姑娘，好友池燦才是孩子氣的那一個。

「你們說法還真是一樣啊。」楊厚承搖搖頭走了。

邵明淵坐在窗邊，看著窗外蔥鬱的樹木，後知後覺地想到好像忘了問楊二，黎姑娘到底是答應了，還是拒絕了？

他轉而進了書房，把喬昭先前開的藥方拿了出來，而後又小心翼翼從紅木匣子裡取出那封家書。藥方與家書並列而放，一張似乎還能聞到墨香，另一張已經有了歲月的痕跡。

邵明淵伸出修長的手指，緩緩撫過家書上雅致的字，而後落在藥方上。

就算是模仿，真能模仿得如此相似嗎？

他忽然想起那日陽光晴好，坐在春風樓後院的葡萄架下，少女讓他取來紙筆，不過是瞥了相貌普通的人一眼，便一氣呵成畫出了那人的畫像。

那時她說：別人見過就忘不能做到的事，我其實可以。

黎姑娘看一眼便能把人畫得栩栩如生，那麼見過別人的字就能寫得如出一轍，也不奇怪吧？

她可真是個特別的姑娘。

邵明淵嘴角笑意忽然頓住，驚覺自己對那個少女的關注有些太多了，沉默著把家書與藥方收起來，起身離開了書房。

池燦離開冠軍侯府後並沒有回長公主府，而是向相反的方向走去。

「公子，走錯了吧。」小廝桃生提醒道。

池燦白他一眼。「多嘴！」桃生忙摀住嘴搖了搖頭。

「今天的事，一個字都不許對別人提。」

「公子放心，小的一定守口如瓶，打死也不說！」天啦，他們公子情竇初開啦，然而不能和別人說，他要憋死了！

池燦停了下來。桃生抬頭看了看，喃喃道：「翰林院？」

他詫異看了自家公子一眼，心道：公子怎麼跑到這種地方來了？

池燦抬腳踹了桃生一下。「去，打聽一下翰林院的大人們都是什麼時候下衙。」

「好的。」桃生顛顛跑過去與守門人打聽，不多時跑了回來。「公子，打聽到了！」

「什麼時候？」

桃生擦了一把汗。「哦，守門人說，那些大人們想什麼時候下衙就什麼時候下衙。」

池燦臉色一黑。這也行？「算了，你直接去問，家住杏子胡同的黎修撰都是幾時下衙的。」

桃生站著沒動。

「怎麼？」池燦俊眼微挑。

「公子，這、這不好吧？」您稀罕的是人家閨女，就這麼來找人家爹，不怕被打斷腿嗎？

「讓你去你就去，再廢話打斷了你的腿賣出去！」

桃生一聽忙跑過去問，很快返了回來。「問到了，黎修撰已經下衙了，現在正在五味茶館喝茶呢。」池燦：未來的岳丈大人這官當得好任性。

「走，去五味茶館。」

天熱的時候茶館裡總是人滿為患，池燦走進去，大堂裡便是一靜。

他坦然自若對迎上來的夥計道：「帶我上二樓雅室。」等上了樓梯，直接塞給夥計一塊碎銀子。「告訴我黎修撰的房間。」

黎光文這兩天有點不開心。次女最近天天往外跑，都沒時間陪他下棋了。

他坐在臨窗的茶几旁，茶几上擺著棋盤，一手端著茶杯，一手捏著棋子，自娛自樂。雅室的門為了涼快大開著，池燦示意桃生留在門外，抬腳走了進去。

黎光文下完了白子，捏著黑子不知道該往哪裡下，池燦在他對面一屁股坐下來，跟著冥思苦想。「你覺得該下哪裡？」黎光文頭也不抬問。

「我還想不出，讓我再想想。」

「這裡。」黎光文把黑子落下。池燦撫掌。「對、對，落到這裡妙極了！」

黎光文被誇得心情舒暢，笑道：「我也這麼覺得。」

他抬眸，愣了。「你、你是那天——」出來給昭昭作證的小子？

「晚輩池燦。」

「呃。」黎光文矜持地點點頭。這小子是不是喜歡昭昭啊？然而他是那位養面首的公主的兒子，那些皇家人最愛亂來，何況這小子還生得這麼好。

不行，不行，昭昭跟著這樣的人不合適。這麼一想，黎光文態度就更冷淡了。

「白子該下哪裡呢？」池燦很自然把白子拈起來，皺眉思索著。

他棋藝還是很高的，就是下得慢點兒。

黎光文頓時被吸引走了注意力，手中把玩著黑子道：「看不出來？我跟你說，現在白子可是占據著優勢。」

「是麼？我還沒看出來，看來還是黎叔叔棋藝高明。」

門口的桃生：公子，您為了娶媳婦可真夠拚的，小的以前也沒看出來！

二人棋藝半斤八兩，一直下到天黑，黎光文盡興回府。一回到府中，他就直奔雅和苑去了。

何氏憂心忡忡道：「昭昭不知道遇到了什麼煩心事，晚飯沒有吃多少呢。」

「是麼，我去瞧瞧。」黎光文抬腳去了西跨院。

喬昭一見黎光文過來，有些意外。「父親來了？」

她接過阿珠奉上的香茗遞給黎光文。「父親是找我下棋嗎？」

一提到下棋，黎光文露出滿意的笑。「今天不下棋了，下了大半天了。唉，以前還從沒這麼盡興過。」

「這麼說，父親遇到了旗鼓相當的對手？」喬昭淡淡笑道。她成為黎昭後，沒有為父母做過什麼，但至少不要讓他們替自己擔心，這點情緒遮掩還是能做到的。

「對呀，從沒遇到下棋這麼對路子的人，那人妳也認識的。」

「我也認識？」喬昭忽生不妙的預感。

「就是上次長春伯府來鬧事時，出面給妳作證的那個後生。嗯，那後生還是挺懂禮數的，雖然出生長公主府，為人卻很謙遜，一口一個『黎叔叔』地叫我。」

喬昭抽了抽嘴角。謙遜？懂禮數？

喬姑娘哭笑不得看著黎光文。父親大人，您心中那個懂禮數的後生，恨不得把您閨女當外室養起來了，您還在這一臉滿意呢。

「這麼說，父親很喜歡池公子？」喬昭試探問。

她要有點心理準備，不能哪天被父親大人賣了還不知道。

黎光文點點頭。「嗯，作為棋友，還是挺待見他的。不過——」

說到這裡，黎光文深深看了喬昭一眼，一臉認真道：「不過他想娶妳，我是不樂意的，一碼歸一碼。」喬昭對黎光文只剩下敬仰。這樣的父親大人，她是服氣的。

黎光文抬手揉了揉喬昭頭頂。「妳娘說妳晚上吃得少，是出門遇到不愉快的事了嗎？」

「嗯，是有些不開心。」喬昭忽然不想在黎光文面前偽裝了。

眼前的人，是她的父親呢。

黎光文用大手把少女的秀髮揉亂，語氣溫柔：「誰讓妳不開心，以後咱就不跟他打交道。」

「我明白了，父親，我現在覺得好多了。」

「那就好，那為父就回屋了。」天色已黑，黎光文自是不便在女兒屋裡多待。

黎光文離去後不久，有丫鬟送來食盒。「三姑娘，老爺和太太命婢子給您送夜宵來。」夜宵是一碗冰糖燕窩羹，喬昭拿起勺子一口口吃著，一直從喉嚨甜到胃裡。

半晌後，她忽然掩面，任由淚水滲透手指縫隙。

一〇一　進退無措

又是一個不眠夜，翌日的清晨，天色依然是明媚的，喬昭乘車到了冠軍侯府。

「眼下還早。」知道了好友對眼前少女的心意，邵明淵便覺得二人獨處時間太久越發不合適。

喬昭卻一臉淡定。「正好給邵將軍施針熬藥。」

邵明淵猶豫了一下，道：「黎姑娘，其實我手下有擅長針灸之人。不知黎姑娘方不方便把驅除寒毒的施針步驟交給我的手下，以後由他來替我施針？」

喬昭淡淡看邵明淵一眼，摸出一根銀針，平靜道：「當然不方便，針灸之術不能外傳。」

「那……」

「邵將軍寬衣吧。」

邵明淵默默脫了上衣。

「躺下。」敏銳察覺眼前少女有些不高興，年輕的將軍識趣地躺好。

一根銀針輕巧沒入肌膚，邵明淵的睫毛顫了顫。

喬昭抬眸看他。「疼嗎？」

「不。」

又一根銀針沒入，邵明淵身體緊繃了一下。

「這次疼了吧？」喬姑娘一臉溫和問。

邵明淵抿了抿唇。為什麼有種黎姑娘是故意的錯覺？之前那兩次施針，明明毫無感覺的。

小小懲戒了某人一下，喬昭不再捉弄他，認認真真把剩下的針刺進去，而後眉眼平靜問他：「邵將軍對針灸之術感興趣？」

「呃，就是每天都要黎姑娘過來，太麻煩妳了。」

喬昭睃他一眼。這人又不說實話。

前天讓她一天跑了三次，最後一次還是被他騙來的，他怎麼不覺得麻煩她了？

難道……想到某種可能，喬姑娘面色微沉。兄長還不知情況如何，她已經夠累心了，這混蛋還要給她添亂，知道池燦的心意就要幫著撮合了？

喬昭目不轉睛看著邵明淵，越想越惱火。撮合自己妻子和好友，這世上也就這傻子了！

邵明淵被喬昭看得心驚肉跳，輕咳一聲：「黎姑娘？」

喬昭淡然伸出手，落在了對方腹肌分明的小腹上。

溫熱柔軟的手落在小腹上，邵明淵險些跳了起來。

他連「黎姑娘」三個字都喊不出口了，睜大一雙黑亮的眸子錯愕地望著喬昭。他的眼睛黑白分明，澄淨如高山雪水，平時看起來冷冷清清，可這個時候因為吃驚，莫名多了幾分稚氣，倒像是茫然無措的少年。把他這樣的表情盡收眼底，喬昭忽然就有了不良少女調戲良家美男的錯覺。

她手指微曲，按了按對方結實緊繃的小腹，一本正經道：「寒毒已經開始往這裡擴散了。」

果然是硬的。

邵明淵只覺小腹處彷彿被少女柔軟的指腹點燃了一把火，瞬間突破所有理智，咆哮著往一個地方湧去。

他猛然翻身下地。

喬昭一臉錯愕，急道：「不能亂動！」

邵明淵背過身去。「黎姑娘，今天就算了吧。」

喬昭完全不明白這人為何反應如此之大，沉著臉道：「你躺好，寒毒還沒排出來就半途而廢，那會雪上加霜的。邵將軍今天不是還要去見喬大哥，若是支撐不住該怎麼辦？」

邵明淵背對著喬昭好一會兒才默默轉身，重新躺下去。

喬昭仔細檢查一番，鬆了口氣。「幸虧沒有把針弄掉。」

她抿了唇，嗔道：「邵將軍剛剛為何亂動？」上次明明還很老實，這次怎麼就不配合了？

邵明淵薄唇緊抿，說不出話來。他總不能說，剛剛不受控制有了不該有的反應，險些出了大醜。他一定是瘋了才會生出那樣的反應。鋪天蓋地的羞愧感湧上，邵明淵垂眸錯開喬昭的視線。

喬昭揚了揚眉。居然不說話，居然不看她，這是拒不認錯了？

門口忽然傳來晨光的聲音：「池公子，您來啦！」

天啦，池公子怎麼這個時候過來？讓他看到將軍大人這個樣子，肯定會無理取鬧的！

晨光這麼一想，聲音更大了：「池公子，外邊天熱不？您渴了吧？我領您去喝茶。」

「語無倫次的說些什麼呢？你們將軍呢？」

屋子裡，邵明淵眼神一緊。

此情此景，他雖心中坦蕩，但讓好友看到了，難免不會多想。

呃，不對，他也沒資格說心中坦蕩，剛剛……想到這裡，邵明淵狼狽不已。

「啊，我們將軍？將軍他出去了。」

「請池公子進來。」喬昭語氣平靜，揚聲道。

門打開，池燦走進來。「怎麼來得比我還早——」後面的話堵在了喉嚨裡，池燦立在原地忘了反應。晨光砰的一聲關上了門。不管怎麼樣，隨他們去鬧吧，別殃及池魚就好。

池燦如夢初醒，大步流星走過去，氣得一張臉能滴血。「你們……」

「池大哥安靜點，我在給邵將軍驅除寒毒。」

「驅除寒毒要脫衣服？」池燦一雙眼睛眯起來，落在邵明淵身上。

「不然呢，隔著衣服施針？」喬昭反問。

池燦這才注意到那些銀針，心裡稍微緩了一口氣，依然面色鐵青。

也就是說，前天黎昭就是這樣替邵明淵治病的？

他居然還站在外面替他們兩個把風，一定是腦袋被驢踢了！

最重要的是……池燦再次瞄了邵明淵上身一眼，心中暗恨。最重要的是這小子身材比他好，脫成這個樣子是不是想勾搭他的白菜？

邵明淵閉了閉眼。之前面對黎姑娘袒露上身就已經夠尷尬，如今才知道，更尷尬的是被兩個人圍觀。

「黎姑娘，可以了麼？」

「嗯。」喬昭點點頭，對池燦道：「麻煩池大哥往一旁站站，我要拔針了。」

池燦黑著臉往旁邊一挪，目不轉睛盯著二人。

喬昭眉心跳了跳，一言不發替邵明淵取針，心中無奈極了。池燦到底是怎麼看上她的？她改還不行嘛！

銀針全都取下來後，邵明淵如獲大赦，飛快起身穿好衣裳。

「邵將軍定好了什麼時候去嗎？」喬昭問。

「江堂那邊安排好了，會派人通知我。」

喬昭起身。「那我先去給你熬藥。」
「還熬藥？」池燦脫口而出。喬昭無奈看他一眼，轉身離去。
屋子裡頃刻間只剩下了池燦與邵明淵二人。池燦坐下來，一手支撐在腿上，默默盯著邵明淵看。
邵明淵不動聲色問：「怎麼了？」
「你的寒毒，什麼時候能完全袪除？」
邵明淵已經從好友壓抑的語氣裡，感受到了風雨欲來的氣勢，遲疑著比劃了個「六」。
「六天？」池燦揚聲。這麼說邵明淵還要在黎昭面前脫好幾次？
池公子有種無法容忍的感覺，可想到好友的毒只有那丫頭能治，強行把不悅死死壓了下去，勉強道：「能治好就行。」
邵明淵沉默了一下，老實交代：「是六個月。」
「六個月？」池燦直接跳了起來，氣急敗壞地瞪著邵明淵。別開玩笑了，兩個人這個樣子朝夕相處六個月？六個月後，他是不是直接等著當乾爹了？
「這怎麼行？這不行！」池燦來回轉了幾圈，看也不看邵明淵一眼，抬腳走了出去。
邵明淵看著不停搖晃的門，無聲嘆了口氣。
他也不知道該如何是好。
黎姑娘說他若是寒毒不除，活不過一年。他原本不吝惜這條性命，可是如今舅兄身陷囹圄，又怎麼能任由舅兄孤立無援？他能為亡妻做的，便只有照顧好她的兄長與幼妹了。
池燦找到喬昭時，喬昭正圍著爐火熬藥。晶瑩的汗珠滲出額頭滾落到爐子上，發出滋的輕響，她卻絲毫不嫌熱，神情一絲不苟。
池燦默默站了一會兒，開口喚：「黎三。」

喬昭揮動扇子的手停下來，看向池燦。

「妳說過，庭泉的毒只有妳和李神醫能治？」

「是。」

「那妳不許給他治了，我這就派人去找李神醫。」

「已經起了頭，不能停了。」

「要是停了呢？」

喬昭抬起眼簾看池燦一眼，波瀾不驚道：「會死人。」

池燦一怔，抬手摸摸鼻子。「呃，妳就當我什麼都沒說，好好給庭泉治。」

半年就半年唄，反正是邵明淵脫衣服，這麼一想，他家白菜其實也不吃虧。

藥還沒熬好，邵明淵便來叫喬昭二人出發。

晨光手裡多了一套男裝，交給冰綠。「將軍讓三姑娘把這身衣裳換上。」

「這是你們將軍的？」

「不是，是新的。」

「這還差不多，那我的呢？」冰綠把衣裳接過來。

「只準備了一套，妳應該不用去吧。」晨光不確定道。

「我憑什麼不去？我要伺候我們姑娘呢！」冰綠柳眉倒豎，蹬蹬蹬跑去找邵明淵理論。

「邵將軍，您只讓晨光準備了一套男裝，沒有婢子的。」

邵明淵面色平靜道：「只有黎姑娘去。」

「那怎麼行？我們姑娘去那種地方，萬一遇到危險怎麼辦呀？」冰綠一聽急了。

「危險？」邵明淵周身氣勢一冷，瞥了冰綠一眼，淡淡道：「不會。」

冰綠還從沒見過邵明淵如此神情，嘴張了張，莫名有些畏懼，竟不知道說什麼好了，最終抱緊懷中衣裳，扭身走了。

喬昭很快換好了男裝，走出來時便是一個清秀的少年郎。

「二位大哥，可以走了麼？」

「難看。」池燦皺眉。

邵明淵笑笑。「挺好。」

三人離開冠軍侯府，在錦鱗衛指揮使江堂的安排下，進了天牢。

天牢設在地下，隨著一個個臺階往下走，明明是盛夏，卻有一股陰寒之氣撲面而來。到了下邊，潮濕之氣更甚，讓人格外不舒服。這樣的環境，哪怕是身強力壯的青年，時間久了身體也會垮的。想到兄長已經在這裡待了一晚上，喬昭心疼不已。

領路的獄卒停下來，態度恭敬。「侯爺，喬公子就在裡面了。」

三人面前的是鐵柵欄擋住的牢房，裡面的男子雖穿著囚服，背影卻挺拔依舊。

聽到說話聲，男子轉過身來，語氣微訝：「侯爺？」

喬昭不由用手抓住了柵欄。

大哥……她張張嘴，沒有出聲，在心裡默默喊了一聲。

「能否行個方便，讓我們進去說說話？」邵明淵問獄卒。

「這……」獄卒一臉為難，不由看向陪著邵明淵三人前來的錦鱗衛。

錦鱗衛開口：「侯爺的話沒聽到麼？」

「好的。」獄卒忙點點頭，掏出鑰匙把牢門打開。

「多謝。」邵明淵禮貌致謝，彎腰走了進去。喬昭與池燦二人緊隨其後跟進去。

「舅兄如何？身體有不舒服的地方嗎？」邵明淵半蹲下來。

喬墨笑笑。「還可以，吃得不算差，住的也是單人房，多虧侯爺關照。」

「舅兄說這話就是見外了。」

喬墨垂眸苦笑。「侯爺不怪我有所隱瞞就好。」

「我知道舅兄一定有不得已的苦衷。」

喬墨忽然抬眸看了喬昭一眼。喬昭莫名有些緊張，忍不住握緊拳頭。

「多謝黎姑娘和池公子來看我。」喬墨淡漠笑笑。

「喬大哥沒事，我……我們就安心了。喬大哥放寬心，我們會救你出去的。」

喬墨淡淡笑著謝過，收回視線對邵明淵道：「侯爺，我有些話，想單獨和你說。」

邵明淵看向池燦與喬昭。「我帶她出去等你。」池燦伸手拉了喬昭一下。「走吧。」

喬昭心中苦澀，面上卻半點不敢流露，從衣袖中拿出一個小荷包遞過去。「喬大哥，荷包裡有調養身體的藥丸，每天吃一顆，便不會讓你在這種地方落下病根。」

她手中舉著荷包，喬墨遲遲沒有接。

喬昭緊緊抿著唇，執著伸著手。喬墨終於伸手接過，淡淡道：「多謝黎姑娘。」

「不謝。」喬昭情不自禁露出歡喜的笑容。

她生得柔弱精緻，在這樣陰暗潮濕的環境裡，乍然綻放的笑容好像一朵最絢麗的花，把明媚春日帶了進來。

喬墨一怔。

池燦卻氣得險些跳腳。死丫頭，居然對著喬墨笑得這麼燦爛，氣死他了！這幸虧他還是跟著來了，不然她是不是還要給喬墨一個溫暖的抱抱啊？

「喬大哥保重。」喬昭垂眸，默默跟著池燦走了出去。

牢房裡只剩下邵明淵與喬墨二人。

「黎姑娘怎麼會來？」

「她很關心舅兄。」邵明淵解釋道。不知為何，想到少女默默離去的樣子，邵明淵覺得有些不忍。

喬墨輕輕一嘆。罷了，他是驚訝冠軍侯為何會同意帶著黎姑娘來這種地方，而不是問黎姑娘來的原因。不過現在，這些都不重要了。

「侯爺，我長話短說。那場大火前不久，先父得到一本記錄著抗倭將軍邢舞陽苛扣軍餉的帳冊，命我以除服訪友的名義，把它送到了其中一位世交那裡。沒過多久，家裡就遭了大火。」

喬墨說到這裡，自嘲一笑。「如今我把帳冊呈給了天子，天子是這天下的主人，如何處理自是不容他人置喙。但有一樁事我要告訴侯爺，那場大火不大可能是一場意外。當時我進去救幼妹，她在後花園裡哭著跑，然而整座宅子裡燃著大火卻絲毫聽不到別的聲音，我想——」喬墨有些說不下去，緩和了一下情緒才道：「我想，我的父母家人很可能在大火之前就已經歿了，不然不會一點動靜都沒有……」

「如果真是這樣，晚晚是如何躲過一劫？」邵明淵問。

喬墨苦笑。「後來我問過晚晚，她那天因為調皮被父親訓斥了，躲到後花園的假山洞生悶氣，後來睡著了，直到被煙嗆醒，才發現到處都是火。」提起這些事，喬墨再也難以保持平靜，眉宇間顯出痛苦之色。「那本帳冊與那場大火究竟有沒有直接的聯繫，我只能憑猜測，如今身陷牢獄更是不可能去證實了。我有兩件事拜託侯爺。」

「舅兄請說。」

「如果侯爺方便的話，就請把喬家大火的真相找出來吧。假若我的猜測是正確的，大火果然有幕後真凶，哪怕不能把凶手繩之以法，至少不會讓喬家人當個糊塗鬼。第二件事，就是希望侯爺能把晚晚扶養成人。」

「舅兄說的兩件事，明淵都會盡力而為。但請舅兄不要擔心，我會把你救出來的。」

喬墨露出釋然的笑容。「多謝侯爺了。」

「舅兄何必與我客氣？我們是一家人。」

喬墨沉默一會兒，開口道：「侯爺之前說過的話，也不必當真了。」

邵明淵愣了一下，顯然沒反應過來喬墨所指何事。

喬墨笑笑。「侯爺曾說，此生只有大妹一個妻子……」

邵明淵恍悟，語氣鄭重道：「明淵心意不會變。」

「這又是何苦，侯爺是什麼樣的人我已經知曉。人死如燈滅，侯爺何必守著這些虛事空度此生？」

邵明淵垂眸，沉默片刻，才道：「這是我唯一能為喬昭所做的。」

他沒有保護過她，沒有愛過她，他是這世上最糟糕的丈夫，又如何能夠在親手殺了她後，心安理得娶妻生子？他不是贖罪，因為無論如何喬昭也不會活過來了。他只想孑然一身乾乾淨淨，將來若在地下相聚，她會是他唯一的妻子，他們祠堂裡的牌位旁也不用留別人的位置。

喬墨深深看邵明淵一眼，嘆道：「侯爺不瞭解我大妹的為人。她是很灑脫的女孩子，我相信她從沒有怪過你。」

「我知道的。」邵明淵握緊了拳。他知道妻子不是尋常的女子，不然不會在他大婚之日就離京出征後，給他寫了那樣一封信。

「所以大妹在天有靈，也不希望侯爺如此自苦。」

「舅兄不必勸我了。」邵明淵一笑。

「那萬一侯爺遇到讓你心動的姑娘呢？侯爺還如此年輕，人生那麼長，何必給自己套上這樣的枷鎖？」

「不會──」邵明淵想說，不會是枷鎖。他甘之如飴，又如何會覺得那是枷鎖？

然而喬墨打斷了他的話：「侯爺能保證自己不會心動？」

他的親友，包括他自己，已經遭受了太多不幸，他不希望邵明淵也如此。

喬墨說出此話，邵明淵腦海裡忽然就浮現出捏著銀針一本正經威脅他的少女身影。

一生不會對別的姑娘心動嗎？或許很難做到。他不是聖人，只是個有著七情六欲的凡夫俗子，也許在某個時候便會怦然心動。

然而，也僅止於此而已。

一個人很難控制住瞬間的心動，卻能控制住自己的理智。

邵明淵坦然笑笑。「舅兄說的我都明白。不過我想，無論是娶妻生子還是孑然一身，隨心就好。」他沒辦法說服自己跨過親手殺妻的坎兒去娶妻生子，就算世人都覺得孑然一身淒涼寂寞，對他來說卻是最好的。

「舅兄，之前你懷疑黎姑娘有蹊蹺，我已經安排人著手查探黎姑娘這些年的經歷了，等出了結果──」

「不必了。」喬墨自嘲一笑。「現在這些已經不重要了。」他死死保護的東西已經交了上去，如今身陷大牢，容貌盡毀，還能有什麼讓人圖謀的？

「還是查查吧，這樣都能安心。」

雖然他直覺相信黎姑娘沒有圖謀，也勉強認可了她天資絕倫能模仿他人筆跡的能力，可是午夜夢回，想著那封家書，心底深處又如何能做到全無疑心？

那一點點疑心，就足以讓他輾轉反側，夜不能寐。

有腳步聲傳來，隨後咳嗽聲響起：「侯爺，時間差不多了。」

邵明淵站了起來。「舅兄，你放寬心，我會儘快想辦法救你出去的。還有，黎姑娘醫術高明，她給你的藥丸記得服用。」

邵明淵出去後，喬墨無聲笑笑。還說不會對別的姑娘動心，難道那傻小子不知道，他對黎姑娘的信任已經非同一般了？喬墨這樣想著，便把之前喬昭強行帶給他的荷包拿了出來。

他的目光落在荷包一角，頓時便無法再移開。

荷包角落裡繡著一隻活靈活現的小鴨子，綠色的鴨子眼直直望過來，好像在與人對視。

這個荷包……

喬墨手一抖，快速把荷包打開，裡面除了躺著一只小瓷瓶，還有一張折疊好的素箋。

喬墨幾乎是顫抖著手把素箋打開，上面只有一行小字：

賢者以其昭昭，使人昭昭。落款：阿初。

這是大妹喬昭的筆跡，也是黎姑娘黎昭的筆跡。

而阿初是大妹的小字……

喬墨猛然站起來，衝到鐵柵欄前，揚聲道：「侯爺！」

獄卒走過來，態度還算客氣。「喬公子還是坐回去吧，冠軍侯早就走遠了，如何能聽得見？」

「不知冠軍侯有沒有提什麼時候再過來？」喬墨萬分後悔剛剛沒問這句話。

獄卒哭笑不得。「喬公子，您以為這地方是茶館，想來就來呢？這裡是天牢，冠軍侯能來見您都是托了人情的。實話和您說吧，寇尚書就在冠軍侯之後也來了，都沒能進來看您呢。」

喬墨表情呆滯地坐了回去，死死抓著手中荷包久久不語，心中卻掀起了驚濤駭浪。

黎姑娘給他留這句話是什麼意思？

那句話是大妹名字的由來，「阿初」則是大妹的小字，黎姑娘是想暗示什麼？

還有那個荷包，在荷包一角繡綠眼鴨子的習慣是大妹獨有的！

喬墨只覺一顆心跳得厲害，一個念頭在腦海中一閃而過，又很快被他否決。

不可能有如此離奇的事！

字跡可以模仿，大妹的小字以及習慣同樣可以被人知曉，就連大妹的生辰八字最初都是給過靖安侯府的，若是被人拿到又有什麼奇怪的？

這世上，只要有心，許多祕密便不算祕密了。

喬墨背靠著牢獄潮濕陰冷的牆壁，用理智說服著自己，可另一個聲音不受控制在心中響起來：喬墨，你如今一無所有，狼狽至極，黎昭又能圖你什麼呢？

喬墨攤開手，默默盯著看。

還是說，一把火把他的家燒得乾乾淨淨的幕後凶手，認為他手裡還有什麼東西？

若說有，便是那本帳冊了。

不錯，那帳冊雖然被他呈給了天子，然而憑藉著過目不忘之能，他早已把帳冊上的每一個字都記在了腦海裡。

然而這樣又有什麼意義，連當今天子對帳冊都渾不在意，別人還不肯甘休嗎？

一〇二　他不敢信

喬墨摩挲著光滑細膩的白瓷瓶，沉默良久終於打開，裡面是數枚藥丸，不多不少正好七枚，七種顏色。

喬墨心頭一震，耳邊響起女童稚嫩的聲音：「大哥，我跟著李爺爺已經學會了制藥，不過我把藥丸做成了虹霓的顏色，被李爺爺罵了，說別人會嚇得不敢吃。」

「沒事，別人不敢吃，大哥敢吃。只要是妹妹做的。」

「大哥，你受了涼，我制的藥丸正好對症。不過這些藥丸雖然功效相同，外衣的味道卻不一樣哦。」

「是麼，都有什麼味道？」

女童露出缺了門牙的狡黠笑容。「大哥試試就知道了，只能吃一顆，吃到什麼味道就看大哥的運氣了。」

「那我試試。」他拿起綠色的藥丸放入口中，一股苦澀頓時在口中蔓延開來。

女童大笑：「哥哥運氣實在不好，綠色的放了黃連。」

「調皮！」喬墨抬手捏了捏女童的小鼻子，卻老老實實把藥丸吞了下去。

喬墨收回回憶，視線落在白瓷瓶中的綠色藥丸上。

沉默片刻，他把綠色藥丸倒了出來，放入口裡。

熟悉的苦澀味道瞬間蔓延開來，苦得他控制不住，一滴眼淚從眼角滾落下來。

「昭昭……」喬墨喃喃叫著這兩個字。

如果說言行舉止、字跡都能模仿，那這又是怎麼回事？

要是敵人連大妹七、八歲時與他開的小小玩笑都能知曉，那未免太可怕了。

不，這是不可能的事。

大妹從小就跟著祖父在嘉豐居住，每年會來京城小住，若說這些事情早就被有心人盯著已是難以置信，畢竟那本帳冊是父親才得到的，幕後凶手又不可能未卜先知。

退一萬步講，就算京城喬家早早被人盯上了，那麼這些彩色的藥丸又怎麼解釋？

那年他回嘉豐看望祖父祖母，不料因為不適應氣候而病倒，大妹才制了這些藥丸。這件事除了他和大妹，除非是神仙才能知道。

那麼，黎姑娘是如何知道的？

喬墨再次把那張素箋拿起來。

賢者以其昭昭，使人昭昭。

他把素箋輕輕放在了心口上，輕聲呢喃：「黎姑娘，妳究竟想證明什麼？」

證明——妳是我大妹麼？

這個猜測已經呼之欲出，可是喬墨依然難以置信。

借屍還魂？這樣荒誕的事情真的存在嗎？

他懷疑，而更主要的是，他不敢！

他不敢去相信有這種可能，因為一旦失望，那會是早已麻木的心難以承受的痛。

喬昭被池燦拉到外面去，新鮮的空氣與明媚的陽光不但沒讓她心情舒展，反而更加壓抑。大哥就是在這種暗無天日的地方待著。

喬昭抬頭看著蔚藍的天空，深深吸了一口氣。她一定要儘快把大哥救出來，竭盡所能。

「黎三，我怎麼覺得，妳一直在拿自己的熱臉蛋貼喬墨的冷屁股？」池燦見喬昭秀眉不展，忍無可忍開了口。怎麼喬墨蹲了大牢，這丫頭活像比自己蹲大牢還難受？牢裡的人若是換成他，她可會這樣？只要這麼一想，池燦一顆心就像浸泡在了醋水裡，又酸又澀。

原來喜歡一個人是這樣的，會為了她的一顰一笑而患得患失。

池公子很不喜歡這種感覺，所以，一定要黎三也早早喜歡上他，那就萬事大吉了。

「池大哥，我心情不好，不想聊天。」喬昭轉過身，背對著池燦。

「黎三！」池燦一字一頓喊。

這時腳步聲傳來，喬昭猛然轉身，卻發現來人不是邵明淵，而是另一個熟悉的人——她的外祖父寇尚書。

在喬昭眼裡，外祖父比最後一次見面時要蒼老許多，而大舅的眼角也爬上皺紋了。

寇尚書由寇伯海陪著往外走，面色凝重。

喬昭忍不住上前一步。外祖父與大舅是來看大哥的嗎？

寇尚書往這個方向看了一眼，目光在喬昭臉上一掠而過，落在池燦面上。

寇伯海在寇尚書耳邊低語幾句，寇尚書聽完抬腳走了過來。

喬昭目不轉睛望著頭髮花白的寇尚書。

「池公子是來看望老夫的外孫喬墨的嗎？」

「嗯。」寇尚書年紀擺在這裡，池燦勉強給了個回應。

喬墨在尚書府住著能被邵明淵突然接走，雖然他不瞭解內情，但也可以猜得出，這尚書府不是什麼好地方。家破人亡前途盡毀的外孫投奔而來，卻沒有容身之地，這讓他對寇尚書府的人如何有好感？對待不喜歡的人，他向來懶得多話，只有這丫頭身在福中不知福！

池燦很乾脆地忽略了寇尚書父子，看向喬昭。

寇尚書這才多看喬昭一眼，而後咳嗽一聲道：「池公子，請問你是否與冠軍侯一道來的？」

「沒有。」池燦乾脆俐落否認，一拉喬昭。「寇尚書，我們剛出來，先走一步了。」

見池燦拽著喬昭走了，寇尚書自恃身分沒有多說，帶著寇伯海默默離去。

池燦鬆開喬昭的手，冷笑一聲。「定然是想沾庭泉的光進去看喬墨呢。」

那些錦鱗衛給冠軍侯面子，可不會給這些人面子。

別看寇行則身為六部長官之一，見了錦鱗衛照樣要客客氣氣的。

喬昭沒有說什麼。

自從查到大舅母毛氏給大哥下了毒，且背後有沒有人推波助瀾還是未知數，她對原本該親近的外祖家就有了防備之心。無論外祖父等人對大哥心意如何，這種時候減少接觸不會有錯。

「怎麼不說話？」池燦問。

「邵將軍出來了。」喬昭往外走去。

邵明淵看看二人，不動聲色道：「回去再說吧。」

三人回到冠軍侯府，邵明淵停下腳步。「黎姑娘，妳換回女裝，我送妳回家。」

喬昭沒有動，直言道：「我要救喬大哥出來。」

「這種事，妳摻和什麼？」池燦皺眉。

喬昭沒理他，直視著邵明淵道：「邵將軍應該還記得我之前說的話，李爺爺離京前，特意托付我照顧喬大哥。受人之托忠人之事，如今喬大哥遇到麻煩，我不可能袖手旁觀。」

「可妳——」

「好，那進來說吧。」邵明淵轉身往內走。

池燦翻了個白眼。邵明淵居然由著這丫頭胡鬧，簡直不可思議！

進屋後三人紛紛落座，邵明淵直言道：「拾曦先前說，皇上為了朝局穩定，只要邢舞陽沒有犯謀逆大罪，都不會計較。」

「對。」池燦點頭，「所以喬墨才被關進大牢裡。邢舞陽不能動，那就只能是喬墨『誣告』了。」

「要是邢舞陽能被取代呢？」邵明淵拋出這句話來。

池燦在這方面腦子轉得很快，聞言立刻吃了一驚。「你想取代邢舞陽去抗倭？」

「不行！」同樣兩個字從池燦與喬昭嘴裡同時喊出來。

邵明淵表情波瀾不驚，顯然在回來的路上已經考慮好了。「既然皇上要的是穩定，能有取代邢舞陽的將領是一樣的，這樣才能和邢舞陽算別的帳，舅兄便可以脫身。」

更重要的是，他前往南方，就可以親自追查喬家大火的幕後真凶了。現在雖然明眼人都能推測出來喬家大火與那本帳冊有關，邢舞陽定然脫不開關係，但沒有確鑿的證據，憑猜測是無法給人定罪的。

「哪有這麼簡單。南方形勢可比與北地韃子打仗複雜得多。最重要的是，我那皇帝舅舅不會想看到武將中一人獨大。」池燦分析著：「到時候你遠離京城之外，一旦某些人在御前嚼舌幾句，說不定功勞就變成了罪過，連個自辯的機會都沒有。而今南北邊境都不安定也就罷了，倘若等天下太平那日——」

「那是以後的事。」邵明淵淡淡道。

池燦臉色一沉。「今日之因他日之果，你為了救喬墨出來，就不想以後了？」

他不能看著自幼一同長大的好友找死，至於喬墨，當然還可以想別的辦法，大不了他去求一求母親看有什麼辦法，萬一實在不行……呵呵，他和喬墨又不熟，不行就算了唄。

「不成，邵將軍不能去。」喬昭開口。

邵明淵看向喬昭。

喬昭面色平靜道：「我之前便說過，邵將軍體內寒毒因為前兩天情緒波動太劇烈，已經攻入心脈。如今驅毒已經起了頭，就不能半途而廢了。倘若邵將軍前往南方抗倭，那麼不需要考慮什麼以後，也沒有以後了。」喬昭這話，邵明淵與池燦二人都聽明白了。

池燦暗暗點頭。嗯，兩個人意見一致的感覺還是很好的。

「但是……」邵明淵開口。

喬昭打斷邵明淵的話：「如果說救出喬大哥是以邵將軍性命換來的，那麼喬大哥定然也不會安心。所以沒有什麼但是，與其走這條死胡同，不如再想更好的辦法。」

辦法總是人想出來的，一命換一命，這是最笨的作法。

喬昭忍不住睇了邵明淵一眼。看來她之前的話白說了，這人依然絲毫不在意自己的性命。

他是因為愧疚嗎？

然而她不需要他用命來償還這份愧疚，她的兄長，她自會想辦法救出來。

「黎三說得對，咱們再想別的辦法好了。這樣吧，我回去找我母親想想辦法。」池燦起身。

喬昭抬眸。「池大哥，等一下。」

「嗯？」池燦看她。

「長公主的身分，不大合適摻和進來。」她已經欠了池燦救命之恩，如今再欠下去，最後總不能真的以身相許吧？她與兄長的事，更希望靠自己的能力來解決，而不是依靠別人。

「這也不行，那也不行，妳說該怎麼辦？」池燦一屁股坐下來，皺眉問喬昭。

看這丫頭能的，他和邵明淵都不行，就她行？

「不知邵將軍和池大哥知不知道，朝中內外能在皇上面前說上話，甚至讓皇上改變主意的，有誰？」

池燦不假思索道：「有三個，一個是當朝首輔蘭山，一個是錦鱗衛指揮使江堂，還有一個是秉筆太監兼東廠提督魏無邪。這三個人在皇上面前都是能說上話的。」

他說完看了喬昭一眼。「妳不會想從這三人身上下手吧？」

「不行嗎？」喬昭反問。

池燦往椅背上一靠，懶洋洋道：「想都不要想。先說說首輔蘭山，邢舞陽本來就是他提起來的人，他不把喬墨滅口就是好的了，還指望他在皇上面前說好話放喬墨一馬？那除非是腦子被驢踢了。」他端起茶杯喝了一口，放下接著道：「秉筆太監魏無邪就更不行了，我那皇帝舅舅最厭煩宦官多嘴。魏無邪正盯著掌印太監的位置呢，沒有誰有這樣的臉面，讓他在這種緊要關頭惹皇上不快。」

池燦說到這裡看了邵明淵一眼。「至於錦鱗衛指揮使江堂，看似是最好說話的，然而也不可能。一些無關緊要的小事，他或許會給庭泉臉面，但在這種事情上是不會違背皇上意思的。」江堂為了將來打算有意與邵明淵交好，然而要是失去了皇上的信任，那就別想什麼將來了，眼下就要倒楣。孰輕孰重，這些在朝堂內廷混成精的人都是拎得清的。

「就是江堂了。」聽完池燦的分析，喬昭道。

「什麼就是江堂？」池燦皺眉。「黎三，我剛剛說的話，妳沒聽見？」

喬昭笑笑。「多謝池大哥指點，我是說，我有辦法讓江堂答應幫忙。」

邵明淵與池燦俱是一愣，面帶驚訝看著她。

在二人的注視下，少女依然從容不迫道：「對付邢舞陽，那是稍後的事，眼下的當務之急是救喬大哥出來。只要不和帳冊掛鉤，不牽涉到邢舞陽，我想此事在皇上面前應該有迴旋餘地。」

「然而這個忙並不簡單，江堂怎麼會樂意出手？」池燦問。

邵明淵亦深深望著她。

喬昭笑笑。「所以要讓江堂不得不答應幫忙啊。事不宜遲，邵將軍、池大哥，我先告辭了。」

「等等。」邵明淵喊住她：「黎姑娘想見江堂，我陪妳去。」

池燦目瞪口呆。「庭泉，她胡鬧，你也跟著胡鬧麼？她一個小丫頭怎麼讓江堂答應幫忙？想想都不可能啊。」總不能是色誘吧，江堂好像自從髮妻過世後便不近女色。

邵明淵笑笑。「讓一個傻子頃刻間變成正常人想想也不可能，但黎姑娘做到了。」

池燦啞口無言。

「多謝邵將軍，不過我想一個人去見江堂，邵將軍出面不合適。」

她要提的事江堂忌諱讓別人知道，而且本來是公平交易，邵明淵一出面，倒成了邵明淵欠下了江堂人情。江堂那樣的人物，人情可不好還。

「為何不合適？」邵明淵問。

「只是公平交易，邵將軍不出現，事情反而簡單一些。」

「那我派人陪妳去。」

「有晨光陪我就夠了，我先回府準備一下。」喬昭告辭離去。

池燦忍不住想追，被邵明淵攔下。「黎姑娘既然這麼說，就先讓她試試看吧。」

「你就不怕江堂對她不利？」池燦完全不理解邵明淵的想法。

邵明淵坦言道：「江堂知道黎姑娘是我照看的人，即便黎姑娘不能讓他答應幫忙，也不至於招來麻煩。」

池燦鬆了口氣，而後又是一陣心塞。

黎三是庭泉照看的人？這話從邵明淵嘴裡說出來，聽著怎麼這麼彆扭呢？

邵明淵見他臉色不大好，想了想，解釋道：「受人之托。」

「你解釋這個幹什麼？」池燦睇了邵明淵一眼。「你們兩個都有主意，就我一個亂操心。好了，我先回去了，有事情叫我。」

一〇三　我有辦法

喬昭從冠軍侯府離開，上馬車時停了一下。

「姑娘，怎麼了？」冰綠問。

喬昭不經意落在某處的視線收回來，面不改色上了馬車。「沒事，走吧。」

總感覺牆角那個少了一條腿躺著要飯的乞丐有些熟悉。

說起來，過目不忘有時候也是一種煩惱啊。

回到黎府，喬昭從箱子底部摸出一只瓷瓶放入荷包裡，略做休息便又出了門。

「三姑娘，還去將軍那裡嗎？」晨光跟在喬昭身旁問。

「不了，去別處。」喬昭出了側門往外走，還沒走到馬車處就忽然停下來，而後快步往牆根走去。

太陽正爬到高空，牆根陰涼處趴著一隻老黃狗，正伸著舌頭呼哧呼哧喘著氣。

老黃狗旁邊躺著個少了一條腿的乞丐，披頭散髮，臉上灰撲撲的，看不出原本模樣來。

牆根處陰涼地方有限，老黃狗個頭又不小，獨腿乞丐嫌被占了地方，用完好的那條腿踢了老黃狗一下。

「汪！」一直懶洋洋的老黃狗，忽然呲牙朝獨腿乞丐叫了一聲。

晨光攔住喬昭。「三姑娘，別過去了，當心被狗咬到。」

見喬昭不像被勸住的樣子，晨光看了獨腿乞丐一眼，善解人意道：「三姑娘是不是看那乞丐可憐要賞他錢啊？這個交給我來就好了。」

老黃狗旁邊的獨腿乞丐險些就要忍不住狂點頭了。

是啊，要賞錢讓您旁邊那個白癡來就好了。黎姑娘，大熱天的您忽然往這邊走，太他娘的嚇人了！不，不，要冷靜，要淡定，他都變成獨腿了，不可能再被認出來！

江鶴盯著擺在面前的破瓷缸自我催眠道。

「那條狗不咬人的。」喬昭笑道，一邊說一邊往那邊走。

「為什麼？」晨光忍不住問。

江鶴差點跟著問出來，忙死死咬住舌尖。

喬昭一本正經解釋：「因為太老咬不動了，只會靠叫喚嚇人了。」

老黃狗：這些人類真是夠了，能不能別拿我取樂？

喬昭已經站到江鶴面前。

江鶴膽戰心驚盯著少女腳上淡綠色的繡花鞋，靈機一動舉著破瓷缸哀求道：「小娘子行行好，賞口吃的吧。」

喬昭俯下身來，笑吟吟道：「小哥哪裡需要我賞飯吃，你不是在十三爺手下混飯吃嗎？」

江鶴聞言險些昏過去。為什麼會被發現？鎮定，鎮定，對方一定是在詐他，他要是沉不住氣就中計了！

「小娘子在說什麼？小娘子行行好吧，賞個窩窩頭吃也行啊，俺被黑心主家打斷腿趕出來，已經兩天沒吃東西了。」

喬昭伸出纖長瑩白的手指，指了指空蕩蕩的那條腿，溫聲提醒道：「要是把腿捆綁時間太長了不放開，最後真的會因為血脈不通而爛掉。」

「什麼？」江鶴險些跳起來。

少女托腮淺笑。「那小哥以後恐怕就真的要蹲在我家門外的牆根處討飯了。嗯，到時候我會命人每天給你送窩窩頭的。」

江鶴忙掀起衣襬把綁著的那條腿放了出來，哭喪著臉問：「姑奶奶，我都這樣了，您是怎麼認出來的？」

目瞪口呆的晨光也想知道這個問題！他好歹是受過這方面訓練的，都沒留意到。

少女認真解釋道：「我們擅長作畫的人呢，尤其是擅長畫人物畫的人，看人不只是看臉的，還要看骨。當然，你除了臉型沒變，左邊眉毛旁邊那顆小痣的位置，也是和上次賣冰糖葫蘆時一模一樣。」

「你還裝過賣冰糖葫蘆的？」晨光擼了擼袖子。

江鶴已經哭了。「這個是重點嗎？」

「那什麼是？」晨光揚眉。江鶴悲痛欲絕抹著淚道：「重點當然是為什麼會有黎姑娘這樣的人，多久前見了一面，還記得我眉毛旁邊的痣！」

大人這是坑他啊，難道衙門經費已經如此緊張了嗎，連刷馬桶的那份工錢都想省下來？

江鶴心若死灰站起來，抬腿踹了看熱鬧的老黃狗一腳。「滾！」

剛剛這畜生一直跟他搶陰涼地方，他多敬業啊，為了讓自己看起來像一個真正的乞丐，愣是忍著沒動手。

「汪汪！」老黃狗叫了兩聲，掃喬昭一眼，搖著尾巴悲傷走了。都是這人說出牠咬不動人的事實，以後真是沒法混了。

「小哥，麻煩帶我去見江大人。」

「您要見我們大人？」

「我想，你們大人應該也是樂意見到我的。」

江鶴乾笑。「黎姑娘真會開玩笑。」

又一次監視失敗的小錦鱗衛，垂頭喪氣領著喬昭去見江遠朝。

「黎姑娘。」喬昭的出現讓江遠朝有些意外，而後看到灰頭土臉的江鶴，隱隱明白了什麼。

「大人，屬下真的盡力了……」

他知道這笨蛋早晚會被發現，卻沒想到會這麼快！

「滾！」江遠朝薄唇輕吐出一個字，而後向喬昭歉然一笑。「讓黎姑娘見笑了。」他想過被發現後黎姑娘會生氣，卻沒想到黎姑娘會直接來找他。

江遠朝眼尾餘光掃了江鶴一眼。

他承認，對黎姑娘發現被監視後的反應，他是有些期待的，不然就不會派這蠢貨去了。

喬昭淡淡道：「已經習慣了。今天來見江大人，是有一件事要麻煩您。」

「黎姑娘請說。」

「我想見江大都督，勞煩江大人代為引見。」喬昭面色平靜道。

嗯，這樣看來，被監視有時候也是能反過來利用一下。

「黎姑娘想見大都督？」江遠朝嘴角笑意收起，大為意外。

這時廳外傳來聲音：「十三哥——」

江遠朝暗道要糟。

轉眼間江詩冉已經進來，興沖沖道：「十三哥，我今天——」

後面的話突兀截斷，江詩冉目光直直看著喬昭，失聲道：「妳怎麼會在這裡？」

「江姑娘，我找江大人有事。」

「有事，妳能有什麼事——等等，妳臉上的疤呢？」

「已經好了。」

「不是說被我毀容了嗎，怎麼會一點痕跡都沒留下？」江詩冉面色陰沉。「我明白了，當時妳就傷得不嚴重，故意誇大其詞，好敗壞我名聲，是不是？」

「不是，是我用了特殊的藥——」

江詩冉打斷喬昭的話：「妳不必狡辯，要真是那麼嚴重的疤痕，什麼藥都不會治好。妳就是存心害我名聲掃地，讓別人對我敬而遠之，而且害了一次還不夠，還要再害我第二次，現在好些人背後都在說，碧春樓打傷長春伯府那個王八蛋的人是我！」江詩冉越說越氣，揚手向喬昭打去。「我打死妳這個小賤人！」

「冉冉，不要胡鬧！」江遠朝抓住江詩冉手腕。

江詩冉不可思議盯著自己手腕，而後抬眼看向江遠朝。「十三哥，你說我胡鬧？你居然為了她說我胡鬧？你是不是喜歡上她了？難道你忘了我們已經定親了嗎？」

江遠朝一個頭兩個大，無奈道：「我沒忘。冉冉，這是辦公的地方，妳趕緊回去吧，有什麼話咱們在家裡說。」

「那她怎麼會在這裡？」江詩冉伸手一指喬昭。「十三哥，你讓我回去，她為什麼能登堂入室？這裡可是錦鱗衛衙門，你不要哄我，我不信隨便一個小姑娘能來這裡！」

她目光往茶几上一落，更是氣個半死。「你還請她喝茶！」

「江姑娘，我不是來見江大人的。」

「妳閉嘴！」江詩冉注意力又放回到喬昭身上。「我還真沒見過妳這樣水性楊花的女孩子！」

「水性楊花？」喬昭愣了愣。這樣的評價，她兩輩子加起來第一次聽到。

喬姑娘有些生氣了。

「難道不是嗎？虧我爹還叮囑我，讓我以後不要招惹妳，說妳是冠軍侯的人。呸，妳無媒無聘就跟著冠軍侯勾勾搭搭，現在又跑來勾搭我十三哥了——」

無媒無聘？與冠軍侯勾勾搭搭？勾搭江遠朝？這些話字字戳心，讓喬昭怒火到了極點，揚手打了江詩冉一巴掌。

啪的一聲脆響在廳中響起，不只江遠朝震驚得忘了反應，連站在外面的錦鱗衛都傻了眼。

老天，這姑娘膽子真肥，居然敢打江大姑娘？最關鍵的是，還是在錦鱗衛的地盤上！

江詩冉同樣驚呆了。身為錦鱗衛指揮使江堂的掌上明珠，她何曾挨過一下打。

「妳打我？妳居然敢打我？」江詩冉摀著臉頰，連還手都忘了。

喬昭面色平靜。「如果江姑娘不敢相信，那我可以再打一次。」

什麼樣的女孩子會把「水性楊花」、「無媒無聘」這樣惡毒的話掛在嘴邊？簡直是可忍，孰不可忍！

出乎喬昭意料，江詩冉沒找她繼續算帳，反而看向忘了反應的江遠朝。「十三哥，你就眼睜睜看著她打我？你心裡有她，是不是？嗚嗚嗚，我要去告訴我爹！」

江詩冉摀著臉飛奔而去，廳內只剩下江遠朝與喬昭二人。

沉默過後，江遠朝開口道：「黎姑娘，妳有麻煩了。」

「江大人要教訓我？」

江遠朝無奈一笑。「黎姑娘應該知道，妳的麻煩不在我。」

義父對義妹疼愛入骨，哪怕有冠軍侯的情面在內，這件事都不會就這麼算了。

「黎姑娘，妳不該衝動的。」江遠朝真心實意勸道。對眼前的少女，他總是有著莫名的好奇，那些好奇在不知不覺中變成好感，無論如何他不希望她出事。

喬昭一笑。「我不會衝動的。」只是有些事情可以忍一時，而這樣的辱罵，她忍不得。祖父、祖母對她十幾年的教養，也不允許她當縮頭烏龜。

「黎姑娘，妳走吧。」江遠朝忽然道。

「嗯？」

「大都督那裡我來解釋，妳先回去。」

喬昭有些意外。在她印象裡，江遠朝是那種一言一行都會權衡利弊的人。萬萬沒想到這個時候，他會願意攬事。

「快走吧。」江遠朝語氣軟下來。

他為什麼就是拿這個女孩子沒辦法呢？她調侃過他，諷刺過他，疏遠過他，而他明知她與那人是毫無關係的，還是忍不住想保護她。

「多謝江大人，我今天本來就是來見大都督的，等見過他再走。」

「黎姑娘，大都督對女兒的在意遠超乎妳的想像，無論妳找大都督有什麼事，今天都不是好時機。」

「我想大都督不會計較的。」

「為什麼？」江遠朝越來越看不懂眼前少女了。

「我也想知道為什麼。」一道男子聲音響起，江堂抬腳走了進來。

江詩冉緊挨著江堂，眼睛紅紅的，顯然是哭訴過了。

江堂已經有些發福，平時給人慈眉善目的感覺，此刻卻臉色陰沉，盯著喬昭的眼神很是凌厲，流露出了錦鱗衛指揮使的威嚴來。

江堂的功夫是極好的，哪怕上了年紀養尊處優，朝廷中身手比他好的人屈指可數。當他發火時，能夠面不改色的人很少，現在外面站著的那些錦鱗衛全都低著頭盯著腳尖，唯恐大都督的怒火不小心波及到自己頭上來。

喬昭卻面不改色向江堂見禮：「見過大都督。」

江堂一雙眼睛上下打量著喬昭，聲音平靜無波：「我知道妳，妳是翰林院修撰黎光文的次女。」

喬昭大大方方一笑。「能被大都督記住，是我的榮幸。」

江堂臉色一沉。「那麼，黎姑娘可否告訴我，妳憑什麼認為我不會計較妳打了我女兒？就憑藉著冠軍侯的照應嗎？」他與冠軍侯是互利互惠的關係，最終還是為了愛女的將來打算，而如果現在因為冠軍侯反而讓愛女受辱，那這樣的關係不要也罷。

他江堂還真不是得罪了誰就混不下去的人。

至少現在如此。

一〇四 我的憑仗

「爹，您跟她廢什麼口舌，我再也不想看到她！」

江詩冉說完，越想越氣，抽出纏在腰間的鞭子向喬昭抽過去，被江堂攔住。「冉冉，稍安勿躁，爹會給妳出氣的。」到底還是顧忌江遠朝在場，怕太粗魯野蠻惹他不快，江詩冉把鞭子收起來，委屈道：「嗯。」

江堂看著喬昭冷笑。「黎姑娘要是說不出個所以然來，就別怪我不客氣了。」

喬昭依然面不改色。「大都督想要知道我有什麼憑仗，可否單獨一談？」

「爹，您不要聽她的鬼話，她一個小丫頭能有什麼憑仗，哪來的臉面和您單獨一談！」江詩冉此刻看著喬昭就如眼中刺、肉中釘，恨不得滅了她。

江堂安撫拍拍江詩冉，掃江遠朝一眼。「十三，你先陪著冉冉聊聊天。黎姑娘，妳跟我來。」喬昭默默跟在江堂後面走，江遠朝欲言又止。

江詩冉跺腳。「十三哥，你還看她！你是不是真的喜歡她？」

「沒有。」江遠朝頭大如斗。「冉冉，我們已經定親了，這樣的話以後不要再說，對誰都不好。」

「定親了和喜不喜歡別人是兩碼事。」江詩冉難受極了，眼中含淚。她只要一想到十三哥多看別的女人一眼，就恨不得把那個人大卸八塊，千刀萬剮。

「對我來說是一碼事。」江遠朝笑容透著一絲疲憊。「冉冉，別鬧了，我既然與妳定了親，以後便會和妳好好過一輩子。」

「真的？」

「真的。」

江詩冉這才破涕為笑。

另一間屋內，江堂坐下來，指指另一張椅子。「坐。」

喬昭從善如流坐下。

「黎姑娘可以說了。妳究竟是有什麼憑仗，讓妳在打了我女兒後，還能面不改色坐在我對面。」難道錦鱗衛衙門已經淪為街頭茶館了嗎？一個小姑娘想來就來想走就走，態度還如此淡定。這樣想著，江堂端起茶盞喝了一口，不急不緩的語氣中透著濃濃的警告：「小姑娘，今天妳即便把冠軍侯搬出來，也是沒用的。」

喬昭同樣端起茶盞抿了一口，而後把茶盞隨手一放。

江堂的太陽穴跳了跳。

原本他是盛怒的，可見了這小姑娘後，她越沉穩，原來的盛怒反而被好奇心壓下去了。難道是無知者無畏，初生牛犢不怕虎？不管怎麼說，這樣的小姑娘還真讓他有幾分欣賞。但是她今天敢打他女兒，無論如何都要給她一個教訓！

喬昭終於開口，語氣很是平靜：「大都督，我在想，您如此給冠軍侯面子，是為了什麼？」

江堂一怔，而後面色陰沉道：「黎姑娘，妳還小，這些事妳不該問，也沒有摻和的必要。」

「不，我並不是好奇，就只是分析這件事情。」喬昭不急不緩道。

江堂越發被挑起了好奇心，而後心中一驚。他之前一直好奇冠軍侯為何會對一個小修撰家的女兒另眼相待，而今倒是發現這小丫頭的特別之處了。

先不說別的，這小丫頭竟是個挑動人情緒的高手，這才眨眼的工夫，便讓本來打算乾脆俐落替愛女出氣的他，因為好奇而生出聽她講話的耐心來。

他堂堂錦鱗衛指揮使，居然被一個小姑娘帶動著情緒走，而他並不在意。

「說說看。」

「我想大都督給冠軍侯面子，是為了以後讓江大姑娘的路更好走吧。比如——」喬昭深深看江堂一眼。「比如您若是因為身體或其他原因從這個位置退下來，在江大姑娘遇上事時，冠軍侯能有幾分關照。」

「小姑娘這是什麼意思？」江堂萬萬沒想到一個小丫頭會說出這種話來，眼中陡然爆發出凌厲的殺氣。

他從這個位置退下來？

不錯，坐在他這個位置上的歷朝歷代都是天子心腹，如果新皇登基，把他換下來是必然的。但當今天子正值壯年，等新皇登基的那一天還不知猴年馬月，他交好冠軍侯不過是未雨綢繆罷了。

然而，小姑娘那句「因為身體原因退下來」是什麼意思？

江堂越想這句話越覺得心驚。

他近來漸漸把手中事務交給十三處理，眾人都以為是為了培養準女婿，實際上，這固然是一個原因，但更重要卻不足對外人道的原因是：他的身體越來越差了。

但這個原因，一個小姑娘怎麼會知道？

江堂坐直了身體，神情鄭重起來。「黎姑娘，有話直說吧。」

喬昭笑笑。「我是覺得，大都督讓誰照顧江大姑娘都不如自己照顧最好。所以，大都督一定要保重好身體才是。」既然江堂最在意的是女兒，那她就用他最在意的東西來打動他。

這個時候，江堂已經完全不再把眼前的少女當尋常小姑娘看待，冷笑道：「如果黎姑娘只是提醒我這個，那我沒興趣與妳多說了。」

喬昭垂眸一笑，摸了摸繫在腰間的荷包。「那麼，丹毒呢？」

「妳說什麼？」江堂豁然站了起來，眼睛死死盯著喬昭。

喬昭冷靜如初，甚至都沒站起來，半仰著頭微笑道：「大都督瞭解丹毒嗎？」

當今天子追求長生已經到了走火入魔的程度，召集天下有名的道士們在宮內煉丹已有二十年。而那些世人眼中的靈丹妙藥，卻是有毒性的。

她沒有機會見過明康帝，不得而知他的氣色，但錦鱗衛指揮使江堂在她還是喬昭的時候就偶然見過了。那是在她的婚禮上，宮裡忽然來傳旨命邵明淵即刻出征，在所有人都被突如其來的聖旨吸引去注意力時，她悄悄掀開喜帕一角，看到了接過聖旨隨太監而去的邵明淵背影。

當時滿堂皆靜，留下來說場面話打破沉默的，便是錦鱗衛指揮使江堂。

那個時候的江堂已經丹毒在身，而今更是越發嚴重了。那次祖母替她討公道，她本來是想憑著這個來化解的，結果因為邵明淵的插手而沒用上。

「小丫頭，妳的膽子太大了！」江堂冷冷道。

每當宮裡道長們煉出仙丹，皇上都會賞給他做為恩賜，這小丫頭居然敢提什麼丹毒？

喬昭絲毫不受影響，伸出三根白皙的手指。「三年。大都督體內丹毒不除，活不過三年！」

「住口！」江堂冷喝一聲，逼人的目光彷彿能擇人而噬。

喬昭依然面不改色坐著，甚至端起茶盞又喝了兩口。

「小丫頭，茶可以亂吃，話可不能亂說。」

喬昭把茶盞放下，往江堂面前推了推，側頭笑道：「大都督，良藥苦口利於病，忠言逆耳利於行。」

江堂忽然上身前傾，駭人氣勢籠罩著面前的小姑娘。

氣氛一時之間劍拔弩張。

喬昭抬眸，坦然對視。

良久後，江堂坐直了身體，緩緩開口道：「小丫頭，我憑什麼相信妳？就連最好的御醫都不會說出我體內丹毒不除活不過三年這樣的話，我怎麼知道妳是不是信口開河？」

喬昭笑笑。「最好的御醫當然不會說。」迎上江堂微帶疑惑的目光，少女眨眨眼，忽然有了這個年紀的俏皮。「因為他們不敢呀。」

江堂啞然。對面的少女卻又嚴肅起來：「當然，更重要的原因，是他們無法推斷。」

丹藥害人，那些御醫並不是不知道這一點，只是當今天子篤信無疑，誰又會不知死活亂說呢？

「那些經驗豐富的太醫無法推斷，妳一個小姑娘就可以推斷？」

「我可以。」

「為什麼？」江堂覺得眼前的小姑娘越來越有意思了。

她真能看出自己只能活三年嗎？還是為了逃離現在的麻煩，信口開河？若是後者，那他是不會因為她年紀小就手下留情的。

「因為我是李神醫的弟子。」

江堂聽了喬昭的話揚了揚眉，忽然有些失望，淡淡道：「妳不是。」

喬昭等著江堂往下說。

江堂笑笑。「小丫頭，妳告訴我這裡是什麼地方？」

「錦鱗衛衙門。」

「我呢？」

「錦鱗衛指揮使。」

「小丫頭既然沒糊塗，那我就告訴妳，早在妳和我女兒上次發生矛盾後，妳從小到大的經歷我已經派人調查得清清楚楚。在妳被拐賣之前，根本沒和李神醫有過任何接觸。」江堂深深看了喬昭一眼。「小丫頭，別告訴我，妳的醫術是從南邊往回走的路上跟著李神醫學來的。若是醫術如此簡單就能學會，那這天下神醫早就遍地走了。」

喬昭不動聲色聽江堂說完，才淡淡道：「李神醫這次離京前，把記載著畢生所學的醫書，全都留給了我。」

江堂嗤笑。「李神醫離京才多久，記載著畢生所學的醫書恐怕連翻一遍都難吧。」

「別人不是我，別人也不會跑到大都督面前來說這個。大都督總不會認為，我今天過來只是為了與令愛吵架的吧？」

「那妳究竟有什麼目的？」

「為了與大都督做個交易。」

「什麼交易？」

「我給您解丹毒的藥丸，您想辦法救喬公子出來。」

「喬公子？」

「對，前左僉都御史家的公子喬墨。」

「絕無可能！」江堂猛然站了起來，臉色陰沉如墨。「小丫頭，妳若嫌活得不耐煩了，我這就可以成全妳！」

喬昭不緊不慢道：「三年。」

江堂心裡膈應極了，怒道：「小丫頭莫要把我當傻子，妳隨口說個三年就是真？如何證明？」

「大都督每天卯正時分，是否會覺得心下三寸隱隱作痛，以至於氣息不暢，無法正常作息？」

江堂一怔。他以往習慣了卯時起來練功，而這個堅持了數十年的習慣，卻因為近來一旦活動起來就呼吸困難、心痛如絞而停了。

這小丫頭居然說準了？

江堂眼睛一瞇，看著喬昭的眼神認真起來。他可不認為一個小姑娘有機會知道他的身體狀況，更何況他的這個症狀都沒對女兒說過，更遑論其他人。

喬昭迎上江堂的目光，再道：「每日子正時分，大都督會雙腿抽搐，延續大概一刻鐘左右，醫藥無解。」

「妳！」江堂再一次忍不住站了起來，直勾勾地盯著喬昭，心中翻騰一片。

如果說每天清晨的練武因為停止容易被有心人得知，那麼夜裡的雙腿抽搐如何能洩露出去？這絕不可能！

若連這樣的事都能被外人得知，那他錦鱗衛指揮使的位置早就不必坐了！

江堂心中驚疑不定，久久不語。喬昭坦然道：「大都督何必想得太複雜，而不願意去相信最簡單的原因？」

「最簡單的原因？」江堂喃喃道。

「對呀，最簡單的原因，因為我懂醫術，傳承自李神醫的醫術。」說到這裡，喬昭嘆口氣。「當然，要是大都督依然不信，還要我證明，那我就沒辦法了，只能等三年後。」

江堂一聽，又好氣又好笑，一拍桌子道：「小丫頭，妳倒是膽子肥！」

「我只是實話實說。」

「那好，我姑且相信妳。」

人都是怕死的，到了江堂這樣的身分地位，尤其害怕。

他還正當壯年，位高權重，連六部尚書見了他都要客客氣氣的，這樣的好日子只能再過三年，誰甘心？別說這小丫頭說得頭頭是道，哪怕說不出個一二三來，他都會仔細查證。

喬昭彎唇一笑。「大都督願意相信，那是對自己和家人負責任。」

江堂搖搖頭。這小丫頭還真是不客氣，典型蹬鼻子上臉。

江堂話鋒一轉：「不過妳說要我救出喬墨，這個事情很難辦。」

他說著，意味深長瞥了喬昭一眼。「至少，沒有另一個辦法好。」

「什麼辦法？」江堂話中深意沒有讓喬昭神情起變化，她順著話頭問道。

江堂忽然手腕一翻，手中多了一柄明晃晃的匕首，在喬昭還沒反應過來時便抵到了她脖子上。吹毛即斷的匕首散發著絲絲寒氣，拿著匕首的人比匕首還要陰冷。然而被匕首抵住脖子的少女卻面不改色，平靜地看著江堂。

「大都督這是何意？」

江堂輕笑一聲。「小丫頭還是太單純。我何必去做救喬公子出來那樣的麻煩事，既然妳有醫術在手，那我有妳在手不就夠了嗎？」

「大都督是要拿我的性命威脅我替您解毒？」喬昭平靜問。

「有何不可？」江堂反問。

喬昭忽然往前一傾，江堂急忙把匕首往後縮，而鋒利的匕首已經劃破肌膚。

少女修長白皙的脖頸頓時血珠迸出。

一〇五　她受傷了

十三、四歲的少女，如同芳香柔美的梔子花才剛剛綻放了一半，頸間鮮血直往外冒，造成的衝擊力格外大，就連見慣了這些的錦鱗衛指揮使江堂都覺得觸目驚心。

「小丫頭找死啊？」江堂把匕首往牆角一丟，怒容滿面。

若不是他反應快，那把鋒利的匕首就真的割斷了這小姑娘的脖子，那她現在已是一具屍體了。他固然不懼冠軍侯，可冠軍侯專門找他表明是站在這小丫頭身後的，今天這丫頭的屍身從錦鱗衛衙門抬出去，那他和冠軍侯的樑子就結大了。

為了一個小丫頭片子，誰願意與冠軍侯成為死敵？這完全不值得啊。

江堂越想越惱火，眼神狐疑打量著喬昭，心道：這丫頭莫非早就不想活了，故意來這裡給他挖坑的吧？這丫頭欲擒故縱？不，以他的敏銳自是能分辨出來，剛剛這丫頭是抱著赴死的決心。

年紀輕輕的小姑娘，居然對生死全然不懼，她這是要上天嗎？

喬昭沒有抬手按住頸間傷口，反而任由鮮血直流，甚至連眉頭都沒有皺一下，彷彿感覺不到疼痛般，面色平靜道：「大都督，我不想死，但也不懼死。」

她愛惜這條性命，但正是因為這樣，才要讓江堂明白她不畏死的決心。她的醫術，只能為她所用，而不是成為懷璧其罪的負累！

江堂臉色陰沉盯著喬昭，好一會兒才氣勢一緩，淡淡道：「趕緊包紮一下，妳才多大，就要死要活的。」不過是和他女兒年紀相仿的小姑娘罷了，又背靠冠軍侯當靠山，他又何必呢。

喬昭這才拿出手帕在頸間草草纏了一圈。

江堂重新落座，睃她一眼。「小丫頭，妳要知道，若是沒有冠軍侯，我是不介意從這裡抬出去一具屍體的。」

喬昭笑笑。

她當然知道啊。上一次與江詩冉起矛盾，她的醫術與江堂的丹毒能保她與家人全身而退，因為小女孩之間的矛盾而已，江堂沒必要動用非常手段。而這一次，想要江堂答應救出兄長，只有這兩樣是不夠的，再借助邵明淵的勢，三方因素缺一不可，才剛剛好。

說起來，她還是把邵明淵算了進來。

不過——喬姑娘抿了抿唇，心中沒啥愧疚。大哥也是邵明淵的舅兄嘛，他當然該出一份力。

「坐。」江堂指了指椅子。

喬昭坦然坐下來。

「妳真不怕死？」

「大都督不是知道了麼？」喬昭避而不答。重獲新生，她如何捨得死，不過有的時候怕死反而會死得更快些。

「據我所知，妳與喬公子沒有任何關係，為何會如此盡心救他？」喬墨被打入天牢，冠軍侯與寇尚書有所動作早在意料之中，然而他怎麼也想不到明確要他救出喬墨的會是一個小姑娘。

「李神醫離京前，托我照顧喬公子，我答應了。」

「就因為這個？」江堂不可思議問，顯然並不相信這樣可笑的理由。

李神醫托她照顧喬墨，她為了救喬墨就連死都不怕了？

「這樣還不夠嗎？」喬昭反問。

對上少女平靜的眉眼，江堂一時愣住了。這樣還不夠嗎？君子一諾，其實是足夠的。

然而，這樣的風骨很難相信會出現在一個小姑娘身上。

「其實大都督何必在意我救喬公子的原因，咱們之間無非是公平交易罷了。您幫我救喬公子出來，我給您解毒丹。只要您需要，我會一直給。」江堂的丹毒哪怕是清理乾淨了，以後還會再有的。原因無他，當今天子會時不時賞賜……這樣一想，喬昭又有些同情江堂了。

哪怕明知那些丹藥吃下去對身體不好，因為是皇上御賜的，卻不得不吃。

呃，對了，祖母曾跟她講過，祖父以前還在京做官時也曾被皇上特殊關照過，然後祖父就直接不幹了。

「要知道，救喬公子出來並不是那麼簡單的事。」

皇上喜怒不定，心思深沉，說不準哪句話就惹了聖心不滿，被暗戳記下了。

他想救喬墨出來固然是可以辦到的，但也要擔一些風險。

喬昭抿唇笑笑。「替大都督延壽也不是那麼簡單的事。」

她說完，伸出三根手指。

江堂嘴角一抽。「我知道了，三年！」

這丫頭倒是吃準了他怕死了。

「那好，我答應妳。不過，我還有一個條件。」

「大都督請說。」

江堂看著喬昭，一字一頓道：「我要解丹毒的藥方。」

他堂堂錦鱗衛指揮使，怎麼能在這種要命的事上受制於人？

喬昭痛快點頭。「可以，等您救出喬公子之日，藥方定然雙手奉上。」

江堂點了點頭，心道：這丫頭還真是不見兔子不撒鷹，這樣一想，他閨女在她手上屢屢吃虧也不奇怪了。

喬昭起身。「大都督，那我就告辭了。」

傷口好痛的！

「小姑娘，我還有最後一個問題問妳。」

「請說。」

「妳與冠軍侯，究竟是什麼關係？」

他以前覺得是冠軍侯對小姑娘有興趣，起了心思逗弄著玩玩。現在知道了，這樣的小姑娘除非鄭重其事娶回家去，若真的抱著玩玩的心思，那就是玩火自焚吶。

喬昭被問住了。她與冠軍侯有什麼關係？這個問題太複雜了！

「我覺得我與冠軍侯沒有什麼關係，至於冠軍侯如何想的，大都督恐怕要去問他了。」

江堂搖搖頭，與喬昭一同走出去。

「爹——」江詩冉迎上來。

江堂一看到女兒神情便軟化下來。「冉冉，沒和十三一起出去走走？屋裡悶。」

江詩冉皺皺眉。「誰有心思出去呀。爹，您要怎麼處置她？」

喬昭沒有看江詩冉一眼，朝江堂欠身行禮道：「大都督，那我就先回去了，靜候佳音。」

「黎姑娘慢走。」

江遠朝猛然看向江堂，義父居然就這麼輕描淡寫放過了黎姑娘？那麼，黎姑娘私下裡與義父談了什麼事？他就說，黎姑娘的身上彷彿全是謎團，讓人一旦注意到就很難再放開。

江遠朝目光落在喬昭身上，而後眼神一緊。

她受傷了！

江堂瞥了江遠朝一眼。

江遠朝心中一凜，收回了視線。

「我派人送黎姑娘回府。」

「不用麻煩大都督了，我有車夫。」

江詩冉一看父親居然就這麼放喬昭走了，不由大急：「爹，您怎麼就這麼放她走了？她打了我，您忘了？」

「好了，冉冉，不要鬧了。」

江詩冉不可思議睜大了眼睛。「爹，您把打我的人就這麼放走了，還說我胡鬧？您、您也中邪了吧？好，你們都不教訓她，那我自己動手！」

江詩冉說完扭身往外跑，江堂淡淡道：「十三，攔住冉冉。」

江遠朝心中雖詫異，手上動作卻很快，一把攔住了江詩冉。

江詩冉拚命掙扎。「放開，我今天要不好好教訓一下那個小賤人，我就出不了這口氣！」

「住口！」江堂冷喝一聲。

「爹，您凶我？您居然為了打您女兒的人凶我？她肯定是一隻狐狸精，才一眨眼的工夫就把您給蠱惑了！」

江堂臉色一黑。「冉冉，妳也不小了，說的都是什麼混帳話？」看來是他太嬌慣女兒了，居然說出這樣的荒唐話來。知道女兒是個脾氣倔的，江堂耐著性子解釋：「黎姑娘找我是有要緊事，冉冉，妳以後少和她打交道。」

「爹，找上門來的是她，打了我的也是她，您居然這麼說？她一個小丫頭能有什麼要緊事，分明是您偏袒她！」

「冉冉，爹不是和妳說笑！」江堂忽覺氣息一窒，臉色瞬間煞白，摀著心口搖搖欲墜。

江詩冉駭了一跳。「爹，您怎麼了？」

江遠朝一把扶住江堂。「義父？」

江堂說不出話來，被江遠朝扶著緩緩坐下來，好一會兒才緩過氣來。

江詩冉伏在江堂膝前，已經落了淚。「爹，您到底怎麼了？」

「沒事，就是有些頭暈，大概是昨晚沒睡好。」江堂撫摸著女兒的頭髮，語重心長道：「冉冉，妳是爹唯一的女兒，妳要記著，爹不會害妳的。」

「嗯，女兒知道。」

「所以暫時放下與黎姑娘的矛盾，明白麼？」

江詩冉咬著唇猶豫了好一會兒，才委屈點頭道：「知道了，我聽您的。」

江堂露出欣慰的笑容。「冉冉，妳先回去，我和妳十三哥還有事要處理。」

「那好吧。」江詩冉覺得這一天簡直窩火極了，偏偏父親不舒服不能再順著心意來，只得垂頭喪氣離開。

屋子裡沒了旁人，江堂看江遠朝一眼，淡淡道：「十三，你太讓我失望了。」

江遠朝立刻單膝跪地。「是十三不好。」

「起來，快成家的人了，別動不動就跪。」

江遠朝默默站起來。

「你知道我指的什麼？」

「請義父指教。」

「你對黎姑娘另眼相待，為什麼？」他可不認為隨便一個小姑娘能進到這裡來。

江堂語氣很平靜，江遠朝卻心中一沉。雖不知義父為何放過了黎姑娘，但他卻知道，一旦黎姑娘讓義父妥協的點沒有了，那就是義父秋後算帳的時候了。

想到這裡，江遠朝面色坦然道：「回稟義父，十三是覺得黎姑娘具備的才能不符合她的出身經歷，這才有些好奇。」

「沒有別的原因？」

「當然沒有。義父，十三是您救回來撫養長大的，您還信不過十三嗎？」

江堂這才笑了笑。「我自是信得過你，不過義父也是男人，在有些事上不得不先提醒你，省得你將來犯錯誤。」

「義父請放心，十三絕不會的。」

「嗯，那你先回去吧，今天冉冉受了委屈，你多陪陪她。」

等江遠朝一走，江堂把喬昭留下的白瓷瓶拿出來，從中倒出一枚藥丸，盯著看了許久，喊一名站在門外的錦鱗衛進來，淡淡道：「把這個吃了。」

「是。」進來的那名錦鱗衛毫不猶豫把藥丸吞了下去。

「什麼感覺？」江堂問。

「呃，回稟大都督，好像沒有什麼感覺。」

江堂也不說話，端起一杯茶慢慢喝。

約莫一刻鐘後，錦鱗衛臉色有些難看。

「怎麼？」江堂語氣有些嚴厲。

莫非那丫頭如此大膽，竟敢公然給他下毒？

錦鱗衛忍無可忍抱住肚子。「大都督，屬下，屬下想去茅廁……」

「去！」

又等了一會兒，錦鱗衛跑了回來，瞧著竟有幾分神清氣爽。

江堂沉默了一下，問：「什麼感覺？」

錦鱗衛呆了呆，上茅廁的感覺也要和大都督彙報嗎？

「什麼感覺？」江堂不耐煩皺眉。

錦鱗衛不敢再猶豫，大聲道：「很痛快，覺得身體都輕了，有種——」

「夠了。」江堂擺擺手。「下去吧。」

室內只剩下江堂凝眉思索，錦鱗衛忙不迭跑開了。

⸙

喬昭出來後，晨光迎上來。

「回府。」喬昭匆匆撂下一句話，快步往前走。

晨光覺得有些不對勁，忙追了上去。「三姑娘……」話音未落，他便一眼看到了喬昭脖頸上纏繞的手帕，血跡若隱若現。目光下移，晨光大驚：「三姑娘，您受傷了？是誰幹的？我找他去！」

「別去，回府再說。」

「可是您……」

「我自己傷的，先回府！」喬昭的聲音已經啞了。

脖頸上的傷口雖不深，可她不是鐵打的人，也會疼的。

「好。」晨光咬咬牙，狠狠瞪了錦鱗衛的黑漆徬門一眼，跳上了馬車。「三姑娘，您坐穩了。」

車廂裡傳來喬昭低低的回應聲。

馬車在寬闊的青石街道上疾馳起來。

傷口處已經不再流血，只剩下火辣辣的疼，喬昭從荷包裡摸出藥膏隨便塗了一下，面色雖然越發蒼白，卻露出了淡淡的笑容。

還好這一步沒有走錯，只要先把大哥救出來，其他的事都好說。

她閉目靠著車廂，忍不住想：她可不可以期待一下，大哥見了她給的東西，會放下一點戒心呢？

也許，他會試著相信她。

喬昭自嘲一笑。她還在大哥入獄的時候把那些東西給他看，已經是最好的時機了。

大哥應該會明白，把帳冊交出去又身陷囹圄的他，已經沒有什麼可讓人圖謀的。如果這樣大哥依然不願意相信，那麼，她大概沒有機會做回他的妹妹了。

馬車猛然停下來，晨光在外面道：「三姑娘，到了。」

喬昭彎腰掀起車門簾，不由得一愣。

一〇六　喬墨出獄

「三姑娘，您能動嗎，我扶您下車？」晨光赧然問。

三姑娘去錦鱗衛衙門沒帶著冰綠，現在還是有些不方便的。

喬昭盯著冠軍侯府的門匾默默無語。

「三姑娘？」晨光一臉困惑。

「晨光，我說的是回府。」

「是回府了啊。」晨光指指冠軍侯府大門，理直氣壯道：「您去了錦鱗衛衙門，將軍他們一定擔心著呢，還好咱們回來的還是挺快的。」

「回黎府。」喬昭重新坐回去。

「啊？」晨光傻了眼。

喬昭一手掀著車門簾，淡淡道：「晨光，你現在是我的車夫。」

「……是。」晨光垂頭喪氣揮動著小馬鞭，馬車駛離了冠軍侯府。

站在冠軍侯府門口的親衛飛奔進去稟告：「將軍，剛剛晨光帶著黎姑娘過來，不知為什麼黎姑娘沒有下馬車，然後馬車又走了。」

邵明淵想了想，道：「你去黎府問一下晨光是怎麼回事。」

「領命。」

親衛往外走，又被邵明淵叫住：「不必去了，晨光應該會過來的，到時候讓他進來回稟。」

黎姑娘不是不分輕重的人，她去了錦鱗衛衙門，無論結果如何都應該會和他說一聲。

不過……邵明淵抬眸望了一眼侯府大門的方向，若有所思。

黎姑娘來了沒有下車就離開，是因為什麼呢？

腳步聲響起，邵知進來，語氣恭敬道：「將軍，您找我？」

「謝武那邊，有進展了嗎？」

「目前還沒有。」邵知有些慚愧。

「不急，謝武是多年前就埋下的釘子，想要追查清楚不是一朝一夕的事。這樣吧，謝武那邊的事，你先暫時交給副手，騰出手來把寇尚書府毛氏毒害喬公子一事查一查，看看背後是否還有什麼主使。」如果還有幕後黑手存在，那這一方勢力十有八九便是喬家大火的真凶。即便他不能立刻著手查嘉豐那邊的事，從京城查起也是一樣的。

「領命。」邵知抱拳。

邵明淵笑笑。「辛苦了。」

邵知立刻臉一熱。「屬下慚愧。」

「去吧。」

四周安靜下來，只有蟬鳴聲越發聒噪，邵明淵十指交握在桌案上，發起了呆。

馬車總算在黎家西府的側門停下來，喬昭下了馬車，交代晨光：「晨光，你去一趟冠軍侯府，就說那件事應該成了，讓邵將軍不要著急，安心等等就是。」

等著你呢。」

「晨光，快進來，將軍大人一直

晨光趕忙返回冠軍侯府，才走到門口，一名親衛就跑過來。「晨光，快進來，將軍大人一直等著你呢。」

「好。」晨光趕忙跑進去。「將軍，讓您久等了。」

「黎姑娘說事情成了，讓您安心就是。」

「黎姑娘去了錦鱗衛衙門是什麼情況？」

聽到晨光這麼說，邵明淵居然不覺得有什麼意外，反而有種早知如此的感覺。

他沉默了一下，問道：「黎姑娘還有什麼事？」

若沒有什麼異常，黎姑娘不會來了又走，連他的面都不見。

晨光耳邊響起喬昭的叮囑：我受傷的事，不要和邵將軍提。

三姑娘就愛開玩笑，這麼重要的事，他怎麼能不跟將軍大人提！

「將軍，三姑娘受傷了。」

「受傷？」邵明淵面色一沉。「你跟著黎姑娘去，是去睡覺的嗎？」

晨光一臉委屈。「將軍，三姑娘後來有事情與江堂單獨談，沒讓屬下跟著進去。」

「狡辯！」

晨光猛然挺直了身體。「屬下狡辯，屬下該死！」

邵明淵淡淡瞥他一眼。「下次再護不住黎姑娘，軍法處置！」

「是！」晨光大聲應道。

「說吧，是誰傷了黎姑娘？」

晨光撓撓頭。「黎姑娘說是她自己弄傷的。」

自己弄傷？邵明淵略一琢磨，便大概猜到了當時的情景，心中不由一嘆。黎姑娘如此，倒是讓他們這些大男人無地自容了。

「黎姑娘傷到了哪兒？」

晨光鼓起勇氣道：「脖子。」

邵明淵沉默了片刻，吩咐親衛去取兩箱子銀元寶交給晨光帶回去。「診金。」

黎姑娘手中不缺好藥，好像缺銀子。

晨光回到黎府，喜滋滋把兩箱子銀元寶交給冰綠。「將軍給三姑娘的禮物。」

入手太沉，冰綠險些栽到地上去。晨光忙把箱子接住。

「這麼重！算了，你抱著跟我來吧。」冰綠丟給晨光一個白眼，扭身走了。

晨光見到喬昭有些心虛，忙把兩個箱子放到一旁的桌案上。「三姑娘，將軍讓我給您帶禮物過來。」說診金多俗啊，將軍真是不會哄女孩子。

喬昭示意冰綠打開。

冰綠伸手打開箱子，忍不住一聲驚叫。

喬昭看過去，就見紅綢底的箱子裡堆滿了白花花的銀元寶，在陽光下閃爍著刺目的光芒。

這銀元寶的大小規格，看著很眼熟啊，喬姑娘默默想。

「這是邵將軍送我的禮物？」喬昭面色微沉，脖子上的傷口讓她聲音微啞。

晨光眨眨眼。黎姑娘好像有些不高興。

「診金？」小車夫遲疑著換了個說法。

喬昭臉色更沉。

小車夫都快哭了。「要不您說什麼就是什麼吧！」這差事真是沒法幹了！

「你跟邵將軍說我受傷了吧？」喬昭淡淡問。

晨光險些給跪了。「三姑娘我錯了，將軍大人很關心您，一問起來，我沒忍住就給說了。」

「算了，說就說了。」喬昭揉了揉太陽穴。

她要真跟晨光計較，早就氣死了，那人就不能給她派個靠譜的車夫嗎？她不想讓邵明淵知道，最主要的原因是不想讓大哥知道。不過想想，邵明淵應該不會刻意對大哥提起的。

見喬昭沒計較，晨光忙溜了，冰綠指著兩箱子銀元寶問：「姑娘，這個怎麼辦啊？」

「當然是收起來了。」喬姑娘一臉淡定。

⸙

江堂的動作遠比想像的還要快，不出兩日天牢的牢門便打開，喬墨被放了出來。

邵明淵親自來接他。

外面陽光明媚，與陰暗濕冷的大牢裡是兩個世界。喬墨深深吸了一口新鮮的空氣，環視一圈，沒有看到他以為會出現的那個身影，不由一陣失落。

「舅兄，上車吧。」邵明淵伸手去扶喬墨。

喬墨收回目光坐上馬車，一路回到冠軍侯府中，終於忍不住問：「黎姑娘知道我出來了麼？」

邵明淵有些驚訝，敏銳察覺喬墨對黎姑娘的態度有些不一樣了。

他沒有隱瞞便道：「其實舅兄能這麼快出來，是黎姑娘的功勞。」

「嗯？」

「黎姑娘去找了江堂。」

喬墨臉色立刻變了。「錦鱗衛指揮使？」

邵明淵點頭。「嗯。」

「江堂為何會答應她？」喬墨臉色越發難看。

「黎姑娘說和江堂做了一個公平交易，具體是什麼，我沒有問。」

「侯爺為何不問？她一個小姑娘，能和錦鱗衛指揮使做什麼公平交易？」喬墨苦笑。

邵明淵笑笑。「黎姑娘沒說，我就沒問，不過我相信黎姑娘不是逞強的人。」

喬墨沉默了一會兒，道：「侯爺，我想見見黎姑娘。」

「舅兄今天出來，我派人去告訴黎姑娘了，不過黎姑娘說有事，暫時過不來。」

喬墨閉了閉眼。幾日的牢獄生活讓他身心俱疲，可是一想到荷包裡那些東西，他就恨不得立刻見到那個女孩子，找她問個清楚。

她該不會是故意躲著不見他吧？

想到這一點，素來能沉得住氣的喬公子，竟覺得片刻也等不得了。

「舅兄放心，今天黎姑娘會過來的。」

喬墨睜開眼。

邵明淵老實交代道：「黎姑娘以後每天都會過來幫我施針，所以她事情處理完的話，一定會過來的。」

「那就好。」喬墨盯著邵明淵看了一會兒，神情頗為複雜。

邵明淵被看得莫名所以，勸道：「舅兄先去沐浴更衣吧，稍後吃些東西便好好休息，等黎姑娘一來，我立刻通知你。」

「好。」喬墨點點頭，一顆煎熬了兩日的心這才稍微緩解幾分。

而喬昭這時候正被江堂請進了錦鱗衛衙門裡喝茶。

待客的茶是上好的白毫銀針，喬昭喝了一口便覺芳香四溢，放下茶盞笑道：「真是好茶。」

「特貢的茶，一年只有不到十斤。」江堂笑眯眯道，恢復了慈眉善目的模樣。

「那我真是有口福了，多謝大都督。」

寒暄過後，江堂直接進了話題：「喬公子已經出獄，黎姑娘該兌現承諾了吧？」

那讓下屬試過毒的藥丸他吃了，足足在茅廁蹲了大半天，然而出來後就神清氣爽，到了夜裡居然沒再抽搐，早上的心悸症狀也緩解了不少。

如果說最開始他還抱著試試看的態度，到現在對那張藥方已是勢在必得。

喬昭從袖口抽出一張折疊的信箋推過去。

江堂抽出裡面的紙張，匆匆掃了一眼。

紙張上寫著入藥的各種藥材，甚至連制藥的步驟都寫得一清二楚。

這是一張很有誠意的藥方。

江堂對面前少女的感觀更加複雜，收好信箋道：「回頭我會讓大夫試著制藥，若有不明白的地方，到時候還請黎姑娘不吝賜教。」

「這個自然。」喬昭應得痛快。

江堂見她眉眼平靜，不知道她是胸有成竹還是無知者無畏，試探笑道：「黎姑娘就不怕我翻臉不認人，事後找妳麻煩？」

一旦藥方在手，能順利制出克制丹毒的藥方來，她還有什麼憑仗？

聽江堂這麼問，喬昭面不改色道：「我聽聞，當朝天師已經換了三位。」

明康帝信奉道教，追求長生，自然是把天下有名的道士聚在宮裡替他煉長生丹，這些道士中地位最高的，便是天子親封的天師了。

不過天子喜惡難以捉摸，今日的天師，明日亦可能成為階下囚，甚至丟了性命。

江堂一時不解喬昭為何會提到這個，不動聲色笑道：「不錯，是換過三個天師了，那又如何？」喬昭端起茶盞輕抿一口，看起來便如尋常的十三、四歲少女一般無邪，笑盈盈道：「難道大都督不知道，天師不是一家呀，各家煉丹手法與用料都不一樣。」

江堂立刻收起了笑意。話說到這裡，他已經聽明白了。

道家亦分許多派系，煉丹手法與用料不同，練出的靈丹就不同，顯而易見，形成的丹毒也是不同的。這小姑娘是在提醒他，假若他現在得到藥方便過河拆橋，那麼等皇上再任用新的天師後，這張解毒藥方就成了廢紙一張。

江堂目不轉睛看著對面的小姑娘。

這麼說，他堂堂的錦鱗衛指揮使，豈不是要一直受制於一個小丫頭了？

喬昭坦然與之對視。那又怎麼樣？有本事殺了她呀。

這世上就是有這麼一種受制於人，不是殺人或過河拆橋就能解除的。

江堂最後收回視線，嘆了口氣。「黎姑娘，以後妳可要多加保重才好。」

喬昭一笑。「還望大都督多多關照。」她放下茶盞。「我還有事，就先告辭了，謝過大都督的好茶。」

江堂看著從容淡定的少女，好笑又無奈。

他活了這麼多年，位高權重，一言九鼎，現在居然拿一個小丫頭沒有辦法了。

若是能把這小丫頭收為己用……

這個念頭一晃而過，江堂吩咐一旁的錦鱗衛道：「叫十一過來。」

不多時，進來一名氣質冰冷的英俊男子。「大都督。」

「送黎姑娘回府。」江堂吩咐道。

「是。」江十一來到喬昭面前。「黎姑娘請。」

喬昭站起來。「不必麻煩了。」

「黎姑娘是我的貴客，派人送送是應該的，別推辭了。」江堂給江十一使了個眼色。

喬昭沒有再推讓，向江堂欠身一禮，抬腳走了出去。

沒過多久，江十一悄無聲息返了回來。

江堂訝然問道：「這麼快？」

江十一同樣訝然道：「送到門口馬車上了。」還需要多久嗎？

江堂恨鐵不成鋼瞪他一眼。「誰讓你送到門口！」

見江十一依然冷冰冰面無表情的模樣，江堂一陣心塞，擺擺手道：「下去吧！」

難怪冉冉從小對十三情根深種，對相貌明明更出眾的十一卻視而不見，就這木頭性子誰待見啊！

一〇七　近鄉情怯

錦鱗衛衙門外。

「三姑娘，回黎府還是回咱們將軍府啊？」晨光握著韁繩問。

喬昭按了按眉心。什麼叫咱們將軍府？罷了，她不和一個小車夫計較。

「去將軍府。」喬昭放下了車簾，靠著車壁心情複雜。

這個時候，大哥應該已經到了冠軍侯府了吧，他可否想到她？

外面天氣燥熱，車內喬昭的心情也多了幾分浮躁，全然沒有了在錦鱗衛衙門中面對令文武百官忌憚的頭號人物那份坦然自若。

喬昭想，她不怕刀山火海，只有近鄉情怯。

就在這樣矛盾又複雜的情緒中，馬車停下來，晨光在外面喊：「三姑娘，到了。」

馬車裡一時沒有動靜。

晨光有些納悶，又不便掀開簾子瞧，只得又喊了一聲：「三姑娘，將軍府到了。」

裡面這才傳來淡淡的聲音：「知道了。」

因著先去了一趟錦鱗衛衙門，今天依然沒帶著冰綠，喬昭掀開車門簾，彎腰下了馬車，立在冠軍侯府門前停了一下。

近衛蹬蹬蹬跑過來，滿臉笑容。「黎姑娘來了，快進去，我們將軍一直在等您呢。」

喬昭暗暗吸了一口氣，面上卻不動聲色點頭，這才抬腳往內走去。才走到正院裡，便看到邵明淵站在合歡樹下垂手而立，腳步不由一頓。

邵明淵聽到動靜轉過身來，邊迎上來邊笑道：「黎姑娘來了。」

「邵將軍。」喬昭打過招呼，想問一問喬墨在哪裡，話到了嘴邊卻沒問出來。

她不知道見到兄長後，等待她的是什麼。

重生以來，她賭過無數次人心，每一次都是不得不賭，可只有這一次，她太怕輸。

「黎姑娘，我舅兄已經回來了。」

「呃。」喬昭木木地點頭，手不自覺握拳。

邵明淵目光輕輕掃過，不由疑惑地想：黎姑娘在緊張什麼？

「我舅兄一直在等著見你，我派人去喊他。」

「不要！」喬昭脫口而出，迎上邵明淵微訝的眼神，勉強一笑。「我先給邵將軍施針。」

對，還是應該先給邵明淵施針，不然等見了大哥後無論結果如何，她恐怕都靜不下心來了。

「施針不急，黎姑娘還是先見我舅兄吧，他一直等著呢。」

喬昭臉色一沉。「施針不能耽誤，邵將軍要聽醫者安排。」

「呃，那好吧。」

二人進了屋。沒等喬昭吩咐，邵明淵很自覺脫下外衣躺好。「黎姑娘，可以開始了。」

喬昭卻盯著邵明淵上身好一會兒沒吭聲。邵明淵輕咳一聲，指著纏在腰腹上的繃帶解釋道：「練功時不小心傷到了……」喬昭嘴角抽了抽。練什麼功能傷到小腹，還把整個腰腹都纏了起來？這人是傻呢，還是當她傻？

「是麼？」喬昭一抬手，邵明淵下意識伸手護住小腹。

喬姑娘涼涼瞥他一眼，面無表情把手中銀針刺入他心口四周。

她已經摸過了，硬邦邦地很硌手，當她稀罕啊。

施完了針，喬昭看也沒看邵明淵一眼，倒了杯熱水捧在手心裡，側過身坐著望著窗外出神。

邵明淵忍不住打量了近在咫尺的少女一眼。他確定，她今天有些不對勁，和以前冷靜自信的樣子判若兩人。

是因為與江堂的交易？

這個念頭才起，就被邵明淵否定，而後想到了另一種可能——應該是因為舅兄。

可是想到這一點，邵明淵又困惑了。黎姑娘對舅兄的另眼相待，真的只是因為李神醫的囑託嗎？

邵明淵視線落在喬昭的脖頸上，卻發現她的衣裳是高領的，修長的脖頸被遮得嚴嚴實實。

「黎姑娘，妳的傷怎麼樣了？」

望著窗外的少女一動不動。

邵明淵只得再問一句：「黎姑娘？」

喬昭這才如夢初醒。「邵將軍叫我？」

「黎姑娘的傷好些了麼？」

喬昭笑笑。「沒什麼大礙了，其實就是碰破了點皮。」

邵明淵皺眉。「江堂威脅妳？」見邵明淵語氣鄭重，喬昭不願他和江堂關係鬧僵，便笑道：「應該是我威脅他才對，邵將軍不必擔心我，我不會做沒有把握的事。」

只除了與兄長相認這件事上。

她發現，無論是什麼時候向兄長挑明身分，她都是沒有把握的。

因為太在乎，所以輸不起。

邵明淵一時有些失神。

我不會做沒有把握的事。

這樣一句話從一個女孩子口中說出來，並且她也確實做到了，很難不讓人刮目相看。短短接觸的這些日子，他見過她從容自若解決問題的樣子，見過她一本正經教訓他的樣子，也見過她明明有些小小的無理取鬧卻無法讓人討厭的樣子。

他想，和這樣一個女孩子朝夕相處半年，確實是一件很危險的事。

二人各有心事，一時誰都沒有再開口，室內寂靜無聲。

好一會兒後，喬昭伸出手來把銀針一一取出，站起來道：「我去見喬大哥。」

無論如何，該面對的她只能去面對，哪怕只有她一個人。

邵明淵把外衣穿好，翻身下地。「我叫人請舅兄過來。」

「不用了，他在牢裡沒有休息好，應該挺疲憊了，我過去就好。邵將軍派個人給我帶路吧。」

「我帶黎姑娘過去。」邵明淵俐落地把素白水波腰帶扣好。

喬昭視線忍不住滑過去。裡面纏著繃帶，外面纏著腰帶，不熱麼？

邵明淵放在腰間的手一頓，臉上莫名就熱了熱。他今天已經纏了繃帶，什麼都沒有露出來，黎姑娘為什麼還要看那裡？

「黎姑娘，走吧。」年輕的將軍撂下這句話，邁開大長腿就往外走，走出房門快到月亮門時才發現身邊沒人，轉頭一看，少女正提著裙襬往這邊小跑著。

喬昭總算趕上來，忍不住嗔道：「邵將軍很會帶路啊。」她要是跑得再慢點兒，只能請別人帶路了！

邵明淵尷尬一笑。「黎姑娘走前面吧。」

有什麼辦法，黎姑娘一看那裡，他就只剩下緊張了。

喬墨的院子裡，喬晚正挽著他說話：「大哥，這幾天你去哪裡了？」

「侯爺沒有告訴妳嗎？」喬墨不知道邵明淵怎麼跟幼妹說的，一句反問把幼妹套了進去。

果然小姑娘不打自招道：「他說京城來了位神醫，你去求醫了。」

「是呀，大哥去求醫了。」

喬晚打量著喬墨的左臉，小心翼翼道：「可是看起來和以前一樣呀。」

「是麼？」喬墨頗為傷感地問。

小姑娘一看哥哥難過了，忙搗著嘴搖搖頭。「大哥，是我看錯了，其實已經好很多了！」

喬墨伸出手在喬晚頭上揉了揉。「真的？」

喬昭隨著邵明淵走進來時，看到的就是這樣一幅景象。

院落裡亭亭如蓋的樹下，白衣男子溫柔撫摸著素衣女童的頭頂，眼中是滿滿的疼愛，素衣女童仰頭看著兄長，同樣是滿滿的依戀。

喬昭腳步頓了一下。

邵明淵不由看她一眼，而後開口道：「舅兄，黎姑娘來了。」

喬墨嘴角笑意一僵。

喬晚立刻扭了頭，一看是邵明淵忙跑過去，拉著他衣袖喊道：「姊夫。」

邵明淵笑著拍拍她。「看到大哥高興了？」

「高興。」喬晚點頭，而後一掃站在邵明淵身側的喬昭，不情不願打招呼：「黎姊姊。」這人怎麼又來了，一看到她來，就有些不高興了。

「喬妹妹。」喬昭對喬晚溫和笑笑，低頭問她：「收到小馬駒了嗎？」

喬晚揚揚下巴。「很快就會收到了，姊夫答應的事從不會變的。」

喬昭不敢去看喬墨此刻的表情，緊張之下便拉著喬晚說話：「看來有個姊夫還是挺好的。」

「那是當然。」喬晚說完，露出警惕的神色。她就說黎姑娘想打姊夫的主意呢，肯定是見姊夫對她好，眼紅了。小姑娘宣誓主權般拉住了邵明淵的手。

喬昭心裡雖有些不好受，自是不會和一個孩子計較，便笑了笑。

「黎姑娘……」身側傳來熟悉的聲音，喬昭立刻渾身一僵，久久沒有轉頭。

喬墨站在一丈開外的地方，亦沒有再開口。

喬晚年紀雖小，也覺得有些不對勁，看看喬墨，又看看喬昭，最後搖晃著邵明淵的手問：「姊夫，大哥和黎姊姊怎麼了？」

「呃……」邵明淵張張嘴，不知該怎麼說。

他也想知道這兩個人是怎麼了，為什麼這二人之間的氣氛那麼古怪？

邵明淵乾脆半蹲下來。「晚晚，姊夫帶妳去挑一匹小馬駒，好不好？」

喬晚眼睛一亮。「好呀。」

邵明淵站起來，對喬墨道：「舅兄，我先帶晚晚出去了，你和黎姑娘慢慢聊。」

喬墨這才回過神來，輕輕點頭。

院子裡很快只剩下了喬昭與喬墨二人。

漫長的沉默過後，喬昭牽唇笑了笑。「喬大哥——」

子。

「妳隨我來。」喬墨深深看她一眼，轉身便走。他原就身體不好，此時背影看起來更加單薄消瘦，落在喬昭眼裡，心中一陣刺痛。曾經的兄長芝蘭玉樹，風度翩翩，何曾有過這般落魄的樣子。

她抬腳默默跟上去。

喬墨在一處開闊地方停下來，這樣的地方談話反而更安全，不怕被有心人躲在暗處聽了去。

喬昭立在喬墨身後。

喬墨緩緩轉過身，伸出手來，手中正是喬昭前去大牢時交給他的那個荷包。

喬昭抿了抿唇，終於等到喬墨開口。

「賢者以其昭昭，使人昭昭。我不懂這句話的意思，黎姑娘可否給我解釋一下。」

喬墨的語氣很平靜，令喬昭完全看不透他心中所想。

然而喬昭已經沒有了退路，開口道：「這句話，是我名字的由來。」

「不知黎姑娘的名字是哪位長輩起的？」

「祖父。因為祖父希望我成為這樣的人。」喬昭聲音已有些顫抖。

喬墨深深長長地看著她。「那麼阿初呢？」

喬昭閉了閉眼睛，聲音很輕：「祖母。因為祖母與祖父打趣，偏說我的『昭』該作『日月昭昭』來解釋，為我取小名阿初。」

「黎姑娘，綠色的藥丸很苦。」喬墨慢慢道。

喬昭眼眶發酸，卻強撐著沒有落淚，反而露出頑皮的笑容，一字一頓道：「喬大哥運氣實在不好，綠色的放了黃連。」話音才落，喬墨不由上前半步，目不轉睛望著喬昭。

喬昭心中緊張到極點。

大哥和她一樣記性好，他們兄妹十多年前的這段對話，大哥一定不會忘。如果這樣大哥依然不相信，那她便真的沒有辦法了。

見喬墨遲遲不語，喬昭乾脆心一橫，主動打破了令人窒息的沉默：「我把藥丸做成了虹霓的顏色，還以為喬大哥不敢吃的。」

喬墨定定望著她，終於把輕如呢喃的聲音送到了喬昭耳畔：「別人不敢吃，大哥敢吃，只要是妹妹做的。」

喬昭心頭一震，情不自禁上前一步。「大哥？」

喬墨張開手。「昭昭。」

這一刻，所有的忐忑、痛苦、折磨全都找到了宣洩口。喬昭投入喬墨懷裡，狠狠抱住他，放聲痛哭。喬墨環擁著喬昭，彷彿小心翼翼捧著失而復得的珍寶，任由她哭個痛快。

「大哥，我以為你還是會不相信我……」

「傻丫頭，妳這個傻丫頭。」喬墨一遍一遍輕撫著喬昭的秀髮，語無倫次。

大妹失控痛哭，而他又何嘗不是心亂如麻。他有太多話想問她，又有太多話想告訴她，可他現在除了叫她「傻丫頭」，竟是什麼話都說不出口了。

兄妹二人相擁良久，喬昭才赧然掙開喬墨的懷抱，見他眼中滿是溫柔與寵溺，不由想起了先前那些冷言冷語，委屈道：「大哥還不如李爺爺細心，李爺爺早就認出我了。」她知道不該埋怨的，可是偏偏忍不住，誰讓他是哥哥呢。

「是大哥笨，現在才把妹妹認出來。」喬墨此刻只有滿心歡喜，哪裡還在意這點小小的埋怨。

兄妹二人目不轉睛看著對方，最後一起傻笑起來。

良久後，二人一同開了口：

「家裡那場大火究竟是怎麼回事？」

「妹妹如何成為這樣的？」

二人一怔，而後又是異口同聲道：「你／妳先說。」

喬昭只覺自重生以來從沒這麼歡喜過，忍不住笑道：「那還是我先說吧。」

她把被邵明淵射殺後，再睜開眼成為小姑娘黎昭的事情對喬墨娓娓道來。

不知過了多久，喬昭終於講完，喬墨情不自禁抬手輕撫她的髮。「還好老天有眼。」

遠處傳來女童的驚呼聲：「大哥！」

一〇八 兄妹相認

兄妹二人一同望去，就見喬晚提著裙襬飛快跑來。轉眼間她就跑到了近前，擋在喬墨身前，氣鼓鼓瞪著喬昭道：「妳幹什麼？」她怎麼能這麼厚臉皮，與大哥坐得這麼近！大哥還摸她的頭！小姑娘越想越惱火，瞪著喬昭的眼神越發不善。

喬昭終於與兄長相認，心情大好，對庶妹的那點不足為外人道的小嫉妒早就煙消雲散，抬手戳戳庶妹臉頰道：「小丫頭總愛生氣的話，會越長越醜的哦。」

喬晚愣了愣，而後惱道：「騙人！」

「我可沒有騙人，難道妳姊夫沒有告訴過妳，我可是個大夫。」

喬晚轉過頭，卻發現邵明淵依然站在遠處沒有動，提著裙襬又跑回去，仰著頭問道：「姊夫，黎姊姊是大夫嗎？」

「是的。」邵明淵壓下剛剛看到那一幕情景的震驚，不動聲色回道。

「她、她還那麼小，怎麼是大夫呢？」喬晚一臉不信。

邵明淵耐心道：「黎姑娘確實是大夫，她還曾把一個癡傻之人治好了。」

喬晚心中一驚。「那愛生氣真的會越長越醜嗎？」

邵明淵忍不住遙遙瞥了喬昭一眼，低頭對喬晚道：「這個要問大夫呢，姊夫也不知道。」

小姑娘咬著唇。「可是我還是忍不住生氣。姊夫剛剛看到沒，黎姊姊和我大哥好親近，連梓墨表姊都沒和大哥這麼親近過呢，她憑什麼這樣呀？」

邵明淵眸光微閃。都說小孩子的直覺是最敏銳的，那他剛才確實沒有看錯，黎姑娘與舅兄之間，確實有種超乎尋常的親近。可這又是為什麼呢？分明前幾日舅兄對黎姑娘還滿心戒備，甚至不惜用言語刺傷了她。邵明淵心中疑惑，領著喬晚走了過去。

喬昭的神色已經恢復如常，忍不住嗔了邵明淵一眼。他不是帶著晚晚去挑小馬駒了，怎麼這麼快就回來了？她才對大哥講完自己的經歷，還沒找大哥解惑呢。

邵明淵被喬昭瞪得莫名其妙，心中又早早打定主意一定要保持適當的距離，便乾脆不看她，直接對喬墨道：「給晚晚挑了一頭小馬駒，我看時辰已經不早了，就吩咐廚房準備飯菜，等會兒送到這裡來，大家一起吃頓團圓飯。」

喬昭與喬墨這才驚覺二人談話居然過去了這麼久，已經將近晌午了。

「好，有勞侯爺了。」喬墨說著這話，視線卻忍不住落在喬昭身上。

失而復得，此刻沒有人比他更能理解這四個字的意思。

他的大妹還活著。

「黎姊姊也要和我們吃團圓飯嗎？」喬晚嘟著嘴問。

羞不羞，他們一家吃團圓飯，還賴著不走！

「當然。」喬墨淡淡開口。

「大哥！」喬晚不可思議地瞪大了眼睛。

喬墨摸摸喬晚的頭。「晚晚，妳以後要叫黎姑娘姊姊。」

喬昭猛然看向喬墨，而後不由自主看了邵明淵一眼。

大哥難道要當著邵明淵的面把她的真實身分說出來？

她想阻止，又不便直言，只得悄悄伸出腳踢了喬墨一下。

邵明淵默默看向別處。雖然不知道黎姑娘為何與舅兄突然親暱起來，但要是讓黎姑娘發現他看到她踢人，那就有些尷尬了。

「為什麼要叫黎姑娘姊姊？」喬晚咬唇問。

喬墨輕笑一聲，眉眼間盡是溫柔之色。「因為大哥認了黎姑娘當義妹啊，以後她就是妳的姊姊了。」聽喬墨這麼一說，喬昭悄悄鬆了口氣。她能與李爺爺還有兄長相認已是幸運至極，這種匪夷所思的事自然是越少人知道越好，特別是庶妹年紀尚幼，就更不可能讓她知曉了。

至於邵明淵……她心中一嘆。

讓他知道了，他又憑什麼相信呢？

她與大哥尚有共同的成長經歷，她與邵明淵之間有什麼？

她甚至在是他妻子的時候，與他之間就一無所有，唯一的一次相見，便是一生一死的結局。退一萬步講，即便他相信了，也只會讓她更尷尬而已。

邵明淵可沒愛過喬昭，以前他們之間有長輩之命媒妁之言，別無選擇成了夫妻，而今都是自由身，知道她是喬昭後，邵明淵該怎麼辦呢？

為了這樣荒唐的理由娶她？咳咳，她其實也不願意啊。

若是依然當對方為陌生人，那也只是徒增尷尬而已。

所以，這個樣子就好了。她做她的黎昭，他當他的冠軍侯，等替他祛除了寒毒，便各安其位，各得其所。

「我姊姊？」喬晚咬著唇後退了一步，目光直直瞪著喬昭。

「晚晚，怎麼不叫人？」

喬晚拚命搖頭，眼淚一下子流出來。「大哥，你變了。」

「大哥怎麼變了？」喬墨收起了笑意。

「你忘了大姊嗎？大姊是天下最棒的姊姊，我才不要別人取代她！」喬晚還從沒與長兄頂過嘴，說完這話又是恐慌又是傷心，摀著臉扭身跑了。

「舅兄——」

喬墨笑笑。「小孩子脾氣大，過去就好了。」

邵明淵站起身來。「我去帶晚晚回來吧。」

等邵明淵走出院門，喬墨收回視線看著喬昭，意味深長道：「冠軍侯是個好脾氣的人，和傳聞中在戰場上的表現一點也不一樣。」這些日子的相處，喬昭自然也明白邵明淵是個什麼樣的人，笑道：「戰場上他是統領千軍萬馬的將軍，與平時自然是不同的。」

「鐵骨柔情。」喬墨沉默片刻，忽然吐出這四個字來。

喬昭一怔。

喬墨目不轉睛看著她，眼底是打趣的笑意。「所以妹妹究竟是怎麼想的？」

喬昭莫名臉一紅，嗔道：「大哥，莫要拿我開玩笑。」

「大哥沒有開玩笑，是很認真問妳。」

「什麼都沒想。在大哥面前我是喬昭，在他面前我只是黎昭。」

「可他要是喜歡了黎昭呢？」

這個問題問得太突然，喬昭幾乎不假思索就順口答道：「那就讓他去死吧，黎昭才不喜歡他！」話音未落，喬墨已輕笑起來。「是，黎昭才不喜歡他。」

「大哥！」喬昭臉一熱，忙岔開這個尷尬的話題，問起家中大火的事來。

一〇九　互訴心聲

喬墨自是把在牢獄中對邵明淵所說的話對喬昭講了一遍。

當喬昭聽到喬墨說起，家中親人很可能在大火前就已經遇害時，險些咬碎了貝齒。

令人窒息的沉默後，喬墨開口道：「皇上壓下了那本帳冊不打算動邢舞陽，刑部侍郎黎光硯前往嘉豐帶回來大火是一場意外的結果。我在獄中時已經托付冠軍侯調查大火一事，不過這其中困難定然重重——」

「無論多困難，也要把事情查個水落石出，不能讓我們的父母親人白死了。」喬昭面色嚴肅道。

喬墨輕嘆一聲：「君心難測，大哥走了一步錯棋，而今雖然出獄，錦鱗衛卻已經暗中交代下來，上邊禁止我在京中隨意走動。」說到這裡，他自嘲一笑。「連自由身都失去了，又談何探查真相呢？」

喬昭伸手按住喬墨的手，寬慰道：「大哥放心，還有我。」

喬墨清楚大妹比許多男兒還要強得多，他不願說什麼「妳是女孩子，不要摻和進來」這樣的話來傷她的心。因為他知道，大妹本來就不是菟絲花般的女孩子，這樣的家仇她是不可能置身事外的。可是，想到這樣的重擔將壓在妹妹身上，他心中苦澀至極。

「大哥，你把父親生前走得近的有哪些人都告訴我，如果有機會，我要去一趟嘉豐。」

「回嘉豐？」喬墨面色微變。

喬昭卻一臉平靜。「京城這邊粉飾太平，想要查清大火幕後真凶，拿到確鑿的證據，嘉豐非去不可。」

「昭昭，妳現在還不到十四歲，又如何能孤身前往嘉豐？」

喬昭笑笑。「大哥放心，我不是莽撞的人，會耐心等待機會的。家中那場大火已經過去了這麼久，很多線索早就斷了。刑部侍郎黎光硯又去調查了一遍，倘若他立場中立，能夠查到的情況已經查到了；倘若他心懷叵測，那麼該破壞的證據已經被破壞了。我要去查的，本來就是更深入而暫時無人察覺的情況，所以反而不急於一時。」

她分析得頭頭是道，喬墨只說了一句話：「我絕不同意妳一個人去嘉豐。」

「大哥……」

「喊大哥也沒用。大哥已經失去了妳一次，難道要我再失去一次嗎？昭昭，妳要明白，妳和晚晚是我在這世上僅剩的親人了。我身為長兄，不能查清真相替父母親人伸冤已是生不如死，若任由妳一人涉險，還有何顏面活在世上？」

喬昭連忙保證：「我不會一個人去的，假若有朝一日去嘉豐，一定會和可靠的人去，這樣總行了吧？」

喬墨無奈點頭，這才把近兩、三年來嘉豐喬家的情況講給喬昭聽。

❧

邵明淵走過月亮門，就見到喬晚站在一株梔子花樹下，有一下沒一下踢著腳邊的青草。

他搖頭笑笑走過去，喊道：「晚晚。」

喬昭抬頭見是邵明淵，有些失望不是大哥來找她，不過姊夫她也是很喜歡的，便甜甜喊了一聲：「姊夫。」

邵明淵走過來，揉了揉喬晚的頭。「肚子餓了吧？跟姊夫一起回去吃飯吧。」

「我不吃。」

「怎麼？」

「我不想和黎姑娘一起吃飯。」

「這又是為什麼？」邵明淵半蹲下來，與喬晚平視。

喬晚小嘴一噘。「誰讓大哥認她當義妹的，我不喜歡。」

「晚晚，妳不是跟姊夫說過，妳大哥是天下最優秀的男子。」

喬晚點點頭，想了想補充道：「姊夫也是的。」

邵明淵笑笑。「既然如此，那晚晚為何不相信妳大哥的眼光？」

這話把小姑娘問住了。她低頭輕輕踢了一下青草，小聲道：「我不想她取代姊姊的位置。」

「晚晚還說過，妳姊姊是天下最優秀的女子，這樣的人怎麼會被別人取代？更何況，妳要明白，無論是什麼人，優秀與否，在親人心裡都是無法被取代的。」

「真的？」小姑娘眼睛一亮。

「真的。」年輕的將軍肯定地回答。

「那黎姑娘也不會取代姊姊在姊夫心中的位置嗎？」

邵明淵被問得一愣，短暫沉默了一下才道：「不會。」

她們的位置，從來都不是一樣的。

喬昭於他，是妻子、是責任、是愧疚，是一生無法償還彌補的遺憾。

而黎姑娘……邵明淵自嘲笑笑。

黎姑娘只是讓他知道了，他也是個人，不是個木頭，他也會為一個聰明可愛的女孩子心動。

聽了邵明淵的回答，喬晚這才笑起來。「那好吧，我聽姊夫和大哥的，就叫她姊姊好了。」

邵明淵暗暗鬆了口氣，孩子太難哄了。

喬晚的眼珠轉了轉。「那大哥認了黎姊姊當義妹，黎姊姊豈不是也要對姊夫叫姊夫了？」

向來冷靜的某人在這一刻表情格外複雜，傻了好一會兒才咳嗽一聲道：「沒有的事，快走吧，妳大哥他們該等急了。」

邵明淵領著喬晚回來時，喬昭與喬墨有關喬家大火的談話已經告一段落，二人神情平淡，全然看不出剛才的沉重。

「大哥。」喬晚來到喬墨身邊，怯怯喊了一句。

喬墨好笑又無奈，問道：「不胡鬧了？」

喬晚紅著臉看喬昭一眼，輕聲喊道：「姊姊。」她才不在乎黎姑娘，但她不想讓大哥不高興。

喬昭毫不客氣地揉揉喬晚的頭。「沒有準備見面禮，等下次姊姊給妳補上。」

喬晚：討厭，這人怎麼這麼自來熟啊！

四人圍坐在一起吃過飯，喬昭便提出告辭。

喬墨開口道：「侯爺替我送送昭昭吧，我畢竟不方便。」

邵明淵自然沒有異議，起身送喬昭出去。

「舅兄的事，真的多謝黎姑娘了。」

「我已經認喬大哥為義兄，他的事自然責無旁貸。」喬昭一臉認真道。

邵明淵嘴角動了動。

黎姑娘明明是救舅兄在前，認舅兄為義兄在後……

然而他不敢揭穿。

「對了，邵將軍，明天我會晚些才能過來。」

邵明淵腳步一頓。

喬昭解釋：「明天是我去疏影庵的日子。」

「黎姑娘還是每隔七日去一次疏影庵？」

「對。」喬昭說完，默默往前走。

邵明淵走在她身側，凝視著少女恬靜的側顏。

喬昭若有所感，側頭看他。

「邵將軍有事？」

一一〇 輾轉難眠

邵明淵沉默了一下，卻不知道如何開口。

他派人去調查黎姑娘從小到大的情況，雖還沒有具體的情報，下屬初步調查的結論卻讓人很費解，人們口中的那位黎姑娘，與眼前的黎姑娘，簡直判若兩人。

下屬甚至還得到了黎姑娘去年用來練字的一疊紙張，那上面的字跡……

邵明淵想起第一眼看到那些字的感覺，心情很有些一言難盡。

若說黎姑娘前些年一直在藏拙，藏成這樣她是怎麼做到的？況且，這樣的藏拙有什麼必要？據他側面的瞭解，黎家西府雖一直被東府壓著一頭，但當家的鄧老夫人是個明事理的老太太，即便是對不受寵愛的孫女也不會刻薄，孫女無需這般小心翼翼。

「邵將軍？」

邵明淵回神，輕咳一聲。「怎麼了？」

無論調查來的情況多麼奇怪，眼下他卻沒有任何資格對黎姑娘提出質疑。

「我以為邵將軍有話對我說。」

「呃，沒有。」邵明淵否認，說完又覺得不大合適，補救道：「今天天氣不錯。」

喬昭暗暗翻了個白眼。「就到這裡吧，邵將軍請留步。」

「黎姑娘慢走。」

喬昭欠欠身，提著裙襬走到馬車旁與晨光打過招呼，彎腰進了馬車，由始至終沒有回頭。邵明淵亦沒有停留，轉身往府內走去。晨光撓撓頭，手中韁繩一拽，趕著馬車走了。

夜裡，邵明淵的書房內依然亮著燭光。

他又把那封家書與藥方拿出來，並排而放，坐在燈下仔細打量。

一模一樣的起筆和收筆，他實在無法相信這是出自兩個人之手，而另一張——

邵明淵拿起一疊紙張，隨便翻了翻，只能失笑。

他七歲時就能寫的比這些字好很多了，黎姑娘究竟是怎麼寫出來的？

邵明淵默默把東西收好，吹滅燭火躺在臨窗的矮榻上。

窗外就能看到蔥鬱的竹林與深邃的星空，夏天睡在這樣的書房裡還是很舒適。

邵明淵卻再一次失眠了。

他輾轉反側，漸漸又感覺到了熟悉的痛楚，不過這次的疼痛卻比以往緩解不少。

「明天要變天？」邵明淵喃喃道。

翌日清晨，邵明淵睜開眼睛，翻身下床用井水洗了一把臉，不由暗暗吃驚。

黎姑娘替他施針驅毒竟然如此有效，以往每逢變天的日子，他根本一刻都睡不著的，熬到清晨就是一身冷汗，裡衣能全部濕透。

這一次雖然沒有出太多汗，邵明淵還是習慣性沖了個澡，然後吩咐親衛道：「去黎府告訴晨光，今天出門記得帶雨具。還有，讓他管好那張嘴！」

而晨光正靠著一棵樹懶洋洋站著等喬昭出門，接到傳信忙跑進去拿了雨傘、蓑衣等雨具放在車門旁的暗盒裡，而後才後知後覺反應過來。「不對啊，就為了這麼點事，將軍專門派人來說一趟？」這輛馬車雖看著普通，實則是花了不少銀子打造的，結實又穩當，再不會出現那次大雨馬車散架的事。今天就算有雨，到時候三姑娘躲在車廂裡也淋不著的。

想到這裡，晨光興奮地一拍腦袋。將軍大人終於開竅了，居然知道關心女孩子了！

晨光越想越激動，不由吹起了口哨。

冰綠陪著喬昭走過來，忍不住白他一眼。「有什麼高興的事啊，看你樂得滿嘴牙。」

晨光正高興著，懶得和小丫鬟計較，笑嘻嘻道：「妳這話可就不對了，誰不是滿嘴牙啊，沒有牙的那是老太太和奶娃子。」

「你！」冰綠瞪了晨光一眼，還待再說，被喬昭攔住了。

「時候不早了，上車。」

晨光一路唱著歌，喬昭主僕則忍受了一路的魔音灌耳。

下車後，冰綠捣著胸口乾嘔了一下。

晨光納悶道：「冰綠，以前沒見妳暈車啊，早上吃壞東西了？」

「不是。」冰綠白著一張小臉虛弱搖頭，咬牙切齒道：「我不是暈車，我暈歌！」

晨光臉一紅。「不帶這麼埋汰人的啊！」

「不信你問問姑娘！」

「三姑娘才不會像妳這樣想呢。對吧，三姑娘？」

喬昭笑道：「晨光，我有個小小的建議。」

「三姑娘請說。」

「嗯，以後你要是心情不錯的時候，可以試著吃東西。」

晨光頓時垂頭喪氣，嘀咕道：「以前將軍都沒嫌棄過呢。」

喬昭沒再多說，抬眼看了看忽然陰下來的天，對冰綠道：「上山吧。」

冰綠卻沒有動，拉著喬昭衣袖低聲道：「姑娘，您看那邊。」

喬昭順著望去，就見一輛精緻寬大的馬車往這個方向駛來，馬車兩旁足足跟著七、八個統一裝束的年輕男子。

「嘖嘖，好大的排場啊，也不知道車裡是誰？」冰綠小聲嘀咕道。

晨光上前一步擋在喬昭身前，一動不動盯著駛來的馬車，輕聲道：「那些人不像是尋常護衛。」等馬車漸漸近了，晨光輕咦一聲。

「有什麼發現？」喬昭問。

「那馬車上的標誌是一朵鳶尾花。」

「真真公主。」一聽晨光提到鳶尾花，喬昭立刻就知道了車裡人的身分。

自從那次大雨中真真公主受傷，算起來已有不短的日子了，然而這卻是自真真公主腿傷後第一次遇見，也不知道是以前沒趕巧錯過了，還是真真公主才養好腿傷出宮。

馬車眨眼就到了近前，在喬昭面前忽然停下，車簾掀起，一名宮婢扶著真真公主下了車。

「見過公主殿下。」喬昭幾人見禮。

「起來吧。」真真公主目光只落在喬昭一人身上，忽地嫣然一笑。「本宮知道妳的名字了，妳姓黎，行三。」

喬昭看向真真公主。

「行了，邊往山上走邊說吧。」真真公主道。

二人沿著山路緩緩往上走，身後跟著各自的侍衛婢女。

「黎姑娘，上次的事多謝了。」

「不敢當殿下的謝。殿下身體大安，我就放心了。」

真真公主目光下移，落在喬昭的手腕上。「我母妃送妳的血玉鐲，妳怎麼沒戴呢？」

真真公主問出這話，心裡不大痛快。

她養了好些日子的腿傷，不久前才徹底好俐落了，本來早幾天就可以過來，不過估算到今天才是黎三來疏影庵的日子，這才選了這天出宮。

不為其他，就是對黎三道一聲謝。

她不是知恩不報的人。

然而黎三在她心裡是個挺特立獨行的女孩子，那次大雨中無論是展露的醫術，還是不卑不亢的態度，都讓她覺得這不是個俗人。

可這樣一個難得令她覺得不俗的人，居然沒戴那麼漂亮的血玉鐲。不用說，定然是覺得血玉鐲太貴重不捨得戴，把它給壓箱底藏起來了。在她看來，再貴重的東西，只有使用才有價值，要是收起來壓箱底，那就是暴殄天物，把好好的東西當石頭糟蹋了。

但喬昭是猜不透這些隱祕曲折的女子心思，一個鐲子而已，在她看來，無論是血玉鐲還是木頭鐲子，在她不急需用銀子時，都沒有大的區別，於是坦言道：「戴著鐲子寫字不方便。」

真真公主一聽這話，臉上又有了笑意。「可以戴在左手上啊。」

「呃，我有時候也會用左手寫字。」

真真公主怔了怔，而後笑道：「我才發現，黎姑娘真是個妙人。」

也不枉她特意等著這一天，當面說聲謝謝。

「殿下謬贊了。」

「本宮從來不會亂誇人，妙就是妙，無趣就是無趣。」

喬昭笑笑。「一般這樣說會顯得比較謙遜。」

真真公主笑起來，而後回眸。「黎姑娘好像換了車夫。」跟在喬昭身後的晨光一頭霧水。他只是個車夫而已，為什麼會成為公主與三姑娘談論的話題？

小車夫悄悄拉了拉冰綠衣袖。「你拉我幹嘛啊？」冰綠一臉莫名其妙問。

喬昭與真真公主同時回頭看了晨光一眼。

真真公主輕笑一聲。「這個車夫瞧著可比之前的強多了。」

「我也這樣覺得。」喬昭莞爾一笑。

真真公主等了一會兒，不見喬昭開口，忍不住道：「妳就沒發現本宮帶的人也不同了？」

「帶的人好像比以前多了。」喬昭不動聲色道。

她當然早就發現這位公主殿下的親衛龍影這次沒跟來。像龍影這樣的親衛，按理說公主出門該形影不離才是，這次沒跟來，肯定是因為上次大雨使公主受傷的事受了責罰。

看真真公主的行事，對待伺候的人是有幾分真心的，她若主動提及，豈不是觸楣頭。

不得不觸楣頭時喬姑娘誰都不怕，然而若無必要，她當然不會平白惹人嫌。

「龍影沒跟來。」真真公主主動道。

喬昭揚了揚眉。她大概猜到真真公主的心思了。

龍影定然是因為責罰傷了身體，或許是有什麼不便之處，找她討藥來了。

果不其然，喬昭心中才閃過這個念頭，真真公主便道：「龍影因為保護本宮不力受了刑，不知黎姑娘上次給本宮用的那種吃下後能讓人渾身暖洋洋的藥丸，可還有？」

「殿下是說驅寒丸？」

「對，就是驅寒丸。」

「我隨身帶了一瓶，只有幾粒。一般寒氣入體的話，一日一粒，把這幾粒都吃完，差不多就能好了。」喬昭從荷包裡摸出個小瓷瓶遞過去。

真真公主接過來，打開瓶塞看了看，笑道：「但願吃完能好吧，本宮每次出門都帶著龍影，用起別人來還真不順手。」

二人才說著話，忽然一陣涼風吹過，雨點緊跟著掉下來。

「怎麼又下雨了！」真真公主對下雨已經有了心理陰影，再沒了說話的興致。

跟在真真公主身後的宮婢，忙把隨身攜帶的竹傘撐開來。

冰綠著急道：「糟了，沒有帶傘，姑娘豈不是要淋雨了！」

「誰說的？」晨光把背著的布搭打開，拿出雨具來。

冰綠忙拿過竹傘撐開遮住喬昭頭頂，笑道：「姑娘，晨光居然準備了雨具呢。」

喬昭回頭看晨光一眼。晨光撓頭笑笑。「有備無患嘛。」

有備無患？

喬昭心中輕笑。就算是有備無患，做到這一點的也不會是晨光。

她心中突兀閃過一個人的影子。

她認識的人中，對下雨能準確報時的非那個人莫屬了。

原來邵明淵這樣會哄小姑娘！

喬昭心情格外複雜，腳下一不留神滑了一下。

「姑娘，小心點！」冰綠忙把她扶住。

真真公主偏頭看了喬昭一眼，淡淡笑道：「本宮還以為妳從來不會出這種狀況呢。」

喬姑娘一臉淡然。「殿下說笑了，我也是個人。」

她有時也會茫然該做喬昭還是黎昭，也是會心亂的。

在這場雨漸漸大起來之前，喬昭與真真公主總算趕到了疏影庵。

因為下雨的緣故，真真公主的侍衛與晨光都留在了大福寺，冰綠與真真公主的宮婢則被破例允許進了疏影庵避雨。

盛夏的天，連落雨都是熱烈的，很快就成了狂風暴雨之勢。

疏影庵坐落的位置比大福寺還要高，在這與天幕更接近的地方，更能感受到暴風雨的威力。

一場雨足足持續了一個多時辰才漸漸止住，天開始放晴了。

無梅師太命尼僧靜翕多留了二人一陣子。「剛下了大雨，山路難行，二位小施主晚些走山路沒有那麼濕滑，會安全一點。」

雖是如此，等到了申時，真真公主還是等不得了，對尼僧靜翕道：「師太，再不回去宮門就要落鎖了，到時候驚擾了長輩們就不好，本宮要走了。」

喬昭也跟著告辭。

眼下確實不早了，等下了山再回到城中，至少要一個多時辰，她還要趕去冠軍侯府給邵明淵施針。施針驅毒才剛剛開始幾天，正是最要緊的一段日子，一旦中斷那就麻煩了。

夏日大雨乃是常事，出了日頭後曬上一、兩個時辰，路已經能半乾，二人再待下去，回去的路上就該天黑了，到時更是不便，靜翕自是沒有再勸。

空山新雨後，撲面而來的草木濕潤氣息很是好聞，真真公主卻因為想起了上次大雨中的遭遇而心情鬱鬱。

喬昭則樂得清靜，小心翼翼走在山路上。

一一一　山崩意外

大福寺是數百年的名寺，疏影庵則有數位皇家公主或太妃歸根於此，多少年下來，這裡的山路已不同於尋常山路的狹窄陡峭，可以算得上寬闊了，只是今天下了雨，路上香客並不多。

晨光走在外邊不動聲色地護著喬昭。

雨後路滑，將軍大人把保護三姑娘的任務交給了他，他自然不會掉以輕心。

走著走著，晨光腳步一頓，耳朵動了動。

「怎麼不走啦？」冰綠推了晨光一下。

「別吵！」晨光罕見地嚴肅。

「哎，我說你有毛病啊？」冰綠氣得不行，被喬昭攔住。「姑娘，您看看他——」

喬昭沒有作聲，輕輕搖了搖頭。

晨光忽然蹲下去，以耳貼地。

冰綠大為不解，拉拉喬昭衣袖，喬昭則目不轉睛地盯著晨光。

這麼一停頓的工夫，真真公主一行人與他們已經拉開了一段距離。

「不好，是山崩！」晨光一躍而起，臉色已經鐵青，以迅雷不及掩耳之勢抱起喬昭，對呆若木雞的冰綠吼道：「不想死就跟著我跑！」

晨光抱著喬昭拔腿狂奔，卻不是往山下的方向，而是斜向山坡上奔逃。

冰綠雖不解其意，這個時候腦海中只有一個念頭：無論如何，跟著姑娘就對了！

斜向上的山坡並沒有路，又因為下了雨而濕滑，晨光騰出手一拽，才把冰綠拽了上去。

山體轟鳴聲已經傳來，山路隱隱震動，緊接著就是山石伴著水流、樹枝滾落的聲音。

晨光邊跑邊大聲提醒山路上的行人：「快跑啊，是山崩！」

真真公主的護衛們也聽到了動靜，立刻護著真真公主往下跑，其他聽到動靜的人全都仿效。

晨光一看壞了，大聲吼道：「不能往下跑，不能往下跑！」

可是人在極度的恐懼中，哪還能聽得進這樣的提醒，眼看著那些人越跑越遠，而石流卻以更快的速度追過去。

「完了，他們完了！」晨光一跺腳，顧不得再理會，抱著喬昭便往上跑去。

晨光的功夫極好，雖然抱著一個人卻絲毫不影響速度，還能時不時拉冰綠一把。

冰綠這幾個月天天隨著晨光習武，身手遠比尋常女子矯健，在晨光的拉扯下，竟也能勉強追上。三人一口氣跑到快接近山頂處，山體崩離的震動感已經消失，這才敢停下。

冰綠彎著腰大口大口喘著氣，心有餘悸道：「嚇死了，還以為今天要糟了。」

晨光忙把喬昭放下來，暗暗調整著呼吸。

這番巨變，喬昭看起來只是面色有幾分蒼白，她穩了穩心神，對晨光道謝。

晨光咧嘴一笑。「三姑娘不用謝我。我們將軍早就說了，我再讓您傷到一根寒毛，就提頭去見！」

喬昭心中一熱。儘管她表面鎮定，可誰能不怕死呢，今天若沒有晨光護著，任她機智百出也逃脫不了。

邵明淵……這三個字在她心裡一閃而過，卻沒有再想下去，而是往山下眺望道：「真真公主他們怎麼樣了？」

冰綠捣住了嘴巴，一臉驚恐。「姑娘，您看那邊的山腳下！」

喬昭順著冰綠所指的方向望去，就見山下堆滿了巨石，把路堵得水泄不通，包括真真公主一行人在內的行人，哪還看得到影子？

喬昭臉色漸漸變了。「那些人……」

晨光收回目光，搖搖頭。「應該都被埋了。」

普通老百姓也就罷了，那些宮中侍衛真是繡花枕頭，平時看起來人高馬大，威風凜凜，遇到突發狀況卻這麼愚蠢。山崩怎麼能往山下跑呢，那樣死得最快了，連這種常識他們都不知道！

晨光想到這裡愣了愣。

這不是常識。北地全是雪山，雪崩是很常見的情況，遇到雪崩時如何逃生，將軍大人給他們講了許多遍。晨光沒有了鄙視那些侍衛的心思，唏噓不已。

「那真真公主……」

晨光嘆氣。「應該不可能逃生的。」

喬昭一時沉默了。

說起來，再沒有真真公主這樣倒楣的公主了。

那次遇到大雨傷了腿，這次遇到山崩竟連是死是活都不知了。

「我們去看看是否還有活口，萬一有人只是被壓著腿，時間久了會因失血過多而死。」

晨光攔住喬昭。「三姑娘不能去！」

「嗯？」

「這種山崩不見得只有一次，您這樣貿然下去太危險了。而且您看，山腳下已經堆滿了巨石，我們即便去了，也沒有能力把這些巨石移開救人。」晨光神情堅決，面對喬昭時從未有過這般的不容置喙。「反正我絕不會讓您去涉險！」

喬昭眺望著山腳久久不語，再一次感受到個人的渺小。

「那我們呢，我們就一直待在這裡嗎？」冰綠忍不住抱住了雙臂。

跑了這一路，她喉嚨都冒了煙，可與死亡擦肩而過的恐懼卻讓她心裡發寒，只想打哆嗦。

晨光遙望了一眼大福寺的方向。他們是斜往上跑的，已經偏離了那個方向。

「落霞山的山崩數十年難遇，這種震動之下，大福寺不可能沒有察覺。我們先往那個方向走再說吧。」晨光說完從懷中掏出一個油紙包，打開後是個樣式古怪的東西。

他把那樣式古怪的東西一甩，立刻有火星往天上衝去，而後如煙花般爆裂散開。

「這是遇險傳信用的，若有咱們自己人湊巧看到這個，就能把消息傳到將軍那裡了。」

「那走吧。」喬昭最後看了一眼山下，輕嘆一聲。

出城辦事的邵知，突然看到落霞山的方向，亮起邵家軍獨有的求救信號，頓時面色一變，帶著兩名手下策馬往那裡趕去。等趕到山腳下，看著被山石掩埋隱約露出來的衣角，不由大吃一驚。

「小六，你速速回去稟告將軍，就說落霞山山崩，有咱們的人遇險！」

這樣的情況只憑他們三人的力量是無法救人的。

「領命！」叫小六的年輕男子策馬狂奔，進城後速度沒有減慢半分，到了冠軍侯府門口一躍而下，邊往裡跑邊喊道：「快開門！」

這時的邵明淵並沒有在屋中，而是站在院子裡，心中有些疑惑。

黎姑娘按理說應該要來了，此時還沒到，莫非遇到了什麼事？

想到不久前那場暴雨，邵明淵心中隱隱生出不祥的預感。

「將軍，落霞山發生山崩了，山腳下埋了好多人！」

「落霞山？」邵明淵聞言只覺心中一刺，面上卻除了冷肅看不出別的表情，邊往外走邊吩咐道：「召集四十名親衛隨我去落霞山，另去通知戶部、五城兵馬司等衙門！」

「領命！」

邵明淵在馬背上疾馳著，耳旁的風是熱的，又夾雜著大雨過後的一絲清涼。

泥濘的官道讓速度慢了許多，他只能拚命催動著胯下健馬，好讓速度快些、再快些。

落霞山終於近在眼前，可映入眼簾的一切，卻讓趕到這裡的人心底發寒。

成堆的泥土巨石阻住了通往山上的道路，在泥石與斷枝間隱約可見人的衣裳甚至殘肢。

邵知與另一名下屬正埋頭徒手刨著泥石。

數十名親衛騎馬跟在邵明淵身後，鴉雀無聲。

邵明淵翻身下馬，沉聲喊：「邵知！」

邵知跑了過來，十指已經血肉模糊。「將軍！」

邵明淵手中提著刨土的工具，一邊往前走一邊問：「你在何處看到信號？」

「回稟將軍，屬下是在十里外的岔路上注意到的，一路趕到這裡，就是現在的樣子了。」

「傳信號的人是晨光，這麼說他那時還活著。」邵明淵說著這些，眼睛卻沒有停留，一直打量著四周。

「那晨光現在……」邵知聲音顫抖。

邵明淵沒有回答，站在泥石前環繞半圈，伸手指出幾個地方。「五人一組，從這幾個地方開始挖，要隨時注意情況，不要傷到被埋的人，其餘的人負責運送泥石。」

憑他的經驗推斷，只有被壓在這幾處下面的人，尚有一線生機。

「領命！」眾親衛一同應道，迅速按著邵明淵的吩咐行動起來，竟無一人提出任何異議。對他們來說，軍令如山是一方面，更重要的是，他們的將軍從來沒有錯過。

邵明淵並沒有旁觀，而是彎腰搬起一塊巨石。

「將軍，屬下們來就是了。」

「多嘴！」邵明淵冷斥一聲，手上動作不停。

他如何能做到袖手旁觀。這一刻，邵明淵心中空蕩蕩的，什麼都不敢想，也不去想，只有手中刨土的工具不停揮舞著。

然而到了後來，不只是邵明淵手中的鋤頭嘎嘣一聲斷掉了，許多親衛手中的工具陸續開始出現損壞。這些失去了刨土挖石工具的親衛卻沒有絲毫猶豫，全都和邵明淵一樣，開始徒手挖土搬石。

漸漸地，眾人的手指開始血肉模糊。

「出來了，出來了一個！」有一處傳來親衛的歡呼聲。

邵明淵立刻大步走過去。

兩名親衛拖著一名玄衣男子出來，男子很年輕，半邊臉被砸爛了，勉強還能看出清秀的眉眼，人卻已經死透了。

那一刻，邵明淵說不清是什麼樣的心情，只得吐出兩個字：「繼續！」

他返回原處繼續挖土石，儘管心中空茫茫一片，雙手卻沒有一絲顫抖，默默把泥土樹枝挖走，把石塊搬開。

山腳下四十多人有條不紊開展著救援，除了搬動泥石的聲音，竟沒有任何聲響發出。當五城兵馬司的西城指揮姜成率人趕到時，看到的就是這樣一幅令人震撼的情景。

一旁的地面上並排躺著幾具年輕男子的屍體，俱是清一色的侍衛服。

姜成看清一具屍體身旁的佩劍，腿都要軟了。「侯爺，這、這是宮中侍衛！」

邵明淵頭也沒抬，淡淡道：「先救人再說。」

在天災面前，人又分什麼貴賤，他現在想的只是救人，越快越好！

「將軍，有一位姑娘！」

這話一出，邵明淵瞬間渾身僵硬了一下，而後才面無表情走過去察看。

兩名侍衛拖著一具年輕女子的屍體往外走，其中一人道：「臉都砸爛了。」

邵明淵看清女子身上衣裳的顏色與款式時，緊繃的心一下子鬆了。

他知道，每一個人的生命都是寶貴的，然而他永遠不想看到她從這裡被抬出來。

邵明淵返回，見有西城指揮姜成帶來的人，在那個位置掄起鋤頭就要挖下去，不由冷喝一聲：「住手！」

鋤頭舉在半空，被喝止的人一臉莫名其妙。「侯爺有什麼吩咐？」

他們西城的可真是倒楣，本來都要下衙了，結果頭兒得到上面大人們的通知，說落霞山發生山崩了。落霞山上可是有大福寺與疏影庵的，這一寺一庵都和皇家有著隱隱的關係。這裡發生了山崩還了得，不管有沒有人被埋，這條山路都是要清理出來。

怪只怪他們西城兵馬司不走運，誰讓離著這邊最近呢。

「你可知道這裡面可能還有活人？」邵明淵也不和小小的捕務廢話，推開了他，小心翼翼搬起一塊大石。

而就在這塊大石被搬開後，裡面不再是嚴嚴實實的土石，竟有一個狹窄的空間。

邵明淵往裡面看了看，吩咐道：「來幾個人。」

立刻有幾名親衛過來。「將軍有何吩咐？」

「你們幾個支撐著這兩側，我進去救人。」

「將軍，讓我等進去吧！」在場的親衛全是身經百戰千裡挑一的良才，眼下這種情況沒有人是糊塗蟲。這樣機緣巧合支撐起來的狹窄空間極不牢固，隨時都有塌陷可能，要是進去救人，很可能就要把命交代在那裡面了。

「不必廢話。」邵明淵把衣襬往腰間一紮，袖口繫緊，俯下身小心翼翼鑽了進去。

除了得到邵明淵吩咐前來支撐兩側泥石的親衛，其他親衛明明一臉擔心，卻沒有任何人停下手頭的事。姜成不由嘖嘖稱奇，暗道難怪冠軍侯能威震北地，今日一見，果然是軍令如山。他一個小小的西城指揮就沒這麼高覺悟了，猛伸長脖子往裡面瞧。

邵明淵動作靈活地避開可能會觸碰到內裡泥石支撐點之處，爬到一名躬身俯臥的男子面前。

他拉住了男子的手，然後臉色猛然變了。

這名男子身下竟還護著一名女子，難怪身體會呈現這樣的姿勢。

觸到男子的手瞬間，邵明淵就知道這人已經死透了。他小心把男子移開，露出了被男子護在身下的女子。

女子臉上全是血，看不清本來模樣。

邵明淵猛然鬆了口氣。

雖然看不清模樣，他卻知道這不是黎姑娘！

一一二　她在哪裡

女子臉上雖然有血，但看起來並無明顯外傷，邵明淵伸出手試探了一下她的鼻息，冷凝的面龐難得露出欣慰的表情。

居然還活著！

他不知道女子身上其他處是否有傷，便不敢太用力，小心抱起她一點一點往外挪。

女子蹙了一下眉，忽然睜開了眼睛。

「你是誰？」她一動不動盯著邵明淵，怔怔問道。

沒等邵明淵回答，她眼中茫然褪去，閃過一抹光亮。「我想起來了，你是冠軍侯。那日……那日大雨……」

那日大雨中，冠軍侯也在的，他的衣裳還給她包紮過傷口……

「公主殿下不要多說，微臣帶您出去。」邵明淵一手抱著真真公主，一手撐地，緩緩往外爬。

真真公主果然不再出聲，一雙美目牢牢盯著男子清冷如玉的側顏，彷彿要把這個人的模樣印到心裡去。

「公主殿下千萬不要亂動。」眼看著要爬到最狹窄的地方，邵明淵叮囑道。

二人靠得近，真真公主甚至能聞到對方身上那種淡淡清冽的氣息。

「好。」

然而真真公主雖這麼應了，畢竟是金尊玉貴的人，當一塊凸起的尖石劃破她腿部肌膚時，她下意識一縮腿，便碰到了脆弱的石壁上，頓時一陣石雨落下。

邵明淵身子一翻，替真真公主擋住了那些石雨。

「侯爺……」見擋在上方的人久久不動，真真公主忍不住喊了一聲，而後便看到了邵明淵嘴角的血跡。

她大急，抬手就要去觸碰他的唇。「你受傷了？」

邵明淵匆忙避開，平靜無波道：「沒有大礙，公主殿下還是不要亂動為好。」

「好、好，我不亂動。」聽到對方這樣淡淡甚至有些不耐的語氣，真真公主不知為何卻絲毫不覺得生氣。

等石壁再次穩定下來，沒有碎石落下，邵明淵這才帶著真真公主繼續向前爬。

總算到了洞口，有親衛彎腰去接真真公主，真真公主不由斥道：「住手！」

「把公主殿下接走。」邵明淵淡淡道。

親衛聽了將軍吩咐，自是毫不猶豫把真真公主抱了出來。

「你做什麼？」真真公主回頭，見邵明淵居然又退回去，不由自主問道。

邵明淵卻沒有回答她，而是緩緩沿原路退回，不久後便帶著男子屍體重新出現在人前。

他爬出來站直身子，顧不得抖落渾身泥土，來到真真公主的馬車旁。「殿下，微臣想問您一件事。」

「什麼事？」躺到馬車裡，真真公主這才感覺到渾身疼痛沒有半點力氣，陣陣眩暈感襲來，然而聽到那人的聲音，還是掀起了窗簾。

「殿下是否與黎姑娘同行？」

「黎姑娘？」真真公主有著一顆聰慧敏感的心，儘管眼前的年輕將軍面上未露半點聲色，可對方深邃的眸光卻讓她心中一緊，揚眉道：「是又怎麼樣？」

邵明淵只覺心中一痛。

他相信如果黎姑娘被埋在這下面，晨光的表現一定不比護住公主的那名侍衛差。說不定，他們兩個都活著……

「不知黎姑娘當時走在殿下什麼位置，是前是後，還是左右？」知道了真真公主被埋之處，他就能更快推斷出他們兩個大概的位置。

「當時所有人都在拔腿逃命，本宮哪裡能注意到這麼多？」

「那微臣知道了。」邵明淵不再多問，轉身便往石堆處走去。

「你站住！」真真公主一時情急，露出了公主脾氣，雖然聲音虛弱，氣勢卻十足，可惜那個男人卻沒有停頓一下。

「她從那裡掉下去了！」真真公主賭氣一指被堵住的山路上方。

邵明淵回過身來，順著真真公主所指的方向望去，看到了一片懸崖峭壁。

山路那一側原本為了行人安全建有護欄，此刻已被落石砸得面目全非。

邵明淵收回眼，平靜道：「她不會。」

晨光是他一手調教出來的，就算當時山崩太突然，讓人沒有反應的時間，但出於本能反應，晨光都不會往相反的絕路跑。更何況晨光還發出了求救信號，證明那個時候他還活著。而如果黎姑娘真的掉落山崖，晨光當時一定會選擇和她一起跳下去。

晨光是他的屬下，他把黎姑娘的安全交給晨光，那麼晨光絕對會不打折扣地執行。

邵明淵不再看真真公主，用手背隨意擦拭了一下嘴角血跡，爬上泥石堆，徒手挖了起來。

真真公主強撐著身子探頭出窗外，目光落到邵明淵血手模糊的雙手上，表情格外複雜。

西城指揮姜成走上前來。「殿下，微臣先送您回宮吧。」

真真公主收回視線，蹙眉掃了姜成一眼。

她雖不想走，可也不能全由著性子來，只得勉強點了點頭，目光再次落在邵明淵身上。

「侯爺，當時黎姑娘的車夫帶著她往那個方向的山坡跑了，至於後來有沒有事，本宮就不知道了。」

「多謝殿下告知。」邵明淵向真真公主點頭致意，而後身子一縱，如雄鷹展翅般飛撲到一處凸起的山壁上。

儘管下過雨，山壁比平時濕滑，可他卻穩穩抓住一條藤蔓，然後腳尖在山壁上一點，藉著這股反力又往上竄起一丈有餘，很快便消失在眾人面前。

那些親衛雖有心跟上，奈何知道沒有將軍大人的身手，只得更加努力搬挖土石。

真真公主眼中閃過一抹異彩，戀戀不捨地放下車窗簾，眼前一黑，軟軟倒了下去。

邵明淵繞過了被泥石淹沒的路段，回到通往大福寺的山路上，拾級而上。

他在一處停下來，蹲下來觀察片刻，離開山路往斜側方的山坡而去。

因才下過雨，山坡上漸漸出現凌亂的腳印，邵明淵仔細辨認了一下，冰雪神色終於消融。

地上留下兩個人的腳印，其中一行稍小，明顯看出是女子所留，另一行則是男子腳印。

邵明淵可以肯定，男子腳印是晨光留下的。

他沿著留下的腳印往上走，當快走到山頂處時，發現又多了一行女子腳印，這行女子腳印比先前就有的女子腳印還要小一些。

晨光、冰綠，還有……黎姑娘。

邵明淵隱隱鬆了口氣，繼續根據腳印追尋他們的身影，當走到一處陡坡旁，不由面色一變。三個人的腳印都不見了，取而代之的是陡坡上倒了一片的青草。

邵明淵順著陡坡下到谷底，就見一道熟悉的身影正沿著山澗徘徊。少女手中持著一根長長的竹竿，竹竿另一端沒入水中，似是在探索著什麼。

「黎姑娘。」邵明淵喊了一聲。

那道背影明顯一僵，而後猛然轉身，正是喬昭無疑。

「邵將軍……」喬昭張了張嘴，吐出這三個字，眼眶便不由自主發澀。在這樣絕望無助的時刻，邵明淵的出現無疑在喬昭心裡點亮了一道光。

喬昭想，她真的是沒辦法再討厭這個傢伙了。

邵明淵已經大步走過來，溫聲問道：「妳還好吧，有沒有受傷？」

喬昭緊了緊手中竹竿。「我還好，不過晨光與冰綠不見了。」

「不見了？」邵明淵略一思索，問道：「冰綠失足從陡坡跌了下來？」

喬昭怔了怔，隨後點點頭。「對，晨光去拉她，結果他腳下的土鬆了，兩個人一起滾了下來。我順著山坡爬下來，發現這裡有一道山澗，卻沒有他們兩個的影子，他們十有八九是掉進山澗裡了。」說到這，她的神情一黯。

以晨光的本事，當時若是清醒的，兩個人不可能就這麼不見了。

喬昭想到往下爬時看到的石頭上的血跡，心中更加難受，強自掩飾著道：「晨光在滾下來的途中可能傷到了頭，我估計他們掉進水裡時是昏迷的，就是不知……不知他們是在底下，還是被水沖走了……」她順著水流的方向找卻一無所獲，又撿到一個竹竿探索著山澗原路返回，本來已經不抱什麼希望了，然後就聽到那個人喊她：黎姑娘。

有那麼一瞬間，喬昭想，其實當黎姑娘也沒什麼不好的。然而這個念頭只是一閃而過，便被更多的情緒擠到了九霄雲外去。

「黎姑娘，麻煩妳轉過身去。」邵明淵忽然開口。

喬昭知道這人心智不在自己之下，且在這樣惡劣的環境中，武力又比智慧實用得多，聽他這麼一講，自是沒有猶豫便轉過了身。

她看不到邵明淵在做什麼，側耳傾聽，只聽到極輕微的窸窣聲。

背對著山澗的喬昭忍不住開口問：「邵將軍？」

「我下水去看一看，黎姑娘請暫時不要——」

「請暫時不要轉過身來」這句話還沒說完，就被喬昭厲聲打斷：「不行！」

她立刻轉身，而後驚得睜大了眼睛後退半步。

眼前的男人脫去了外袍與長褲，上身赤膊，下身只穿了一條短褲。他因為過於驚訝，已經抬起的一條長腿，就那麼僵硬在半空。

瞬間的凝滯後，邵明淵撲通一聲跳進了水中。

喬昭猛然驚醒，快步跑到山澗邊大聲喊道：「邵明淵，你上來！」

這人是不要命了麼？山澗的水本就寒冷，他今天又沒施過針，這樣一來，不去掉半條命才怪！

喬昭著急不已，喊了數聲，偏偏除了水面激蕩的水波，下方全無動靜。

「邵明淵，你再不上來，我就下去了！」

話音才落，水花四濺，邵明淵冒出頭來。

他摸了一把臉上水珠，氣息有幾分急促：「還好，底下什麼都沒有！」水底並不是什麼都沒有，而是有散落一片的人骨，不過這些就沒必要說出來嚇黎姑娘了。

邵明淵唇角輕輕揚了揚。「他們滾落山澗後沒有陷入水底的淤泥中，總算是個好消息。順水漂走的話，就有生還的希望——」

「上來。」喬昭盡量讓自己語氣平靜些，雖然她很有踢死眼前人的衝動。

邵明淵後面的話說不下去了，面對著水邊少女鐵青的臉色，語氣一滯：「黎姑娘，妳……」

他究竟有沒有把自己的身體當回事兒？

「好。」邵明淵答應得痛快：「請黎姑娘暫時避一避。」

喬昭眼皮都沒抬，面無表情轉過身去。

身後傳來上岸的動靜，然後是邵明淵有些尷尬的聲音：「黎姑娘，我的衣裳在妳前面……」

所以他想穿衣裳必須繞到她前面去……

喬昭險些氣笑了，上前幾步，彎腰把地上的衣裳撿起來，揚手往後一扔。

邵明淵穩穩接住，迅速把衣褲穿好，這才鬆了口氣。

他竭力當作什麼都沒發生過，走到喬昭面前。「黎姑娘，我先送妳回大福寺。」

喬昭伸手一指。「邵將軍去那塊石頭上坐下，然後把外衣脫下來。」

邵明淵一怔。

他才剛剛穿上的……

「今天還沒有施針，你又下了水，不立刻施針驅毒的話，別說送我去哪了，恐怕等一會兒，我還要扛著你走。」

他這麼大的塊頭，她怎麼可能扛得動。

邵明淵一聽，只得老老實實坐好，脫下了上衣。

此時天色已經轉暗了，谷底風涼，他忍不住打了個寒顫。

喬昭心中一嘆，半跪在邵明淵身側，伸手摸向繫在腰間的荷包。

她的手一頓，變了臉色。

「黎姑娘？」邵明淵目光下移，看到少女腰間空空如也。

「荷包丟了，這下糟了。」喬昭雖一貫冷靜，經歷了這一連串的變故後，也難免有些心亂了。

「你為什麼不聽我勸，非要下水？」

邵明淵目光平靜。「確認水底的情況才能安心。我相信如果黎姑娘會水，一定也會這樣做。」

眼前的女孩子太堅強，遇到突發的狀況首先想到的是靠自己，從未想過依靠別人。

他很慶幸能及時趕到。

喬昭被問得啞口無言。

如果她會水，當然也會下去看個究竟。因為只有親眼看過，無論結果是好是壞，才能死心。

喬昭想，她和邵明淵在某方面是很相似的人。

然而喬姑娘是不會被某人噎得說不出話來的，她板著臉道：「這如何一樣，你體內有寒毒——」

邵明淵沒有順從喬昭的話，認真道：「這不是遇事往後縮的理由。」

他目光溫和望著喬昭，一字一頓道：「我是個男人。」

這話明明說得光風霽月，坦坦蕩蕩，喬昭卻不知為何臉上一熱，移開視線淡淡道：「邵將軍還是先把衣裳穿上吧。」

（未完待續）

國家圖書館出版品預行編目資料

韶光慢 / 冬天的柳葉著. -- 初版. -- 臺北市：春光, 城邦文化出版：家庭傳媒城邦分公司發行, 民107.11-
冊；　公分

ISBN 978-957-9439-45-9（卷3：平裝）

857.7　　107016888

韶光慢〔卷三〕

作　　者／冬天的柳葉
企劃選書人／李曉芳
責 任 編 輯／王雪莉、何寧

版權行政暨數位業務專員／陳玉鈴
資深版權專員／許儀盈
行 銷 企 劃／周丹蘋
業 務 主 任／范光杰
行銷業務經理／李振東
副 總 編 輯／王雪莉
發 行 人／何飛鵬
法 律 顧 問／元禾法律事務所　王子文律師
出　　版／春光出版
臺北市 104 中山區民生東路二段 141 號 8 樓
電話：(02) 2500-7008　傳真：(02) 2502-7676
部落格：http://stareast.pixnet.net/blog　E-mail：stareast_service@cite.com.tw
發　　行／英屬蓋曼群島商家庭傳媒股份有限公司城邦分公司
臺北市中山區民生東路二段 141 號11 樓
書虫客服服務專線：(02) 2500-7718 / (02) 2500-7719
24小時傳真服務：(02) 2500-1990 / (02) 2500-1991
服務時間：週一至週五上午9:30～12:00，下午13:30～17:00
郵撥帳號：19863813　戶名：書虫股份有限公司
讀者服務信箱E-mail: service@readingclub.com.tw
歡迎光臨城邦讀書花園　網址：www.cite.com.tw
香港發行所／城邦（香港）出版集團有限公司
香港灣仔駱克道 193 號東超商業中心 1 樓
電話：(852) 2508-6231　傳真：(852) 2578-9337
E-mail : hkcite@biznetvigator.com
馬新發行所／城邦（馬新）出版集團　Cite(M)Sdn. Bhd
41, Jalan Radin Anum, Bandar Baru Sri Petaling,
57000 Kuala Lumpur, Malaysia.
Tel: (603) 90578822　Fax:(603) 90576622　E-mail:cite@cite.com.my

封 面 設 計／黃聖文
插 畫 繪 製／容境
內 頁 排 版／極翔企業有限公司
印　　刷／高典印刷有限公司

■ 2018 年（民 107）11 月 29 日初版
■ 2022 年（民 111）5 月 20 日初版 2.4 刷
Printed in Taiwan

城邦讀書花園
www.cite.com.tw

售價／320元

ISBN　978-957-9439-45-9

廣 告 回 函
北區郵政管理登記證
臺北廣字第000791號
郵資已付，免貼郵票

104 臺北市民生東路二段 141 號 11 樓

英屬蓋曼群島商家庭傳媒股份有限公司

城邦分公司

請沿虛線對折，謝謝！

愛情・生活・心靈

閱讀春光，生命從此神采飛揚

春光出版

書號：OF0048	書名：韶光慢〔卷三〕

請於此處用膠水黏貼

【《韶光慢》讀者共讀活動——你推坑，我送書！】

日起至 2018 年 12 月 31 日止，完成以下活動步驟，就可參加「韶光慢讀者共活動」。春光出版**免費幫你將《韶光慢（卷一）》新書一本 &「韶光慢唯美書卡」送給你欲邀請共讀之對象**，限前 100 名寄回之讀者（以郵戳日期順序為），數量有限，行動要快喔！一起來邀親朋好友共讀好書吧～

動步驟：

選定欲邀請共讀《韶光慢》的一位對象，在《韶光慢（卷一）》附贈之「韶光慢唯美書籤卡」寫下推薦小語以及想對她（他）說的話。

將本回函卡讀者資料，以及欲邀約共讀的對象之贈書寄送相關資料都填妥。

將寫好的「韶光慢唯美書籤卡」和本回函卡一起寄回春光出版，即完成活動。（建議把小卡放入回函卡中，再將四邊用膠水黏貼封好即可寄回。）

光出版將依照回函卡收件郵戳日期，依序贈送前 100 名共讀讀者，越早寄回，早收到贈書喔！

注意事項〕

本活動限台、澎、金、馬地區讀者。　2. 春光出版保留活動修改變更權利。

邀請共讀之對象 寄送資料

名：＿＿＿＿＿＿＿＿＿＿　性別：□男　□女

聯繫電話：＿＿＿＿＿＿＿＿＿＿

寄送地址：＿＿＿＿＿＿＿＿＿＿＿＿＿＿＿＿＿＿＿＿＿＿＿＿＿＿＿＿

您的個人資料

名：＿＿＿＿＿＿＿＿＿＿　性別：□男　□女

地址：＿＿＿＿＿＿＿＿＿＿＿＿＿＿＿＿＿＿＿＿＿＿＿＿＿＿＿＿

電話：＿＿＿＿＿＿＿＿＿＿ email：＿＿＿＿＿＿＿＿＿＿

提供訂購、行銷、客戶管理或其他合於營業登記項目或章程所定業務之目的，英屬蓋曼群商家庭傳媒（股）公司城邦分公司，

本集團之營運期間及地區內，將以電郵、傳真、電話、簡訊、郵寄或其他公告方式利用您共之資料（資料類別：C001、C002、

03、C011 等）。利用對象除本集團外，亦可能包括相關服務的協力機構。如您有依個資法三條或其他需服務之處，得致電本公

客服中心電話 (02)25007718 請求協助。相關資料如為非必要項目，不提供亦不影響您的權。

C001 辨識個人者：如消費者之姓名、地址、電話、電子郵件等資訊。 2. C002 辨識財務者：信用卡或轉帳帳戶資訊。

C003 政府資料中之辨識者：如身分證字號或護照號碼（外國人）。 4. C011 個人描述：如別、國籍、出生年月日。

請於此處用膠水黏貼